魅麗文化 桃天工作室

回档 1988

爱看天

著

广东旅游出版社
GUANGDONG TRAVEL & TOURISM PRESS
悦读书·悦旅行·悦事人生

中国·广州

图书在版编目（CIP）数据

回档 1988 / 爱看天著. — 广州：广东旅游出版社，
2020.5
ISBN 978-7-5570-2201-3

Ⅰ．①回… Ⅱ．①爱… Ⅲ．①长篇小说－中国－当代
Ⅳ．① I247.5

中国版本图书馆 CIP 数据核字（2020）第 035995 号

出　版　人：刘志松
总　策　划：邹立勋
责　任　编　辑：梅哲坤

广东旅游出版社出版发行

（广东省广州市环市东路 338 号银政大厦西楼 12 楼）
邮编：510060
邮购电话：020-87347732
湖南凌宇纸品有限公司印刷
（湖南省长沙县黄花镇工业园凌宇纸品　电话：0731-86300881）
880 毫米 ×1230 毫米　32 开
10.5 印张　268 千字
2020 年 5 月第 1 版第 1 次印刷
定价：39.80 元

目录
CONTENTS

....

1

第一章
回档

　　米阳躺在摇椅上昏昏欲睡，对面一台小风扇咿咿呀呀地吹着，跟安眠曲儿似的。米阳听着，眼皮子更沉了。没一会儿，旁边的手机响了两声，他拿起来看了一眼，是打给银行的最后两笔钱转账成功了。

　　买房的贷款终于还清了，米阳心里也舒了一口气。他正准备睡的时候，表弟敲门走了进来，喊道："哥！"

　　米阳被表弟吓了一跳，他的感冒还没好，说话都带着鼻音，问："有事？"

　　那个戴眼镜的表弟却凑在米阳的身边沉默不语，一副欲言又止、难以开口的样子。

　　米阳被他看得有点奇怪，问道："怎么了？"

　　表弟沉默一下，忽然道："哥，白家今天订婚。"

　　米阳愣了一下，道："啊？"

　　表弟打量着他的神情，小声道："就是那个白洛川。"

　　米阳摆摆手，道："我知道他家，但他订婚跟我有什么关系？"

　　表弟道："你以前不是和他关系最好？！"

　　米阳想了想，皱眉道："你是说……我还得去随份子？"

　　表弟看着他的表情有些古怪，说话都有些结巴："哥你要去吗？我觉得，要不你今天躲躲，先回城里去吧，你俩这么遇上不太合适。"

　　"回什么城里！明天就是姥姥的寿辰了，我特意来一趟，还没给姥姥过完生日，走什么？！"米阳听得云里雾里，但是他最近刚还清了房贷，无债一身轻，摸着兜里刚发下来的工资，内心有些膨胀，没将表弟说的话放在心上，笑道，"没事，不就是随份子嘛，这钱我出得起，我晚上过去看看吧！"

表弟立刻道："那我陪你一起过去。"

米阳道："多大点事，不用，我自己去就成了。"

米阳特别安心地在家里吃了一顿饭，又陪着老太太聊了一会儿。

姥姥最疼的是大女儿，爱屋及乌，自然也最宠爱米阳这个外孙，瞧见他感冒，非要拿自己的人参含片给他吃。

米阳假装吃了两片，哄着老太太去午休之后，才抽空去了一趟白家。

他过去的时候已经是下午了，夏日午后蝉鸣一片，光听就觉得燥热难耐。

白洛川家的祖宅在当地颇有名气，承包了一大片林地，米阳骑着自行车过去，愣是骑了十几分钟。

他一路走，一路忍不住感慨了一下白家的家业，不止这片林地，听说后面还有两座山呢。他不过有了套百十平方米的小房子就心满意足，白家这么大一片地却只有白洛川一个人继承，真是比不了。

到了白家老宅，米阳在门口按了两下门铃，原本想等过来一个人，就让他转交一下红包得了，没想到里面的人还没出来，米阳就遇到了白洛川。

白洛川开车过来，和米阳擦肩而过的时候，很快就踩了刹车，利落地摇下了车窗，锐利的眼睛看向他。白洛川生得英俊，深邃的眼中情绪翻滚，一字一句道："你怎么来了？"

米阳感冒了，带着鼻音道："听说你要结婚了，来看看你。"

白洛川深深地看他一眼，道："上车。"

米阳有点犹豫，道："不用了，我骑车来的，不方便……"

白洛川不耐烦道："我让你上车！"

米阳也有点不乐意了，他和白洛川以前关系不错，但是这人性格霸道，飞扬跋扈，骨子里的傲气都懒得遮掩，慢慢地，他不怎么和白洛川联系了，说起来，他们只能算是同乡旧友。但是白洛川结婚，他也就客随主便，把那辆破自行车往旁边一放，坐进了白洛川的汽车里。

白洛川的超跑车身矮，米阳坐进去之后跟窝在里面似的。

车里的冷气开得足，没一会儿，米阳就打了个喷嚏，蜷缩在那里鼻尖泛红。

白洛川看他一眼，道："你怎么知道我要结婚了？"

米阳道："哦，我弟说的。"

白洛川抿了抿唇，一言不发。

车里的气氛有些尴尬，米阳想了一会儿，又试探道："恭喜？"

白洛川冷笑一声，瞧着不是多高兴的样子。

米阳头疼得厉害，伸手揉了一下，他最烦这些有钱人了，有钱人心里都想什么呢？要是他有这么多钱，天天开心得像过年一样！还能不能好好地享受人生了啊？！

白洛川停车之后，忽然皱起眉头，凑过来伸手摸了一下米阳的额头，道："我从刚才就觉得有点不对，怎么这么热……你发烧了？"

米阳本就有些感冒，这会儿被晒了一路，又上车吹了空调，人已经有些晕了，听见他说，便点了点头道："好像有点儿。"

白洛川道："自己有病没病都不知道，你是不是傻子？"

米阳心想，你才是傻子。

但是当面顶嘴他是不敢的，白洛川读书时候教训人的手段就挺厉害，现在，他更不敢挑衅这人。

白洛川嘴上嘲讽，手上却还算温柔，半扶半抱地带他进屋子，送他去房间休息。

米阳被白洛川按在床上，脱了鞋，才觉出不对劲来，忙起身道："不用，不用，我就是来给你送个……"

——红包。

白洛川不耐烦道："谁稀罕你那点毛票，自己留着吧，躺在这儿别动，我去叫医生来。"

米阳被他这种大少爷脾气激得有些逆反了，但是，他脾气越大，看起来越没什么情绪，语气反而很谦和。

米阳道："也是，我这点红包，你也不放在眼里，我送个别的吧。"

白洛川看着他，道："送个什么？"

米阳道："送个祝福。"

白洛川还在看他，道："就这？"

米阳点点头，道："对啊，我送完了，也不劳烦你叫医生了，我这就回去，我姥姥还在家等我吃饭呢。"

白洛川吸了口气，道："既然来了，就等等再走吧。"

米阳掀开薄毯要起来，白洛川按住他，薄唇扬起一点，似笑非笑道："你既然是来送祝福的，总要吃一顿饭再走吧，我的订婚酒，你喝不喝？"

米阳听白洛川这么说，只能点头。

白洛川像是刚开始张罗，偌大一栋宅子里还有点冷清，不过白洛川打了一个电话，马上多出不少人来。

客人来得快，宴会筹备得也快，米阳不过是让医生看诊休息了片刻，就可以去楼下参加订婚宴了。

米阳看了一眼时间，下午四点，他们这里办婚宴有讲究，一般结婚都在上午办宴席，只有二婚是在下午或晚上办宴席，也不知道订婚有没有这个忌讳。

不过，白洛川向来任性，个人能力又强，想必白家在这些小事上对他是很纵容的。

准新娘也是米阳认识的，是他们读书那会儿的校花。最要命的是，她还和米阳传过绯闻，据说他们两人谈了一个礼拜——这会儿她看到米阳眼神有些闪躲，但是米阳神情坦然。

准新娘脸上带着僵硬的笑，应该是对下午办宴也有些忌讳，但敢怒不敢言。她身上穿着一件小礼服，脸上的妆容也十分朴素，就像是被临时抓来的一个演员——都没来得及盛装打扮，就被硬生生地拽上了台。

白洛川站在台上，连敬酒的时候都像是在参加别人的订婚仪式，只是到了米阳这里才臭着一张脸恶狠狠地同他连喝了三杯酒。

白洛川道："这么多年同学情谊，不能不喝吧？"

待米阳喝完，白洛川又问道："我们认识这么多年，算不算兄弟？"

喝到第三杯的时候，白洛川有些醉了。他的手撑在米阳的肩膀上，抓得米阳都有些痛了，但是他跟毫无所觉一样，盯着米阳，目光锐利，像是要吃人的山鹰，问道："你说，你算不算是我最好的……朋友？"

一桌人低头喝酒吃菜，没一个人敢吭声。

米阳只得喝了那三杯酒，白酒下肚，他本来就有点感冒，这会儿更严重了，只觉得头疼得厉害，昏昏沉沉的，连白洛川跟他说了什么都记不清了，只模糊地记得白洛川同周围的人说了一句"他醉了"，然后扶着他上了楼。

两人一边走，白洛川一边同他讲话，说了很多交心的话，听着是对这场订婚的不满，更多的是不甘。

"你当她是什么好人吗？不过是想从我这儿讨点好处罢了，我一个电话她就过来，我让她走她就走。米阳你当初喜欢的就是这么一个女人？！"

米阳头痛欲裂，困意渐渐涌出，躺在床上的时候，忽然听到白洛川叹息似的说了一句："我真想回到小时候，从头开始，再认识你一遍。"

米阳心想，这大少爷竟然还想回到小时候？！换了他，他都不想再回去过一遍了，现在的日子挺好，折腾什么呢？

这么想着，他就迷迷糊糊地睡了过去。

等再醒过来的时候，米阳听到的是一阵拨浪鼓的声响，咚咚，十分有节奏。

米阳皱着眉头，一边想伸手按掉这个"闹铃"，一边想着他手机里没有这样的铃声，等到奋力睁开眼之后，才看清叫醒自己的人——一对穿着老式军装的年轻夫妻，手里正捧着一个拨浪鼓来回晃着逗他玩，两个人的脸上都带着青涩，还有一丝为人父母的满足光辉。

"阳阳，你瞧，这是爸爸出差特意给阳阳带回来的拨浪鼓，喜不喜欢？开不开心？"

米阳一点都不开心啊！！

但是，他连抗议都不做不到，因为他现在被困在襁褓里变成了一个小婴儿，眼前是他父母二十多年前年轻朝气的脸庞，而他一梦回到了自己的小时候。

米阳一个小婴儿，完全没有"人权"，他想动动手脚，但是被捆得结实，那点儿力气根本挣脱不了，只能仰面躺在那"咿咿啊啊"地叫上半天，试图表达自己的不满。

刚升级做爸妈的两人半点也不知道米阳要表达什么，米阳他爸米泽海顶着一张年轻朝气的脸，还在那儿得意道："声音洪亮，像我！"

米阳他妈叫程青，这会儿也是二十五岁左右的模样，身段容貌都挺出众，一张鹅蛋脸看起来特别有亲和力，笑起来眼睛弯弯的，柔声道："鼻子也像你呢。"

米泽海看了看老婆，又看看儿子，乐呵呵道："还真是。不过，眼睛、嘴巴像你，人家都说儿子随妈，咱儿子肯定是个帅小伙，以后找媳妇可不用愁喽！"

程青推了他一把，羞涩道："瞎说什么呢！"

米泽海道："我哪儿瞎说了？当初高中那会儿，你可是咱们学校的校花，谁都没想到我把你娶回家呢，他们羡慕死了！"说着，他又得意起来，半点没有以后严肃稳重的样子，抱起米阳，用脸上那点儿胡楂蹭了蹭，亲了一口道，"儿子快长大，跟你爹一样来当兵！"

程青在后面护着宝宝，嗔怪道："阳阳以后要考军校的，才不跟你一样！"

米泽海道："哎，你昨儿还夸我好呢！"

米阳也不哼唧了，干脆闭上眼睛不看他们。

"狗粮"一把一把地往他的嘴里塞，他实在吃不下了。

小婴儿的身体容易疲惫，吃吃睡睡的也没什么时间概念，日子倒是过得飞快。

米阳猜自己这会儿才三四个月大，连翻身都不会，前几天趴在那儿抬了个头，就把他爸妈惊喜得直拍手。不过，他爸妈没让他一直趴着，大部分时间他还是仰躺在那儿的，因为是躺着的，看到的地方也有限，偶尔瞧见挂历的时候，才知道现在是腊月。

米阳眨眨眼，1988 年的腊月啊，这场梦做得够彻底的，基本上算是人生重新来一遍了。

过了几天，天气更冷了，天黑之后，军营安静得能听到风声，刮得窗户啪啪作响。

米阳他妈抱着他凑在窗口看，年轻的脸上有些担忧的神色。

米阳伸出小手碰碰程青，就被她握着放在嘴边轻轻咬了一下。她叹了口气，道："阳阳也担心了？爸爸带队出去拉练了，这会儿还没回来呢，你说，万一大雪封山可怎么办……"

米阳眨眨眼，他记得他爸是野战部队出身，后来身体不好才转去地方，但依旧坚持在部队里待了二十多年，这次应该没什么事。

但他现在不会说话，只能伸手拍拍妈妈，表示安抚。

程青逗弄了儿子一会儿，心情好了很多，很快又打起精神去准备姜汤和热水，一心等着丈夫回来。

米泽海回来的时候，身上沾着雪粒子，在门口跺了几次脚后才走进里屋来。进来之后他的耳朵和脸果然都被冻得通红，只有一双眼睛亮闪闪的，瞧见老婆和孩子就咧嘴笑得露出一口白牙："青儿、阳阳，我回来了！"

程青连忙起身道："等等，我去给你倒碗热汤！"

米泽海笑呵呵地道："多倒几碗吧，还有朋友一起过来。"

米阳好奇地抬头去看，可是他太小，拼命扬起脑袋也只看到一个边角。从外面的房间里传来不少走动的脚步声，他看到有人敬了个礼，笑嘻嘻地喊道："嫂子好！"紧跟着，那人又羡慕道，"副连长说的是真的啊，有媳妇疼真好，晚上回来还有热汤喝呢！"

外面说话的声音挺大，估计军营里少有探亲的军属来，尤其是在深山老林里，瞧见人就忍不住多说几句。那人又道："嫂子你不知道，本来我们早就能回来了，下山的时候雪掩了路，正巧新来的政委对路不熟，一下就把车开到雪窝子里去了，哎哟，幸亏碰上我们，最后被我们连带车挖出来了！那车上还坐着政委的老婆和孩子呢，那孩子跟咱家阳阳差不多大，冻得小脸发青，瞧着怪可怜的！"

程青吓了一跳，忙问道："他们人呢？现在没事了吧？"

那个兵笑呵呵地道："没事了，就是车在半路坏了，还是副连长让人去接回来的，哦对了，政委还说一会儿要来亲自谢谢副连长呢！"

程青有点拘束，米泽海这会儿虽然是个副连长，但是当兵的人一穷二白，他们这个小家一共两个搪瓷杯，这会儿都不够招待客人的，这让她有些束手束脚。

她小声地跟米泽海说了一句，但是，米泽海显然也是在野战部队大大咧咧惯了，摆摆手笑道："没事儿，白政委兵龄比我还长，随便找个碗就成，他不在乎这些！"

米阳躺在里面的隔间里正在努力翻身，听见后皱了一下眉头，白政委？怎么好像有点耳熟。

等米阳奋力翻过身来的时候，白政委也到了，他并不是一个人过来的，陪同的还有他的夫人和孩子。那个据说冻坏了的小孩被裹在暖和的羊绒毯子里，一顶厚厚的同款小帽子遮住了大半张脸，瞧着被包裹得圆溜溜的。

程青给他们倒了两碗热姜汤，道："政委，您怎么还带您爱人和孩子来了？要是再被冻一下可怎么得了！"

白夫人瞧着比程青大几岁，她拉着程青的手，笑道："不碍事，你就是米连长说的程青吧，路上他说了你好几回呢。走吧，咱们去里面说话，让他们这些大老粗自己聊去。"

说着，她就和程青一同走进隔间。

程青进来之后松了一口气，她确实不太适应那样的场合，在这里和白夫人聊天反而更自在一些。

米阳抬起头努力去看的时候，看到陪他妈一同走进来的那个年轻女人有点儿傻眼，听见她带着笑意进行自我介绍的时候，心里更是咯噔一下。

"快别叫什么夫人，我比你大几岁，我叫骆江璟，你喊我一声骆姐就行啦！"女人把自己的帽子摘下来，露出烫了一点小卷的头发，看起来十分年轻时尚。她把自己抱着的小孩放在床上后，摘下小孩的小帽子，小孩露出一张严肃、漂亮的小脸，闭着眼睛吧唧嘴巴，小眉头紧紧地皱着。

她笑着道："这是我儿子，叫白洛川，和他爸一样，整天就知道板着个脸，一点都没你家宝宝讨喜呢！"

米阳干巴巴地看着她，眨了眨眼，不是他想的那样吧——但是，白夫人嘴里说出的姓名，还有眼前这张如大美人般惊艳的脸庞，跟成年后的白洛川很相似，这位大少爷可是天生一副好皮相，生气时也让人觉得他瞳仁里有火光跳动似的，动人心魄。

白夫人过来摸了摸米阳的小脸，甚至拿小手帕给他擦了擦嘴角的口水，笑呵呵道："真可爱！"

米阳："呀？"

白夫人惊讶道："这么快就学说话啦？"

程青笑道："没有呢，我在这里闲着没事，找了本唐诗天天对着他念叨，可能是学我吧，也变成小话痨了。"

白夫人道："这样挺好，是要注重早期教育的。"

房间里暖和，两个女人说说笑笑，很快就熟悉起来。一瞧白夫人就知道她是个家里条件优渥的大家闺秀，但她没什么架子。程青说什么她都能接上话。大概是带着感激的意思，她对程青和程青的宝宝多了一份格外的亲近。

没过一会儿，外面有人敲了敲隔间的木板门，一个沉稳的男声道："江璟？"

白夫人起来开了门，米阳也被程青抱起来，他正好抬头看到迎面进来的白政委，瞧着那张年轻时眉宇间就带着浅浅川字纹的严肃俊脸，他知道这真是白洛川一家无误了，白政委——白敬荣，现在的他和二十几年后基本没有什么变化。

他站得笔直，绷着一张脸，进来之后对她们道："车已经开回来了，带来的东西我拿了一份。"

白夫人喜道:"那正好,直接送过来吧。"

警卫员没一会儿就抱了一个泡沫盒子过来,四四方方的,打开一看,里面放着一小盒新鲜水果,其中有不少香蕉和橙子,还有几个又红又大的西红柿。

米阳一连几个月除了奶粉之外,其他什么都没吃过,冬天里猛地闻到新鲜的果香,忍不住小鼻子动了动。

旁边闭着眼睛、一脸严肃地睡着觉的小白洛川也动了动手脚,人没醒,扭头先去找吃的。

白夫人道:"这是给孩子添加的辅食食材,冬天里不好多带,分一些给你家宝宝。我来的时候问过米连长了,三个月大的宝宝可以吃一点果泥了。"

程青连忙摆手,红着脸道:"不、不,这怎么好意思,太多了……"

这会儿大棚还没普及,北方的冬天果蔬以白菜、萝卜、土豆居多,偶尔有些绿叶菜就挺新鲜了,南方来的水果稀罕,尤其是这样一盒,程青不好意思要。

白夫人却笑着要了一把小勺子,切开一根香蕉,教程青喂孩子。她为人细心又温和,程青刚做了妈妈,身边没有长辈在,在带孩子这件事上有很多地方不懂,被她手把手地教着喂小孩吃果泥,心里忍不住生出几分感激。

米阳吃了一口香蕉泥,吧唧吧唧嘴,香甜得不行。

旁边另一位小霸王虽然不过半岁大小,但已经能熟练地翻身了,自己从羊绒毯子里爬出来,啊啊地叫着,伸手去拽勺子,一副护食的样子。

白夫人戳了戳他的鼻尖,道:"小馋猫,给弟弟吃一口怎么了?你等等,一会儿回家再给你吃。"

小白洛川不乐意,也要吃,瞧着勺子凑到米阳嘴边的时候,追上去,满眼只有勺子,差点啃到米阳的嘴巴。

米阳仰头朝后,涨红了小脸,不肯吃了——他吃什么啊,白洛川的口水都弄到他的脸上了!

小白洛川执着地啃着勺子,米阳也坚持不吃那勺香蕉泥了。

米阳扭头看着旁边放着的泡沫盒子,"哎呀"叫了一声,拍手指向盒子,想要另外一根香蕉,跟白洛川分开吃。

程青抱着米阳凑近了一点儿,他伸出手去,心想:无论够着什么都马上抱住,管他呢,反正不吃同一勺就行了!

米阳抱出来的是一个圆圆的西红柿，已经熟透了，深红的色泽看起来特别诱人，大概是刚从外面的车上拿下来，表皮看起来还有一层水雾似的，十分水灵。

程青犹豫道："这个有些凉吧。"

白夫人伸手摸了一下，点头道："是有点儿凉，放一会儿吧。"

这个西红柿被拿出来之后，米阳就目不转睛地盯着它，一副"哎呀，这个怎么这么好吃""我就只吃它一个"的样子，喂什么也不肯张嘴了，一心一意地等着吃它。

程青哭笑不得，拿其他东西哄都不能让米阳转过头来。

白夫人被他逗笑了，用手指轻轻点了点他的小脑袋，道："你呀，也是个小馋猫！"

旁边另外一只已经在大口大口地吃着果泥的馋猫半点羞愧的意思都没有，直到吃了大半根香蕉，打了个饱嗝儿才停下。

大概是吃饱了，小白洛川开始睁大了眼睛打量陌生的环境。他的家里玩具多，零食也多，见多了之后就对这些没什么兴趣了，米阳只有一只手工做的布老虎，小少爷看了一眼后也不感兴趣了。他很快就把目光放到了同样是婴儿的米阳身上，"呀"了一声，蹬了蹬腿。

但是，他高估了自己的力量，小肚皮挺在中央，费力地动了动四肢，没挪动半步。

小白洛川皱了皱眉头，这么大一点，就能看出以后少爷脾气的迹象，绷着张小脸跟自己较劲儿似的使劲翻腾半天。旁边的程青想伸手帮忙，被白夫人拦住了，白夫人笑着道："你别管，看他自己折腾。"

小白洛川终于在使出吃奶的劲儿之后坐了起来，刚才还憋红了脸，这会儿又神气活现起来，坐在那儿仰着小脑袋别提多得意，还拍了拍自己的肚皮，"呀"了一声，看向大人们，像在炫耀。

米阳有点羡慕，他明里暗里都练习过，身体的成长和脑力的发育没有半分关系，他知道的事再多，现在也只会抬头。

程青惊喜道："骆姐，他会自己坐了吗？真厉害！"

白夫人笑道："也是这几天刚学会坐起来呢。"

程青羡慕道："阳阳还不会。"

白夫人道："老话说，三翻、六坐、八会爬，洛川是七月底的生日，比阳阳大，现在坐起来也正常。等他们一岁会跑了后，我们才要头疼呢，那时候，他们一刻都离不开人。"

程青羡慕了一阵，又和她聊起育儿经，两人有说有笑地小声交流着，米阳也在瞧旁边靠着枕头神气坐着的小白洛川。他倒是挺想跟这个小少爷交流一下，不过，小少爷吃一勺果泥就美滋滋地坐起来的神气小模样，不像是跟他一样带着记忆的。

小白洛川没坚持多久，一个倒栽葱摔到旁边去了，肚皮朝天。

床上用品本来就是为米阳准备的，褥子铺得厚实，小白洛川摔一下一点事儿都没有。小白少爷憋红了脸想自己翻身起来，但是这次难度有点大。

米阳伸手过去，"呀"了一声，小少爷憋着气一把推开他，继续练习翻身。

米阳乐了，趁着他刚起来一点儿，就使坏地拽着他那毛茸茸的小衣服给他加了点重量，又让他跟小乌龟似的翻在那儿，哼唧着爬不起来。

小白洛川瘪瘪嘴，脾气上来就要哭，米阳瞧着不好，立刻松手，让他略微挪动了一点儿。

小少爷觉察出阻力少了，又在那儿继续翻身，忙着一件事，竟然忘了哭。

在大人眼里，他们的互动就变成两个小家伙互相玩耍亲近的模样。白夫人先入为主，因为米泽海救了他们，所以瞧着米阳也格外亲切，笑着道："洛川还没跟同龄的小伙伴一起玩过呢，他家里那些哥哥姐姐年纪大一些，都读书了，玩不到一处去。"

程青心思单纯，没想那么多，笑着道："阳阳也是头一回见到别的小朋友，瞧着他还挺喜欢洛川的。"

白夫人笑道："是，咱们两家也是有缘分，等过几天老白把事情都安排好了，我常带洛川过来，你可不要嫌我烦呀。"

程青道："怎么会？我平时也是一个人在这儿，求之不得呢！"

两个人又聊起孩子，说了一会儿才发现两个孩子的生日离得近。

"哟，洛川的生日是七月二十三号，阳阳的生日是九月二十三号吗？那可真是巧，洛川就大两个月呢！"白夫人抱着自己的儿子让他凑近米阳一些，笑吟吟道，"你以后是小哥哥了，要照顾弟弟，知不知道？"

程青听着也笑了。

米阳躺在床上努力用仅会的一个姿势仰头躲着白洛川，但是这小魔王被人抱着，动作灵活了许多，一下就抓住了米阳的小衣领，紧接着就是一个满是口水的亲亲，糊了米阳半张脸。

"哟，这么喜欢弟弟呀？"

米阳奋力躲着，好歹保住了另外半张脸，等小白少爷被抱起来的时候，他已经筋疲力尽了。

白夫人看看自己的儿子，笑着问："那明天再来看弟弟好不好？"

小白洛川"呀"了一声，也不知道是什么意思，但是，白夫人显然代入了自己的主观意识，点头道："好，明天咱们再来。"

米阳心想：你们可别再来了，我躲得实在太累了，他还没长牙呢，就喂得我脸疼！

白夫人给儿子戴好帽子、裹好小毯子，正好外面的那些男人也聊得差不多了，程青送她出去时，两人已经是挽着手臂的好姐妹了。

米阳躺在床上休息，想想过几天白夫人要带着小少爷不间断地来突击，就一阵阵心累。

送走了客人，米泽海和程青又在外面收拾了一阵，才走了进来。

米泽海已经洗漱过了，笑着抱起儿子亲了好几口，道："儿子，想爸爸了没有？"

程青在一旁问米泽海："你都跟白政委聊什么了，说了这么久？"

米泽海道："哦，白政委这次来有任务，聊了一些公事。他还说，这次要从咱们这儿选一批人去考军校，说咱们这边的人报名一直不怎么积极，但又是师长带着的老部队，师长对我们有感情，让白政委特意过来一趟动员动员！"

程青道："这是好事呀，怎么，没人报名吗？"

米泽海道："大家也想报名，但是至少要是高中生，我这边的高中生一个巴掌就能数过来，每天还要训练，眼瞅着明年要大演习了，报了名也不一定考得上，愿意吃苦的没两个。"

程青看着他，忽然道："要不你去考吧？"

米泽海吓了一跳，道："我？我都当兵这么多年了，高中学的东西都忘了，让小赵他们去吧，他们年轻。"

程青嗔怪道："瞧你说的，你就比他们大几岁，要我说，你就得以身作则，带头学习才对。"

米泽海有些犹豫，他平时抓训练就够累的了，明年还有大演习，他们野战军每次都要拿个好名次，成绩可是靠训练、拼体力出来的，老师长对他们寄予厚望，新来的几个文化兵学习一下就算了，要是他也抽时间去搞学习，两边一起抓，估计会很吃力。

程青劝他道："你就试试，人家白政委都来了，你不得支持人家工作吗？"瞧着他一脸为难，她又换了语气，道，"反正我不管，别的我不知道，考军校是好事儿，你不考，我就抱着阳阳回家去，才不在这深山里陪着你。我带阳阳提前入学读书，我让我儿子去考军校！"

米泽海道："好、好、好，我去报名，我去还不成吗？！"

程青脸色好起来，笑道："这还差不多。"

米泽海叹了口气，也想明白了，他和程青是青梅竹马，程青一个眼神，他就知道她要说什么，她摆明了是想他上进。他这么想着，抱着儿子的手臂沉甸甸起来。他哄着儿子，又冲老婆笑着道："不管能不能考上，我先探探路，等以后咱儿子考军校的时候，我能帮上忙，呵呵！"

程青也立刻表态道："我全力辅助，以后家里的事儿你甭管，全都交给我吧！"

米泽海哼唧道："我想吃小灶，不想吃食堂里的大锅饭。"

程青笑着道："行、行，你好好考试，想吃什么，我给你做什么。"

米阳依稀记得这件事，当初他爸军校考得还挺顺利，连升几级，从军二十多年才退下来转业去地方做了一个小领导。他们家一直都温饱有余，谈不上大富大贵，还过得去。他妈退休之后养养花、打打毛衣，最大的爱好就是去跳广场舞。他爸还不放心，非要跟着一起去，明明跳得不好，还非要当舞伴儿，死活不肯松手。

两人就这么好了一辈子，米阳都不记得他们在家里红过脸，有这样和睦、有爱的家庭，他可以说是在蜜罐里长大的。

米阳一直以为自己也会这样过一辈子，找一个朴素爱笑的伴侣，不吵架，就两个人平平淡淡地过上几十年小日子，不求大富大贵，只求家庭和美，怎么也没想过，他会一觉醒来一切回档重来了。

米阳琢磨过自己怎么会回到小时候，除了最后有一点头晕的印象外，其余什么都没想起来。像隔着什么，以前的事儿，他有些记得，有些记不清了，想得多了就容易犯困，有时候打着哈欠就睡过去了。

单是现在这么想着，他就忍不住又打了一个哈欠，眼皮子沉甸甸的。

米阳想了一会儿，懒得继续想了，他也不强求，反正都已经回到小时候了，只能踏踏实实地过下去。

他性子温和，一直都随遇而安。

米阳快要睡过去的时候，听到他爸妈在那儿说话："哎，就是那个，还凉不凉了？"

米阳心想，什么东西是凉的？

很快，一个饱含汁水的西红柿被送到了米阳的嘴边。西红柿的外皮已经在房间里变得温了许多，薄薄的一层皮像一层膜，轻轻一咬，就能吸到里面的汁水。

米阳光是闻了闻，就知道这个熟透了的西红柿酸甜可口，但是他还没有牙齿，努力了一下，也只留下几个口水印子，整个人馋得不行了。

程青想学着刚才白夫人教她的方法，挖一些果泥给米阳吃，但是米泽海显然更有想法，提议道："不用吧，香蕉需要做成果泥，西红柿本来就是带汁的，挖个口子，让阳阳自己啃好了。"

程青犹豫道："能行吗？怎么挖呀？"

米泽海也是第一次当爹，但是非常有创意又有一腔初为人父的热情，很快就用勺子在那个西红柿的顶端挖了一个又圆又大的口子。

熟透的西红柿瞧着肉厚，汁多爽口又带着微微的酸甜，在冬天的雪夜里吃上一大口，别提多美了。

米泽海把挖下来的那一块喂给老婆，又喜滋滋地抱着儿子放在那个西红柿的边上，道："来，儿子，吃吧！"

米阳趴在那儿，没有撑住，差点一头栽进那个西红柿里去！

他吃两口后仰仰头，呀呀地叫着，迫切想让爹妈抱自己起来，但是年轻的父母并没有发觉，还以为儿子吃得津津有味，在那开心得摇头晃脑呢！

米泽海得意道："瞧，他自己会吃，吃得多好！"

程青看着米阳没有被呛到的迹象，放下心来，点头道："是挺好。"

米阳不会说话，他要是能开口说话，一定会大喊：你们俩倒是管管啊！真不怕我呛着吗？都实行计划生育了，少了我，你们二十年内还能再有别的小孩吗？尤其是米泽海同志，你怎么敢对独生子女这么大胆地放养呢？！

米阳努力撑着脖子上的小脑袋，低头就被地心引力压下去糊上一脸的西红柿汁，简直要委屈得哭出来。

爹妈是指望不上了，他能怎么办？！

米阳只能小心再小心，努力靠自己撑下去。

啃了小半个西红柿，他就啃不动了，好在程青也知道一次不能让孩子吃太多，很快就收了起来，给他擦干净手和脸，又喂了点清水，哄他睡觉。

米阳这天太累了，不等程青唱完安眠曲就睡了过去。

他在梦里又看到自己那天感冒了，他骑自行车去给白洛川送份子钱，翻箱倒柜找到了一个红包塞好了钱，想拿给白洛川的时候，却被白少爷一阵冷嘲热讽。

也不知道是不是在梦里的缘故，米阳跟自己抽身出来看似的，并没有当初的憋屈和恼怒，瞧着白洛川那位据说和他订婚了的新娘，也没太大的反应，远远比不上他对自己的那两句羞辱造成的情绪波动大。

白洛川在台上挺不客气，半点没给好脸色的意思，那个女人一声不敢吭，有人凑过来，她反而先做出一副笑脸迎人的样子，努力维持所谓的体面。

米阳一早就知道白洛川看不上任何人，这人永远都只以自己为中心，只跟随自己的心做事，任性妄为惯了。不过，他有那个资本，他就是聚拢人群的光点，生来就是要被众人仰慕的。

米阳远远地看着，说实话，他并不讨厌白洛川这个人，白少爷想要对谁好的时候，会让人如沐春风，很难有人对他冷着一张脸。

米阳只是懒，他一想到在白洛川身边的人维持假笑的样子，就有一种……想跑回家帮他妈种花的冲动。

他是在这种小家庭里长大的，也喜欢这样简单的氛围，恭维白洛川的人那么多，也不缺他一个。这么想着，他就只乐意维持表面功夫了，两人慢慢疏远了起来。

画面破碎晃动，米阳觉得有些头晕。

他在梦里扶不住墙壁，又好像墙壁也在晃动，手无法撑住一般，听见白洛川在跟他说话——

"我真想回到小时候，从头开始，再认识你一次。"白洛川凑得极近，呼出的热气几乎都喷在米阳的耳朵上，他一边用手撑在米阳的胸口用力按下去，一边咬牙切齿地说出那句他没有说完的话，"挖出你的心来，看看是什么铁石心肠，这么多年都焐不热……这么狠的一颗心！"

他说得认真，米阳吓得出了一身冷汗。

米阳睁开眼眨了眨，房间里漆黑一片，能听到外面风卷着雪粒子砸在门窗上的声响，在这样漆黑的夜里，外面的雪倒是被映衬得更亮了。

旁边是父母睡着后的呼吸声，搂着他的母亲侧躺着，一副保护他的姿态，而父亲训练了一天，疲惫得鼾声大作。

米阳小心地动了动手脚，没有发出一点声音，过了很长时间才又睡着。

大概是想了太久的白洛川，这次，他竟然又梦到了白洛川，不过是刚学会翻身、会吃果泥的小白少爷，腆着肚子，仰着小脸，"傲娇"又可爱。

小少爷在梦里冲他伸手，他略微犹豫一下，小少爷就一副要变脸大哭的样子。

米阳只能俯身抱住他，拍拍他的后背，这时听到他一连串的咯咯笑声。

笑声太真切了，米阳醒过来的时候，觉得那笑声好像还在耳边回荡。

"咯咯……哈哈哈！"

米阳歪头去看，哪是在梦里啊，小白少爷怎么又被抱过来了？！

第二章
小白少爷

　　小白洛川今天穿了一身新衣，头上戴了一顶绒线帽，最上面还有一个毛绒球球。他转头的时候，毛绒球球也跟着晃动。此刻，他正坐在那儿捧着一个大红橘子咯咯地笑着，眼睛弯起来的时候像是月牙儿，格外讨喜。

　　米阳躺在那儿动了动小手，就被程青抱了起来，和白洛川放在一处。

　　程青笑着道："阳阳也醒了，来，和小哥哥玩儿，哥哥又来看你了，开不开心？"

　　米阳眨眨眼，冲大人伸出手要抱抱，但是并没有如愿以偿地被抱走，手里反而被塞了一个大橘子。

　　白夫人笑呵呵道："也给我们阳阳一个，和哥哥一样的，好不好？"

　　米阳低头看看那个橘子，鼻间都是果香，他动了动小鼻子，心想，也行吧。

　　米阳咬不动橘子，但是抱着闻闻过过瘾也挺不错的，橘子清香，用指尖触摸着的时候，感觉凉丝丝的。

　　米阳回忆了一下橘子酸甜的味道，吧唧了一下嘴巴。

　　白夫人看着两个小孩，把视线落在米阳的身上，称赞道："阳阳的眼睛像黑葡萄，睫毛也长，我刚开始还以为是个小姑娘呢，难怪人家说儿子像妈妈，长得跟你一样漂亮。"

　　程青有点不好意思，连忙也夸道："哪儿呀，洛川长得才好看，皮肤白，像骆姐。"

　　米阳扭头看了小白少爷一眼，别说，这人还真是从小白到大，不管怎么晒，皮肤顶多就是红一点儿，从来没变黑过。

他记得有一回他们出去野营，山里燥热，白洛川非拉着他去河里游泳。白洛川脱下身上那件T恤的时候，身上简直白得发光。那一层薄而紧实的肌肉，让他颇为羡慕。

大概觉察到了米阳的目光，小白洛川也扭过头来看向他，但是平衡没掌握好，一扭身子又歪倒了，差点摔到米阳的身上。

米阳就会一个急救动作，仰头拼命向后躲——以昨天的经验来看，小白少爷又要嘬他的脸了！

米阳猜得没错，但是意识到位，并不代表动作也能迅速做出来，很快，他就被小白少爷咯咯笑着嘬住了小脸，留下了一个口水印子。

米阳被按在那儿，小手小脚扑腾个不停，嘴里"呀呀"两声——呼叫大人！

两位妈妈站在床边只是笑着看他们，程青笑弯了眼睛，白夫人甚至让警卫员回去取照相机来照相留念。

米阳也不扑腾了，一脸生无可恋地躺在那儿让小白洛川嘬脸。

小白少爷抓着他玩了半天，大概幼儿的示好方式也就这么两种：大力抱抱，还有爱的嘬脸。

示好完了，小白少爷又滚橘子玩，还冲米阳"呀"了一声。

米阳扭头看向程青，固执地伸手，他要先洗脸啊！脸上全是白洛川的口水！

好在程青照看了他几个月，知道他的一些小习惯，拿了手帕给他擦干净小脸，等他又变成一个香喷喷的宝宝之后，程青又把两个小孩放在一起。

这次米阳配合多了，一过去就极力配合小白少爷玩滚橘子的游戏，把自己的那个橘子也推给小白少爷，让他玩，努力维护自己的安全。

程青看他们两个玩得开心，笑着道："阳阳没见过其他小朋友，我之前还担心他们可能要很久才能玩到一起去，这才几分钟，就这么要好了呢！"

白夫人也挺高兴的，她陪同丈夫过来要待上几个月，在这里，大人吃苦倒是没什么，但是她一个人带着孩子，难得给儿子找到一个小玩伴儿，这比她预期的要好得多。看向米阳的时候，她的眼神里也带了关爱。

中午的时候，白夫人有点事，原本是想抱着孩子回去的，程青为人实在，劝道："骆姐，营里就咱们两个军嫂，孩子你抱回去也是小赵帮你看着，你要是放心的话，就把洛川放在我这儿，让小赵也留下来帮帮忙，我带阳阳也是带，多带一个也不费什么事儿！"

小赵是白敬荣的警卫员，虽然平时也帮忙照看孩子，但是一个大男人带孩子总是让人有些放心不下，白夫人听见程青这么说挺高兴的，问道："不耽误你做事吧？"

程青笑呵呵道："我有什么事儿呀！就是给米阳他爸做个饭，不耽误的！"

白夫人抿嘴笑了，道："那就麻烦你了。"

白夫人留了警卫员在这儿和程青一起帮忙照看孩子，自己先走了，说好下午就回来。

程青铺了一块小毯子给两个小家伙，然后用枕头围了一圈，防止他们摔下来，然后坐在一边打毛衣。她神态轻松，偶尔还逗弄一下小孩儿，倒是一旁提着一个挎包的警卫员小赵有点紧张，掐着时间，问道："嫂子，他们是不是该吃点果泥了？"

米阳也有点饿了，抬头眼巴巴地看着他妈。

程青点点头，道："行，我去给他们准备。"

警卫员道："我带着呢，出门的时候都带着点零食，今天带的是苹果。"

程青道："那好，你照顾他们一下，我正好去给阳阳泡奶粉。"

警卫员答应了一声，从挎包里掏出一个嫩黄色的围兜，给小白洛川系上。小少爷估计也知道系上围兜就有东西吃，乖乖坐在那儿，把两只带着肉窝的手放在小肚子上，水汪汪的大眼睛看向警卫员，在瞧见警卫员把他那个卡通小餐盒拿出来之后，眼睛又亮了几分，伸了伸手，又拍了拍自己的肚皮："咿呀！"

小餐盒里面是一个苹果，还有一把小勺子，将苹果从中间切开之后，警卫员想给米阳也吃一些，但是程青笑着拒绝了，晃了晃手里的奶瓶，道："不用，阳阳不能吃太多果泥，他喝这个。"

警卫员给小白少爷喂果泥，一勺递过去，立刻就被张嘴等着投喂的小少爷吧嗒吧嗒吃掉。小家伙吃得太香了，眼睛都眯了起来，吃了一些果泥之后，还拿了一块切好的苹果抱在围兜前，啃得津津有味。

另一边的米阳也在等着自己的加餐。

米阳平时是喝奶粉的，这会儿等着程青冲泡好了在手背上略微试了试温度后，他就慢慢喝起来。

米阳喝了两口，不怎么饿了之后，就心不在焉地一边喝、一边看窗外，昨天夜里雪已经停了，但是外面银装素裹，唯一的绿色可能就是几株被大雪压枝的松树，光看着就觉得冷得厉害。

小婴儿容易犯困，吃着睡着的情况很常见。

米阳咬着奶嘴，闭上眼睛，没一会儿就睡着了，其间有一次被他妈抱起来又喂了一回奶。即便是在睡着的情况下，他也会伸出一条小胳膊来圈着奶瓶，闭眼大口喝着，直到打了个饱嗝儿。

白洛川看到了，伸手去摸他的奶瓶："呀？"

米阳怒了，这什么破毛病啊！他以前喜欢什么，白洛川都抢，从读书的时候就这样，他多看了两眼的东西，白洛川要抢，给他写情书的校花，白洛川要抢，现在一个奶瓶，也要抢！

米阳吐出奶嘴，竖起小眉毛，冲小白洛川噗地吐了一口奶——叫你抢！

小白少爷锲而不舍，强盗精神还是很顽固的，拽着米阳的奶瓶，硬是把奶嘴放到了自己的嘴里，吧唧吧唧地喝了两大口。

等米阳把那个奶瓶抢回来的时候，奶已经少了好些。他低头看了一眼，好家伙，奶嘴都让小白少爷咬破了一个小口子，难怪刚才喝得那么快呢！

程青惊讶道："哎呀，洛川长牙了！"

米阳原本抱着奶瓶往他妈妈的怀里躲，这会儿听见，也扭头去看，小白洛川咧着嘴正在那儿乐，露出两颗米粒大的乳牙。

米阳心里又一阵羡慕，虽然他们的生日就差两个月，但感觉他们发育差了好多啊。

米阳记得白洛川以后能长到一米八几的个子，而自己比白洛川矮大半个头，一米七六，在北方属于偏矮了，不过，现在还不晚，多吃饭，多喝牛奶、骨头汤什么的，应该多少能再补个两厘米吧？他不求多的，有一米七八就知足了。

小白洛川还想伸手抢奶瓶，米阳这次一点儿都不让他了，自己先张嘴咬住了奶嘴，大口地、咕咚咕咚地喝起来。

程青戳了戳他的脑门，笑话他："小气鬼，给哥哥喝一点怎么啦？"

小白洛川坐在一边等着，大概是觉得米阳喝完还能有他的份儿，于是抓着手里的苹果啃啃咬咬，又眨着一双大眼睛去瞧米阳的奶瓶。

米阳扭开头躲着他喝，哼唧了一声。

程青被他们逗得不行，又找出一个奶瓶，给小白洛川冲了奶粉让他喝，两个小家伙一人抱着一个奶瓶咕咚咕咚地喝着，跟比赛似的。

警卫员在一旁感慨道："还是两个凑在一起好养。"

小孩子吃饱了就犯困，白洛川比米阳强一点，但到底是个婴儿，大半瓶奶喝下去，很快就开始揉眼睛了。程青拿了床小被子来，新棉花做的被子特别轻软，她抱了两个小家伙过去，让他们午睡。

米阳打了个哈欠，小手放在脸边蹭了一下，很快就闭眼睡着了。旁边的小白洛川睡着的姿势没这么规矩，自己翻过来趴在那儿睡，白嫩嫩的脸颊在柔软的小被子上蹭了蹭，像是在确定它的气味，眼睛张张合合几次，这才慢慢睡着。

中午的时候，米泽海回来了，还带回来两本书，瞧着已经开始准备考试了。

程青要去做饭，米泽海习惯性地要去帮忙，被程青推着去了里面隔间的桌前，让他坐下，把书塞回他的手中，道："你呀，什么也甭管，坐在这儿读书，抽空帮我看一眼孩子们就成了。"

书桌倒是正对着米阳他们睡觉的小木床，米泽海答应后叹了一口气，苦笑着拿起书本翻看起来。

程青做个手擀面的工夫，警卫员小赵已经一溜烟儿地跑出去打了三份菜回来，不但打了自己的，还给米连长两口子也打了。

程青给警卫员也做了一份手擀面，小赵起初还拒绝，后来米泽海下了命令，道："必须吃完，这是任务！"

小赵这才敬了个礼，笑嘻嘻道："是，保证完成任务！"

他们几个人人在外面吃饭，米阳已经小睡了一觉醒了，旁边是和白己身上一样带着奶香的白团子。

两个人挨得近，小白洛川就算是睡着了，也没忘了他的大橘子，他把两个橘子都滚在自己和米阳中间，一只手抱着一个橘子，和米阳头挨着头，脚挨着脚，像一只弯起的小虾，正睡得香甜。

真是能吃能睡。

米阳在心里评价了一下，难怪白洛川长得比他快。

小白洛川呼呼睡得正香甜，菱形的小嘴微微张开一点儿，长而浓密的睫毛像小扇子一样垂下来，打出小片的阴影，软软的头发翘起来一撮儿，比醒着时候小魔王的样子乖巧多了。

米阳看了一会儿，伸手去戳了一下他的脸，很软，戳一下，他还吧唧嘴。

米阳又戳了戳，没控制好力道，戳到人家的嘴巴里去了，小白洛川在睡梦中皱了一下眉头，很快就含住米阳的手指头下意识地吮起来，那两颗小乳牙还试着去咬。

米阳费了不小的劲儿才抽出自己的手指头，再也不敢去招惹人家了。

程青担心房间里的孩子，吃了小半碗面条就过来了。走进来之后，她就瞧见一个正在呼呼大睡，睡颜乖巧，另一个睁大了眼睛，眼珠骨碌碌地转着，一会儿看看天花板，一会儿又玩玩自己的手指头，瞧见她进来，立刻就咧嘴笑了，也不发出声音，只伸手让她抱，像是睁开了眼睛的小天使。

程青抱起自己的儿子亲了一口，也笑了。

两个小的都还算安静，但是这段午休时间，米泽海没有办法小憩一会儿，他还得看书。

他早上五点就带人上山训练，中午还要看书、记笔记，虽然人没吭声，但是眼睛里已经有了红血丝。程青心疼他，去给他倒了一杯浓茶，坐在一旁陪着，给他鼓励。

米阳一点儿都不担心，因为他爸当年不但考上了军校，名次还挺靠前，在全师部都排得上名号。当年被老师长在大会上重点表彰的几个人里就有他，这事儿他吹了一辈子，得意得厉害。

不过，虽然知道，米阳也没有发出声响去搞破坏，只是安安静静地玩自己的手指头。

等过了一阵，旁边的小白洛川皱了皱眉头，也慢慢地醒了，这位小少爷醒来后就不乖了，闭着眼睛先哭了两声，程青忙抱着他轻声哄着，却不怎么好使，他发脾气似的干打雷不下雨，非哭一阵不可。

窗外的军号也响了，米泽海合上书，用力揉了揉脸，振作精神，咧嘴笑着道："嘿，这小子估计也是当兵的料，醒得还真准时，正好是下午该出操的时候了。"

程青也笑了，道："你一会儿慢点，下午天冷，记得加件衣服，别又天黑才回来。"

米泽海答应了一声，瞧着房间里就两个小不点儿，也没有别人，凑过去亲了老婆一口，美滋滋道："放心吧，我知道。"

就这样，程青还是红了一张脸，催着他赶紧走了。

房间里，程青一个人带着两个小孩，一个省心，一个半点儿也不省心。

米阳自己躺着能玩上一天，不哭不闹，只有想拉尿了，才会憋红了一张小脸，猫儿似的哼唧两声，表达自己的意愿，十分好带。但是小白少爷的脾气就大多了，程青拍着他轻声哄着的时候，他也闭上眼假装睡一会儿，可一放下就哭——就是故意非要人来看着他，是个一时半刻都离不开人的磨人精、小坏蛋。

米阳怒了，这人怎么从小就不安好心啊！这可是我亲妈，有你这么使唤人的吗？！

他今儿非教训这个小兔崽子不可。

等着程青再把小白洛川放下来的时候，米阳就举着小手动了动，努力做出人生中第一个翻身，凑近了小白洛川。

没等程青惊喜出声，米阳就冲小白少爷做出了攻击动作，喷口水："噗！"

小白洛川眨着眼睛，没反应过来："咿呀！"

米阳趁机又对他喷口水："噗、噗噗——"

程青把米阳抱起来，道："干吗呢？想跟哥哥说话是不是？怎么喷了小哥哥一脸口水呀。"

米阳在程青的怀里还在锲而不舍地对小白洛川喷口水，小喷壶似的噗噗喷个不停，程青看不下去了，哭笑不得地拿小手绢给他擦了嘴巴和小脸："这是从哪儿学的？"

小白洛川坐在那儿歪着头看米阳，漂亮的小脸上表情严肃，过了一会儿，他学米阳："噗！"

米阳立刻反击："噗！"

小白洛川第一次学这个，一边看，一边试着模仿："噗……噗……"成功率不算太高，但是慢慢练习得多了，也学会了，没一会儿，他就得意地坐在那儿"噗"得非常标准规范了。

程青哭笑不得。

小白少爷喷人的本事是从她家儿子这里学会的没错了。

等到下午的时候，白敬荣夫妇一起过来接孩子，小白洛川已经学会了喷口水这项技能，白敬荣抱着他穿衣服的时候，他还不乐意走，等穿戴好了被抱起来，立刻不高兴地冲亲爹吐了口水："噗！"

白夫人在旁边一下就乐了，道："哟，今天学会新招式了？"

程青不好意思道："他们两个小的在一起午睡来着，睡醒了，也不知道怎么的，就这么玩起来。"

白夫人摆摆手，笑道："没事，小孩嘛，正常，也是在练习说话呢。"

白敬荣是个严肃古板的人，对待儿子的袭击也处理得简单粗暴，直接给他戴了个口罩，瞧着他怒目而视的样子也没当回事儿，向程青点头致谢之后，就和夫人一起抱着孩子走了。

等人走了之后，程青就在那儿教育儿子，米阳哼哼唧唧，一副天真懵懂的样子，要么就干脆闭眼装睡，半点不受教。

程青也就是念叨几句，别说这么大点的小孩，就是三四岁的孩子，也是不讲道理的。

军营里没有其他军属，军嫂只有程青和白夫人两个，一开始是白夫人抱着孩子过来，慢慢地，程青也会抱着儿子去白家玩一会儿。

白敬荣没有要特殊待遇，住得也挺简朴，但是白夫人收拾得很干净，随便放在那儿的一些茶具也被擦得反光，更别提她带来的不少小玩意儿，都是城里最时兴的物品和小电器。别的不说，那个小小的旅行保温壶就让程青忍不住多看了两眼。

细长的红色硬壳瓶身，盖子旋转拧下之后正好是一个喝水的小水杯，旁边还有一个可以折叠的把手，拿起来非常方便，程青估摸着它刚好是三个奶瓶的容量，给孩子喝一晚上正好呢！

她是来这里探亲的，等过完年就要回去了，单是坐绿皮火车就要三天两夜。天这么冷，火车上的热水总是第一时间被抢光，她自己忍一忍倒是没什么，孩子怎么忍得了呢？

程青暗暗记住了那个旅行保温壶的样子，琢磨着等过段时间临走的时候一定要去买一个。

米阳眨着眼睛也在看那个保温水壶，巧了，从他有印象起，他家就有一个一模一样的，他妈经常念叨这壶跟他的年纪一般大，一直到他初一那会儿，家里还在用。

不过他没看多久，很快就被白夫人笑着抱进去让他"跟哥哥玩儿"了。

大概是在这里熟悉的物品比较多，小白洛川倒是比在米阳家要放松许多，也没那么折腾人了，自己坐在一堆毛绒玩具里跟小皇帝似的，瞧见米阳过来，也没有半分排斥。

小少爷玩玩自己的那个玩偶熊猫，又玩玩米阳，特别满意！

米阳觉得小白少爷之所以不排斥他，完全是因为也把他当玩具了啊！

到了冬天，北方经常下雪，尤其是靠山的地方，雪积起来经常有半米深。三九严寒，不能经常去山上搞拉练，营里的战士们加了一些文化课，每天晚上集体带着小板凳、抱着笔记本去会议室上课。米泽海负责主持工作，白敬荣有时候空下来，也会来旁听一下了解他们上课的进度，战士们的情绪还是很高的。

白敬荣非常满意，瞧着米泽海手头的书不多，又专门找老朋友去弄了一些去年军校班留下来的军事理论书籍。这些都是部队内部发行的，有些还画了重点，挺有用的。

当然，除了军事理论，语文和政治这些统考的科目也要学习，米泽海带头，每个周末都要检查笔记，还进行打分，有几个新兵开始冒头，瞧着成绩不错。

米泽海为此挺高兴的，他带兵好几年了，看手底下的兵有出息，就跟自己面上有光一样，倍儿得意。

这些对米阳并没有什么影响，他现在四个月大，活动的范围很小，最远也是最常去的地方就是小白洛川家。

走动了一段时间之后，米阳发现军营里开始打扫房舍，并且挂红灯笼，每个人的脸上都喜气洋洋的。

程青把他的小围巾往上提了提，在他冻得冰凉的小脸蛋上亲了一口，笑着道："要过年了哦，阳阳还是第一次过年呢！"

米阳眨眨眼睛，要过年了啊！

1989年的春节，米阳是在军营里度过的。他记事的时候，已经对军营里的生活没有那么深刻的印象，只记得当时有几个和他爸同乡的叔叔经常来看他，送过沾满了芝麻的麦芽糖酥棍，还有一两个玩具。这么认真地再来过一遍，让他有点新奇。

程青这段时间在跟白夫人学习打毛衣，她手头上的毛线不多，又拆了以前的一件旧毛衣，打算趁这几天织一件款式新颖的毛衣当作新年礼物送给米泽海，他带兵都是冲在第一线，身上的衣服都磨得不像样子了。

白夫人来这里也是因为不想和丈夫分开，专门带着孩子一同来陪伴的。军营里寂寞，有程青做伴、聊天有趣一些，而且她懂事明理，白夫人也乐意多和她来往，不光是打毛衣，两个人坐下来的时候聊的事情慢慢多起来，感情也好了许多。

米阳的生活就更简单了，他自己带着奶瓶过来，偶尔被小白洛川抢几口奶喝，顺便练练手劲儿努力再抢回来，基本上一上午就过去了。

小白洛川已经长乳牙了，冒出了一点米粒大的小白牙，变得特别喜欢啃东西。

米阳的奶瓶没少遭殃，这个月都换三个奶嘴了，但怎么也防不住这个小强盗，白夫人给了新奶瓶都不成，小白少爷就认准了米阳手里的东西好。

就是米阳啃个手，小白少爷都能坐在一旁馋得口水滴答，有一回还啃了米阳的手一口，米阳也不甘示弱，先"噗"地喷他一口口水，然后"嗷"的一声开始假哭，叫大人——白洛川六个月，他四个月，谁还在乎哭会丢脸啊？好汉不吃眼前亏，抽身才是第一要务。

今天也是这样，米阳一边大口喝奶，一边警惕地盯着小白洛川，不过，小魔王被抱着喂蛋黄，估计是刚开始加这道餐，吃得津津有味，破例没去关注奶瓶。

程青喂完了他们，又等了一会儿，问道："骆姐，现在开始吧？"

白夫人点点头，道："好。"

米阳还没弄清楚怎么回事，就和小白洛川一起被抱着去了里面的房间，房间正中间是一个小澡盆，上面撑了一个小帐篷似的东西以防热气流失。

米阳只来得及蹬了蹬腿，就被亲妈利落地扒了衣服放在澡盆里了，扑通一声，小白洛川也被光溜溜地放进来，跟他面对面地坐在澡盆里。

米阳扭头要走，但是身为一个小婴儿，他的反抗能力还没一只猫强，很快就被按着"洗白白"了。

对面的小白少爷显然不是第一次这么洗澡，边洗边玩，咯咯地笑。

程青把米阳裹进一条厚实的大毛巾里，抱着他去了床上，一边拿带来的新衣一边逗他道："过年啦，洗澡澡，穿新衣服，阳阳高不高兴啊？"

米阳没多高兴，他觉得平时在家里用热毛巾擦擦就挺好的啊，头一回在澡盆里泡澡，还是和白洛川一起，这总让他忍不住想起记忆中两人一起泡温泉。

那会儿白少爷正是脾气最大的时候，也是最叛逆、不怕闹事儿的时候。他带了个小明星过来参加聚会，小明星在外面闹翻天，白少爷却臭着一张脸跟米阳在豪华宽敞的温泉池里一人占据一边，都不说话。

米阳尴尬，不知道说什么，白少爷喝着冰啤酒，眼神沉沉的，不知道在想什么……

米阳正想着，眼前忽然冒出一张圆嘟嘟的小脸，笑得露出小白乳牙，冲他咯咯直乐。

平心而论，白洛川还真是从小漂亮到大，就这张脸，去拍个奶粉广告都绰绰有余了。

洗澡后的小白少爷软绵绵、水当当的，带着婴儿肥的脸颊软嘟嘟的，一身雪白的皮肤，简直像是剥了壳的鸡蛋一样白得发光。他坐在那儿，一边玩一块积木，一边咿咿呀呀地说话，头上被擦了两下，软软的头发左右翘起来一些。

米阳收拾得比他快许多，这会儿已经穿好小棉裤了，程青在外面给米阳套了一条背带裤，特别可爱。

白夫人也瞧见了，道："哟，阳阳这身衣服怪漂亮的，新买的吗？"

程青不好意思道："这是我自己做的呢，骆姐喜欢的话，我也给洛川做一件吧？小孩子的衣服做起来很快的，我这两天赶一赶，过年正好能穿新衣呢。"

白夫人也不跟她客气，点头笑道："那可真是太好了，这附近没有商场，我还发愁过几天给宝宝穿什么好。"

虽然为洗澡做了准备，但房间里还是被弄湿了，程青和白夫人给他们两个穿好衣服后就开始收拾。

米阳现在会翻身了，歪倒在软软的被子里就拱来拱去。

程青瞧见了，笑了一声，抱起棉被里那一小只拱啊拱的团子放到被子上面，让他和小白洛川坐在一起，还戳了戳米阳的鼻尖，道："淘气鬼，又钻被子，好好在这儿跟哥哥玩，不许捣蛋，知道吗？"

米阳就是想躲着啊！

小白少爷这段时间除了喜欢啜他的脸，高兴起来还喜欢抱着他啃，难得今天洗澡换了新衣服，他可不想再被糊一脸口水。

趁大人不注意，米阳又试着翻身，还计算着角度，好不容易离小白洛川远了点，但是他这边一动，小白洛川就被吸引了，先是目不转睛地看了一会儿，瞧着他仰躺在距离自己一米远的地方，小肚皮一鼓一鼓的时候，眼睛亮亮的，"呀"了一声，坐起来爬了一下，伸手拽住了他的小脚。

米阳躺在那儿扭了半天也挣脱不了，力气用得差不多了，眼珠子一转，计上心来，干脆拿脚丫踢他的脸。

小婴儿没什么力气，踢得不重，婴孩时期的白洛川皱着小眉头，吧唧吧唧嘴巴，两条嫩藕似的胳膊一下就抱住了米阳的小脚丫，啃了起来。

刚洗完澡还没来得及穿小袜子的米阳大吃一惊。

米阳挣扎也没用，只能放出大招，用哇哇大哭来呼唤大人。

白夫人进来一看，笑道："哟，我就是看洛川这两天老抱着自己的脚啃，才给他穿了筒裤，怎么，一会儿不见，就抱着阳阳的脚吃起来啦！"

程青进来瞧了一眼，看到自己的儿子眼泪汪汪地冲她伸手的样子，也笑了起来。

白夫人怕自己的儿子欺负小米阳，拿了个枕头放在中间把他们分开，但是没一会儿两小只就又凑在了一起。

没办法，米阳一直躺着太难受了，想翻身动一下，小白少爷也是这样，但是被圈起来的空间就这么大，没一会儿两人就爬到一处"胜利会师"了。

小白洛川已经学会很多东西，除了吃手、踢脚，还会用一些简单的字来表达自己的情绪以及清楚地区分自己喜欢的玩具了，遇到喜欢的就咧嘴笑，遇到不喜欢的，即使放在身边，他也无动于衷，理都不理。

他现在最喜欢的就是米阳，每回去米阳家或者程青抱米阳来他家的时候，他都挺兴奋。

洗完澡和米阳一起躺在小床上他也挺高兴的，他就跟一只追逐米阳的小狗一样，米阳动一下，他立刻抬起小脑袋来，一双亮晶晶的大眼睛好奇地随着米阳移动。米阳发出声音的时候，他也会高兴地拍手叫，咿呀叫着的童声十分有趣。

米阳冲他"啊"了一声，他立刻兴奋地拍手，特别捧场。

米阳自己都乐了。

除了长牙偶尔有些不舒服之外，小白洛川小小的身体里充满了无穷的活力。

米阳有时候也想跟他比一下，看谁更有活力，但是，一连比了几次，没两个小时米阳就犯困得直点头了，而小白少爷还在努力地把小皮球滚过来给米阳玩呢！

光从婴儿时期的身体来看，米阳觉得自己已经输了，这人体能怎么这么好啊？太阳能充电的吧？！

米阳洗完澡玩到筋疲力尽，昏昏沉沉睡过去，在睡梦中被他妈妈抱回去，完全没有察觉。

腊月二十九，部队里已经是一片红色，喜气洋洋的了。

军营的大门上贴了春联，营地里也挂了成串的大红灯笼，晚上亮了灯，红彤彤的一片，特别喜庆。司务长为了年夜饭，特意出去采买了好些蔬菜、米面回来，还给军营里的两位军嫂送去胡萝卜之类的东西，憨厚地笑着道："嫂子，辛苦你们来了，咱们这也没什么好东西，就买到这些，你们蒸一下，给孩子们加餐吧！"

于是，当天晚上米阳就吃到了胡萝卜泥，是程青给他煮着吃的，甜丝丝的，尤其是里面的黄芯子，特别甜。

米阳吃得津津有味，吃了小半根。

晚上，米泽海去给白敬荣汇报这段时间的学习和工作，程青让他顺便把那条小背带裤一起拿过去。

米泽海还有点不好意思，支支吾吾半天，不肯拿："让人家瞧见了，还以为我送礼呢……"

程青道："就这么巴掌大的一小块布料，人家好意思收，我还不好意思送呢！"

米泽海知道自己想多了，就大大方方地把那件小衣服一起带了过去。

回来的时候，他也没空着手，白夫人给米阳带了一包大白兔奶糖，小孩子不能吃太多，但是过年嘛，家里有点糖果总是喜庆的。

白夫人考虑得周全，又借着小孩的名义送来，程青收了糖也很欢喜，念叨着让人家破费了，回头得多做几件衣服补偿才行。

米泽海躺在床上翻着军事理论书，随口道："不用了吧，过完年白敬荣就回师部了，我听说他太太不是随军家属，好像在沪市有工作。沪市多发达，什么好衣服买不到？你就别费这个心思了。"

程青的热情减退，叹了口气道："也是。"她坐在那儿想了一会儿，伸手拍了拍米阳，又道，"过完年你的探亲假也用完了，原本就超了些时间，人家领导是看阳阳小，冬天走怕冻着孩子。等过完年，天暖和了，我就带着阳阳回老家啦。"

米泽海没吭声，但是书看不下去了，翻身抱着老婆道："我舍不得你们娘儿俩。"

程青被他逗笑了："这话应该是我说才对吧，你怎么抢我的台词呢？米副连长，你在外面不是钢铁硬汉吗？怎么还有趴在老婆的肩上哭的时候？哎哎，别闹了……还真哭了呀？"

米泽海没哭，但是脸色不好看，委屈得像一只大狼狗。

米阳仰躺在一边看着天花板吐泡泡，翻着小白眼，感叹他爸真是人前人后两个样，这么多年了，都没能改过来。

不管怎么样，年还是要过的。

部队不放假，天南海北的士兵们搬着小板凳聚集在会议室看一台彩色电视机，一贯的军人坐姿，挺直了脊背，坐得整齐得像是用尺子画了线一般，只有笑起来的时候发出"轰"的一声，每个节目结束之后热烈地鼓掌，他们的神情认真得像是在看现场演出。

米阳和小白洛川也被抱着出去转了一圈，两人穿着一样的背带裤，戴着款式相仿的毛绒小帽子，连围巾都是一样的，瞧着像兄弟俩似的，粉白精致的一团，特别可爱。

白夫人给了米阳一个小红包，放在他背带裤肚子上的兜兜里，笑呵呵道："过年好，给咱们阳阳压岁钱。"

米阳喜滋滋地摸了摸那个红包，这还是他第一回见到钱呢！

程青也送了一个红包给小白少爷，但是被小少爷伸手推开了，小白洛川"咿呀"一声就要伸手去抓米阳。

程青逗他道："哟，这个可不能给你。"

周围的大人都笑起来。

来拜年的人多，白敬荣和米泽海一个政委、一个副连长，都是要出去主持工作的，连带着白夫人和程青也不得空闲。有人进进出出，时不时一阵冷空气就被卷进来，她们怕冻着孩子，就把两个小家伙放到小会议室的隔间里去，将两把椅子拼在一起，放了垫子，让他们坐在那儿，找了个警卫员看着。

米阳抬头好奇地打量着这隔间，房间里挂着大地图，足足占了一面墙，旁边还放了两张办公桌那么大的沙盘，上面有许多小松树、车辆、坦克和士兵模型，他感觉很新奇。

小白洛川没有他这么放松，猛然到了新环境中，又没有熟悉的人在身边，坐在那儿紧绷着身体，好几次想要翻身爬出去。

警卫员吓了一跳，他也是临时被叫来的，没接触过小孩子，只能僵硬地把小白少爷抱回去。但是小少爷对陌生人的接触非常抗拒，扭来扭去，被塞了一个玩具在手里的时候，还发脾气了，"啊"的一声就把玩具扔到了地上。

反抗了一阵，小白洛川就紧挨着米阳不动了。

米阳歪头看他，小婴儿已经可以表达情绪了，小白少爷眼睛里没有了以往的神气，黑葡萄似的大眼睛里带了些焦躁不安。

米阳想了想，主动伸手过去，手立刻就被小少爷抓住了。

他动了动手指，小白洛川就被吸引了，低头看他在那儿摆弄手指头。

米阳晃着手哄他，心里想着，再厉害的小霸王也会害怕的呀。

这么一想，米阳抬头再瞧小少爷的时候，心里忍不住柔软了几分。

还是个孩子呢。

米阳和他在里面玩了好一会儿，隐约能听到一点电视机发出的声音——赵丽蓉老太太的一句经典台词传过来："司马缸砸光——哐当！"

米阳咯咯地笑起来。

警卫员偷偷打量着他们，瞧着他们没真的哭起来，便松了一口气。

他忍不住多看了一眼米副连长家的小孩儿，觉得这个小孩虽然没有旁边白家的孩子雪团儿似的漂亮，但是笑起来的时候真是可爱啊！

小白洛川紧挨着米阳，两人抱着快要睡着的时候，外面鞭炮突然噼里啪啦地响起来了！

米阳吓了一跳，小白洛川更是吓得抿嘴要哭，好在他们的妈妈这个时候都回来了，一人抱起一个孩子，小声地哄着。

小白洛川瞧见白夫人进来，委屈得眼泪跟金豆子似的往外滚，小手抓着白夫人的衣服，哭得打嗝儿了。

米阳比他好多了，趴在程青的怀里打了个大大的哈欠，然后歪头眯着眼睛瞧着外面那最后一点闪亮的炮仗，心想：过年了啊，真好。

年后，小白洛川开始学说话了，从简单的叠词开始。小白洛川学得快，没几天就会说不少词儿了，对大人们喊他名字的声音也很敏感，基本上跟他说什么，他都要咿咿呀呀地跟着说一点。

米阳一直和小白少爷在一起，也在暗中练习，他的控制能力要强许多，比小白洛川说话要早一点，但是没敢显露出来。

米阳一直等到白洛川学会喊"爸爸""妈妈"后，才试着喊，学说话。

春天到来的时候，米阳已经可以熟练地喊"爸爸""妈妈"了。

米阳记不清小孩子是从什么时候开始会说短句子的，就努力跟着白洛川学。

小白洛川开始叫人，他就过个几天试着也说上一两个词儿；小白洛川开始说话，他就跟着一起说；小白少爷蹦出一个字儿，他也决不说两个字。

以至于几年后，所有大人都说，是白洛川教会米阳说话的。

米阳真是要吐血三升，但这个闷亏只能认了。

程青在家带着孩子，有时候做上两件小衣服。米泽海一个铁血男子汉，在外面摔打得一身泥，进家门之后就抱着老婆、儿子笑得见牙不见眼。

米阳见惯了这种反差，连小白眼都懒得翻了。

米泽海最近忙着军区大演习的事儿，还为这个特意来找过白敬荣，两个人一起去了作战室摆沙盘，搞得神神秘秘的。

比起念书复习，米泽海这个在军营里历练了数年又在野战部队靠实打实的军功换来职务的老兵，显然更喜欢用武力说话，摆沙盘的时候比他捧着书本念书的时候精神百倍。

程青都看在眼里，起初还有点儿急，他一在家，她就抓他的学习，弄得他一有时间就往外跑，去作战室跟几个兵摆沙盘摆得相当积极，那上瘾的劲儿，简直像是退休的老头儿在湖边下象棋。

有两回被程青碰到了，米副连长还被吓得抓着手里的红蓝铅笔手足无措地站在那里，绷了半天没敢说话。

程青在人前还是很给他面子的，只说是有事找他，让他先回去吃饭。

米副连长立刻心领神会，挺直了腰，道："喀喀，你先去吧，我还要忙一会儿工作。"

程青答应了一声，温顺地出了门，转头就抱着米阳咬牙切齿道："你长大了一定要好好学习，千万别学你爸阳奉阴违！"

米阳也有点儿好奇，他爸这样是怎么考上军校的？

很快，米泽海就回来了，进了家门之后，在外面的房间里小声地解释了几句，米阳竖起耳朵去听，可惜声音太小，并不能听清他说了什么。

程青的声音也不大，就轻描淡写道："不忙工作了？"

米泽海慌张道："不忙了、不忙了！"

程青依旧冷淡地道："那进去看书吧，老规矩。"

米阳在床上闲着无聊正练习翻身的时候，就看到他爸拿着一块搓衣板进来了。

他爸先是把房间的窗帘拉严实，然后跪在那儿老老实实地看书，甭提多认真了。

米阳笑出一个泡泡，咯咯乐个不停，他说呢，敢情这么头悬梁、锥刺股地读书啊！难怪他能考上。

米泽海臭着脸瞅了一眼儿子，总觉得臭小子在笑话他这个当爸的，但膝盖到底也没敢离开搓衣板，跪着背了半个多钟头的书，最后程青进来抽查了一下，跟老师一样严肃。

米泽海回答得还不错，全对了。

"这还差不多，去吧。"程青合上书，让他起来，结束了惩罚。

米泽海一脸轻松，跪那么一会儿一点儿都不碍事，他反而觉得已经跟老婆交差了，事情可以过去了。

程青看着他那张记吃不记打的笑脸，又有点儿不乐意，道："你这聪明劲儿，要是当初好好努力，也是能考上大学的，你就是不认真学习。"

米泽海讨好道："我现在开始努力，你别生气。"

程青抬眼看着他。

米泽海又表忠心道："真的，咱们苦点儿没事，阳阳他们以后赶上好时候，可以过好日子喽！"

不，你们根本不知道阳阳以后有多苦。

米阳沉着小脸认真地想。

他攒了那么多年的钱啊，好不容易把那套房子的贷款还清，还一天都没住过呢！

离米阳他们母子俩离开的时间越近，米泽海就越是舍不得，经常抱着儿子又去抱老婆，能做的事不多，他就尽可能去做。

米泽海找了一个周末，拿着刚发到手的一百八十二块钱工资，专门带着程青坐车去了一趟城里买东西。

米阳也是第一次离开军营，左看看、右看看，好奇得很。

离军营最近的是一座老工业城，街道老旧，楼房也比较低矮，连市中心的百货大楼也不过是几层高，矮墩墩地立在那儿，但是，比起周围那些筒子楼来说够气派了，门店前面有几个金光闪闪的大字。

米泽海先是带着程青去女式服装区，隔着玻璃柜台看了好几条毛料的裙子，价格都很高，程青连声说不要，然后拽着他去了百货区。

程青还惦记着白家那个细长的保温水壶，他们在百货区转了好几圈，巧了，还真找到一个一模一样的，一问价格，要四十三块钱。

售货员对他们道："这是从沪市来的新产品，就这么两个呢，您不要，今天可就都卖出去了。"

程青咬咬牙，对她道："麻烦给我们包起来吧，就要这个了。"

米阳的视线落在那个红色的保温水壶上，想着原来家里这件老古董是这么来的。

以前，白洛川也跟米阳提过一两回，想来是白夫人同白洛川讲过几次他们幼年的趣事，米阳都不记得了，还以为是白少爷故意在戏弄他，对这些不怎么感兴趣。

白洛川讲了几次，米阳就恼羞成怒，白洛川便再也不肯开口说了。

也难怪白洛川防备心这么重的一个人，会对他格外亲昵照顾。

他以为他们是同乡，白洛川却把他当作穿一条裤子长大的发小。

正想着，他就听见程青笑着道："这个大小正合适，保温性也好，带着在火车上用刚好。"

米泽海道："你也给自己买两件衣服吧，来这儿之后都没给自己添过什么东西。"

程青不肯，嗔道："还得留着钱当路费呢！"

米泽海道："够用，你也给自己买件新衣。"

程青还是不肯，她瞧上一只玩具小鹿，也是在小白洛川那儿瞧见过的款式，是个又贵又精致的小玩具，她瞧着喜欢，就想买给米阳。

米阳不要小鹿，几次推开，完全不感兴趣的样子。

程青这才作罢。

米泽海笑了，道："瞧瞧，你们娘俩一样的倔脾气。"

倒是在女装区的时候，米阳伸手指着柜台后面一件红色毛衣，咿呀叫了两声，不肯走了。这款式漂亮，颜色也鲜亮，特别适合他妈妈。

程青哄他，他也不听，售货员瞧着米泽海一身军装，对他们挺客气，站在柜台后面对他们道："这是春天从南方新运来的衣服，卖得特别好呢！就是咱们这儿不能试穿，太太漂亮，穿上肯定合适。"

米泽海就做主给老婆买了，程青虽然口头上怪他，但是拿到新衣的时候还是喜滋滋的。

他们没有忘了给米阳买礼物，程青给他买了两块彩色七巧板。

米泽海道："怎么一样的买两个？"

程青道："还有骆姐家的孩子呢，他和洛川一人一份儿。骆姐什么时候都没落下阳阳的，我难得出来一次，怎么能只给阳阳呢？"

米泽海摸摸头，笑了一声，他大老粗惯了，还真没想到这茬。

两口子在百货大楼门口一人喝了一瓶冰镇橘子汽水，米阳看着橙黄的汽水冒着小气泡，有点儿馋，伸手摸了摸瓶身，米泽海只给他用吸管蘸了一点。

米阳咂吧咂吧嘴，真怀念橘子汽水的味道啊！

程青担心道："别给他，太冷了，万一生病怎么办？"

米泽海大大咧咧，道："没事，就一滴。"

从老城回来之后，米阳又被抱着去了白家。

小白洛川正在吃饭，他现在可以吃很多辅食了，戴着小围兜喝青菜粥，旁边还放着半个蛋黄、几粒鱼肝油丸。

小少爷原本吃得起劲儿，看到米阳被抱进来之后，立刻就兴奋起来，妈妈把汤匙递到嘴边，他也不肯吃了，伸手要大人把他从儿童椅上抱起来，非闹着要去玩儿。

白夫人也没办法，只能给他擦干净小手和小脸，放他和米阳去玩了。

这次，米阳带来了新玩具七巧板，小白洛川玩得挺开心。

米阳努力陪衬，尽量模仿对方当个合格的小婴儿。

小白洛川努力掰下来一块粉色的圆形积木，拿在手里晃了晃，开始练习说话："吃……吃吃……"

米阳比他干脆得多，回复他的是最熟练的单字儿："不。"

不知道小白洛川听懂没有，反正米阳那边一有动静，他就咯咯乐上半天。

那边程青和白夫人聊起要回老家的事情，白夫人道："春天回去正好，天气不冷不热的，坐几天火车也不遭罪。"

白夫人问起程青老家的情况，她之前只听程青说家里是鲁省的，鲁省来的兵多，她原本没在意，但听程青说出山海镇这个地名的时候，忍不住惊讶道："哟，原来认识这么久，咱们的老家是一个地方！"

程青惊喜道："怎么，您也是？"

白夫人笑着摇摇头，道："我不是，我是南方人，不过老白老家是鲁省。"

程青道："但是我听人家说，白大哥是在陕甘宁老区入伍的呀。"

"是，家里老爷子是那边军区出身，在那边待久了感情深，老白就在那边入伍了。你瞧洛川的名字，也是老爷子当初在那边打过胜仗，特意给取的呢！"白夫人道，"但是我家老爷子入伍之前住在山海镇，我婆婆的老家也是那边的，前几年还回去过一趟。"

过了一阵，白夫人又低声解释道："是去祭拜，老爷子就娶了我婆婆一个，婆婆家里早年间光景好，但是后来衰败了，婆婆被折腾得不轻，身体不好，去得早，家里的老宅也被封了。"

程青有些手足无措，她本无意打听人家的私事。

白夫人对她摆摆手，语气温和道："没事，我也就跟你说说。这不后来上面派了专人归还那些老物件，我公公别的没要，都捐了，就要了老家的一套房子。"她叹了口气道，"也是记挂着我婆婆临走时说的那句话，说要落叶归根，老爷子亲自扶棺回去治丧的。"

程青也跟着唏嘘了一阵。

白夫人笑道："不碍事，都是多少年前的老皇历了。"

米阳在一旁竖着耳朵听着。

他以前倒是听人提起过一些，不过已经被传得没谱了，说什么的都有。

白家老宅这么多年一直有人照料，白家人还是去那边祭祖，原来是因为老爷子记挂自己的夫人。

旁边的小白洛川见米阳一直扭头看着大人，有些不乐意了，想要引起他的注意。

米阳扭头看看小白洛川，小少爷怒目而视，大概是觉得没有得到足够的重视，马上就生气了。

米阳快离开军营了，估计再遇到白洛川得是好几年以后了，至少要读书以后了。这么一想，他就大方地配合白洛川，还特意给了好几个大大的笑脸。

小白少爷的脾气来得快，去得也快，米阳在他眼里就是他戳一下便动一下的心爱玩具，现在玩具自己"动"起来，还笑得特别好看，小少爷顿时就满意了。

两个小婴儿相对咯咯地笑，一旁的大人都跟着笑起来，大家的心情都好了许多。

白夫人叹道："我可真舍不得阳阳。"

程青道："我也舍不得你们，唉，但是探亲假就要结束了，我们得回去了。等今年冬天的时候，我再带阳阳来过年，到时候洛川就会跑了吧？"

白夫人想了一下，点头笑道："应该是，他现在会爬了，扭着身子哪儿都想去。"

程青夸道："真好，活泼！"

白夫人笑着摇头，道："你不知道他的脾气有多大，有时候我都怕了他。"

程青道："阳阳平时看着老实，其实也偏着呢，有自己的主意，每次我都拗不过他。"

米阳眨眨眼，他偏吗？

旁边的小白洛川又摸米阳的奶瓶，米阳的小胳膊立刻抱紧了奶瓶，下意识地把奶嘴往自己嘴里塞，吸到奶的时候才反应过来，自己好像是有点偏啊！

不，这是婴儿本能的护食反应。米阳在心里安慰着自己，继续努力喝起奶来。

在白家待了一会儿，送了七巧板，也道了别，程青就抱着孩子回去了。

小白洛川被抱到门口的时候还没有觉察，因为米阳还在他的视线范围之内，他们也经常这样被大人抱起来相互交流，米阳被抱走了、看不见了，他才急得踢腿去找，嘴里"咿呀"地喊，白夫人给他拿了块小饼干，也被他绷着小脸一把扔到地上了。

白夫人哭笑不得，戳了一下他的脑门，道："你这脾气是真不知道像谁！"

白敬荣带着警卫员正好回来，脸色也不太好看，皱着眉，放松不下来，白夫人问他："怎么了？"

白敬荣坐下喝了一杯水，半晌才叹了口气道："还能有谁？咱爸，非要过来，说要看看今年野战区的训练成果。"

白夫人笑道："那不挺好，是去师部吗？"

白敬荣摇摇头，道："不是，他要来这儿。"

白夫人惊讶地看着他，道："爸要来？什么时候说的？几号到？"

白敬荣头疼道："就刚刚，给我打了个内线电话，说是人已经在半路上了，要来突击检查。"

白夫人抿嘴笑起来，道："那不正好，我瞧着米连长准备得很充分，再说，咱什么时候丢过脸？我和程青有时候在房间里打毛衣，都能听到你们在山上轰轰地搞射击演练呢！"

白敬荣道："但是，爸这样一声招呼都不打就来，不合规矩。"

白夫人道："他老人家就是规矩，你呀，甭管那么多，也给人家米连长一个表现的机会。"

白敬荣叹了口气，点点头，没再说话了。他伸手想逗逗儿子，但是小白洛川因为"玩具"被抱走了，心情正不好呢，一个笑脸也不愿意给，被戳了两下小肚子，更是毫不留情地伸手掰开亲爹的手，嘴上干脆利落地喊："不！不不！"

白敬荣哭笑不得："这又是跟谁学的？发音倒是挺标准。"

他还是把儿子抱起来了，放在手里掂了掂，道："胖了。"

小白洛川瞪大眼睛看他，小眉毛都挑起来了，特别生动地表达了他此刻愤怒的情绪。

白敬荣神情微妙，抱着儿子，忽然想到"隔代遗传"这个词儿，还别说，他儿子真的跟他父亲的脾气一模一样。

另一边，米阳被抱回了自己的家中。

他躺在床上翻了个身，看他妈收拾行李，心里有点期待。

他这次回去，就能见到姥姥了。

记得那时候，米阳除了每年来军营住上几个月，剩下的童年时光都是在姥姥家度过的。他是被老太太亲手带大的，跟老人的感情最深。老人平时收到什么好东西，都要留着等他回来吃一口；从小时候的几块点心，到他逢年过节时给她的钱，她全都留给他。

老太太不怎么出门，也不花钱，一分不动全都存在一个存折上，攒成一个整数之后就笑呵呵地给米阳，让他拿去买房子。

米阳想着姥姥，眼眶红了，他这突然回到小时候，老人找不到他，估计又心急了。她心脏不好，也不知道身上带没带药。

晚上的时候，米泽海两口子闹了一个大乌龙。

程青想着临走了，开个小灶吧。她给米泽海做了他喜欢吃的白面包子，猪肉白菜馅的，一个个白白嫩嫩、软乎乎的，里头特意放了肉丸儿，咬一口直流油，特别香。

米泽海一口气吃了六个，程青自己也吃了两个，米泽海看儿子一直在旁边吧唧嘴的小馋样，连忙明着暗着给米阳喂了足有半个包子那么多的馅儿。

米阳难得偷吃，配合得很。

但是到了晚上，米阳嗷嗷大哭起来。

没别的原因，包子馅太咸了，他爹妈忘了给他水喝，他渴啊！

但是这对新手父母慌了手脚，拿了各种小儿吃的止咳糖浆和山楂消食片来，试着喂给米阳，却都被他伸手推开了。

米阳越是喝不到水，闹腾得越是厉害，要命的是，他还没跟白洛川学过"水"这个词，还不能贸然开口说出来，真是憋得够呛。

程青很少瞧见儿子哭，一下想多了，向米泽海哭诉道："都怪你！一定是白天喝了橘子汽水的原因，我都说了，不让你给阳阳喝，你偏不听！"

米泽海也手忙脚乱起来，道："或许不是这个原因，是……是不是病了？"

程青吓得手脚发抖，道："我听说吃了不干净的东西是容易生病，难道是阑、阑尾炎？"

两个人慌忙穿好衣服，抱着米阳去找军医，但是军医看不了小儿的病，瞧着他们慌成这样，也吓了一跳，让他们快开车去医院做检查。

军医这么一说，程青的眼泪就滚了下来，米泽海忙着去找车，营地里的车正巧不在，所幸白敬荣那边还有一辆专车。白敬荣赶忙派了司机开车过来，带着米泽海一家去了趟医院。

到了医院之后，急诊室里正巧坐着的就是一位儿科老医生。

老医生先认真地看了一下米阳，然后询问病情，米阳这会儿已经蔫蔫儿的了，心里想着，要是这老医生要给他开刀，他就什么都不管了，一定说出"喝水"两个字。

老医生认真看了半天，瞧着眼前这孩子不像是生病的样子，沉吟一会儿，道："这样，你们带奶瓶了吗？办公室有热水，你先倒一点热水给孩子喝喝看。"

奶瓶被拿过来，米阳抱着奶瓶一气儿喝了大半瓶水才松开，吐出奶嘴的时候，发出响亮的打嗝声，喝完之后也不蔫儿了，简直精神百倍！

老医生一下就乐了，道："我就琢磨着是这样，你们晚上给孩子喂辅食，又给他吃了包子馅，肯定是齁着了。没事，你们这种情况，新手父母经常遇到，抱回去吧，不用吃药。"

米泽海松了一口气，道："是是，都怪我，是我乱喂他东西。"

程青也破涕为笑，孩子没事就行了，就是这么大半夜折腾了白家一次，让她有些不好意思。

第二天她特意去道谢，白夫人倒是先急着问了孩子的情况，听到他们这事儿也笑得不行，道："没生病就好，要不这样，你再留下来观察几天看看，孩子小，还不太会说话，以防万一总是好的。"

程青有点犹豫。

白夫人又劝道："坐火车要好几天才能到家，孩子要是在车上生病，那才麻烦。"

程青想了想，道："也对，那就推迟几天吧。"

米阳也决定加快学说话的速度，他自己不敢表现得太过聪慧，就趁着大人不在的时候，在小白洛川那边使劲儿，多跟小白洛川练习着说一些有用的口语。

小白少爷得意地当众表演一遍后，过几天，米阳也"会了"，倒是让程青很是惊喜。

军营里事情多，据说有领导来视察，米泽海和其他几个连长脚不沾地，忙成了陀螺。那位领导一连几个月都窝在山里，据说还成立了演习作战指挥部，军队的训练量都翻倍了，没两天米泽海就瘦了一圈。

程青都是从白夫人那边听到的只言片语，白夫人不说的，她一个字也不问，只是瞧着米泽海回来疲惫得倒头就睡的样子，忍不住给他开点小灶，做些他喜欢吃的小菜。

米阳倒是记得他爸立下几次军功，家里有好几块奖章，所以他对这些不担心。他现在还是个小婴儿，能做到的就是晚上不哭不闹，让大人睡个好觉。

大演习临近，米泽海已经带兵走了，只留下程青一个人在军营里。

米阳在多当了小白洛川两个礼拜的小玩伴之后，终于在一个周末的下午又被抱着离开军营，去了火车站。

米阳在他妈的怀里仰着小脑袋好奇地看着，这会儿坐火车还是挺新奇的体验，米泽海的工资不高，程青也是节俭的人，买的是硬座票——一张长方形的硬纸板票，剪上一个小洞就算是验票通过了。

米泽海这段时间在山上搞演练，忙得脚不沾地，让警卫员来送他们娘俩。

程青刚上火车找到自己的位置坐下，就瞧见那个警卫员返回，拍着绿皮火车的玻璃窗户，喊她的名字："嫂子、嫂子……副连长让您回去！副连长让您回去！"

程青以为出大事了，慌慌张张地跟着他一起回去，一路上想的都是大演习的时候一些枪伤的事件，抱着孩子差点把自己吓哭了。

等到了之后，她得知是米泽海打来一个电话，让她多留几天。

程青拿不准出什么事儿了，忐忑不安地等待着，直到三天后瞧见丈夫。

米泽海背着行囊，笑嘻嘻地站在军营门口，瞧见程青和儿子，还热情地伸出手："留得还挺及时，我刚从师部回来，原本那天能赶回来送你们去车站，有点事，开了几天会。"

程青上看下看，他黑了、瘦了，但是胳膊和腿都在，也没瞧出他身上缺什么。她气得打了他的肩膀一下，道："你吓死我了，还以为出大事儿了！"

"嗯，是有点事。"米泽海尽量保持语气平稳，但是，嘴角已经微微上扬，"我在大演习中立功了，三等功，提了一职，现在是正连级。"

程青挺高兴的，但依旧困惑地看着他："这事你发电报或者写信告诉我就是了，喊我回来干什么？"

米泽海咧嘴笑道："你和阳阳可以随军了，以后咱们一家三口再也不用分开了。"

这次不光是程青，连被抱在怀里的米阳也眨着眼睛抬头看向他亲爹。

不用说，米阳回山海镇的计划彻底泡汤了。

程青以为还留在这里，喜滋滋地打扫那个简单的房间，但是没一会儿，警卫员就进来帮着收拾行李了，把床铺收拾得只剩下一块光秃秃的床板。

程青愣了一下，道："这是要换地方住？"

警卫员道："是啊，嫂子还不知道吧，连长也是，光忙着工作了，都忘了跟您说他这次升职之后要被调去师部工作了。"

程青道："啊？"

警卫员道："上回来的那个老首长一眼就瞧中咱们营里好几个人，包括米连长在内，都给抽调到师部去了！营长放人的时候，心疼得脸都抽抽了，尤其是给米连长的介绍信，愣是拖了三天才开，舍不得呢！"

程青听见也笑起来。

米阳被抱着坐上军用吉普，一路颠簸着去了师部，他看着沿路的大片山林，对这一段的记忆有些模糊。

另外，在之前，随军的事儿也得再等上两年，而且只有他妈一个人跟随他爸，他幼年的时候经常生病，姥姥实在不放心，把他留在身边养着。一直到读小学了，他才和父母住在一起，初中的时候才再次遇到白洛川。

他这只小蝴蝶扇了扇翅膀，好像不少事情都提前发生了啊！

就算是一场梦，他也想梦下去。

米阳随遇而安惯了，发生的又都是好事，他也就坦然接受，在妈妈的怀里打了个哈欠后，揉揉眼睛，踏实地睡着了。

米阳想过会在师部待上一段时间，再过一段军营里的生活，只是万万没有想到，这一待就是好几年。

第四章
山海镇

米泽海立了功，升了职，待遇也跟着提高了。随军家属的安排也跟着提前了不少，加上他们是在艰苦地区的人员，按规定，可以跳级申请，米泽海这次就是根据规定的条件去申请的。

程青不用急着带米阳回去了，马不停蹄地又去办了随军手续，正巧有一批人被调走，空出了房子，她忙分房、收拾新家的事，等忙完了之后，又到了冬天，马上又春节了。

远在山海镇的程家老太太发了电报过来，叮嘱女儿不要冬天带孩子回家，寒冬腊月的，生怕冻着宝贝外孙。

米阳一直掰着手指头盼着回老家，但是一连几次都被拖延，要么是因为米泽海工作忙，要么是因为程青分配了工作，要熟悉一下。

等米阳一岁半的时候，他才好不容易回了一趟老家。

那次凑巧，白夫人也带着白洛川回沪市，他们的火车启程时间只差三个小时，程青不想麻烦警卫员跑两趟，干脆就和白夫人一起出行了。

小白洛川这会儿已经知道出远门的意思了，原本不大高兴，但是瞧见米阳上车，大概是觉得米阳也要和他一起走，小脸上又露出笑容来。他在吉普车上不停地把自己带着的玩具分享给米阳，要不是白夫人拦着，恐怕连火车上吃的小零食也要提前吃光了。

因为米阳一直都待在军区大院，让小白少爷产生错觉——米阳就是住在这里的人，他在这儿一睁开眼就能瞧见米阳，每天都玩得美滋滋的。所以，他被白夫人带上火车的时候，脸色差得不行，他一点都不想走。

这还是他头一回笑眯眯地来坐火车。

但是等上车坐下之后，他隔着玻璃瞧见程青抱着米阳在站台那儿跟他挥手，才知道自己上当受骗了。

小白洛川拍着窗户，皱紧眉头，道："一起！"

白夫人耐心地教育他："弟弟要坐另外一辆火车回自己家呢，你听话啊！"

小白洛川不听劝，还在那儿拍窗户，白夫人皱眉呵斥道："洛川，不可以。"

小白洛川不拍窗户了，抿着小嘴特别委屈的样子。他一直看着外面站台那儿，瞧着比他妈妈还生气。

等白夫人开了一点窗户透气之后，他就脱下自己的一只小鞋子扔了出去！

白夫人来不及拦着，眼睁睁地看着那只小鞋子飞到站台上，还在地上弹了弹，瞧那个方向，分明就是瞄准了人家米阳那边！

白夫人也生气了，道："你想干什么？"

小白洛川指着鞋子那边，意思表达得非常明确："要穿，要下去！"他丢了一只鞋，就得下去捡起来，不就能下车了吗？能下车，不就能留下了吗？！

白夫人哭笑不得，不知道该不该训斥他，感叹他鬼心眼多。

不过，小白洛川低估了这趟旅行的重要性，白夫人没有像以前那么纵容他，而是把他抱在怀里，伸手把他另一只小鞋子也脱下来，从窗户扔到站台那边去。

程青一直瞧着白夫人这边，她刚捡起来一只鞋子，另一只鞋子又扔过来了，赶紧捡起来准备送过去的时候，就瞧见白夫人正隔着窗户冲她摆摆手，喊道："别过来了，火车马上就开了，这双鞋留下来给阳阳穿吧！"

米阳是被他妈抱着来站台挥手道别的，现在平白得到一双鞋，蒙了。

小白洛川哭起来，也不知道是因为鞋子掉了，还是因为舍不得米阳，抽抽搭搭地怪可怜的。

白夫人没有给他半点笑脸。小少爷大概是瞧着彻底不能下车了，趴在玻璃窗上号啕大哭，都哭得打嗝儿了。

米阳看得叹为观止，恨不得手上有台录像机给他录下来，留着二十年后再给他看看。

白夫人他们乘坐的是软卧，程青没有那么大方，她带着米阳坐的是硬座。

老式车厢里很拥挤，座椅也远没有现在这么宽敞、舒服，程青抱一个孩子，还带着行李，走得十分困难。

车票也难买，尤其是等到转车之后，最后那七八个小时只能买到无座的票。

这段车程车厢里当真没有一个空座，就连走廊都站满了人。程青只能抱着孩子去两个车厢中间相连的位置找了个空位，倚靠着车厢壁晃晃悠悠地站着。

三天两夜的旅程，她一个大人坐在那儿都有点受不了，更何况米阳一个小孩儿。

程青抱了米阳几天，胳膊实在酸疼难忍，瞧着人少一些之后，她就从包里拿出几张报纸铺在地上，让米阳躺在上面休息。她自己也趁机蹲下来倚靠着他稍微眯一会儿。

第一天的时候，程青还不好意思坐在地上，有点害羞，想要体面，但是最后这天她已经撑不住了。她原本就晕车，这一路上也就喝了几口水，还要带着孩子，真的太为难她了。

程青坐在那里打盹儿的时候，手是虚绕着米阳、护着米阳的，略微有点动静就能惊醒。

米阳尽可能地不动弹，想让他妈妈多睡一会儿，瞧着他妈妈脸色惨白的样子，他都心疼。那时候火车上倒是没有什么拐卖小孩的，但来来往往的旅客还是不少，有几个走得匆忙，差点踩到他的小手，还是他眼明手快，自己抬手放到胸口，这才免去一场意外。

米阳没作声，只是尽可能地起来，藏在他妈妈的保护范围之内，并盯着他们的行李。

没办法，他家现在太穷了，一件行李也丢不起。

火车终于到站，米阳被他妈妈抱着下来的时候，呼吸着站台的空气都觉得特别新鲜。

程青没走两步就瞧见几道熟悉的身影，全都是些年轻漂亮的姑娘，冲她打招呼、笑着跑过来，一人拿行李，一人抱孩子，还有一人伸手亲热地挽着她笑着道："姐！你可算回来了，我们等了好一会儿了，说是火车晚点，吓我一跳！"

"可不是，三姐没听到广播，见火车没来，差点儿要跳起来去找站长理论了！"

程青点了那个挽着她胳膊的女孩的额头一下，和其他年轻女孩一起笑了起来。

米阳看看这个，又看看那个，都是些鲜活漂亮的面孔，不用说，准是他那三个姨。当初他姥姥读了一首诗，觉得特别好，给自己家孩子取名时分别带了"青春如歌"四个字中的一个，也赶巧了，刚好就生了四朵金花。他妈是老大，叫程青，来车站接他的就是程春、程如、程歌了。

抱着米阳的是他二姨程春，逗他道："阳阳认不认识我？你妈妈有没有把我们邮寄过去的照片给你看啊？我是二姨！"

这回不用程青教，米阳就凑上去亲了他二姨的脸颊一口，二姨乐开了花。

他没少听姥姥讲过，他妈和这三个姨感情特别好，长姐如母，这么多年，只有他妈训人的份儿。被训哭了这几个姨还自己站在墙角念检讨书，这会儿他没准还能赶上现场观看呢！

米阳在山海镇待的这几天还是挺开心的。

他二姨程春订婚，家里面人来人往特别热闹，未来的二姨夫每天跑动得最殷勤，不是送礼盒就是送水果，恨不得一下班就骑车到老程家来报到。

程家的三女儿程如最是泼辣，经常在门口对米阳未来的二姨夫打趣道："哟，中午刚送了鲫鱼，怎么晚上大工程师又来啦？"

刚订婚的准二姨夫是一位刚大学毕业，被分配过来的工程师，在油建工作，此刻正满脸通红，站在门口、扶着鼻梁上的眼镜，留也不是，走也不是。

程春抱着米阳走过来，一边把他塞到程如的怀里，一边戳了戳老三的鼻尖道："全家就你最坏，快去吧，后院的无花果熟了，咱妈让你带阳阳过去摘一些吃。"

她一开口就提醒了门口的小伙子，他连忙把手里提着的一兜零食递过来，道："听程春说大姐回来了，这是买给孩子吃的一些饼干。"

这个马屁拍到位了，程如笑嘻嘻地接过来，也不再为难他了："谢谢姐夫！"

听见称呼都变了，门口那位也跟着咧嘴直笑。

米阳趴在他三姨的肩上回头看，门口站着的一对年轻男女，一个在门内，一个在门外，都是脸红红的、眼睛亮亮的样子，又害羞又想看对方。

米阳记得后来二姨夫家里帮着给程春安排了工作，再后来二姨夫提了总工程师，他们还分到了两套大房子，老两口退休之后每天玩摄影，拍些花、鸟什么的，小日子过得也挺好。

程如抱着米阳去摘了无花果，又将果子洗干净了放在盘子里喂他吃，还拆了一包饼干给他。

米阳看了一眼包装，这个饼干的牌子太熟悉了，他小时候老生病，姥姥找不到什么好东西给他吃，就经常买这种饼干来泡奶粉，哄他多吃一些。

米阳拿了一块，小口地啃着，眼睛眯起来细细感受二十多年前的味道，这个味道好像一直没变过。

程如见他爱吃，喜滋滋地拿小布袋都装起来给他带上，等把他送回去的时候，那小布袋里面已经装了不少零食——山楂果丹皮、无花果、杏仁糖，还有饼干。

米阳在这边是跟着姥姥住的，他们镇上的老房子有点像四合院，中间有一个天井，四周盖了偏房，正中间的是老人住的地方——也是最宽敞、亮堂的房间。

米阳回去的时候，他妈正在和老人说话，瞧见他进来，老太太立刻招手笑道："咱们阳阳来了啊，快来，让姥姥瞧瞧！"

米阳脱了鞋，穿着袜子跑过去，一把抱住老太太，小脸蹭了蹭她，喊道："姥姥！"

程老太太喜欢他喜欢得不得了，他这张小嘴又甜又讨喜，没住上两天就成了全家的开心果、老太太心尖尖上的那块肉。

老太太恨不得什么好东西都给他。

瞧见他提着的那个小零食袋，程老太太又大方地往里面塞了一把红枣干和莲子，笑呵呵地道："正好，前几天出去喝喜酒，人家送了些干果，阳阳拿着吃。"

程青忙道："妈，他咬不动这些。"

程老太太道："那就让他拿着玩儿。"

米阳小财迷似的立刻把口袋抱住了，眯着眼睛笑道："谢谢姥姥！"

程老太太就喜欢他这调皮可爱的模样，摸摸他的小脸，笑了。

莲子米主要是图个吉利，不煮是咬不动的，米阳就拿了几颗出来和老太太一起玩了一会儿扔莲子的游戏。

程老太太忽然道："哟，瞧我这记性，差点儿忘了。"她起身去旁边床头柜的抽屉里拿了一个红包出来，念叨着，"这是给咱们阳阳的，昨天瞧见你们回来太高兴了，一下给忘了。"

程青忙拦住了，道："妈，别，又不是逢年过节的，给他钱干什么呀？！"

程老太太道："哎呀，这是给我们阳阳的，去年他没回来，姥姥给补上。我估计你们今年工作也忙，冬天又冷，又回不了家啦，先提前给了，省得一直记挂着，呵呵！"

程青拦不住，只能收了，旁边的程如瞧见了，也拿了一沓红包出来，比老太太的薄了许多，但胜在数量多。她将这些都塞到大姐的怀里，笑着道："姐，咱妈的你收了，我们的可不能往外推啊！这是我和二姐、小妹的心意，没多少，给阳阳压岁呢！"

程青推让不过，也只能收了，米阳抱着那八个大红包，仰着小脑袋道："谢谢姥姥，谢谢二姨、三姨、小姨！"声音清脆，听得大人们都笑起来。

晚上睡觉的时候，米阳那些红包就都被程青要走了，理由还是一万年不变的那种。

程青："阳阳，你还小，压岁钱妈妈先帮你存着，以后给你娶媳妇用哦。"

热乎乎的红包被拿走了，换来的是一个小皮球，米阳心想：还行吧，好歹还有个玩具，当安慰奖了。

母子二人准备睡的时候，程老太太又送来一床新被子。被子装在一个高档的真空袋里，老太太一边打开，一边道："这是年前你爸的一个学生送来的，说是什么蚕丝被，薄着呢，我瞧着夏天给阳阳当凉被正好，省得他晚上踢被子着了凉。"

老太太念叨着就给米阳盖上了，被子不大，做工挺精致。

老太太给米阳掖了掖被子，这才放心地走了。

可是，半夜，米阳就被送去了医院。

说来还是新被子惹的祸，也不知道里面有什么，米阳过敏了，起了一身的小红疙瘩。医生检查了一下，给他开了点过敏用的药膏，叮嘱大人道："看着点，别让孩子抓。现在市面上的蚕丝被呀，说是蚕丝，都往里面掺了好些化学纤维制品，腈纶之类的。这些咱们大人用没事儿，小孩的皮肤太嫩了，容易过敏。"

程老太太问道："医生，这要紧吗？"

医生笑道："没事，养几天就好了。"

程家人这才抱着孩子回来，程老太太自责得厉害，亲自守着米阳，一晚上没合眼，又是扇蒲扇，又是用清水擦拭，生怕米阳在沉睡时下意识去抓，要是抓破了，可是会留疤的。

程青怎么劝程老太太去休息都没用，半夜起来的时候，还瞧见老太太去泡奶粉。

她过去问了一句，才知道是米阳说饿了，她又气又急："妈，您也太惯着他了，只是过敏，医生都说没事儿了……"

程老太太不听，摆摆手让她别管，自己泡了一瓶奶粉给外孙，瞧着米阳喝了，又问道："阳阳，还难受吗？"

米阳睁大了一双眼睛，像是感受了一下，道："姥姥，不痒了，喝完就好了。"

他像是一只骗吃骗喝的小狐狸。

米阳喝完了，又伸手去拽老太太："姥姥，我困，我要你拍着我睡，你也睡在这儿呗。"

程老太太笑道："好好好，姥姥也睡在这儿。"

程青劝了一晚上，都没这小坏蛋一句话管用，在旁边哭笑不得。

米阳生病，这几天没怎么被大人抱出去玩了——他这两条腿基本成了摆设，回了山海镇，家里几个姨都抢着抱，他基本就没下地自己走过。

等米阳好得差不多了，也到了他们要回部队的时候了。

最后一天程青收拾行李的时候，程春过来了，米阳挺喜欢这个语气温柔的二姨，于是先扑过去给了她一个抱抱。

程春提了一个提包过来，打开来，里面装的是两件新衣，放在外面的是一件羊绒小风衣，又时髦又厚实，一瞧就知道价格不菲。

程春把衣服推给大姐，说让她带去部队穿。

程青哪里肯要，连忙推拒道："胡闹，这是你订婚的衣服，人家给你送来的，你拿来给我，像什么样子……"

程家二姑娘人温和，但是非常坚持，笑着道："姐，你就拿着吧，你要去那边上班了，我留在家里穿这些也没什么用。你上班，穿得体面些，别让那些城里人看不起。"

当时的农业户口和非农业户口差距还是挺大的，所有人都想要"跳农门"，有工作能出去上班，说出去是非常体面的事情。

程春是真心实意想大姐在外面过得好一些，作为亲妹妹，她能给的，都愿意拿出来。

程青听得眼圈儿都红了，临走时，姐妹两个有着说不完的话。

米阳在一边听着，心里感慨的却是户口的问题。

当年大家都不想要农业户口，后来，农村反而吃香起来，尤其是他们山海镇这种靠近老城的地方，规划扩建之后，农民收入短短两三年就翻了几番。

后来只有没有离开山海镇的三姨一下子翻了身，别墅都分到两套。

这种事情，还真是说不准。

这次返程程老太太托人买了硬卧票，还特意买了下铺的，她心疼大女儿和外孙，把自己能做到的都给他们办好。

程青这次大包小包带了不少东西，但因为是硬卧，反而比来时轻松不少。

米阳在火车上不但好好睡了一觉，中午的时候还吃了一次火车上的盒饭。

卧铺车厢这边人相对要少一些，卖零食的小推车来回走动，饭点的时候，餐车也来了。

程青买了一盒牛肉米饭和孩子一起吃，米阳试着吃了一下牛肉，味道是不错，可惜他咬不太动，不过吃着肉汁拌饭也挺香的。

火车到达之后，米泽海亲自来接他们了。北方汉子高大，他一只手拎了几十斤的行李包，另一只手抱着孩子，旁边的程青笑眯眯地提了一个小挎包跟着他出站台，打从瞧见丈夫开始，旅途的疲惫就淡了许多。

米阳回部队大院过了两天之后，才觉得身边好像少了些什么东西。

小白洛川不在，往常这小魔王要是在，总是冲到他们家来。他最近跑得非常快了，身边的警卫员都追得满头冒汗。

母子连心，米阳这边想着，程青也忍不住念叨了一句："洛川还没回来啊？"

人经不起念叨，没嘀咕两天，白夫人就抱着小白洛川登门拜访了。

几乎是刚进米阳家的大门，小魔王就扭着身子要下来，脚一落地就冲米阳那儿跑去，手里的玩具都拖到了地上。

坐在小板凳上的米阳吓了一跳，差点被小白洛川冲过来撞到地上，好不容易坐稳了，就被塞了满怀的玩具——是小白洛川拖过来的那个变形金刚。

米阳看看玩具，又抬头看看他："一起玩？"

小白洛川想了一下，点头答应了："行吧。"

米阳哭笑不得。

这是谁求着谁陪玩呢？

不管怎么说，米阳还是尽职尽责地坐下来哄小白洛川了。他这个年纪也只能做这些。不过，他趁着小少爷心情好的时候，拿了一沓自己的识字卡出来，装作特别感兴趣的样子，开始一张张地摆出来念。

小白少爷果然被花花绿绿的卡片吸引了，跟着米阳一起念，大概觉得这是游戏，"玩"得特别认真。

白夫人在旁边跟程青诉苦："你不知道，刚进家门，我衣服都没来得及换呢，他抱着玩具就要来找米阳，拦都拦不住。回去这小半个月呀，他吵得我头都疼了，一出门他就要买两个玩具，还非得要一模一样的。喏，就这种变形金刚，买了一大堆，他挑了最喜欢的一个拿来了。"她正说着，就瞧见调皮的儿子随手扔了这两天最心爱的玩具，凑过去跟米阳玩识字卡了。

白夫人眨了眨眼，有点不敢相信，儿子天资聪颖，一学就会，就是淘气，故意不学，这种卡片他们家不知道买了多少，基本上一遍没读完就全被扔了。

真是太阳打西边出来了，她家白洛川竟然主动学习了！

白夫人欣喜得不行，左看右看，问程青："你家这卡片是从哪儿买的呀？"她觉得一定是程青买的卡片好，能吸引小孩。

程青连忙又找出一盒识字卡来给她，笑着道："老家的妹妹们给买的，好几盒呢，这盒给洛川。"

白夫人也不跟她多客气，笑道："那我就收下了，我还是第一次瞧见他这么认真地看图识字呢。"

那边米阳小老师还在尽可能地用简短的词汇教小白少爷，同时忍受他的各种骚扰。

米阳觉得白洛川这人简直有多动症，一会儿碰碰卡片，一会儿碰碰他，他说个"白菜"，白洛川也能笑上半天。

米阳拍拍那张印着粉红小猪的卡片，抬头看了白洛川一眼，神情严肃道："猪。"

小白洛川又笑起来。

白夫人把那些卡片带回去也没什么用，在家里小白少爷完全不吃这套，拿回去也不见他玩了，怎么哄都没有在米阳家那么有耐心，人家根本不学。

白夫人试了几次之后，终于明白过来，不是卡片好用，米连长家的儿子才是那个宝贝。她琢磨着两个小孩凑在一起学得也快，就不拦着白洛川了，每天让警卫员带他过去。

她的工作刚调过来，放白洛川一个人在家也不放心，儿子乐意往外跑，就干脆把他送到米阳家去了。

从这以后，白夫人下班回家找不到儿子，只要到米家一问，一准在那儿呢。

有时候白洛川也会把米阳拐回家里，两只小的跟分不开似的，要么在一楼玩积木和玩偶，要么在二楼铺了软垫的儿童房里一起呼呼大睡，手边还散着开封的零食……

小日子过得平淡又顺遂，米阳却总觉得他把什么事忘了。

直到有一天，米泽海捡起书本认真看书的时候，他才想起来，他把他爸考军校的事忘了。

印象里，应该是这一两年就有好消息。米阳有时候也跑过去看看他爸看的那些书，米泽海对他宠爱非常，看到他来了，把他抱起来扛在自己的脖子上，让他陪自己一起学习。

米阳居高临下地看着爸爸念书，大概是从野战军区到了师部的关系，虽然还是参与训练，但是比在下面的条件要好一些，找的书也更多了，米泽海不分昼夜地苦读，熬得眼睛里都是红血丝不说，人也瘦了些。

米阳觉得他爸爸太辛苦了。

但是，米泽海不这么觉得。

大演习之后，他的职位升了一级，但是在师部更难出头，只能更加奋发努力。他之前是想当最好的兵，现在的目标要高一点儿——想当一个好军官。

米泽海没有系统地学习过，全凭自己摸索，什么书都看得认真，但是时间远远不够，他累得够呛，米阳也心急。

这一年，军校考卷的题出得有点偏，考的军事理论比较多，他爸曾经得意地跟他说，多亏考试前两个晚上看了一本书。

米阳记得很清楚，后来那本书在他家摆了很多年，甚至硬壳都有点散架了，还是他给修补好的。他爸当传家宝似的放在那儿，来人就讲一遍，那书他太熟悉了。

米阳瞥见米泽海放在手边的那本"传家宝"，拍了拍他亲爹，道："爸爸，看那个。"

米泽海抬头瞧了一眼，道："嗯？这本红皮的？"

米阳点点头，道："对，这个好看。"

米泽海乐了，他只当小孩儿喜欢颜色鲜亮的，干脆拿起那本军事理论书翻看起来。他不挑，什么书都看，先看哪本都一样。

等他想换一本看的时候，米阳不乐意了，坚持让他看完手头那一本红壳的书。

米泽海哄他："这本也好看，还有图呢，咱们看这本啊！"

米阳抱着奶瓶晃了晃，想使坏，但还没用小手拧开盖子，就被米泽海发现了，把他的奶瓶没收了。

米阳："爸爸我要尿尿。"

米泽海正在那儿看书，随口答应了一声，还没等起身，他宝贝儿子就骑在他的脖子上尿了，连带着正看的书也被弄湿了。

米泽海一边扶着骑在脖子上的儿子，一边手忙脚乱地抢救书，绝望地向"上级领导"求救："老婆！老婆你快来啊！发大水了！"

程青拿着锅铲跑过来的时候，米阳已经换好了小裤子，一脸无辜地坐在床上玩卡片了。

米泽海擦着自己的参考书，欲哭无泪，他手边读的这两本书彻底遭殃了，只有米阳看中的那本红色硬壳的军事理论书因为被快速搁置到一旁而没有受到波及。

程青挑高了眉毛就要教训这个小坏蛋，米阳手脚利落地爬下小床往外跑。米泽海心疼儿子，拦着她道："算啦、算啦，这些我擦擦放到外面去晒晒，不是还有一本吗？我先看那本……"

程青道："那也不能就这么让他跑了，做了错事就要挨罚！"

米阳从她的语气里听出自己要挨揍，跑得更远了，一溜烟儿就去了白洛川家。

白夫人护着米阳，米阳少挨了一顿打，小白少爷趁机提出了要他跟自己一起睡的要求，连小床都铺好了。

米阳想想妈妈那盛气凌人的样子，二话不说，点头就答应了。

程青来白家抓人的时候，米阳已经躲到白洛川的床上睡了，大概是米阳说了怕被抱走，小白少爷睡着了，也把他抱得紧紧的，分开一个，另一个立刻能醒来大哭的那种。

程青透过门缝看了一会儿，低声跟白夫人说了几句话，没带米阳回去，暂时放过了他。

米阳在白家躲了一晚上，第二天还是被抓回去了，挨了不轻不重的几巴掌。

米阳觉得比预想中的好上许多，大概是小孩子做久了，自尊心没有自己想的那么强，尤其是瞧见米泽海捧着那本军事理论书认真看的时候，他心里最后一点不好意思的劲儿也消退了。

当年九月，米阳过完生日没几天，米泽海得到一个好消息，他被军校录取了，并且拿了他们师第一名的好成绩，连老师长都特意过来表彰了一下，专门开了一个会让得了好名次的人上台领奖。

米泽海作为第一名，更是挺直了腰板走在最前面。

被程青抱着的米阳远远地看了一眼，台上站着五六个人，胸前都戴着大红花，程青指着其中一个高兴道："瞧见没有？那是爸爸，阳阳以后也要好好读书，跟爸爸一样拿第一名！"

米阳点点头，乐得笑出小白牙。

第一名啊，比之前的名次更靠前，风光许多，他爸恐怕又要吹上几十年啦！

第五章
幼儿园

米泽海读了两年军校，被提到副营级的时候，米阳也要上幼儿园了。

入园之前，米阳和小白洛川一起被抓去理发。

小白洛川个子比米阳高一点，头发也略长。小白洛川一进理发店就要跑，哭道："不要！"

白夫人眼疾手快，抓住他的衣领把人给拎住了，道："不行，必须理发，你的头发都挡着眼睛了。"

小白洛川不爱理发，哪怕是白夫人和程青把米阳送去理发给他做示范，他也只肯在一旁看着，轮到自己的时候，就在座椅上扭个不停。

白夫人没办法，只能让理发师将小白洛川的头发稍微剪了一下，刘海儿也没敢碰，就让它这么继续留着了。

小白洛川从椅子上下来后，还是一脸不乐意的样子，过去抱着米阳，半天没吭声。

白夫人气笑了，道："你还委屈上了，根本就没剪下来几根。"

程青劝她："他比之前进步多了，以前都不肯进这个门呢。"

白夫人叹了口气，道："那是因为阳阳在，但也不能每次都带阳阳来啊，难道他这辈子没有阳阳在，自己就不理发了吗？"

程青听了直笑。

回去的路上，小白洛川总觉得痒，抓抓脖子又抓抓耳朵，都抓出来几道红印子，还是米阳按住他的手，从他的耳朵和脖子那儿捏了几根碎头发下来，然后又凑过去吹了一下，道："好了，没有了。"

小白洛川还有点难受，但是米阳这么说了，他心理上就好过了许多，慢慢也就不痒了。

他坐在那儿摸了摸米阳的头发，三七分的发型，刚刚遮住耳朵，刘海儿被剪短了，露出一双圆圆的眼睛，眼角有点下垂，水汪汪的小模样。

白洛川忍不住多摸了两下，大概是他摸得太久，米阳笑了，笑起来眼睛也是弯弯地向下垂，像是前些天警卫员抱过来让他瞧的小狗，特别软萌。

白洛川不在意头发的事儿了，挨着他亲亲热热地聊起新玩具。

隔天，两个小孩一起被送去了部队幼儿园。进去之后，他们穿上统一的围兜和罩衫，看起来更像一对兄弟了。

小白洛川头发略长一点，稍稍挡到眼睛。他牵着米阳的手，想要米阳帮他揉眼睛，米阳就侧过身来给他把额前的碎发拨开一点。

小白少爷仰头等着，米阳点头说"好了"，他就笑眯眯地继续跟米阳手牵手，好奇地往四周打量。米阳皮肤白，眼睛又大，猛地一眼看过去，跟个漂亮的小姑娘似的。

幼儿园老师对他俩印象深刻，这俩小兄弟一进来就特别引人注目，大点的漂亮，小点的乖巧懂事，分点心的时候只有他们两个不用喂，可以自己大口吃，那个哥哥还会举手要两杯水，说要给弟弟喝一杯。

老师选小班长的时候，特意选了那个叫白洛川的哥哥来当。

但是，她很快就发现小班长其实是一个小霸王。

他们班上的学生都是部队大院的子弟，摔摔打打惯了，没什么娇气的孩子，身体都结实，但最调皮捣蛋的，也不敢随意去碰教室后面玩具柜上的一个小红木马。

老师刚开始觉得奇怪，还特意拿出来两次，但是，胆大的小孩顶多敢摸一下小红木马，大部分的小孩都离得远远的。

老师招手让他们过来，道："大家怎么不玩这个小木马呀？"

围了一圈的小朋友齐刷刷摇头，有说"不可以"的，也有说"不能玩"的，因为那是白洛川的。

老师哭笑不得，道："这是咱们班的，大家都可以玩。"

所有小朋友都不敢动，就跟那上面写了白洛川的大名似的，小白少爷地盘圈得牢，玩具和米阳，谁都别想碰。

这个"良好传统"一直维持到了白洛川幼儿园毕业，那会儿，他身后已经跟着一串小萝卜头了，但身边的位置依旧留给米阳，玩打仗游戏的时候，他也从来不让米阳当敌人，永远都是当他"白司令"的小副官，让米阳跟他一起冲锋陷阵。

有一天，一群小孩出去玩，白洛川一口气攻下两座"碉堡"，让米阳留着守家，自己带人继续冲锋去了，但是冲出去没一会儿，就看到一个"小兵"气喘吁吁地跑过来，喊道："司令！司令不好啦！米阳跟人跑了！"

白洛川停下脚步，抱着怀里的木制手枪，扭头看他，道："怎么回事？！"

那个小孩跑得气喘吁吁，道："就刚刚，一个人过来跟米阳说了几句话，米阳就牵着她的手走了！"

白洛川急了，道："往哪去了？"

那小孩指着后面的假山，道："那边，去凉亭那边了！"

他们的大院靠近后山的地方有一座凉亭，位置比较偏僻，平时大人不让小孩们乱跑，就会骗他们说那边有偷小孩的，不许他们过去。白洛川一听米阳跟别人去那边了，仗也不打了，一挥手，带着人去找副官。

白洛川算是心眼多的，跑了两步，又喊住刚才来报信的那个小孩，道："你往回跑，去告诉家里的大人……不，瞧见门口的警卫员就告诉他，说米阳丢了！"

那小孩机灵，答应了一声，拔腿就冲门岗警卫员那边跑了。

对面藏在土堆后面的"敌人"等了半天，见白司令带人又冲回去了，一脸茫然，有一个歪戴帽子的小孩问道："首长，我们还守着吗？"

"敌军首长"年仅五岁，沉思片刻，挥手道："不，我们冲锋，夺回领土！"

土堆后面呼啦啦又蹦出七八个小崽子，都玩得跟泥猴一样了，顶着树枝做成的草帽，怀里抱着木枪就喊着追白洛川他们去了。白洛川身边带着一群人，身后追着一群人，声势浩大地冲去了后山凉亭，一个个都是杀红眼的样子。

而此刻米阳正坐在凉亭里乖乖地用老人带来的小水壶倒出水来洗手，洗干净了，对面的老太太就笑呵呵地给了他一块点心让他吃，连忙道："吃吧，喜欢就多吃点儿。"

米阳冲她笑得开心，咬着手里的槽子糕吃得香甜。不过，半块还没吃完，他就瞧见一帮小萝卜头气势汹汹地冲过来了。

米阳一下噎着了，吓得旁边的老太太赶紧给他喝水："阳阳，没事吧？快喝点水。"

米阳捧着老太太的水壶咕咚咕咚地喝了两口水，白洛川已经率先一步冲进凉亭，瞧见米阳正在喝一个陌生人的水，上前一巴掌就把水壶打翻在地上，拽着米阳让他站在自己的身后。

米阳被白洛川这么一拽，猝不及防，手里的槽子糕掉到地上了，叹息道："唉，我的糕……"

白洛川拽着他，不许他去捡，一脸警惕地看着眼前的老太太。

老太太倒是笑呵呵地坐在那儿，满目和善地看着他们，手里拿着捡起来的小水壶，旁边还放了一个黑色皮质的大挎包，瞧着像是来走亲戚的。

白洛川道："你是谁啊？"

米阳在后面不轻不重地拍他一下，道："这是我姥姥。"

白洛川梗着脖子道："我没见过她，谁让你跟她走的？"

米阳掰开他的手，道："这是我姥姥，你肯定没见过啊！"他走过去，先把掉在地上的那半块糕捡来，拍了两下，但是刚才被踩了一脚，不能吃了。

程老太太连忙道："阳阳，咱们不要那个了，姥姥这边带了好多呢，你再拿一块吃啊！"

米阳答应了一声，站在那儿抬眼看白洛川。

白洛川的小脸上还留有剧烈运动后的红印，额前的头发都被汗湿了，他站在那一会儿，还是低头服软了："对不起。"

凉亭外面的小萝卜头们齐刷刷地仰头看着，特别安静，没一个敢这时候吭声。

米阳过去从程老太太手里拿了小水壶，晃了晃，道："水还够，大家排队，过来洗手吃糕点！"

这话比白司令的一句"冲锋"还管用，大家顿时不分敌我地排起长队，十来个小孩都兴致高昂地等着排排坐分果果了。

白洛川是第一个洗手的，米阳举着那个水壶给他冲洗了一下，又给他纸巾擦了手，给了他一块槽子糕，道："喏，你的。"

白洛川接过来，立刻把它掰成两半，给了米阳半块。

程老太太瞧见了，笑呵呵道："阳阳也去吃吧，姥姥来给小朋友们洗手。"

米阳接过那半块糕点和白洛川挨着坐下一起吃，槽子糕不算多么好吃的零食，但是在那个年代是走亲访友必备的，米阳吃得津津有味，白洛川"攻城略地"了一下午，也跑累了，吃得满口香甜，三两口就吃完了。

米阳又翻出一块巴掌大的手工花生糖，是用新炒的花生米和红糖粘起来的，米阳两手一用力，嘎嘣一声掰开，和白洛川分着吃。

白洛川一边吃，一边小声道："你怎么不说一声就跟别人跑了啊？"

米阳小口啃着糖，道："不是别人啊，那是我亲姥姥。"

白洛川还在那儿哼哼唧唧，米阳把自己手里的糖塞到他的嘴里，笑嘻嘻道："吃吧，这块花生最多。"

换了别人，小白少爷早就挑起眉毛要发怒了，没人敢这么喂他吃东西，但是到了米阳这儿，米阳分他半块花生糖，他都跟得了奖励似的。

平时米阳都不怎么做这些亲密的举动，也就越发显得可贵，白洛川的眉头立刻舒展了，开始大口吃糖。

米阳留神看了他一眼，凉亭里的石椅高，白洛川坐下之后脚够不到地面，一边吃糖，一边晃悠着小脚，瞧着吃得美极了。

米阳看得直乐，这是他这几年观察出来的白洛川的一个小习惯，白少爷高兴的时候会跷脚晃悠，别说，还挺可爱的。

等到家里的大人找过来的时候，就看到凉亭那边一个老太太坐在中央，身边围了一圈小孩，一起分着吃糖、吃槽子糕。

程青很是惊喜，道："妈，您怎么来了？也不发个电报，我好去车站接您呀。"

程老太太笑道："不用啊，我身体好着呢，不耽误你们工作，就是想阳阳啦，过来瞧瞧我外孙。"

正好小朋友们也吃得差不多了，见着程青都喊了一声"阿姨"，又跑去继续玩了。

白洛川没走，拽着米阳的袖子，还想米阳继续跟自己玩。在他看来，姥姥来了也比不上他们约定好的"作战计划"重要，他刚才都攻陷一大半"碉堡"了，马上就能取得胜利。

米阳掰开他的手指头，道："不行呀，我得回家了。"

白洛川皱着眉头又要开口，米阳拍拍他的肩膀，道："明天吧，明天我去找你，我们玩一整天。"

得了这个许诺，白司令才心不甘情不愿地点头答应了："那好吧。"

程青替程老太太提了行李，米阳则一只手拎着小水壶，一只手牵着老太太的手，一家人一边走、一边说话，他们笑着说话的声音传出去好远——

"我当然认识啊，她一喊我，我就知道这是我亲姥姥来啦！"

"哎哟，我的宝贝阳阳，真是姥姥的亲外孙！"

程青带着程老太太走路回家，一路指给她看周围的环境，道："妈，您看，这是食堂，再走过去一段路就是一个小公园，里面还有假山呢！然后过了马路，就是阳阳他们上的幼儿园了。"

程老太太问道："这么大一片啊，安全吗？"

程青笑道："安全，门口岗亭都有值班的战士，再说了，我每天都接送阳阳呢，您甭担心。而且，阳阳可聪明了，念了三年幼儿园都没跟别人走过。我今天猛地听见，还以为说错了呢，谁知道他是瞧见您了……家里的相册没白给他看，还能认出姥姥来。"

程老太太笑成一朵花，不住地摸摸米阳的小脸蛋，又牵着他的手，道："乖乖，姥姥给你带了不少好吃的，等回家都给你啊！"

程青故意道："妈，您就想着他了，我呢？"

程老太太乐了："你都当妈的人了，怎么还跟小孩争？"

程青笑道："那也是看当着谁的面啊，我亲妈来了，我还不能争？"

程老太太道："能能，你们俩啊，我都宠着，呵呵。"

到了家里，程青给老太太找了一身衣服换上，麻利地把她的衣服洗了晾干，一边做家事一边跟老太太聊天。

程老太太想搭把手，程青不让，对她道："您去跟阳阳玩，让他带您瞧瞧家里新添的宝贝。"

米阳就牵着老太太的手让她坐在家里唯一的藤木沙发上，拍了拍扶手，道："姥姥瞧，这是我爸攒了一年的工资买的，您试试，特别软，这个还能掀开，底下能放东西……我爸复习的书都在这儿了。"

米泽海考上军校之后，那些书没舍得扔，尤其是那本红色硬壳封面的军事理论书，当宝贝似的包起来收好了。家里家具不多，唯一能储物的就是这个。

程老太太坐在沙发上，瞧着米阳小大人一样去给她倒了杯水，忍不住打量了一下那张茶几——黑漆皮的，被擦得锃亮，大概用的时间久了，茶几的四条腿上都掉漆了，突兀地露出里面的原木。

老太太一边喝水，一边忍不住看茶几。

程青擦了手过来，瞧见她的视线落在茶几上，就道："妈，说出来，您也别笑话，这是米阳他爸去二手市场淘回来的一张旧茶几，凑合着先用两年。米阳马上就要念小学了，杂七杂八的费用也多，我俩就想省点钱。"

程老太太一阵心疼，叹气道："原以为你过得最好，现在看了，你的几个妹妹家里都置办得比你家齐全。程春结婚的时候，还添了洗衣机，你还要自己手洗衣服呢。"

程青笑道："没事呀，手洗的衣服更干净呢。"

程老太太摸摸大女儿的头，满眼疼惜，程青反过来安慰道："人家都说穷当兵的，我找了当兵的，就没打算过富太太的日子。米阳他爸还挺争气的，考上军校之后提了一级，等以后熬熬资历，转业回去就好了。"

程老太太点头道："你们心里有安排就好，有什么要帮衬的，尽管开口，妈这里还有点钱，你要用就先拿去。"

程青摇头道："不用，我们还攒了点，您甭操心了。"

这年头军人工资不高，程青一个随军家属，虽说是安排了工作，但是医院里的护工，工龄一两年，只有百来块钱的工资，紧巴巴地度日，当真是从牙缝里节省着供全家吃穿用度。

程老太太问道："你现在还在医院呢？"

程青道："对，准备考护士呢，过几个月就考试了，现在正复习准备着。"

程老太太连忙道："那家里的事你甭管了，我在的这几天，你就好好念书，家里的活儿，我来做。"

米阳也有点想念老人的手艺了，蹭过去歪在她的怀里道："姥姥，我想吃你……电视上那种糖醋鱼，要多多的糖汁的那种。"他把话收回去半句，差点说漏了嘴。

老太太抱着他亲了一下，笑呵呵道："好。"

米泽海晚上回来，桌上已经摆好了好几盘菜，都是他们老家的口味。

程老太太这次来，还特意带了卤野兔和卤鸡。这种卤味算是山海镇的特产，必须是整只野兔和整只鸡一起放在坛子里煮熟再加秘制的卤汁，味道才够好。

米阳他们爷俩都喜欢吃这个，吃得特别香，米阳自己啃了个大鸡腿，小嘴吃得冒油光。

程老太太切了半只兔子和鸡，装在盘子里道："要不要给白家也送点过去？"

程青有点犹豫，米阳已经吃完擦好手了，大大方方地接过盘子，道："姥姥我吃饱啦，我去送！"

米阳端着盘子去了白洛川家，敲门之后，白洛川家的保姆就来开了门。

保姆看见是米阳，给他拿了小拖鞋，笑道："阳阳来了？晚上在这边吃吗？"

米阳摇摇头，道："我已经吃过了，阿姨，这个是我姥姥从老家带来的……"

他还没说完，就听见二楼有噔噔噔的脚步声由远及近，白洛川的身影很快就出现了："米阳，我就知道你晚上肯定要来找我玩！"

白洛川后面的老人声音低沉，但能听出对孩子的疼爱："慢点，洛川啊，下楼梯慢点。"

白洛川哪里肯听，最后两三级台阶，更是一步就蹦了下来，然后冲过来就要抱米阳，吓得米阳赶紧将盘子举高了，道："别，有油！"

白洛川这才稳住脚步，抬头看他手里的盘子，好奇道："这是什么？"

米阳道："我姥姥带来的卤味，兔子和鸡。"

跟着白洛川过来的白老爷子听见了，鼻尖动了动，道："哟，这味道有点熟悉啊，阳阳，这是山海镇带来的吧？"

米阳平时见到这位大首长的机会不多，但是每个月能遇到一两回。他对白老爷子并不陌生，点头道："是的，爷爷，我爸妈让我送点过来给你们尝尝鲜。"

白老爷子挺高兴的，招手让他拿过来。

保姆瞧见了，赶紧去拿了两双筷子，先让老爷子和小少爷吃。

白洛川第一次瞧见兔子肉，看了一眼，没敢动，只夹了一块鸡翅吃。

白老爷子没他那么讲究，洗干净手先撕了一条兔腿吃，尝了两口就连连点头称赞道："是这个味儿，多少年了，很久没尝到过了，就是有点咸……小吴啊，去给我盛碗饭来！"

保姆听见，赶忙去了，端过来两碗米饭，还贴心地送了一壶水来。

白洛川自己吃了两口，兴致并不是很高，学着爷爷的模样撕下一块兔肉来，想喂米阳。

米阳摇头道："我在家吃过了，一整条鸡腿呢，这个特意做咸了，好带在路上也不变坏，我喝点水就够了。"

白洛川这才自己吃起来，吃两口又小声地让米阳给他倒水。

米阳脾气好，给他倒了水，又拿纸巾，低头看的时候，果不其然，白少爷又开始跷小脚了，一晃一晃地，美滋滋的样子。

白老爷子长得高大，北方汉子一米八几的个子，即便是年纪大了，也颇有架势，不过说两句话的工夫，已经把一条兔腿吃光了。

白老爷子吃了几大口饭，撕了一条鸡腿继续吃，道："这不像是饲养的鸡，肉吃着真劲道。"

米阳道："听我姥姥说是放养在山上的'笨鸡'，我家里有一片果园，养了不少，爷爷喜欢吃，下回可以去我家。"

白老爷子点头道："这个主意好，等有机会，爷爷一定去咱们阳阳家里多吃一些。"

米阳乐了，道："那我也一定跟我姥姥说，少放点盐。"

白老爷子也笑起来。

白洛川坐在一旁，眉头紧蹙了一会儿，凑近了米阳一些，小声地问他："米阳，你们家的鸡……还分笨的和不笨的吗？"

米阳道："啊？"

白洛川已经陷入自己的想象之中，脸上的表情也有点怪异："是不是笨的都被抓来吃了，不笨的就继续留在山上？"

米阳哭笑不得，道："不是，就是一个说法，跟吴阿姨去买的土鸡蛋一样，'笨鸡'就是土鸡的意思。"

白洛川这才明白过来，有点不好意思地继续埋头吃鸡翅。

米阳送完卤味要走的时候，白洛川拉着米阳的手不让他走，对他道："家里有猕猴桃，可好吃了，你别走，我们一起吃吧？"

米阳摇摇头，道："我吃饱了。"

白洛川不死心，又问他："那上回咱们拼了一半的拼图还没拼完呢！还有那个魔方也没复原啊！"

白洛川转着眼珠子打小算盘，只想米阳留下。

白老爷子装作在客厅看报纸的样子，也偷偷抬眼瞧那俩小孩。

果不其然，那个略矮一点的小孩儿踮起脚来摸了摸他孙子的脑袋，跟小大人似的哄了两句，他家宝贝孙子虽然有点不乐意，但也慢慢松开手，让小孩儿走了，还是听劝的。

门口端着空盘子的小男孩爱笑，弯着眼睛笑的样子特别容易让人有好感，看起来又乖又懂事，白老爷子瞧着也喜欢。

白洛川虽然松手了，但是找了借口，道："我要去送送米阳。"

然后他跟着人家出去了，保姆都没来得及拦。

他和米阳手拉手走着，路上还在哼唧。他看了米阳一眼，忽然喊道："小乖。"

米阳扭头看他："你说什么？"

白洛川笑得露出小白牙，眼里带着狡黠，道："我听见你姥姥这么喊你啦，我也要这样喊。"

米阳摇头道："这个不好，你喊我的名字呗。"

白洛川得意道："我不。"

他又喊了两声，米阳也不吭声，小白少爷脾气上来一阵阵的，越是拗着他越来劲儿，但米阳顺着他，他喊上几句就慢慢淡了兴趣，不喊了。

白洛川又喊回了米阳，小声念叨着他们读书的事。

白洛川道："我妈说九月份要去念小学呀。"

米阳点点头，道："对呀。"

白洛川又道："咱们还在一个班读书好不好？"

米阳嘴上说"好"，心里想的却是白少爷能不能留下来读书都不一定。白夫人工作调过来几年，每年都会往沪市跑上几趟，瞧着是随时要回去的。白敬荣要留守军区，但这地方实在太过清苦，别说白夫人自己的事业发展受到限制，小孩的教育也跟不上，幼儿园还好说，无非就是让人陪着小孩玩，真到了九年义务教育阶段，是不可能留在这个边城的。

小白少爷不知疾苦，还在美滋滋地设想以后两人在"小学"玩耍的样子，甚至问米阳喜不喜欢那个小木马，他们可以带着小木马去小学继续玩。

米阳骗他："带它干吗？读小学会发新玩具。"

白洛川惊奇道："真的？"

米阳点点头，憋着笑道："对啊，每天都有。"一课一练嘛，小学的必备作业，从写字到算术，每天都有新作业。

白洛川不懂，挺憧憬的。

从白家到米阳家没多远，走了一小会儿就到了。

白洛川把米阳送到后，眼珠子转了两下，在门口磨蹭道："天黑了，要不我在你家睡吧？"

　　米阳被他逗乐了，道："不行，睡不下了。"

　　白洛川坚持道："上个礼拜天的中午我还睡过的，睡得下。"

　　米阳摇头："我姥姥来了呀。"

　　白洛川这才想起来，有点失望地道："哦，对，我忘了。"

　　他这才三步一回头地回自己家去了。

　　米阳在门口站着，瞧见他没走两步就有警卫员打着手电筒找过来，放心进家门去了。他以前还有点畏惧白少爷，但是变成小孩子之后，这几年一直跟小白少爷在一起，瞧着小白少爷一点点长大，反而常常把自己归为保护小白少爷的人，所以下意识地去留意他的情况。

第六章
油炸糕

　　米阳的姥姥来了，这个小家多了一个人，更显拥挤。不过程青明显轻松许多，她得了空闲可以专门看书复习，毕竟还年轻，总是想把工作做得更好一些。

　　程老太太做得一手好菜，米阳在家吃得特别开心，小脸都胖了一圈，出去和小朋友玩的时候，带去的小零食也越来越多，还换着花样地带，花生粘糖呀、油炸糕呀、烘蛋卷儿呀、红豆酥饼呀，比程青之前糊弄米阳的那些鸡蛋饼高级多了。

　　老太太每天都给米阳做一种，让他吃新鲜的，哄着他多吃一口都乐得眉开眼笑。

　　这些都是米阳小时候吃惯了的，他是被程老太太一手带大的，老太太做什么他都说好吃，吃得津津有味。

　　程老太太不但做了米阳的份儿，还特意多做了一些，让他去分给小朋友们。

　　这边住的军官家的孩子多，有些家里条件好，会分一些进口巧克力糖给米阳，老太太瞧见了就想着让他也给小伙伴们分一些零食——虽然没人家给的那些东西好，但多少是个意思。

　　米阳其实不太爱跟别的小孩玩，爸妈上班了，他一个人在家看书或者看电视的时候居多，但是程老太太在，他就得尽量装得跟小孩儿一样，把装在盒子里的点心拿出去分给小孩们吃。

　　白洛川在这帮小萝卜头里一直都是小霸王一样的存在，不论是一直住在部队大院里的这些孩子，还是偶尔寒暑假过来探亲的孩子，都被他用拳头征服过。

白洛川很快就确立了在大院里的"霸主"地位。

因为米阳常常跟着白洛川，大家下意识地也对他敬畏，不过，米阳总是一副老好人、没什么脾气的样子，又乐于助人，比起白洛川，小孩们更喜欢跟他玩。

其实米阳是用带孩子的心情在陪他们玩的，瞧见小孩哭了、闹了，把人叫过来各打五十大板而已，但是小孩们心里对他留下了"公正"的印象。

尤其是这段时间米阳每天都带点心出来，哄得那些小萝卜头都爱围着他转悠。大院里甚至流行起了一阵"米阳家的点心"的潮流，不少小孩回去之后，闹着要吃他家做的那种小点心，从外面买回来的还不行，连"大大卷"泡泡糖都不好使了，非得是那种炸得油汪汪、红亮亮的糕点，边缘要焦一点、脆一点，咬一口，红糖汁就流下来——那个特别有本事的米阳，吃的就是这种！

程青一连被人问了好多次，这才知道家里的油炸糕出名了，她也不知道怎么做油炸糕边缘才又焦又脆，回去一问，程老太太乐了，摆手道："哎哟，哪有什么秘方，我动作慢了点，炸得太久啦！"

程青也跟着乐了。

不管怎么说，自制点心的这个小潮流一直在好几个月之后还有热度，基本上大院里有小孩的家里都做了油炸糕。

有时候，米阳在家里写字、学算术，不出来玩，那帮小萝卜头还要踮起脚来敲窗户，隔着玻璃在外面喊他："米阳，出来玩呀，就差你啦！"

白洛川对此颇有微词，但是米阳每次给他留的点心都是另外装的，也是最完整、最好吃的一份儿，所以，大少爷就勉强允许周围这些人来靠近米阳了。

白洛川挺得意的。

这天白洛川凑近了，挨着米阳道："一会儿去我家玩，有巧克力豆，还有健力宝，我给你开两瓶喝。"

米阳歪头看着他，笑眯眯，不说话。

白洛川想了想，又赶忙道："你想去吗？去玩好不好？"

米阳这才点头，道："好。"

以前白洛川挺霸道的，动不动就做一些米阳不喜欢的事，趁着白洛川现在年纪小，米阳帮他培养一下好习惯——无论做什么事，首先要询问别人，得到认可之后才行动。

不过，这只是米阳的自我感觉，放在小白少爷那边，他已经喜滋滋地讲着他家里有多少糖果了。

小白少爷坐在操场边上，跟米阳叽叽咕咕地说话，他正是喜欢说话的年纪，什么都要讲上半天，好些话是他们小孩才懂的。

对这些话米阳大部分都能做出反应，有个别没听懂，只要保持"哇，原来这么厉害"的表情，小白少爷就会得意地讲下去。

又玩了一阵打仗的游戏，白洛川依旧是当司令，但是，这次白司令攻下"碉堡"之后没敢让米阳留守了，而是带着他一起冲锋到最后一块阵地。坐到最高的土堆上后，他给自己和米阳戴上用树枝编的帽子，再大手一挥，算是占山为王了。

对面的输家被押到土堆后面"枪毙"了，拿着小木枪指着自己的脑袋"开一枪"，自己喊一声"啊"，就算完了。

那几个小戏精一个比一个专业地抽搐倒下，从发丝到手指头都演出了"我不想死"这四个字的精髓，米阳捧着小水壶正在喝水，差点一口水喷出来，乐得不行。

白洛川看了他一眼，忽然回头对那几个输了的小孩道："再死一遍。"

那几个小孩一脸疑惑。

白洛川道："今天的新规矩，输了，死两遍。"

那几个小孩没什么意见，反正衣服都脏了，回家肯定要挨骂，倒地几次都一样，就又来了一遍。

白洛川回头看米阳，果然见他眼睛弯弯的，坐在自己身边的样子，越发像是警卫营的那只小狗崽，又乖又听话，不，比小狗崽好看多了！

白洛川又道："再死一遍！"

那几个小孩不服了："怎么还来？不是说好了死两遍吗？！"

白洛川狡辩道："刚才我没看清楚，再来一遍！"

连着三遍之后，还是米阳喊停，这个游戏才结束。

白洛川道："你不想看啦？"

米阳有点奇怪，但很快就明白过来，点头道："不看了，要回家吃饭。"

白洛川闻言，拽着米阳的胳膊走了，不过，他坚持要带米阳先回自己家，理由只有一个，非让米阳尝尝家里新送来的猕猴桃不可。

　　"和以前的不一样，这次的特别甜，可软啦。"白洛川一边走，一边比画，"我昨天一口气吃了两个，给你留了一个最大的。"

　　米阳估计白少爷平时好东西吃得不少，明明两人年纪就差两个月，白少爷拽着他的力气特别大，害得他差点摔跟头。

　　等勉强跟上白少爷的脚步，想说句话时，米阳就听见旁边有自行车铃铛的响声，抬头一看，就瞧见了程青。

　　程青刚下班，买了菜回来，瞧见他们俩就笑着道："又出去玩啦，阳阳记得一会儿回家吃饭啊，饭马上就好。"

　　天底下的妈妈似乎都习惯把半个钟头左右的时间说成"马上就好"，米阳听见，点了点头："知道了！"

　　旁边白少爷将米阳的手抓得紧紧的，米阳估计自己不走一趟是没法回自己家了。

　　小白洛川对程青这个长辈还是很尊敬的，米阳站着说话的时候，他就规规矩矩地道别："阿姨再见。"说完，他想了一下，仰着头问道，"阿姨，我可不可以去你家吃饭呀？就吃一碗。"

　　还没分开，他就已经算计着晚上去米阳家玩了。

　　程青笑道："好啊，来吧。"

　　他们两家离得并不远，白洛川领着米阳先回了自己家，挑着自己特意留出来的猕猴桃给米阳，又拿小勺挖了果肉出来，瞧着那架势快要喂到米阳嘴里了，米阳连忙接过勺子自己来。

　　米阳吃了两口，旁边的白少爷就趴在小桌上，脑袋枕在胳膊上看他，笑眯眯地道："没骗你吧？特别甜！"

　　他说得跟自己亲口吃了一样。

　　米阳吃了一口，白少爷的视线就跟着小勺动一下，米阳都乐了，吃到里面最软最甜的部分，挖了一勺果肉喂到他的嘴边："尝尝？"

　　白洛川没有犹豫，张口就吃了。

　　米阳收回勺子继续吃，他小时候都跟白少爷共享过一个奶瓶，从小到大没少这么吃过东西，他都习惯成自然，没觉出哪儿不对。

等吃完了，米阳收拾了果皮，擦了小手就想走，白洛川又抓了一大把"怡口莲"牌糖果塞到他的衣兜里，直到装满了才坦然道："走，回家吃饭。"

米阳觉得这家伙已经把自己家当食堂了，"吃饭"这俩字说得比自己还理直气壮。

白夫人要拦也拦不住，干脆懒得管了，让警卫员拎了一盒子水果，连孩子带水果一起送过去。

不过，等他们吃过晚饭，警卫员去接回来的依旧是两个。

小白少爷哭得眼圈都红了，拽着米阳的衣角不放，一副受了天大委屈的模样，瘪着嘴，随时都要哭出来。旁边的米阳倒是没吭声，不过手里抱着自己的小枕头，也有那么点不乐意。

白夫人已经很久没见他这副哭包的模样了，觉得挺有趣的，逗他道："怎么了，今天下午白司令不是打赢了战役吗？"

白洛川吸了吸鼻子，抓着米阳不放："我要他跟我一起睡。"米阳还没吭声，白洛川又心酸地接了一句，"米阳好几天都没陪我睡觉了。"

米阳扭头看那个哭成小花猫的萝卜头，嘴角抖了抖。

白夫人看了旁边的警卫员一眼，警卫员道："我跟米阳妈妈说过了，您不知道，吃饭的时候还笑呢，我一去，'哇'的一声就哭了。问他怎么了，他说不想回家，要跟米阳一起睡，米营长家地方小呢，那小床是老太太和米阳一起睡的，哪能挤得下第三个呀，米营长哄了一句，他哭得更厉害了，赶紧就让米阳带着枕头过来咱们这儿……"

白夫人耐心地说道："洛川，人家阳阳也有家，这次阳阳的家长同意就算了，下次也不许这么胡闹了，听见没有？哭不能解决所有问题，下次你哭也没有用，知道吗？"

白洛川含着眼泪，抽噎道："我不，妈妈你让小乖来咱们家吧！"

白夫人道："人家阳阳也有家人啊！"

白洛川哽咽道："那、那我就去当、当他家的小孩……"

白夫人对着他的脑门弹了一下，被他气乐了。

米阳抱着枕头和白洛川一起去楼上的小房间休息了。

白洛川自己住一个套间，地上还铺了一块地毯，旁边堆放了一些玩具，虽然凌乱，但是每一件都很新，瞧着应该是没玩多久就被小主人丢到一边了。卧室铺的是木地板，夏天光着脚走在上面挺舒服的。

米阳过去先把自己的小枕头放下，然后去洗脸、刷牙。白少爷这边东西齐全，准备得也充足，米阳拆开包装，竟然还发现了一支粉红色的儿童牙刷。

白洛川小时候长得粉雕玉琢，白夫人还偷偷给他穿过小裙子，偶尔也买一些颜色鲜亮的小东西给他，不过要由着他的性子挑着用。他心情好的时候，粉红色的牙刷也喜欢，心情不好的时候，平时用的蓝白条纹的小毛巾也能说扔就扔。

米阳用了那支粉红色的小牙刷，用完之后，白少爷还贴心地帮他放在自己的牙刷杯里。

一红一蓝，两只儿童牙刷并排放着。

米阳看了一眼，懒得再拿出来单放了，打了个哈欠去睡觉了。

米阳睡觉一向老实，仰躺着，小手放在肚子上，闭着眼睛，入睡得挺快。白洛川没他这么规矩，翻来覆去地折腾，一会儿又翻身过来戳戳他的胳膊，他睡得迷糊道："怎么了？"

白洛川翻过身来看他，道："你好久没留下来陪我了。"

米阳疑惑道："啊？"

白少爷撇嘴，声音小了一点："自从你姥姥来了之后，你都不跟我一起玩了。"

米阳闭着眼睛笑了一声，伸手摸索着碰到他的小脑袋，摸了一下，权当安慰："我姥姥一年就来一回，我都想她了……"

白洛川急道："可我也想你啊。"

米阳道："我们每天都见呀。"

白洛川不满道："每天见也想呀。"

米阳还躺在那儿笑，白少爷的表情有种晴转多云的味道，小眉毛都竖起来了，但还没等发脾气，就被米阳抚顺了气。

米阳拍拍他，学着大人哄小孩那样哄他："那我给你讲故事，你听了睡吧？我姥姥给我讲了一个小马过河的故事，可好听了。从前啊，有一匹大马和小马……"

白洛川就是想听他跟自己说话，他随便说两句白洛川就满足了。

白洛川挨着米阳，也慢慢闭上了眼睛。晚上说只吃一碗的人吃了两小碗粥，睡觉的时候还占了大半张床，听着故事没一会儿就睡得呼呼地了。

米阳第二天早上走的时候，白洛川还没醒，睡得小肚子都露出来了，一身卡通睡衣歪七扭八的，人更是横在小床上，一副小霸王的标准睡姿。

米阳给他盖了一下薄毯，自己洗漱好了就下楼去了。

家里保姆已经做好了早饭，白老爷子正一边看报纸，一边和儿子说话。米阳下来的时候，路过餐厅，跟他们问好，道："爷爷、白伯伯，我睡醒啦，我先回我家了。"想了想，他又道，"等白洛川醒了，你跟他说我上午要跟姥姥出去，等下午回来再来找他玩。"

白老爷子放下手上的报纸，笑着道："好好，你去吧。"

白敬荣也对他和颜悦色，问道："要不要留下来吃早饭？"

米阳摇摇头，他姥姥肯定在家做好他的那份了。

等米阳走了，白夫人端了一份刚拌好的小菜出来，瞧见便问："阳阳走了？哎呀，我还特意做了他爱吃的青菜香菇粥呢。"

白敬荣看了她一眼，笑着摇头道："你对阳阳好得快跟自己儿子一样了。"

白夫人笑呵呵道："那是，毕竟是从小看着长大的。我那天还在想，要不干脆再认个干儿子好了，我真是越瞧这孩子越喜欢！"

白敬荣摇头道："算了吧，米泽海现在见了我能躲就躲，你还招惹人家的儿子，要是这个干亲认下来，我估计米泽海今年就要提出调动了。"

白夫人道："怎么了？"

白敬荣言简意赅，道："他的职务提得太快，避嫌。"

他这么一说，旁边的白老爷子倒是不屑地哼了一声，抖报纸的声音都大了些。

白敬荣低声解释道："爸，您也知道，米泽海这个人一根肠子通到底，就是这个性子，您当初不就是瞧上他这份刚正了？"

白老爷子嗤笑道："他？我那是瞧上他那股傻劲儿。"

白敬荣小心地看着老爷子的脸色，白老爷子虽然嘴上这么说着，但是瞧着没真生气，他也跟着松了口气。

另一边，米阳进了家门，也吃上了热腾腾的早餐。

程老太太也熬了粥，不过是白粥，老人早上起来煮了一个多小时，米粒像融化了似的，特别浓稠，喝起来满口清香，再配上自己家里做的小菜，又爽口又开胃，早上起来喝上一碗再来两根油条，再舒服不过了。

程老太太来了之后做了不少咸菜，今天早上端出来的是一小碟卤花生米拌山芹丁，还有一碟腌黄瓜——为米阳特意做的，酸甜可口的、沥水晾干之后的黄瓜条嚼起来咯吱作响，微咸的味道配粥刚好。

米阳那边还多了一个红豆沙馅的小包子，也是程老太太特意做的小点心。米阳不太爱吃甜的，更喜欢吃肉馅的包子，就掰了一半放在米泽海的那边，笑眯眯道："爸爸训练辛苦了，爸爸吃吧！"

米泽海感动得很，一点都不嫌弃儿子吃剩下的，旁边的程青心里一清二楚，也笑着没拆穿儿子，只冲他眨眨眼，示意他包子可以不吃，但是那碗粥必须喝完。

这个任务米阳完成得非常顺利。

等着米阳的爸妈出门上班之后，程老太太也领着米阳出去，他们祖孙俩走得慢悠悠地，一边走，一边说说笑笑，一直走到那边的商店。

商店门口本来放着一块闲置的牌子，上面写着"××供销社"的店名，现在改成"友谊商店"了。

程老太太牵着米阳的小手走进去，带着他先看了一圈。两层楼的布置，二楼卖衣服之类的，一楼卖小百货居多，散装的糖和茶叶之类的，进来之后，他们闻到一股带着茉莉的清香味。

两个售货员站在柜台后面聊天，他们祖孙俩就慢慢看着，米阳懂事，什么都不要。越是这样，程老太太越是心疼他，不住地小声问他："阳阳，这个要不要？上学需要的吧？"

米阳摇摇头，笑眯眯道："姥姥，你给我买几本田字格作业本吧，我听妈妈说小朋友上学之后都用这个写作业。"

程老太太带着他去卖文具的柜台，一口气给他买了五十本田字格作业本，又买了一小把中华铅笔，大概有二十支。

米阳抱着这些东西，说什么都不肯再让老太太掏钱给他买其他东西了："姥姥，这些足够了，您瞧，我能写上一个学期，等我寒假回家看您的时候，您再给我买新的呗。"

程老太太摸着他的小脑袋，笑着道："好好，都听我们阳阳的。"

话虽然这么说，她还是给米阳买了一支英雄牌钢笔，念叨着："等你以后练字了可以用，这个好着呢，你妈读书那会儿就用这个，多少年的老牌子了。等姥姥走了之后，阳阳也要好好学习，把姥姥教的那些字都学会啊。"

米阳点头答应，他光听着老太太说要走，心里就一阵不舍。

一老一少在外面逛了一会儿，这才一起往家走。

路边有卖冷饮的，老太太还给米阳买了一杯冰镇橘子汽水喝，米阳喝了一半，另一半给老太太的时候，老人就摇头说自己牙疼，笑呵呵地看他喝完那一小杯。

程老太太来探亲住了差不多一个月，照顾好女儿和外孙，到底还是放心不下家里人，买了票要走。

程青亲自送她去了火车站，这次米阳不用被抱着了，站在那个小小的站台上，跟他姥姥挥手告别，隔着玻璃窗瞧着老太太的身影慢慢变小。一直到瞧不见了，他才放下小手。

程青笑着目送火车离去，转过身来就落泪了，用手绢擦了擦，还能看出红着的眼眶。

米阳看着她，道："妈，你怎么哭了，舍不得姥姥吗？"

程青道："不是，妈妈是想家了。"

程青抬头看看远去的火车，站台上空荡荡，只剩下卖熟食和水果的两三个摊位，摊贩操着这边的方言叫卖着，她听了几年，虽然听得懂，但依旧觉得没有归属感。火车带着亲人飞驰远去，那个终点站，才是她的家乡。

米阳摇摇她的手，抬头看她："这里也是咱们家，我和爸爸都在。"

"不一样。"程青牵着儿子的小手叹了口气，又笑了一下，"跟你说这些干什么呢？你也听不懂……等你爸以后转业了，咱们就能回家了。"

米阳默默回忆了一下，他爸当年并没有这么早转业，一口气在部队当了二十几年的老兵，但没有一直在野战军区，后来被调回老家做了部队的文职工作。他妈说的理由是米阳读书了，当亲爹的要回来和他们一家团聚。

米阳认真算了一下，也就是小学一二年级的事了。

米阳跟着程青一起回去，从车窗往外认真地看着这片山，心想：条件是有些艰苦，但是也有不少快乐的时光。

想到这里，米阳脑海里第一个浮现出来的就是白少爷的面孔，不是那个长大后嚣张任性的家伙，而是他瞧着长大的小萝卜头，虽然也有点儿任性，但追在他身后跑的样子总让人想戳一下、欺负一下。

小白少爷被逼急了还会当场翻小白眼生气呢！

米阳看着窗外想着，也不知道这一次他们什么时候会分开，如果他真回了山海镇读书，等到初中的时候，白洛川还会不会来跟他做同学？当年的白少爷可是被评了个"最帅转校生"的名号，情书没少收。

米阳这么胡思乱想着，慢慢就到了部队大院。

米阳那张小书桌上还放着一沓田字格作业本，他摸了摸那些本子，做了一个决定。

前几年小的时候，米阳没有办法做太出格的事，就一直慢悠悠地玩着过日子，但是他壳子里装了一个大人，实在没办法继续和一帮小孩一起参加九年义务教育，所以他存了跳级的心思。初中、高中时跳级太扎眼了，他的性子一贯懒散，还是从小学开始，先跳个两级试试看。

小学开学之前，他就有意在程青和米泽海的面前做一些数学题，并且做得很快，这让米泽海两口子特别惊喜，觉得自己家出了个小天才。

米阳琢磨着，等到了小学，再做两套超纲的卷子给老师看，问题就差不多解决了。

他想得挺好，但是现实十分残酷。

这会儿的小学都是卡生日来的，尤其是部队周边的子弟小学原本师资就紧张，程青带着米阳去报名的时候，人家学校一看米阳的出生日期，九月份和九月之后出生的，还没有真正满六周岁，一律不收。

程青只能把米阳领了回来，打算让他明年再去读小学。她从儿子脸上看出了失望，也知道他做了不少题，都准备好去读小学了，生怕孩子受打击，路上还给他买了一盒奶油小蛋糕，小心地哄着他。

米阳失望了一阵，很快就恢复过来，多待在家一年也不是不行，反正家里还有不少书，他自己在家待着还自由，比在学校里装小孩轻松多了。这么想着，他很快就调整好了心态，还冲程青笑了笑。

程青看在眼里，更心疼了。

等到小学开学的时候，白洛川又发了一次脾气，原因还是跟米阳有关。

报名那天，白洛川去得很早，到了教室后找了一圈都没瞧见米阳，于是没跟亲妈打招呼，背上书包又自己回家了。

警卫员中午去接孩子的时候，等了半天没等到白洛川，进去一问，被告知他早就走了。警卫员吓出一身冷汗，直接去找了白夫人。

白夫人还算冷静，第一反应就是去米阳家，果不其然，她儿子正在米阳家一边吃水果一边玩一台巴掌大的小游戏机。

米阳在旁边剥橘子，剥好了，还一瓣一瓣地放在她的儿子手边，见她过来，起身道："阿姨好。"

白夫人找到儿子，心情也没好到哪里去，问："洛川，今天怎么没去学校？"

白洛川低头打游戏，道："不想去。"

白夫人拿走他手上的游戏机，让他看着自己，道："这不是你想不想的事，学校是必须去的地方，你不跟学校说，也不跟家里人说就走掉，这叫逃学。"

白洛川不耐烦道："那是你先骗我的！"

白夫人道："我骗你什么了？"

白洛川抬头看她，愤怒道："你骗我小乖也去读书，还说他跟我一个班！我去看了，根本没有，回来一问，他今年都不去上学！"

白夫人愣了一下，看向米阳，有些惊讶道："阳阳今年不去读小学吗？"

米阳摇摇头，道："我还小，老师不收。"

白夫人失笑道："怪我，那天瞧着你妈妈带你去学校了，还以为是去办入学手续的，没再多问问。这样吧，我跟学校那边打个招呼，让你提前一年读书好不好？"

米阳眼睛亮了一下，道："真的吗？那太谢谢阿姨了！"

白夫人瞧着差不多到中午了，干脆在米阳家坐着等了一会儿，等程青回来之后，又跟她商量了一下，她自然喜出望外，连声说感谢。

白夫人问她要了一些资料，当即打了电话跟学校那边做担保。

"也不是我们想搞特殊，实在是有些孩子年纪太小了，来了之后在班里也跟不上学习，每天哭哭啼啼，老师们太辛苦了，所以弄了一个学前班，想让那些年纪小的孩子们再等等，懂事之后再来念书，我们也好管理。"校长笑呵呵道，"不过您这么担保了，我们相信这是一个听话的小孩，就一起送来吧！"

白夫人笑着跟他道谢，抬眼瞧见儿子眼巴巴地看着自己，原本还带着几分怒意的心一下就软了，一边伸手戳了儿子的脑门一下，一边软了语气，问："我们家这两个孩子从小一起长大的，还没分开过呢，您看能不能给安排到一个班里？这样也好有个照应。"

电话那边很爽快地答应下来。

白少爷这才咧嘴笑，露出一口小白牙，也不要游戏机了，过去挽着白夫人的手喊："妈妈。"

白夫人点点他的额头，脸上没绷住，也笑了，道："行了，小祖宗，这下都如你的意了吧？一会儿跟我回家，下午还得去上学呢。"

白洛川问："那米阳呢？"

白夫人道："下午你程阿姨会去办入学手续，阳阳明天过去。"

白洛川喜滋滋道："那我也不去学校，我等他明天去的时候再跟他一起过去！"

白夫人哄他："不行，你今天就得去学校。你看啊，你提前去一天，熟悉一下，等明天阳阳去了，你就可以帮助他了，对不对？"

程青也在一边敲边鼓："对对，洛川去学校吧，阳阳还没去学校里面看过呢。你去了记住班级的位置，要是阳阳记不住路你就领着他走，你是哥哥，要照顾弟弟呀。"

白洛川觉得有点道理，就点头答应了："那我在学校等着他。"

两个妈妈都松了一口气，让这位少爷改变主意可真是不容易。

等白洛川走了，程青急忙翻找报名资料，她下午跟单位请了半天假，喜滋滋地去给米阳办入学手续了。

等到傍晚回来之后，她手里还拿了一个卡通文具盒，一边给米阳收拾小书包，一边叮嘱他："阳阳，等去了学校，一定要听老师的话，这跟幼儿园不一样了，要有规矩，知道吗？"

米阳点点头："知道。"

等着晚上米泽海回来，程青让他一起去白家道谢，米泽海摇头不肯去，程青顾忌孩子在，当时没说什么，等到了晚上回了卧室，两人就低声吵了一架。

房间都是木板门，并不隔音，他们吵得厉害了，米阳也能听到一两句，无非是米泽海执拗的脾气又上来了，不愿意落得一个巴结领导的名声。

程青气得够呛："这是谁巴结谁了？人家骆姐主动来帮忙，还不能谢谢人家？！要不是洛川和阳阳玩得好，人家也不会帮忙，你这一辈子犟成牛，指望你，不如指望儿子！"

米泽海闷声闷气地道："那你等着吧，你儿子长大，还得再等二十年呢！"

米阳在隔壁房间的小床上听了一会儿，发现他们翻来覆去说的就是这些，于是踏实地睡觉了。他爸妈平时也就为这些小事儿念叨几句，一个热心肠，一个老古板，过一阵就好了，不会吵得很凶。

第二天，米阳被程青骑着自行车载去了学校。

米阳倒是还好，程青比他还激动。昨天她睡晚了，早上起来，没来得及做早餐，到了学校门口，找了小摊买了一个两毛钱的芝麻烧饼给米阳吃。

米阳一边吃，一边坐在自行车后座上被程青推着走，他肩上斜挎着一个旧了的军用挎包，里面放着几本田字格作业本和一个铅笔盒。

正吃着，米阳总觉得有人在看自己，抬眼看去，是一个老太太。她正站在校门口表情有些严肃地看看他又看看程青，才皱着眉头道："学校不允许吃零食。"

程青连忙道："老师对不起啊，不是零食，我早上起晚了，就给孩子买了点早饭。"

老太太估计听多了这种话，不耐烦道："每天都有人这么说，你们宠孩子也得有个度，不好好立规矩，什么责任都往自己身上揽，让老师以后怎么教育？！"她不听程青解释，挥挥手道，"还有，校园里也不允许骑自行车，你让孩子下来自己走。"

程青答应了一声，把米阳抱下来，她那自行车虽然不是二手的，但是几年下来已经旧了，看着明显有些掉漆。那老太太瞧着直皱眉，又吩咐她道："不是学校教职工的车不能进来，你停在外面吧。"

程青拿不准老太太是教几年级的，生怕落下不好的印象影响孩子念书，乖乖听她的话把车停在校门外了，上了一把铁链锁。他们家别说丢几十块钱的旧自行车，一块钱丢了都心疼。

老太太嘟囔了一句"这么旧的自行车没人要"，就自己走了。

米阳抬头看了一眼那个老太太，没吭声。

程青领着他在外面把烧饼吃完，生怕他对学校有不好的印象，还对他道：

"这些都是学校的规矩，妈妈第一次来送你不知道，咱们以后互相提醒，就不会犯错了。"

米阳点点头："哦。"

米阳又在心里盘算起了跳级的事儿。

等到了教室，程青就不能进去了。她站在门口瞧着米阳刚走进教室就被白洛川跑过来抱住，亲亲热热地拉着手走向座位——两人还是同桌呢！

程青一下就放心了不少，看了一会儿就去上班了。

白洛川还要跟米阳手拉手，米阳轻轻掰开他的小手，自己放好书包，拿出本子和铅笔盒放在课桌上。

白洛川耐心地等了米阳一会儿，见他都收拾好了，又过来要牵手，再次被他躲开了。

白少爷不乐意了，皱眉道："米阳，你怎么了啊？"

他这话问得太过理直气壮，米阳都被他问乐了。

米阳指了指旁边的小朋友，把自己的双手也规规矩矩地摆放在课桌上，对他道："跟幼儿园不一样了啊，得这样上课。"

白洛川撇嘴，虽然不太情愿，但跟着米阳做了。

没过一会儿，白洛川的小身子又往米阳那边歪过去，凑近了小声地跟他说话："昨天发课表了，你没来，我都替你抄下来了！"

他得意得像是要邀功，抬头就等着米阳夸他。

米阳心想：我真是太谢谢你了，没我你就不用课表了吗？

米阳在心里吐槽，但是嘴上还是要说谢谢的，再加上一个感激的微笑，旁边的白少爷立刻高兴得恨不得摇尾巴了，简直不要太好哄。

米阳简单看了一下，他对小学的记忆模糊，现在看起来，课程比他想象中的丰富一些，语文和数学占了大头，另外还有体育、音乐、美术和自然课。

上课铃声响了，老师踏着铃声走了进来，是一个年轻漂亮的女老师，怀里抱着的是数学课本。

白洛川小声地跟米阳说："这是班主任，也是咱们的数学老师……"

班主任环视一周，好脾气地问道："班长呢？昨天教过的还记得吗？"

白洛川突然站起来，道："起立！"

米阳被他吓了一跳，赶紧跟着班上的小孩一起站起来，大家参差不齐地喊："老师好！"

　　班主任笑呵呵地道："我听着不怎么整齐呀，咱们班的小朋友今天都吃过早餐了吗？"

　　这次大家的声音大了许多："吃过啦！"

　　班主任又笑道："那大家坐下，班长再喊一遍，争取这次声音大一些！"

　　"起立！"

　　"老师——好——"

第七章
跳级

米阳的小学生活开始了。

他晚来了一天，等到下午才领到自己那套课本。程青来接他，他就把书都带了回去。

米泽海晚上下班回来的时候，特别高兴地拿出来一沓以前废弃不用的地图纸，反面雪白，他认真地量了一下米阳课本的大小，然后裁剪了纸张，给米阳的每本书都包了书皮。

米泽海军人出身，严谨惯了，书皮包得有棱有角，特别漂亮。

米阳伸手爱惜地摸了摸那些课本。

米泽海得意道："怎么样，爸爸包得很好看吧？"

米阳笑眯眯道："好看！"

他记得以前，他是读到小学二年级左右才慢慢接触他爸，那会儿他爸刚被调回来，部队里的大老粗一个，一张脸晒得特别黑。

米阳不知道怎么讨好他爸，也是在开学的时候，他爸亲手给他包了书皮，他带去班里，简直是独一份的体面。

米阳把包好书皮的书放回书包里，书包不够大，他在小书包上面放了两本书压着，生怕明天忘了带。

等米阳躺下睡着之后，米泽海偷偷走进他的房间，往他的书包里放了两块水果硬糖，然后给他关了小台灯，轻手轻脚地出去了。

第二天去学校，白洛川这个同桌自然分到了一块水果硬糖。

白洛川含着糖，道："我带了酒心巧克力，一会儿你偷偷吃，别让老师看到。"

锥形的酒心巧克力糖，一层巧克力里面裹着含酒的糖浆，咬一下，要先吸一会儿才行，不然糖浆就要流到手上了。米阳拆开花花绿绿的包装，慢吞吞地吃了一颗，白洛川再递到他嘴边的时候，他就摇头，说不吃了。

白洛川道："怎么了？"

米阳对酒精类的东西容易有反应，也特别容易喝醉，虽然酒心巧克力只含一点点酒精，他还是没再吃，找了个理由敷衍道："嗯，有点辣，我不喜欢。"

白洛川信以为真，把那几颗酒心巧克力随手送给前后桌的小朋友了。米阳说辣，他也觉得吃得没意思了。

这一下倒是弄得那几个小朋友受宠若惊，接了糖果道："谢谢班长！"

白班长挥挥手，特别大方。

小学四十分钟一节课，时间过得还是很快的，铃声响几次，一天就过去了。

米阳老老实实地上了一个礼拜的课，慢慢增加举手回答问题的次数，并且主动拿一些超纲的题目去问班主任老师。

小学一年级会一点加减算术就很不错了，不少孩子还拿着小木棍在那儿皱着眉头算"1+1"，米阳小心地把自己会算的范围扩大到两位数，这个举动成功引起了班主任老师的注意。

她本就是教数学的，班上出了一个算术特别好的小朋友，高兴极了，在米阳的要求下，拿了两张高年级的试卷给他做。

而那个时候，白少爷已经发现小学并不发玩具，而且不让带玩具来了。

放学后，米阳习惯性地留在教室写一会儿作业，这年头还没有喊出减负的名号，给小学生布置的作业不少，都是随堂练习，多是重复性的抄写。

米阳没有半点不耐烦，他之前偷着用手指蘸水在桌上写过字，但是没敢多练习，怕人看出来，现在难得有了光明正大练习的机会，肯定要好好从头开始，哪怕是拼音，也可以当英文字母练习嘛。

而且练字这种事，什么时候开始都不晚。

白洛川在一旁用手指夹了三支铅笔抄写生字，字虽然丑了点，但是胜在效率奇高，早早就完成了。他坐在一边等了米阳一会儿，很快就坐不住了，哼唧道："米阳，我们去玩啊！"

米阳摇摇头，道："我作业还没写完。"

白洛川又道："那写完了去玩呗？"

米阳道："写完就要回家吃饭了。"

白少爷不乐意，伸手轻轻拽着米阳的衣袖，米阳回头看他一眼，他就老实了不少，松开袖子，转而去摆弄米阳的铅笔盒。米阳的铅笔盒是那种特别简单的铁制的，打开后就一层，里面放着一长一短两支铅笔、一块橡皮，其他什么都没有。

白洛川玩了一会儿，又把自己的铅笔盒推过来，他的那个是特别高级的全自动铅笔盒，正反面有七八个按钮，每个都能弹出来一样小东西，还有指南针和温度计一类的"高级装备"，听说是沪市最流行的文具，当地还没见过这样的。因为这个高级铅笔盒，他成为全班羡慕的对象。

白洛川打开它之后，随手抓了几支自动铅笔出来，塞到米阳的那个小铅笔盒里了。

米阳瞧见，提醒他道："哎，我不要啊，我铅笔够用……"

白洛川把米阳那个铅笔盒拿在自己的手里，把那个全自动的铅笔盒推到米阳的手边，道："我们换着用。"

米阳把最后几个字一笔一画地抄写完，收起作业本，伸手拿过自己的小铅笔盒，把里面的笔都拿出来，连同那个全自动铅笔盒一起还给了白洛川，道："我自己有，等什么时候不够用了，再问你借。"

白洛川这才勉强答应了，但还是坚持给了米阳一支和自己一样的、带小兔子按钮的自动铅笔。

最近流行用这种自动铅笔写字，但是米阳还是更喜欢用中华铅笔，用这种笔练字带着笔锋，字写得最好看了。

白洛川见他收拾书包，又高兴起来，等着警卫员来接的时候，就拽着他一起回家。十来分钟的路程，俩人能在车上叽叽咕咕说上好一会儿，基本上他说什么，白少爷都挺高兴的，只有等到他下车之后，白少爷才趴在车窗那儿看着他的背影，瞧着跟走丢的小狗一样可怜兮兮的。

警卫员看着都乐了。

白洛川一直以为他和米阳会一起这么念书好多年，但是，不过大半个月，礼拜一上课的时候，班主任忽然叫了米阳去办公室。整整一节课，米阳都没有来听课。

白洛川不知道米阳出什么事了，坐立不安了一节课，下课铃声一响，立刻站起来跑到老师的办公室去了。等敲门喊了"报告"之后，他走进去，看到几个老师在围着米阳看他做试卷。

米阳人小，坐在老师的椅子上显得整个人缩小了一圈似的。他低头认真地做着题目，旁边的老师偶尔开口提问的时候，他就认真回答两句。

白洛川走近一些，听到的都是一些背诵的诗词，他低头看到桌子上是米阳刚写完的几张卷子，语文和数学都有。他还没有考过试，并不知道这意味着什么，只是觉得心里不太舒服。

班主任在一旁抚摸了一下米阳的脑袋，笑着道："这孩子真不错，家里提前教育得很全面，校长，您看，是不是应该让他跳级去其他班？在我这个班有点可惜了。"

米阳抬头也看着那个校长，满眼期待。

白洛川抬头看着他，眉头立刻就皱了起来——米阳要去其他班了？！

米阳要跳级的事来得突然，白洛川一点准备都没有。

他第一次没跟米阳说话，傍晚的时候，更是一个人黑着脸先回家了。

晚上的时候，白洛川也没下楼来吃饭，保姆去叫，他也不应；白夫人敲门，他也不开，自己闷在房间里，谁也不搭理。

白夫人一脸茫然，猜儿子是在学校遇到不高兴的事了，琢磨着要不要等下打个电话问问学校的老师，毕竟就这么一个宝贝儿子，她实在是有些担心。

晚饭过后，白夫人还没来得及打电话去询问，家里就来了一位小客人。

米阳抱着自己的枕头站在门口，笑着道："阿姨，我来找白洛川玩，今天可以住在您家吗？"

白夫人喜出望外，赶忙让他进来，道："当然可以呀，小乖，阿姨正担心他呢。你不知道，他今天一回家就谁也不理，也不吃饭，就把自己关在房间里面。你跟他一个班，可以告诉阿姨他今天遇到什么不开心的事了吗？是不是老师批评他了？"

米阳想了一下，道："没有，我去帮您问问？"

白夫人道："好好，你去吧。"

米阳抱着小枕头就要上去，白夫人叫住他，让他带了一杯果汁，并让他带话，叮嘱他告诉白洛川：就算晚饭不吃，也要喝点东西。当妈的是真心疼了。

米阳在门口敲了敲门，喊道："白洛川？白洛川，给我开开门。"

里面安静了好一会儿，门锁才发出咔嗒的轻响声，门被打开了。

米阳试探着慢慢推门进去，房间里黑漆漆一片，灯都没开，他小心地摸索着，先去找开关，幸亏平时来的次数多，并没有被地上那些玩具绊倒。

开了灯之后，他就瞧见白少爷一个人趴在床上生闷气，脸都埋在枕头里，一副"我不想和你讲话"的样子。

米阳把那杯果汁放在白少爷的床头柜上，咳了一声，然后把自己的小枕头放在他的旁边。

白洛川听到动静，回头看了一眼，看到枕头之后才坐起身来，只是依旧皱着眉头，问道："你来干吗？！不是要走了吗？"

米阳坐在床边，陪着他说话："没有啊，我们还在一个学校。"

白洛川道："不是一个班了，也不是同桌，你都没跟我提过，你就是想走。"

米阳歪头看他，戳了他的脸一下，被他不耐烦地拍开。

米阳再戳一下，白少爷立刻就气鼓鼓地瞪过来了。

米阳被他逗乐了，哄他道："那是老师让我做的试卷，我也没想到会这么快就让我跳级呀，你平时不是最喜欢说我成绩好吗？我现在成绩特别好，你怎么又不高兴了？"

白洛川心酸得厉害，扭过头去，不跟米阳讲话。

米阳摸了摸自己的枕头，作势要拿起来，道："既然你不欢迎我，那我回家去……"

话还没说完，枕头上就多了一只小手，按住了，不许他走，白洛川回头看他道："不许走。"

这次小孩眼眶都红了。

米阳心里软了一下，把自己的小枕头和他的并排放在一起，拍了拍道："不走，我今天睡在这儿。"

白洛川这才略微缓和了脸色。

米阳看了看旁边的小柜子，上面放了不少零食，开口道："我饿了，想吃点东西。"

白洛川生气的时候绝对不肯主动低头去吃东西，但是米阳说饿，他就起身拿了一盒糖过来，打开一看，是一盒什锦糖，什么样的都有，还有几块点心。

米阳拿了一块点心拆开包装，咬了一小口，眼睛亮了，道："这个好吃哎，你尝尝？"

白洛川不肯尝，但是点心都被递到嘴边了，他还是勉为其难地吃了两口。

吃了一块，再吃第二块的时候也不难了，毕竟是小孩子不经饿，晚饭没吃还是有些难受的。他吃了三块点心，又喝了米阳端来的果汁。

米阳陪着他吃了一块巧克力糖，含着咬了一口，巧克力化掉之后，才尝出里面是朗姆酒的味道，但是已经咽下去了，只剩下嘴里淡淡的酒香。

米阳舔舔嘴巴，酒心馅咽下去只是热热的，味道还不错。

米阳答应了留宿，便去房间里面的小浴室洗漱了一下。

白少爷跟在米阳的身后，亲眼瞧着他洗脸刷牙，又换了睡衣折返躺下，一副生怕人跑了的样子。

白少爷盯得紧，但是小脸依旧绷着，大概还在生气，并不多和米阳说话，没有了平时活泼的样子。

他不吭声，米阳就主动跟他说："我学会包书皮了。"

白洛川气鼓鼓的，依旧不说话。

米阳牵着他的手，手指勾着晃了晃，对方僵硬着的手臂就慢慢放松下来，也跟着晃悠了两下。

米阳笑眯眯道："等下个学期发了新书，我来给你包书皮好不好？"

白洛川闷了好一会儿才道："好。"

米阳又晃晃他的小手，道："我听班主任说，想让我去三年级（一）班，明天就让我妈妈去学校谈这件事情了。"握着米阳的小手又抓紧了一点，米阳安抚道，"那个班就在咱们楼上，特别近，从咱们班旁边那个楼梯爬上去一层就是了，我下课就来看你好不好？"

白洛川抓着米阳的手，道："好。"

米阳听见他这么说，心里吃了一颗定心丸，知道这位少爷不会再闹了。

虽然在黑暗里看不清小白洛川的脸，米阳还是转过去给了他一个拥抱当鼓励。他瞧着这个小少爷虽然有点任性，但大体还是乖的，他说上两句，人家就听进去了，多懂事，可比长大之后的白少爷好哄多了。

米阳咂咂嘴，那颗酒心巧克力真的很甜，晚上刷了牙，还是有淡淡的酒味。

不知道是不是受这一点酒味的影响，米阳做了一个梦。

他梦到了好久没有梦到过的人。

在梦里，他又回到了白家老宅里，还是白洛川订婚的那个时候，只是对周围的人的记忆已经模糊不清，抑或是他在梦里醉了，头昏脑涨，记不得那些热络又相似的脸。

他喝了酒，本就不胜酒力，加上重感冒，被白洛川扶着上楼的时候，根本没什么力气，只能依靠在白洛川的身上，被半扶半抱着带了上去。

白洛川跟他说了很多话，却像是有一团棉花塞在耳朵里面一样，他听进去只言片语，弄不懂白洛川说的是什么意思。

白洛川在昏暗的走廊里，一双眼睛里像是有火苗在蹿动，像在极力隐忍着怒气一般，米阳甚至有一瞬间觉得他要动手打人。

梦境模糊，画面晃动，米阳头晕得厉害，感觉墙壁都扶不住了似的，快要跌倒。

他的记忆断断续续，但是白洛川一直都在。

漫长的黑暗之后，米阳觉得胸口闷得厉害，缓缓睁开眼，果然瞧见那人。那人将手臂撑在他的头部两侧，像在保护他，看到他的时候，那张好看的俊脸上勾起一抹浅浅的笑。

"别睡，再陪我一会儿。"

米阳听了之后，才恍然察觉是自己的声音，他从不知道自己说话可以这么轻柔，像恳求白洛川一样。

白少爷很吃他这一套，小声道："嗯，不睡，跟你说话。"白少爷笑了一声，又慢慢开口道，"唉，如果有下辈子，我想傻一点，不想这么累了。我想让你替我操心，我就什么都不管，只要吃好喝好，一辈子过得好……"

"好。"

白洛川弯着眼睛笑起来，唇瓣干燥，说道："你答应了？"

米阳动动嘴巴，努力张开一点，回应道："嗯，我答应了。"

米阳醒过来的时候，心跳剧烈，他的手放在那儿摸了一会儿，分不清是什么滋味，有惶恐，但又不全是。

梦里到底发生了什么事？他答应了什么？

米阳抬起手来看了一下，不是婴儿的大小，但也缩水了很多，毕竟还只是一个小学生。他好像忘记了很重要的事情，但是怎么也想不起来。扭头看着身旁的小孩，他心情复杂。

米阳带着枕头离开之后，白洛川也愿意下楼吃早餐了。

白夫人虽然没有问出在学校到底发生了什么事，但是瞧着白洛川肯吃饭了也放心了许多。她还是担心儿子在学校发生意外，本想等两天再打电话问问学校的老师，可等到当天晚上吃晚饭的时候，整个部队大院都知道了米阳跳级的事。

米阳瞬间就成了妈妈们嘴中"别人家的孩子"。

白夫人也明白过来自己儿子昨天为什么会突然闹脾气了，她晚上特意让保姆多做了几道他喜欢吃的菜，还买了一个小蛋糕回来哄他开心。

白洛川对吃的兴趣并不高，吃了小半碗饭就把小碗放下，道："妈妈，我要去上辅导班。"

白夫人愣了一下，道："什么？"

白洛川道："我问过米阳了，他说想要提高成绩，一般都是要上辅导班的。"

白夫人小心道："洛川，其实你不用太在意，慢慢来也挺好的，这才一年级刚开学呢……"

白洛川摇头道："我不要，我也要跳级。"

白夫人道："这个得好好学习，学很多知识。"

白洛川看着她，倔强道："那我就学。"

他这么坚持，白夫人不好拒绝，但是这里比较偏僻，也没有什么辅导班，顶多就是老师们在寒暑假花上一两周时间给孩子们辅导一下。

白夫人并不满意，她让家人专门从沪市请了一位家庭教师来教自己的儿子。

那位家庭教师是退休的省级优秀教师，名叫魏贤，他的两个孩子已经移民到海外生活了，他舍不得离开国内，原本打算享享清福，就算是之前任教的重点中学返聘，他也不去，但是他欠着骆家一个人情，骆家人来请，他就施施然收拾行李过来了。

白老爷子听说这件事之后，特意打了个电话来鼓励孙子，许诺给他不少礼物。

老首长自己读书不多，但是盼着晚辈能有出息，尤其白洛川又是家中的独苗，性格脾气和他最像，他越看越爱，恨不得天天捧在手心里宠着。

魏老师是住在白家的，二楼原本空着的一个套间就给了他，也是为了就近在对面的书房里辅导白洛川。每天放学后，他都要单独教上白洛川几个小时功课。

他来了之后，才知道是教一个小学生，哭笑不得，但还是耐心地给白洛川出了几道题目作为测试。

白洛川做得认真，但依旧错了几道题。魏老师耐心地教了两天，再测试他的时候，他已经跟之前大不相同了。

白少爷只是贪玩，但认真起来，吸收知识犹如海绵吸水，让魏老师都惊讶，慢慢给他增加了难度。

白夫人听到魏老师这样说之后，心里窃喜，趁机多加了几门课，还有一门是外语。

白洛川学外语的时候，抬头问她："小乖也学这个吗？"

白夫人严肃道："对，他也学这个。"

于是，白洛川闷不吭声地认真学起来，特别拼命，他像要把书桌上这厚厚一摞书都吃进肚中一般发狠地学。没两天，白夫人自己都看不下去了，让魏老师给他减少了两节课。

白洛川为这还闹了一场，抿着唇，抬头看着自己的妈妈，眼神倔强得很："我要学。"

白夫人没办法，只能给他加回来。

这么一来，魏老师反而从最初的兴致缺缺，变得兴致盎然，教得也越发认真了。

另一边，米阳背着自己的小书包去了三年级（一）班。

刚进二楼的教师办公室，米阳就碰到了面熟的人。和他之前的老师做交接的是一位五十来岁的女老师，短发微鬈，鼻梁上架着一副金丝边眼镜，光看面相就知道她是严厉不爱笑的那种人，有点像训导主任。

带米阳来的年轻老师笑着道："喏，王老师，就是这个学生，校长已经同意他来三年级，以后就要麻烦您多多照顾。"

王老师低头看了米阳一眼，看到他小萝卜头的样子就忍不住皱起眉头，道："他才几岁？现在送来不是给我们增添负担吗？"

年轻老师有些尴尬，连忙解释道："但是，他真的很聪明，做的题还没出过错呢……"

王老师摆摆手，一副不耐烦的样子道："聪明是一回事，年龄是另外一回事，前几年电视上还在报道少年班，十二岁上大学的也有，不是都被退学了吗？生活不能自理，这个跟智力无关，他年龄小，要是在班里哭闹起来怎么办？我喊他家长来，再送回一年级吗？你们这简直就是给高年级添麻烦。"

年轻老师被她劈头盖脸教训了一顿，脸上也是红一阵白一阵的，不说话了。

那个王老师也就是心里有怒火，但又不能跟学校领导说，逮着年轻老师说上几句罢了，没真敢把米阳往外推，毕竟是校长亲自签字批准送来的，她只能心不甘情不愿地收下这个学生。

米阳看着她想了一会儿，忽然想起来她是谁了。

之前第一天来学校的时候，他吃芝麻烧饼被这位老师教训过一回，没想到这次又遇到了她。

王老师带着米阳进去，教室里顿时哗然一片，不少好奇的目光落在米阳的身上，还有人说了一句"他好小"，引起了一阵轰笑。

王老师拿黑板擦拍了拍桌子，道："安静！"

等教室里慢慢静下来，她说道："大家应该都听说了，这是咱们班新来的插班生，现在让他来介绍一下自己。"

米阳站在讲台上，努力想着小学生自我介绍时该有的样子，开口道："大家好，我叫米阳，今年七岁。兴趣爱好是做手工和写字，很高兴能和大家在一个班里读书，接下来请大家多多关照！"

班里的同学都是九岁的大孩子了，对他虽然好奇，但是十分给面子地鼓起掌来，气氛挺不错的。

王老师并没有给米阳特殊对待，安排座位的时候，让他坐在第五排靠窗空着的一个位置，弯腰对他道："我们班排座位是按照考试名次来的，和一年级不一样，你是插班生，来晚了就先找个空着的位子坐着吧，等下次考试了，再排一次座位。"

米阳背着自己的书包坐下来，连连点头。

他才不想去第一排坐啊，虽然前才是好学生聚集的地方，尤其第一排是老师一贯安排的最宠爱的学生坐的位置，但是，坐在第一排简直是天天吃粉笔灰啊！一节课上完，脸上都是粉笔灰。

王老师对他这样识趣略微满意了一些，转身走了。

等王老师走远后，他旁边的新同桌转过头来好奇地上下打量他，眼睛都是亮闪闪的。

米阳也抬头看向对方，这个比他大两岁的男孩瞳孔乌黑闪耀，头发和眉毛格外浓，还未长开的小脸上能看出英气，像是外面抽条的白杨树，跟边城当地的孩子一样，这小孩也晒了一身十分健康的小麦色皮肤，笑起来的时候露出一口整齐的小白牙，犬齿冒着尖儿，活像一头毛皮光滑的小狼崽子。

但是他的行为举止就没有长相那么正直了，他伸手试着碰了米阳一下："哎，小孩！"

米阳："干什么？"

"你说你的爱好是写字啊？你写一个给我看看。"那男孩的手指头紧接着落在米阳的脸上，轻扯了一下他软嘟嘟的脸蛋，一脸坏笑，"写得好的话，以后我的作业都给你做了啊！"

米阳惊呆了。

米阳看了一下他桌上放着的课本，上面写着他的名字：唐骁。

唐骁递了一张纸过来，当真让他写了几个字看看。

米阳嘴角抽搐了一下，拿过来用左手一笔一画地写了两个字，是唐骁的名字，笔画有点多，加上他是故意抬头边看边写的，字歪歪扭扭的。

唐骁皱着眉头，道："你是左撇子？"

米阳点点头，他以前就写得一手好字，右手不过练习了一个月的时间就恢复得差不多了，虽然没有以前那么流畅，但还是能瞧出是练过多年的。

等右手练得差不多，米阳就改成了左手握笔。他以前没用过左手，从小练习起来还挺有趣的，而且这样写出的字在一帮小朋友里也不算多出众了。

唐骁又让他写"语文"，米阳按他说的写了，比之前好一点儿，但只好了那么一点儿。

唐骁大概是有些失望，觉得这个爱好写字的小同桌，字并没有写得多好，也不能替自己分担作业，很快就失去了兴致，扭头坐回去，翻开书本听课了。

米阳松了口气，端坐着开始听课。

三年级的课程对米阳来说依旧是小孩子做游戏一样，很简单。但是他刚跳级上来，总要适应一段时间再准备下一步，所以他努力做出一副乖学生的样子，端正了坐姿，认真听课，偶尔举手提问，作业也用左手写得认真。

他坐的位置有点儿靠后了，前面的同学比他高，但是他一点儿都不在意，歪歪头就能看到黑板了，不看光听他也完全跟得上，毕竟这是小学生的课程。

唐骁对米阳的好奇心是一阵一阵的，尤其是看他用左手写字一天比一天好，注意力慢慢又挪到他的身上来，有时候也会跟他勾肩搭背，夸他是个"小天才"。

米阳被唐骁压着胳膊，手不稳，咔嚓一声，手里的铅笔尖断了。他抬头看着唐骁，很想做出一副大人看小孩的责备神态，但是他年纪太小了，这么抬头努力睁大了眼睛看人的时候，反而像是受了委屈不吭声，尤其是那双狗狗一样的眼睛，眼角微微垂下来一点，看得唐骁都不好意思了。

唐骁摸了一下鼻尖，拿了自己的一支笔给他，道："用我的吧，现在谁还用你这种铅笔？我给你用这种自动铅笔啊，还是 0.5 的铅芯呢，特别细……"

米阳摇摇头，道："不用，我有。"

他自己用转笔刀削铅笔，但是唐骁不听他的，夺过他手里的中华铅笔，把自己的那支自动铅笔给了他，道："你就拿着用吧，没多少钱。"

唐骁的这个小同桌，一进来的时候他就瞧见了，背着一个家里用旧了的军用挎包，文具什么的都是最便宜的，零食也没带过，他自动脑补了一个贫穷小可怜的形象，又见米阳人小小的，坐在那儿特别听话，不自觉就把米阳纳入了自己的地盘，觉得小同桌得自己罩着。

米阳没办法，只能用那支自动铅笔继续写字，笔芯太细了，字写大了显得有点丑。

唐骁却挺满意的，一边替他削铅笔，一边称赞道："不错啊，进步很快，我瞧着你这样再练两个礼拜，就能替我写作业了。"

米阳哭笑不得。

这小哥的字是有多烂啊，竟然还能说出这样的话。

米阳抬头看了一眼，唐骁的作业本正好打开，写了一个错别字被老师罚抄一百遍，上面的字愣是能看出一百种写法，每一个都丑得与众不同。

米阳心想，还是得赶快练好字，不然真和唐骁的字一样丑，也太丢人了。唐骁的字还不如人家白少爷写得好呢！

等到放学，白洛川就站在门口等着他，学生不能随便进入其他班，白洛川就站在门口，让人帮忙去叫他一声。

唐骁这种孩子放学都要一起疯玩一阵，唐骁拿着书包站起身的时候，看见门口那位穿戴整洁的小少爷，就冲米阳眨眨眼，笑道："哎，阳阳，你哥来接你了。"

米阳立刻收拾好书包，拿上东西，走到门口，跟白少爷一起回家。

唐骁在走廊上路过的时候，还问他们："要不要我送你们回去？我今天骑车了。"

白洛川挡在前面道："不用，我有车。"

唐骁耸耸肩，道："那行吧。"

等出了校园，唐骁跟着一帮小伙伴出去在校门口买零食的时候，老远就看到一辆吉普车开过来，警卫员下来等了没两分钟，就走过去接过两个小孩手里的书包，把他们带上车开走了。

旁边的小孩们"哇"了一声，唐骁身边正在吃话梅粉的一个小胖子对他道："哎，骁哥，你瞧见没有？那就是白少爷，打从开学起，他家就一直都是警卫员开车来接送，真神气！"

另外一个问道："跟着一起的是谁啊？他家两个小孩吗？"

小胖子道："怎么可能？现在都是独生子女，那个跟着的小孩肯定是和白少爷玩得好的呗！"他舔舔嘴巴，被话梅粉酸得龇牙咧嘴的，"真羡慕，肯定能吃到特别多好吃的东西！"

"哈哈，谁像你啊，每天就知道吃！"

唐骁看得眉头都皱起来："米阳家跟他家在一个地方。"

小胖子惊讶道："啊？那个就是米阳啊，跳级那个？"

唐骁点点头，但是没有说话的兴趣，随便买了点巧克力之类的零食就带人走了。

而此刻，米阳坐在车上，白洛川正握着他的手翻来覆去地检查。

白洛川道："你的手指怎么红了？"

米阳道："用铅笔的时候没注意，我下次小心点儿。"这是他的一个坏习惯，手指握笔的姿势不太好，容易磨出茧子。

白洛川还在那儿检查，米阳干脆自己伸出手在他的面前晃了两下，道："真没事，谁都没欺负我。"

白洛川哼了一声，今天的检查算是结束了。

米阳这次没急着回自己家，程青考上了护士，这几天加班多，有时候还要值夜班，他家的晚饭时间都推迟了两个小时，有时候赶上米泽海工作忙，吃块面包当晚饭。

米阳会先去白少爷家里一起写作业，再蹭一两节魏老师的课，然后掐着时间八点左右回家。

十次有八次，他会被白夫人留下来吃饭，有他在的时候，白少爷吃得格外香甜，添饭的次数也多了许多。

白夫人看在眼里非常高兴，换着花样给他们做好吃的。

今天米阳依旧留在白家吃晚饭，等吃完饭，放下小碗，两个小孩就都被魏老师带上二楼的书房，一人一张小书桌学习。

魏贤年近六旬，作为家庭教师，辅导得尽心尽责。

二十分钟一小节课，中间休息五分钟，节奏比在学校里快，大概是在家中比较放松，也是一对一教学，他们学习的速度也提高了许多。

米阳在一旁先写自己的作业，课程主要是针对白洛川的，他算是旁听生。

米阳一边听，一边慢悠悠地写完作业，魏老师特意给他检查了一下，翻看了几页，满意地点点头，道："米阳做得不错，都做对了。"

白洛川也做完自己的习题了，拿给魏贤看，魏贤也夸奖了一句："可以，这次没有出错，昨天错的那个地方改过来了。"他又给白洛川布置了几道相仿的题目，瞧着白少爷去做了，对米阳道，"你今天可以休息一会儿，不要太累，去玩吧！"

白洛川抬头看着他，握着笔的手停下来。

米阳看了看四周，道："魏爷爷，那我在后面坐着拼一会儿模型，不说话，可以吗？"

魏贤点头答应了，对学习好又听话的学生，他向来是宽容的。

白洛川停下的笔尖又动了起来，埋头唰唰地做题。

米阳走到后面抱着那盒乐高积木，找了一块圆形的软地毯坐下，开始认真地拼起来。

去年世界杯的时候，乐高积木突然流行，起初它只是一款叫"高乐高"的饮料的赠品而已。世界杯期间购买一罐"高乐高"，就赠送一个用乐高积木搭起的足球小人，可以自己摆出各种姿势，挺有意思的。

去年米阳和白洛川玩了一阵，拼好了十几个足球小人。白洛川好动，在家里待不住，但是这边冬天下大雪的时候不方便出门，白夫人就让人邮寄了一大盒乐高积木过来，让他们多练习提高动手能力，可惜，去年一共就下了三场大雪，乐高积木没能留住白少爷，只搭了一半就被搁在那儿了。

乐高积木小，怎么拼都可以，不一定非要按照图纸来。米阳抓了一小把积木练手，他挺喜欢这种需要动手的小玩具。以前为了打工赚钱，他也去做过一段时间的楼盘模型，比这个复杂多了，这个才是真正的娱乐。

他拼了一会儿，拼出了几个小动物，孔雀和猎豹拼得最像，河马拼得有点圆了，不过安上两颗"门牙"，还是挺有趣的。

瞧着盒子里还有白洛川之前拼了一半的故宫天坛的模型，旁边还放了一张图纸，米阳就拿起来看着图纸给拼好了。他动手能力强，玩模型的速度也快，基本上扫一眼就能看出个大概，手指灵活，就像那些小碎块积木是橡皮泥做的一样，他想什么，下一秒就能捏出个什么样的来。

魏贤特意在书房里选了这盒积木放着，也是有目的的。

他平时拿这个当奖励，孩子们题做完了，可以玩上几分钟。他起初想的是让米阳练习一下动手能力，让白洛川磨炼一下性子，两个孩子毕竟还小，一直苦学也学不会什么，不如寓教于乐。

不过现在看来，米阳已经把这个当成纯粹的奖励，白少爷呢……只要米阳在书房，基本上还是可以被控制的。

魏贤不由得在心里感慨，还是两个好带，只有白少爷一个人的时候，真是难带啊！

白少爷写一会儿字就看看旁边，瞧着已经坐不住了，魏老师看了时间，道："洛川也休息一会儿吧，今天学得不错。"

白洛川立刻就去到米阳那边，坐在地毯上，和他一起摆弄那些小玩具，瞧着那个小孔雀精致漂亮，还特意捧起来给老师看："魏爷爷，你看这个！"

魏贤拿过来端详了一下，笑着夸奖道："不错，手很巧嘛！"

白洛川像自己得了夸奖似的，一副得意的样子，给老师看完了又立刻捧了回来，放到后面的书柜里，自己站着欣赏了一会儿，特别满意。

米阳玩了一小会儿就把积木收起来，坐在一旁的小桌前陪着听讲。

白洛川看完积木，也听话了许多，认真学习接下来的课程，快要读二年级的内容了。

魏贤给他们分配不一样的课程，白洛川做算术的时候，他就让米阳练字来看看。

米阳当着魏老师的面没再用左手写字，老爷子教得认真，他也得拿出认真学习的态度，而且魏贤在沪市见多了类似的"小天才"，五岁能拿书法金奖的也有，他写的字，魏老师第一眼看的时候只觉得不错，但是并没有很惊艳。

书法还真是需要一点天赋，米阳只能说是在普通人里字迹漂亮的，但也就是个壳子，认真推敲起来站不住脚。

不管怎样，一个七岁的孩子能写得字迹整洁已经非常令魏贤满意了，他摸着下巴上的花白胡子，连连点头道："还不错，不过有些笔画是错的，像这个回锋，得这么来……你跟谁学的？"

米阳不好意思说是摸索着自学的，含糊道："我家里老人教的。"

魏老师点点头，道："这个糊弄外行还行，认真写还得从头开始练。"

米阳点头答应了。

魏贤又去拿了一张字帖过来，让他比着写，一边用手指滑过，一边教导他："既然喜欢，就从头开始打好基本功，你比着这个字帖练习，启功老师的这篇字就很好，雅、清、简、静……回锋柔韧，含而不露，漂亮！"

他说着忍不住自己欣赏起来。

魏老师一共有两个爱好——茶和书，茶要滚烫的清汤好茶，书是博览群书，什么都爱瞧上一眼，也喜欢收藏书籍。他来之前知道这边书店少，光是书就特意装满了一个皮箱带过来，这字帖就是他带来的其中一份。

米阳感兴趣道："那学写这种字的人多吗？"

魏贤啧了一声，道："练字这种事本来就是自己一个人的事情，得耐得住寂寞，别说启功先生的字了，就是唐宋大家那些，多少年传下来的好东西，大家都知道好，又有几个去认真学呢？现在啊，都是叫好的人多，学写的人少，你踏踏实实写上十几年二十年，就是好样的了。"

他给两个小孩布置了随堂作业，坐回自己桌前继续看书。他不愧是书痴，手头那本书都有些松散了，还小心翼翼地捧着看，翻页的时候动作轻得不能再轻。

米阳抬头看了一眼，视线更多地停留在魏老师手里的那本旧书上。那是一本《古代字体论稿》，米阳视力好，瞧着书的封底上写的是文物出版社，他以前恰好修补过这么一本书，如果没看错的话，应该是1964年的那版老书，三十多年前的古董书，翻看的次数又多，再爱惜也有点脱页。

米阳看得心痒难耐，忍不住抬头多看了两眼那本旧书。

他刚进三年级（一）班进行自我介绍的时候没有说错，他的爱好确实是做手工和写字。

不过在他的爱好里，他对写字只是略有兴趣，真正让他喜欢的是做手工——古书籍修复。因为这个，他对书法和绘画也很感兴趣，读书那会儿更是学了不少化学和生物知识，自己摸索着做了几次纸张染色，凑巧还弄出了一种质量颇为不错的修复纸。

不过，这些都是为了辅助修复古籍而衍生出的兴趣，每当瞧着一本本破损的旧书，米阳都觉得它们是"病书"，自己拿着工具修补的样子，就像是在做"手术"，瞧着一本本"病书"在自己手中康复，就有特殊的亲切感和成就感。

米阳当初读大学的时候，想选图书馆专业。他动手能力强，学校里有个古籍修复系是他最喜欢的，但是这种专业不好找工作，本专业毕业的人留不下两个，几乎全都转行了。米阳家里人也不支持，商量之后，他只能放弃了。

不过他没完全放弃这个小爱好，自己摸索着做了不少类似的活计，当初能提前把房贷还上，多亏了他这个做"小手工"的本事。等做出一点名气之后，他接了几个私人订单，赚到了不少钱。

要不是一眨眼回档重来，他应该在还完房贷之后去考张古籍修复师证书。

米阳想到那套房子又有点心疼，赶紧写了几个字静静心。

白洛川看着他一会儿低头、一会儿一抬头，有点奇怪，又看了一眼魏老师，魏老师捧着书看，并没有什么异样，于是歪头看了一下，视线也落在那本书上。

等到周末的时候，米阳按照惯例抱着枕头来陪白少爷睡觉。他跳级去了三年级之后，白洛川就让他周末来陪自己睡觉，闹的次数多了，他也习惯了。

米阳刚把自己的小枕头和白洛川的枕头并排放在一起，就瞧见白少爷盘腿坐在床上，眼睛亮晶晶地看着他，对他道："小乖，我送你个东西！"

米阳有不好的预感，白少爷得意扬扬地从枕头底下取出一个包起来的东西，并示意米阳自己打开看看，他接过来就觉得不对劲，打开一看，头皮都麻了，果然是魏贤老师的那本《古代字体论稿》。

米阳道："你拿这个干吗？快给魏爷爷送回去吧，他最宝贝这本书了。"

白洛川道："他有事，请假回沪市了，至少要三天才回来呢！这个周末给你看，你那天一直瞧着它，是不是很想看？"

　　米阳看看白少爷，又低头看看那本静静地躺在那儿的"病书"——从"症状"上看，只是轻微的脱页和页脚卷曲、折损，都是小毛病，他的手指忍不住蠢蠢欲动起来。

　　"你说魏爷爷要三天之后才回来，是吧？"

　　"对！"

第八章
修书

米阳拿着那本书认真观察了一下，问题并不大，拆开再上一遍胶就是了，少许页面上有污渍的地方也只是沾了墨水，都是比较好清理的。

旁边的白洛川有些嫌弃这本旧书，犹豫道："要不你戴副手套？"

米阳头也没抬，一直看着那本书，道："嗯？看书戴什么手套？"

白洛川就从旁边的抽屉里拿出一副透明的塑料手套，递到他的面前。

米阳一看，乐得不行，那是前几天他们在家吃大骨头的时候，戴着方便啃骨头的一次性手套。他摇摇头，道："不用了，戴上这个手感不好，会打滑。"

白洛川还在犹豫，米阳对他道："我一会儿去洗手。"

白少爷这才答应了。

米阳抱着书去了书桌那边，打开台灯，摊开来左右翻看一遍后基本上胸有成竹了，从抽屉里翻找工具。

白洛川看得奇怪，也从床上下来，走过去问："你找什么？"

米阳道："我记得前几天还在抽屉里，我瞧见过……啊，找到了！"他说着，拿出一把小剪刀来，咔嚓动了两下，瞧着挺锋利的，于是特别满意地拿着剪刀坐在了书桌前。

白洛川凑过去，好奇道："你拿剪刀做什么？"

米阳歪头看着他，道："这书'病'了，我想'治'好它，你不是也嫌它脏吗？等我弄好了，魏爷爷一定也很开心。"

白洛川不太明白，但是米阳想做的事，他都没阻止过，尤其是这次听着还挺新奇的。

米阳把书摊开，拿着那把小剪刀给书籍"治疗"。

开了书桌上的台灯，米阳看得更清楚，和他预想中的一样，这本书跟着魏老师在南方待了多年，空气湿度过高，加上又暴晒过，导致纸张内的水分迅速蒸发，书页变得干燥、脆弱，边角有轻微的皱缩和开裂。还有几页是翻看得久了，磨损过度，版心中缝的部位也开裂了一些，不过是"早期病症"，只是半开，一张书页变成了两张单页。

换了别人可能就是补胶，米阳想弄得完美一些，决定重新上一遍胶。

他搓了搓手，很久没有做过这些手工了，手痒得厉害。他动作很快，一边拆书，一边顺手清除了灰尘，小手越动越灵活。

白洛川在一边看着，瞧着米阳拆胶线、拆封面、拆书页……然后眨了眨眼，他怎么瞧着小乖是要把这本书大卸八块了啊！

白洛川略微皱了一下眉头，不过瞧着米阳认真做事的样子，眉头很快就松开了，他向来是无条件地站在米阳这边的，小乖说要给书"治病"，他就帮着，大不了三天后魏老师回来了，他去道歉，让家里再赔一本给魏老师就是了。

米阳忙着手里的活，不怎么说话，白洛川就坐在一旁陪他，偶尔也会凑过去小声地问他："这书怎么会散开呀？我看魏爷爷可珍惜了。"

米阳道："光照时间太久了，喏，你看这里。"他指指边角的地方，又点点书页，"边角更严重，晒得颜色都不一样，比中间部分深多了。"

白洛川道："哦，我还以为这是脏的。"

米阳笑道："哪能脏得这么均匀呀！边角还坏了两个地方，明天得去找纸来修补一下。"

白洛川惊奇道："小乖你还会这个吗？从哪儿学的？"

米阳大言不惭地道："我看电视学的。"

白洛川追问："哪个台？"

米阳继续编："中央一台！"

白洛川道："五点半演《大风车》的那个？是后面的聪明屋里教的吗？"

米阳点头，白洛川就信了，还说道："大拇哥是很聪明的，他教得好，你也学得好。"

米阳乐得不行，自己笑了半天。

米阳做的修补属于非常枯燥的活儿，需要耐心地做上好半天，他做了一会儿，就沉下心进入那个世界，眼里只有修补着的书了。

白洛川大部分时间是安静的，但毕竟是小孩，耐不住了也会跟米阳说话。

白洛川看一眼书页上的字，这本是讲汉字的演变过程的，大篆、小篆、籀文、隶书，什么样的字体都有。

白洛川好奇道："还有这么多种字，写什么样的好？"

米阳一边拆书，一边道："学喜欢的呗。"

白洛川又看向他，道："你很喜欢写这个吧，以后是不是要做书法家？"

米阳乐了："没有啊，我就是有点感兴趣，觉得好玩。"他找了个软毛小刷子清理书缝，低头看书的时候，长睫毛也跟着扑扇几下，"以后呀，我就想做点儿小手工。"

白洛川若有所思地看着他摆弄那本旧书，忽然灵光一闪，指着它道："就像这样修书吗？"

米阳点头道："对。"

他想了很久，还是做点儿不让自己后悔的事好了，比如坚持自己最感兴趣的事情，做自己喜欢的工作。他上一次的人生没有珍惜，难得可以回档重来，还是选择做让自己开心的事情比较好。

米阳把手里的小剪刀放下，抬头看了看旁边帮他排列书页的小白洛川，心里默默地多了一点疑惑。

白洛川察觉到，也抬头看向他："怎么了，我拿错了吗？"

米阳摇摇头，随便找了个理由，含糊道："没，刚刚我的眼睛好像进东西了……"

米阳话还没说完，白洛川就凑过来吹了一下，米阳被他吹得睁不开眼，紧接着他又捧着米阳的小脸，认真地多吹了两下，米阳的眼睛一下就反射性地带了泪，水汪汪起来。

对面的小孩担忧道："现在好了吗？"

米阳："好了，你松手，脸疼。"

白洛川不放心，拉他的手去认真洗了一次，又凑过去检查一遍，一脸不乐意："那书脏了，你以后玩新的好不好？"

米阳揉揉眼睛，道："没事，我下次注意点。"

白少爷有点洁癖，但是对米阳，他一点儿办法都没有。

晚上，白洛川偷偷开了一盏小灯，撑着被子，努力把小台灯的光亮遮住，让米阳躲在里面修补。

两个人偷偷不睡觉，一个躲着干活，一个双手撑着被子挡在书桌前。白少爷一会儿侧耳听着门口的动静，一会儿又回头看看米阳，没多久两人就热得一脑门汗。

米阳的小脸热得红通通的，白洛川则是汗湿了额前的头发，活像两个狼狈的小贼，他们互相看了一下对方，咧嘴笑了。

白少爷笑了一下，很快又收敛了笑容，抿着唇不笑了。

他最近开始换牙，不怎么愿意让人看见他缺牙的样子。

这本书重度污损的地方也就七八处，还都是墨水滴落的痕迹，瞧得出主人还是很爱惜的。

米阳第一天晚上简单做了拆页和清洁，把需要修补地方分别记录好，等着明天买了胶水和一些修补用的清洁剂，就可以继续了。

他心里盘算好了之后，就把这本拆开的书藏到白洛川翻出来的一个大纸盒里，白洛川还特意在上面放了一个玩具，掩饰了一下。

米阳打了个哈欠，道："明天我也不回家了，在这边修书……"

白洛川的眼睛都亮了："好！"

两人一起洗漱完，躺在小床上准备睡觉的时候，米阳已经累得连讲故事的力气都没有了。

白洛川的精力比米阳旺盛许多，仿佛他这块电池还没耗光电，躺在那儿，心思很快就到了别的地方。

他忽然翻身看向米阳，装作若无其事地问道："小乖，这本书要修几天啊？"

米阳困得睁不开眼，听见他问，还是在心里算了一下时间，含糊道："嗯，怎么也得三天。"

白洛川道："白天晚上都修，对吧？"

米阳道："对。"

白洛川"哦"了一声，道："书已经散了，不好带回去……你在我这里修？那你礼拜一也过来睡吧？"

米阳蹭了一下枕头，道："嗯，过来睡。"

白少爷心里美得不行，连声答应了，道："那我把房门关好，谁也不告诉。"

米阳轻轻笑了一声，手摸索着去碰白洛川，跟以前一样拍了拍他就睡了过去。

睡梦里，米阳觉得好像有人轻轻碰到了他的嘴唇，手指伸进来小心翼翼地摸了摸他的牙齿，似乎确认过他的牙齿都还在，才放心地退了出去。

米阳想咬一下那根手指头，但是睡得迷迷糊糊的，只含着磨了两下就又陷入更深的梦乡。

第二天睡醒了，白洛川第一反应就是要和米阳继续修书。

米阳打了个哈欠，道："不急，一会儿还要去买点东西。"

白洛川道："买什么？"

米阳想了想，道："宣纸和胶水，嗯，还要个喷壶。"

白洛川道："喷壶？浇花的那种吗？"

米阳摇摇头，给他比画了一下，道："和我的巴掌差不多大的，最好小一点，喷出来的水很细，水雾一样的。"

白洛川想了一下，道："我妈的化妆台上就有不少你说的小瓶子，还是玻璃的，我去看看……"

米阳："你回来！"

白少爷站在那儿不明所以地看着他。

米阳拽着他不放，头疼道："你要是动了那些'小瓶子'，咱俩晚上都得加餐。"

白洛川奇怪道："加什么餐？

米阳道："竹笋炒肉丝，吃过没有？"

白洛川皱了一下眉头，道："竹笋？没有，只吃过清蒸的，不好吃。"

米阳被他这副没受过人间疾苦的样子逗得不行，于是装作严肃的样子，伸手在白少爷的屁股上拍了一巴掌，一边拍，还一边配音："啪！"

白洛川吓了一跳，捂着屁股跳到一边，红着小脸道："你干吗突然打我？"

米阳道："这个就是'竹笋炒肉丝'，到时候拿竹竿打才疼呢。"

白洛川皱了半天眉头才想明白过来，立刻反驳道："不会的，我还没挨过打。"但是他很快又看向米阳，视线落在他的屁股上，"程阿姨这么打你了吗？她用竹竿打的？"

米阳认真想了一下，他听话懂事，没以前那么淘气了，还真没挨过打啊。

他摇摇头，道："没有，我是看别人这么挨过打。"

白洛川松了口气，但是米阳拦着，他就不去打白夫人化妆台上那些瓶瓶罐罐的主意了。

这本"病书"需要的工具并不多，米阳大概在心里想了一下，去除书页上的墨水痕迹，最简单的方法是用高锰酸钾溶液和草酸溶液，但他现在只是一个小学生，接触不到这些。想了一下，他决定用肥皂水和碱水代替，这些在浴室和厨房就能找到。

米阳拉着白少爷的手，一边下楼一边道："咱们先在家里找找看，一会儿瞧着什么没有，再去商店买。"

白洛川道："好，我有钱。"他想想，又自豪地补充道，"很多！"

打扫楼梯的保姆吴阿姨听到了，笑道："阳阳和洛川醒了？这是找什么去呀？"

米阳道："阿姨早，我们找'宝藏'。"

吴阿姨笑道："早餐在桌上呢，吃完了再去找啊！"

"好！"

这些在普通人看来没什么用的小玩意儿，对米阳来说真的有点"宝藏"的意思，他从重新接触修书的那一刻起，脑筋动得比什么都快，以前的一些小技巧也不自觉地被用上了，简直熟能生巧。

而他身边的白洛川一直兴致挺高，大概是把这当成了新的寻宝游戏，玩得津津有味。

米阳拿到碱水和肥皂水之后，按剂量配好清洁剂，用一个小碗盛着，端到二楼去藏好。另外一边，白洛川也找到了宣纸，抱了不少走进来，问他："小乖，这些够吗？"

米阳道："这都是从哪儿找来的？"

白洛川道："上次爷爷给我买的，说等我以后练字可以用这些纸。"

米阳凑过去看了一眼，白老爷子自己写的是硬笔书法，用的都是钢笔一类的东西，对宣纸并不懂，生宣、熟宣混着放在一起，不同种类和品级的都有——不过薄纸宜画，厚纸宜书，准备齐全了倒也方便。

白洛川先给他拿了一张，道："用这个吧？"

米阳看了一眼，蜡生金花罗纹，一眼就能瞧出贵气精致，难怪小少爷先看中它。

他摇摇头，道："这是熟宣，不用这个。"他伸出手指头摸过去，摸到一张软一些的，拽出来道，"用这个吧，这个好。"

白洛川对比了一下两张纸，奇怪道："是有点不一样，你们三年级都学这些吗？"

米阳含糊道："对，最近美术课还让写毛笔字呢。"

白少爷闭上嘴不再吭声了，心里想的是，等魏老师回来，要再加一门书法课才成。

米阳拿的那一张是棉连纸，便宜又耐用，做修补用最好，找不到合适的吸水纸的时候，用它叠起几层来用也可以，简直是修书的万金油了。

剩下的胶水和喷壶没找到，两人去了一趟商店，找了半天才买齐。

小喷壶好找，米阳要的胶水不太好找，还是跑到一家小书画装裱店，才找到一罐白芨水糨糊，这种胶黏性很强，粘缝最好使了，修补厚页书的时候，用它最为合适。米阳以前修补过两本大部头佛经，都是用的这种胶水，只是装裱店里的那一罐实在太大了，米阳花五毛钱让老板分了一小瓶子给他。

白洛川的视线停在那一大罐白芨水糨糊上，忽然道："你要那个吗？"

米阳立刻摇头，拽着他的手出门道："不要、不要，我有这一小瓶就够了，这些都用不完！"

米阳出门的时候看到了，白少爷从那个小狗储蓄罐里掏出两张十元的票子，米阳特别羡慕。他也有一个粉红色小猪储蓄罐，还是程青去银行存钱的时候送的，不过里面放着的都是硬币，偶尔有票子，也是几分的钞票，留个十几年之后能增值百倍——可以换好几块钱的"巨款"了。

米阳觉得拿出去换几块钱，不如自己留着搭菠萝塔算了，好歹还能留个老物件做念想呢。

买好了东西，两人回到家，匆匆吃了午饭，借着"午睡"的名义一起回了楼上的小卧室，继续开工。

米阳干活，白洛川给他放风。

比起米阳的悠闲，小白少爷还是略微有一点担心的，米阳跟他说过的那个"竹笋炒肉丝"一直让他无法忘记。

米阳在他家，他可以护着，要是被程姨发现米阳拆了魏爷爷的书，米阳被打了可怎么办？

这种忧虑一直持续到米阳重新把那本书组装起来为止，白洛川在一旁瞧着米阳把这些稀奇古怪的东西都用上，书页就跟施了魔法似的一下又组装成了一本书——不过是用棉球蘸着之前配出来的那一碗"清洁剂"，书页就光洁如新；再拿喷壶装着热水喷过之后，书不但没坏，书页竟然都一点点被抚平了；宣纸竟然能修补到破损的书页里去，融为一体似的，连颜色都一致……白少爷觉得特别神奇！

米阳把吸水纸衬在里面，又在书上压了两大本厚厚的硬壳封面的百科全书，甩了甩手道："好啦，压一晚上，明天早上就差不多了。"

白洛川看着那本被压在下面的书，有些期待明天的到来。

第二天一早，白洛川就醒了，特别期待地等着米阳拿开那两本压着的厚重硬壳书，等着看昨天那本《古代字体论稿》。

米阳搬开那两本厚重的书后，从里面抽出昨天放进去的吸水纸，又略微整理了一下，才拿出来观察。这本三十年前的老书的书角已经被压平了，昨天用胶水修补过的地方也很结实，因为用了宣纸草浆混着白芨水胶一起糊了一层，所以颜色和粉刷了一层浆水一样，看着要"干净"一些，但使用的宣纸浸泡过红茶，颜色偏黄，看起来并没有明显的新。

它安静地躺在米阳的手上，瞧着特别自然，原本的脱页已经全部弄好，"病书"已经被治愈，现在看起来就像是一本八品的普通旧书。

白洛川有点惊奇道："书角都平了！"

米阳笑道："肯定啊，压了一晚上。"

白洛川也围着那本书看了又看，他发现这跟自己想象中的不太一样，不是书店里那种崭新的书，而是放在那儿看着就跟自然放久了，没坏过，也没修过一样。

米阳问他："怎么了？"

白洛川皱着眉头，道："嗯，掉了的书页都粘起来了……"

米阳把书放在他的手上，满意道："对，是不是很结实？"

白少爷翻来覆去地看，一样，又不太一样。他看了好一会儿，疑惑道："我以为它会变白，跟新的一样。"

米阳乐了，道："那就不叫修补了，叫翻新，不一样的。"

白洛川比画了一下，道："昨天为什么不索性翻新？我瞧见还剩下好多清洁剂啊！"

米阳摇摇头，爱惜地摸了一下书本，弯着眼睛道："不啦，魏爷爷喜欢它，可能就是喜欢现在的它，这么多年过去了，里面的书页已经泛黄，那就让它保持现在该有的样子吧。"

白洛川听不太懂，皱着眉头半天没吭声，但是趁米阳没注意的时候，还是用手指偷偷摸了摸书页，擦拭一下，确定这本老书并不脏才松开眉头，坦然地拿在手里。

米阳用余光把他这些小动作都看在眼里，要是换作从前，他瞧见白少爷这样，肯定也会多注意一些，不拿这些东西在白少爷面前晃，但是他现在只想偷着乐，甚至凑过去问白少爷一句："白司令，你打仗的时候还在地上匍匐前行呢，怎么不嫌泥土脏了？"

白洛川皱着小眉毛没松开，别扭道："我怕你眼睛疼，眼睛红了之后，又要去看医生了。"

米阳愣了一下，他之前春天的时候因为柳絮太多，眼睛有点发红，养了好些天才好。那时候他在家里待了好长时间，幼儿园也停了小一个礼拜才去上，他从小到大就生过这么几次病，自己都记不得了，没想到白少爷还记得这么清楚。

他伸手摸摸白洛川的小脑袋，咧嘴笑道："放心吧，我洗手了，洗得特别干净，不会再弄到眼睛。"

白洛川一副不信他的样子，撇嘴道："可你昨天晚上还迷眼了。"

米阳道："没事啊，你帮我吹吹就好了。"

白洛川想了一下，点点头道："好。"

米阳又放了几张吸水纸夹进书页里，把书放回原处，起身跟着白洛川下楼去吃早餐。

礼拜天一整天，米阳主要做的工作就是更换吸水纸，抽空写了作业。

周末的作业，小学生一般都是在周日晚上赶工完成的，米阳他们也不例外，白天修补书用的时间太久，等到想起来要写作业的时候，已经到晚上六七点了。

两人搬了两把木椅过来，分坐在小书桌的两头，埋头赶作业。

白洛川平时看起来挺能玩的，但是自制力也强，手里忙着什么事的时候一般不会分心，一下子就写完了作业。

米阳把老师发下来的几张试卷做完，就跑去继续摆弄书了。

白洛川整理书包的时候，才发现有一张试卷没有做，连忙拿过来道："小乖，这是数学老师之前让我给你的，我忘了。"

米阳接过来看了一眼，是一张小学奥数比赛的练习试卷，瞧着题目难度是三四年级的。

此时全国各地奥数很火，就连报纸上也有不少奥数题目，更是有不少大赛。老师嘴里念叨着的都是"华罗庚杯"之类的词，学生和家长们经常谈论它，谁家的孩子要是能代表学校参加奥数比赛，那绝对是面上有光的事，走路都是抬头挺胸的。

而且不少地方的学校在中考的时候，奥数成绩也计算在内，取得奥数比赛第一名的学生就算是其他科目的成绩特别差，也会破例升入重点中学并免除择校费。

这是一个大街小巷都在吆喝着"学好数理化，走遍天下也不怕"的年代，人们热情如火。

米阳他们班里也选了几个人去参加比赛，据说是和四年级一起，班主任王老师特意选了几个数学成绩好的同学去参加。他们平时下午不在班里上课，大家用羡慕的眼神看他们，觉得他们特别聪明。

米阳跳级的时候做过奥数试卷，成绩出色，但并没有被王老师选上。

之前带过米阳一个月的那位数学老师显然觉得有些可惜，忍不住让白洛川给他送了一份试卷来。

米阳把那张试卷拿在手上看了一下，小学奥数不难，不少题目挺眼熟，勾起他的回忆，拿到卷子之后，他就埋头飞快地答题。

米阳记得如果奥数拿了第一名，不少学校会给一点儿奖金，他现在全部的家当就几枚硬币，凑起来都不到两块钱，他还是对奖金很有想法的。

白洛川看着他，道："小乖，你也要去参加比赛吗？"

米阳含糊道："也不一定吧。"

比赛的事拿不准，但是他做完这些题目，或许再等个半年，好好在班级里表现一下，还能再跳一级，等上初中就好了。

这些想法，他没有跟白洛川说，在他的计划里，按照原来的记忆，两年之后他们家应该就要回山海镇了，白洛川比他离开得更早，毕竟白夫人不会让唯一的儿子一直在这里念书。

想到之后要分开，米阳忽然有点儿舍不得了。

最后几道题，米阳做得有些走神，好不容易做完，洗漱之后他爬到床上去推了推躺着玩游戏机的白少爷，让白少爷起来跟他说话。

白洛川还在低头看着游戏机，随口道："怎么了？"

米阳看着他，张了张嘴，把到嘴边的话换了一种说辞："要是以后咱们不在一个学校读书了，我们就写信吧？"

白洛川直接把手里的游戏机放下了，玩了一半的俄罗斯方块也不管了，抬头看他，皱眉道："你又要去哪儿？"

米阳道："也不一定是我走啊，你要是回沪市读书呢？"

白洛川嗤笑了一声，没刚才那么警惕了，捡起游戏机接着玩："我不回去。"

米阳道："那万一呢？"

白洛川说得干脆彻底："不可能。"

米阳："那如果我爸妈带我回老家了，我们不在一个学校读书，我就给你写信，咱们做笔友怎么样？我听唐骁说，现在高年级特别流行在杂志上找笔友，互相写信也挺好的。"

白洛川又把游戏机放下了，抓了重点问道："唐骁是谁？"

米阳："就是我的新同桌，不是，我不是要跟你说唐骁，我是说写信。"

白洛川道："不写，你也别跟那个唐骁学，写信有什么好的？你跟我在一起。"他想了想，补充道，"你可以用家里的电话给你爸妈打电话，等我们以后读初中住校了，就让我妈把大哥大给我带上，每天晚上都让你给家里打电话。"

米阳心想：你安排得还挺周全，一口气做了五年计划。

米阳跟他说不通，懒得纠结了，这些事目前也不是他能做主的，走一步看一步吧！

周一傍晚，魏贤提前回来了。

米阳答应白少爷和他一起写作业，瞧见魏老师提前回来，对白洛川使了个眼色，然后从书桌前的椅子上蹦下来跑回卧室去拿东西了。

白洛川上前帮老师拎东西，道："魏爷爷，一会儿有礼物送给你，你先别睁开眼睛。"

魏贤跟他俩熟了，就闭上眼睛让小孩领着自己进去，听着他的话抬腿迈步，感觉进了他们平时上课的那间书房，忍不住问道："什么礼物？你们俩怎么突然送礼物给我啊？该不会是留下的功课没做完吧？"

白洛川道："怎么会？我都写好了，还和小乖互相检查了。"

魏贤笑道："小乖又帮你检查了？你得加油了，不然要追不上喽！"

白洛川自信道："追得上！"

正说着，米阳就回来了，他把那本书放在魏贤的书桌上之后退到一边，冲白洛川比了个手势，白洛川就道："魏爷爷，好了，你睁开眼睛看看吧。"

魏贤睁开眼看了一下，果然是在书房里，但是仔细看了周围，并没有添置任何新东西，连桌上的小摆件也没有换，他临走的时候放在桌上的那本书也还在——他的视线扫过那本书，很快又挪回来，眨了眨眼睛，盯着它不放，它太过自然地被摆放在那里，差点儿让他以为它本来就应该是这样的。

魏贤第一反应是没看明白，之后才发现书被修补过，大喜过望："这是？"

白洛川得意道："米阳给您把书修补好了，特别结实！"

魏贤只看到封面，瞧着比之前有些变化，但是听到他们这么说，心里立刻咯噔一下，连忙过去拿起来，翻开的时候，特别担心会有透明胶之类的东西在上面，但是并没有，而且书页平整清洁，整本书感觉厚实了，也更扎实了，在手里摸着就特别放心的那种。他忽然"咦"了一声，掂了掂那本书，道："怎么这么沉了？"

米阳道："应该是胶，我把脱落的书页刷了胶，粘回去了。"

听见他这么说，魏贤连忙拿起来仔细看了看，重点观察了一下中缝，还真是，重新刷的胶特别均匀，不仔细看，他都没瞧出来这是新刷的。他伸手摸了摸，胶已经干了，两端整齐，书脊硬挺，加固得非常不错。

魏贤来回触摸着，摸完了封面，又翻看里面，瞧见里面的脏污痕迹也都不见了，惊喜道："变干净了好多，之前的墨点都没了！"

米阳在一旁笑着没吭声，白洛川挺起小胸膛，道："那是，小乖擦了一天呢！"

魏贤不停地说道："好、好，真是太好了。"这本书是他最宝贝的一本，要不然他也不会一直随身带着了，他对修补效果太满意了，尤其是合拢书籍之后，新添的胶跟之前泛黄的书页合并在一起，丝毫不显得突兀，除了略微有点硬之外，好像原本就是这样的。

他激动完了，才想起刚才白洛川说的话，转头问道："什么？你说这是小乖弄的？！"他跟这两个孩子待在一起久了，也跟着一起这么喊了。他连忙扭头又问米阳，"这真是你修的？"

米阳揉了鼻尖一下，点头道："对，魏爷爷，你觉得还行吗？"

魏贤觉得简直太行了，他也认识几个修书匠人，但是他们每次都弄得过于白了，让他十分不喜，他这些书跟了他多年，和他一起经历了岁月的洗礼，半白半黄的修补之后，看着特别丑，而米阳就弄得很让人惊喜了。他招手让米阳过来，一边捧着书，一边弯腰问他："小乖，你跟老师说，你是怎么做到的？"

米阳抬头看他，道："在电视上看到的，我回家练习过几次，修了好些东西呢！电视上还教了做小兔子灯笼、搭积木、用火柴棍儿搭房子，可有意思了。"他的视线落在书上，"不过，还是修补书最好玩，像是搭积木，把胶水填进去，一点点重新对齐，可以玩特别长时间，还能帮助别人。"

这是他一早就想好的说辞，之前他扎过两个小兔子灯笼给白洛川玩，小兔子灯笼还放着书房的角落里，乐高积木拼的那些小玩意儿也堆在角落里，这些都是魏贤见过的。

魏贤确实见识过米阳的手工，他曾经在课余时间带着他们玩折纸飞机，折出来的款式复杂，米阳基本上看一遍就会。对这种要靠记忆力、重复性高并需要耐心的事情，这个孩子表现出了超出常人的天分。

但是魏贤没有想到他会做到修补书这一步。带着点儿好奇，他让米阳教他两招："这墨水是怎么去掉的？你跟老师说说，我平时就爱用钢笔，不小心弄到好几回了。"

米阳兑了热水，用之前调配好的肥皂水给他做示范。

魏贤跟着认真学了两招，不过这太考验细节了，他手大，用镊子夹着棉球擦拭的时候直晃悠，半天就腰疼了。他亲手试过，觉得不容易之后直夸两个孩子，说他们有心了，不容易。

魏贤摸着那本修好的书，赞不绝口："真好，小乖的这份耐心太宝贵了，瞧着比那些学玉雕的学徒都专注，你要是不说，我都觉得是拆开重新装过一遍，修得太好了。这是用细棍粘上的胶？里面都有吧？"

米阳闻言，直点头，道："对。"

白洛川转着眼珠子，也跟着道："是这样。"

两人有了小秘密，互相看了一眼，偷着乐。

书修复得越好，越是看不出来，因此魏贤只是觉得扎实了。

米阳把之前的散页粘好，魏老师还当米阳没拆过他的书，只是填补了一些胶而已。等到后来他拿去跟一位图书馆的好友显摆，被对方追问米阳下落的时候，才得知这书被修复得有多好，这是后话了。

现在的魏贤，只是沉浸在自己的宝贝被修好的喜悦里，不住地夸米阳："我一早就瞧出来，小乖玩积木很有天分，这么小，手就特别稳、特别巧，尤其是这份细心简直是女孩子才会有的。"

米阳还没回答，白洛川先皱起了眉头："米阳是男孩。"

魏贤笑着道："我就是打个比方。"

白洛川坚持道："他是男孩子。"

魏老师也不逗他们了，点头称是。他们这种书痴一般很少有物质要求，有的话，也大多是为了自己的书而求。魏贤摸着自己那本修好了的书，看看米阳这个小萝卜头，有些不好意思道："小乖啊，你平时如果功课不忙的话，能不能帮老师把其他书也保养一下？我给你钱。"这话说出来，魏贤有些雇用童工的负罪感，又连忙道，"或者你有想要的东西吗？老师跟你做交换。"

米阳摇头表示不要，问他："魏爷爷，有没有能学这个小手工的学校？我想以后继续玩这个。"

魏贤想想，笑道："还真有，等你将来考大学，可以选择图书馆学、档案学这两个专业，我有一个特别要好的朋友就是教这个的大学教授，专门带古籍修复专业的学生。你真对这个感兴趣？"瞧着小孩认真地点头，他也乐了，"好，回头我帮你问问，提前让老师教教你。这人啊，就是得先有个喜好，才能对一件事感兴趣并钻研下去。"

魏贤挺高兴的，当场就给那位老朋友写了一封信，还忍不住在信里狠狠地夸赞了一下自己带的这个小家伙，恨不得夸上天的那种。

米阳对此没有抱多大的期望，趴在书桌边上，眼睛亮晶晶地看着魏贤，小声道："魏爷爷，那您见了我爸妈，能不能在他们面前夸我一下？就夸我小手工做得特别好。"

魏贤笑呵呵地点头，道："好。"

米阳也跟着乐了，他修这本书，第一是技痒，第二就是为了多年之后做准备，提前说服爸妈，这里讲得上话的权威人士非魏爷爷莫属了！

　　等米阳说完，白洛川趁着坐回去写作业的时候，小声对他道："提前修完了，也留下来陪我睡，对吧？"

　　他的语调听着像是陈述句，米阳却不听他的，摇头道："不行，我在这里待好几天了，我妈要来找我了。"

　　白少爷眼瞅着就要皱眉头，米阳伸手弹了他的额头一下，笑嘻嘻道："不如你跟我回去吧，今天晚上睡在我家。"

　　对面的小孩脸上立刻阴转晴，喜滋滋地道："好！"

第九章
小学课堂

米阳家没有白家那么大，床倒是比白家的床大许多。

用程青的话说，提前准备好了，等以后米阳蹿个子了还能继续用，不浪费。

程青看到米阳领着白洛川回来，特意给他们一人冲了一碗黑芝麻糊，米阳动了动鼻尖，道："妈，我想吃炒面，多放糖的那种……"

程青用手指戳了戳他的脑门，道："不许挑食。"

米阳吐了吐舌头，刚打算放弃，就听见白洛川在一旁道："程姨，我也想吃。"

小客人开口了，程青只好给他们再去冲了一碗滚烫的炒面，还放了不少红糖，老远就能闻到香味，米阳踮着脚等着，心情好得想要哼歌。

白洛川偷偷凑到他的耳边，小声问道："炒面是什么？"

米阳比画给他看，道："就是把面粉炒熟了，炒成金黄色带香味的那种，然后加一点炒过的白芝麻和白糖，用滚水冲开，拌匀了和芝麻糊差不多，口感特别细腻、特别滑，但是比芝麻糊好吃多了。"他想了想，又弯着眼睛道："放红糖也可以，都很好吃。"

白洛川有点儿期待。

没一会儿，程青就冲好了一小碗给他们端来，放桌上的时候还叮嘱他们道："小心点啊，这个特别烫，尤其是阳阳，上回还被烫到舌头了。"

俩小孩一人一把小勺，挖着甜炒面吃得津津有味。米阳吃得比较有技术，他用勺子去舀小碗最外面那圈，只薄薄地舀上半勺，然后吹一口气，含进嘴里一口吃光。炒面又热又甜，吃完满嘴都是香味。

白洛川学他的样子，也跟着吃了小半碗，觉得确实比芝麻糊好吃许多。

程青在一旁看他们吃，也笑着摇了摇头，她家米阳平时听话，但是有些时候有点儿挑剔，比如吃东西，每回都是把白芝麻先吃完了才肯去吃黑芝麻。

炒面容易饱腹，另外那两小碗芝麻糊米阳他们吃不下了，他们合力也只吃光了一碗，程青就把剩下那一小碗端去给米泽海吃了。

她给两个孩子准备了单独的被子，生怕他们晚上抢被子冻着小肚子，又拍软了一个枕头给白洛川放好，笑呵呵地说道："还是洛川好，一点儿都不挑地方，阳阳去别处睡都得带着自己的枕头，不然就要翻来覆去到大半夜都睡不着呢。"

白洛川点头道："我不挑枕头。"

他见了长辈就习惯性地摆出一副认真的样子，回答问题跟小大人似的全神贯注。米阳在一旁看得都乐了，等着程青给他们关上房门走了之后，米阳在床上伸脚碰了碰他，道："哎，你怎么见了我妈每次都特别紧张？"

白洛川歪头道："有吗？"

米阳学他，也歪头，笑道："有呀，都带翻译腔。"

前两天白夫人给他们找了一位英语老师，带着他们练习口语，为了营造语境氛围，还给他们拿 VCD 机放了国外的老电影，给他们翻译的时候，会带入里面绅士的形象，语气特别正经。

白洛川也跟着笑了，道："他们跟你不一样啊！"

米阳扭头看他，正好和他看过来的目光撞在一起。

米阳把手抽回来，摸了鼻尖一下，含糊道："我们睡吧，明天还要去学校。"

白洛川躺在和他一样的小枕头上，翻身蹭了两下，安静地睡了。

隔天到了学校，白洛川把米阳送到了三年级教室。

米阳进去坐下之后，唐骁就对他道："哎，小孩，你和白洛川关系这么好啊？"

米阳点点头，不明所以地看着他。

唐骁是个好动分子，看了门口一会儿，直到看不到白洛川的身影了才喷了一声，无聊道："没什么，瞧着你们形影不离上学跟双胞胎似的。"

米阳道："我七岁。"

唐骁扭头看他，他一边拿铅笔盒和课本，一边做出一副严肃认真的样子：

"老师说，我们回家的时候，要戴好小黄帽，手拉手一起过马路，一起回家。"

唐骁他们十岁左右的大孩子顶多就戴顶小黄帽，出了学校疯跑得厉害，冷不丁瞧见这么一个听话的小孩，忍不住多看了两眼，伸手又想去捏米阳的脸。

米阳伸手躲开，瞧着唐骁要挑眉，立刻道："王老师昨天发的试卷，你做完了吗？今天上课要检查。"

唐骁立刻收回手，在书包里翻了一下，没有任何意外，拿出来的是一张空白的试卷。

坐在前桌的小胖子也愁眉苦脸，转过头来看他们："骁哥，昨天那张卷子你做了吗？我光顾着看动画片，给忘了。"

唐骁转头看向米阳，小胖子也一脸期待地看着他。

米阳从书包里拿出自己的试卷，放在桌上，两人就凑过来一通抄。

米阳十分怀念，他以前在山海镇读书的时候也是好几个人分摊作业，好兄弟互相抄着完成，但是重来一次，换了白洛川做搭档，他写得快也就算了，毕竟不是真的小孩儿，白少爷那可真是跟开了挂一样。他觉得，要不是自己重来一回，他绝对追不上白少爷，白少爷学习的速度也太可怕了。

语文课代表走过来，要收昨天抄写课文的作业，唐骁骂了一声，抬头去看米阳："要不你帮我写一点儿吧？"

米阳现在左手写得多了，字也慢慢好看起来，毕竟有那么多年的功底在，心里怎么想，笔锋就会怎么转。

听见唐骁这么说，米阳"哦"了一声，提起笔，慢吞吞地写起来，手底下的字也跟着有了形状和棱角。

唐骁："不成，你写得太好了，你写差一点。"

米阳抬起头，故意摆出一副"为什么""我不懂""这已经是我最差劲的字了呀"的样子，他的眼神太干净、太迷茫，唐骁说了两次，都不好意思再开口了。

唐骁有点儿遗憾。

小同桌的字写得太好，不能替他写作业了，因为一眼就能被老师看出来。

门外面有人喊："米阳，有人找！"

米阳抬头看了一下，只瞧见一个人影，于是站起来往外走，唐骁抄得急，也没起来，略微让了一点空隙给他，继续闷头赶作业。

米阳出去之后就看到了白洛川。白洛川把一个绿色小青蛙图案的水壶递给米阳："蜂蜜水，吴阿姨准备的，你忘了拿。"他说着，又看了米阳他们教室里一眼，略微警惕道，"他们干吗呢？拿你东西了？"

米阳接过水壶，摇头道："没，他们作业没写完。"

米阳的后半句话省略没说，白少爷也明白过来，他这几天已经要结束二年级的课程了，正在追赶三年级的课程，看向那边抄作业的二位，目光就多少带了点轻蔑，叮嘱米阳道："要是有人欺负你，你就往楼下跑，来找我，听见没有？"

米阳觉得没人欺负自己，不过还是点头答应了，白洛川这才离开。

第一节是数学课，课代表提前抱了一大摞试卷进来，有人小声问："这是啥？我的天，不会是期中考试的成绩出来了吧？！"

课代表一脸悲壮地点了点头。

期中考试之后就是家长会，因此，这次考试成绩对小朋友们来说挺重要的，名次下滑要挨罚啊！

前桌的小胖子抄了一会儿试卷，忍不住抬头看看课桌，担心得写不下去，唐骁没他那么多顾虑，奋笔疾书，没一会儿就写好了。

课前预习时间有二十分钟，班长已经坐在讲台上维持课堂秩序了，见大家还在说话，就拍了拍桌面，认真道："都不要说话了！"

唐骁第一个坐好了。

米阳有些奇怪地看着他，他歪着身子跟米阳小声道："你觉得咱们的班长长得漂亮不？"

米阳嘴角抽搐了一下，心想，这个小朋友的思想很危险啊，小学三年级就有早恋的迹象了。

唐骁自问自答，美滋滋地道："我觉得她是咱们班最漂亮的了。"

班长小姑娘正在努力维持班级秩序，听见唐骁还在小声嘀咕，立刻抓了他杀鸡儆猴："唐骁，你怎么还说话？！"

然后，小姑娘干脆利落地抽出粉笔，把唐骁的名字写在了黑板上。

全班一瞬间安静下来。

米阳歪头看唐骁，唐骁小朋友眼中的那份热情瞬间冷却，那份小小的喜欢被一个记名字的举动毫不留情地扼杀在了萌芽期。

唐骁冷哼一声，道："丑八怪。"

班长小姑娘二话不说，就在黑板上唐骁的名字后面写了个符号，瞬间变成了"唐骁×2"。

唐骁这会儿彻底由爱转恨，一点儿都不觉得小班长好看了。

王老师来上课的时候，先看了一眼黑板，点名让唐骁站着听课，然后一个个喊着名字，报着分数，让大家上台领试卷。

班里数学满分的有三个，米阳是最后一个上去领试卷的。其他两人去领试卷的时候，王老师都会说两句夸奖的话，到了米阳这里，她只是点了点头，道："考得还不错。"

米阳自己没什么感觉，倒是前面坐的小胖子嘀咕了一句："王老太怎么每次都这样？你考得好，她也不夸一句，换作是班长，她早就夸出一朵花来了！"

米阳这才发现，好像确实是这样，他抬头看看王老师，好像从他上小学的第一天吃那块芝麻烧饼时开始，这个老太太就对他有了不小的意见，后来他跳级到她的班里，她也一直边缘化对待他。

米阳没多想，在他的内心深处，还是把重读小学当成了一段有趣的旅程，抱着比较轻松的心态。

一天之内，期中考试成绩陆续出来了，米阳尽管故意写错几个字，还是拿了第一名。他的同桌唐骁虽然平时看着不怎么读书，但成绩排在前五名，倒是前桌的小胖子哭丧着脸——小胖子排在第三十六名，全班总共四十个人。

课间的时候，王老师特意来开了一个小班会，叮嘱他们说礼拜五下午开家长会，让他们回去通知家长，并且严厉地说道："其他科目的我不管，咱们班的数学试卷，你们带回去，让你们的父母签字，听见没有？有些同学，看来是不敲打就不会进步了，看看你们考的分数，让你们爸妈脸上有光是不是？！"

前桌的小胖子脸色惨白，等王老师走了之后，扭头对唐骁道："怎么办啊？我的数学就考了五分，我怕我爸会打死我。"他看向唐骁，带着期盼地说道，"骁哥，要不你替我签名？"

唐骁拿起笔，龙飞凤舞地写了自己的名字，字丑得小胖子脸颊抽搐。小胖子又转头看向新出炉的全班第一名，试探道："要不，米阳，你替我签吧？"

唐骁也觉得靠谱，点头道："米阳签吧，他的字写得好。"

小胖子立刻仿佛起死回生，眼神里带着光芒，道："对、对！米阳，你就帮我写……"他绞尽脑汁，忽然发现喊了十年的爸爸，却没记住自己爸爸的大名是啥，他抓了抓头，灵光一闪道，"哎，要不这样，你就……就签'爸爸'！"

米阳哭笑不得。

他心想：你走吧，我妈不让我和傻子玩儿。

班里年龄最小的第一名严词拒绝了这份"喜当爹"的工作，小胖只能哭丧着脸回去自己想办法了。

比起班主任王老师，其他科目的老师对米阳喜爱得多，一天内他接到了不少夸奖。

米阳领了一张"三好学生"的奖状之后，在放学回家的路上，没有意外地瞧见白少爷手里也拿了奖状。

白洛川比他多拿了一张"优秀班干部"的奖状，被一起卷起来随意地放在书包里。

白洛川倒是挺喜欢米阳的那张奖状，看了一会儿，道："三年级的是红色的奖状。"

米阳道："嗯？"

白少爷放下奖状，道："挺好看的。"

期中考试后，班主任王老师按照之前说的，根据大家的成绩重新调整了座位。

米阳考了第一名，但是老师没有让他坐在正中央的那个"宝座"上，而是让他坐靠窗的那一排的第一个位子。

唐骁成绩好，但是个子高，自己主动举手申请往后坐一些，就坐在了靠窗的那一排的第三个座位，和米阳隔着一个人。

米阳的同桌换成了班长小姑娘，大概是丢失了全班第一名的宝座，她每天都特别认真地上课听讲。见她这么努力，米阳都不好意思偷懒了。

唐骁有的时候会让人传小字条，偶尔上自习课的时候还会跟坐在前面的同学换一下座位，把桌子推得靠前一点，恨不得挤到米阳和班长小姑娘之间，变成三人一排，借着问数学题的名义，小声地跟米阳说话。

班长特别生气，道："唐骁，你又想被记名字了是不是？！"

唐骁翻了一个白眼，道："我跟米阳说话呢，又没跟你说，你激动什么呀？"

班长噔噔跑到黑板前，在黑板上写下唐骁和米阳的名字。

米阳觉得自己夹在这俩倒霉孩子中间，也是够点背的。

班长在自习课的时候是负责掌管秩序的，等了一会儿，眯着眼睛观察一下，很快就把米阳的名字用黑板擦擦掉，只留下了唐骁的名字。

也是米阳运气好，名字刚被擦掉，班主任就进来转了一圈，瞧见黑板上唐骁的名字，皱眉道："唐骁，谁让你私自换座位的？站着上自习！"

唐骁撇撇嘴，回自己的位置上去了，倒是老实了大半节课。

王老师巡视的时候，故意在班长和米阳那儿停留了一会儿。

她倚在窗边，视线更多地落在米阳的身上。

米阳身边的班长小姑娘并不知道，她瞧见老师进来，第一反应就是挺直了腰杆努力写作业，当一个乖孩子。

米阳被看得久了，有些不太自在，抬头看了一眼，正好和王老师的视线撞上，虽说她的眼神里没有很明显的厌恶，但多少是带着挑剔和不满的。

王老师拿过米阳手里的作业，检查了一下，并没有什么毛病。她似乎没有放弃，又看了米阳的手一眼，皱眉道："你用左手写字？这像什么样子？！一点规矩都没有，现在就换过来。"

米阳愣了一下，下意识地解释道："老师，我从小就是用左手写字，而且写得……"

王老师打断他，道："从小？你现在就是个小孩，不要找借口。用左手写字这个习惯，你自己说好还是不好！老师难道坑你不成？我瞧你是在报纸上看多了那种说什么用左手写字会变聪明的报道吧，那种虚假新闻你也信？"

米阳被她教训了一顿，眉头皱了又松开，但还是听从她的话换了一只手。

王老师站在那儿看着他写了几个字，哼道："对了，踏踏实实从基础开始练习，这才 个学生的本分。"

米阳张张嘴，还是把想说的话咽了回去，没跟她吵起来。

王老师很快就巡视完班里，踩着坡跟皮鞋噔噔噔地去了隔壁的老师办公室。

办公室里，几个老师正坐在那里，有人在备课，有人在闲聊，瞧见她进来，都挺客气的，毕竟王老师年龄大，又在学校多年，大家都下意识地对她尊敬一些。

一个年轻女老师笑着道："王老师，你们班订的报纸到了，喏，放在你的桌上了。"

王老师走过去，先喝了一口茶，然后慢慢悠悠地拿起报纸翻看。她给班里订购了两份报纸，一份是《小学生报》，另外一份是偏向日常的，里面也有不少供学生投稿的栏目，经常会发表中小学生作文。这次报纸上说的一件事很快就吸引了王老师的目光，她聚精会神地看了一会儿，然后感慨道："瞧瞧，果然和我想的一样！"

旁边一个男老师问道："怎么了，有什么新闻？"

没有网络的时候，电视和报纸就是消息传播的渠道，大家对报纸上的新闻很感兴趣。

王老师把报纸打开，找到那一版给他看，道："瞧见没有？去年那个十三岁考上清华大学的'小天才'被退学了！报纸上都写了，说什么去了之后除了学习之外，生活根本无法自理，更要命的是，他妈妈还要去陪读，跑到宿舍帮他洗衣、打饭……我那会儿就说了，多大岁数的孩子就干多大岁数孩子该干的事儿！年纪小成绩好，就能代表一切吗？"

旁边那个男老师看完，又递给其他老师看了，大家都当它是一则新闻，没有真情实感地代入。

那个老师把报纸还给王老师时，忽然道："哎，我记得王老师班上好像有个跳级的'小天才'，也很聪明啊！"

王老师冷哼一声，道："成绩好上了大学还是会被退回来，那些少年班的理念就对吗？十三岁的孩子考上清华也被退学了，瞧见没有？报纸上登的！"她拿着报纸，抖得哗哗作响，好像得到了天大的助力，证明了自己。

其他老师面面相觑，都不说话了，换了他们，巴不得班里有这么一个聪明的小孩，不但教学成绩能提升，而且说出去多自豪啊！

那个男老师笑笑道："我上次去上课，瞧着米阳……那孩子是叫米阳对吧？我看他特别懂事，比其他小孩乖呢。"

王老师摆摆手，不接话。

她一直觉得，米阳年纪小是最大的问题，这样的孩子就算智力跟得上，其他方面不一定能跟上，"不懂事"起来只会给班里惹麻烦。尤其是她第一次见到米阳的时候，他被母亲宠溺的样子让她忍不住皱起眉头。

她还记得米阳坐在自行车上被推着进校门，一边吃，一边看，丝毫没有下来走路的意思，实在是被家长宠过头了。

米阳万万没有想到，自己那天吃块芝麻烧饼就引起王老师这么大的反感。

下午有美术课，大家都把提前准备好的宣纸和墨汁带来了，对这节课特别期待。

上课时大家把工具都拿出来，按照老师的要求把墨汁倒入调色盘里，教室里充满了浓郁的墨香。大部分同学带的是"一得阁"的墨汁，也有小部分小朋友买的是大瓶的"臭墨"——这种墨汁便宜，用起来不心疼，可以用很久，够用一整个学年了。

米阳也带了墨汁，不过他的墨汁是放在一个小玻璃瓶里的，跟其他人的不太一样，这一点墨汁闻起来味道很淡，带着淡淡的松烟香，仔细闻还能闻到冰片和麝香的味道。

米阳用的时候小心翼翼，这点墨抵得上他妈一个月的工资了，前天白少爷不知道从哪儿打听到了三年级的课程表，听说他美术课要用墨汁，竟然把白老爷子书房里那块上好的松烟徽墨"偷"出来了一点。

米阳把墨汁倒入旁边五色花瓣一样的白色调色盘里，跟着讲台上老师教的方法，开始洗笔、润笔、写大字。

美术老师是艺术院校刚毕业的小年轻，她上课的时候有趣多了，教了个大概之后，就让大家抽签，每五人一组，把小课桌都拼起来让大家集体完成毛笔字作业。

这样的形式让小朋友们都挺高兴的，尤其是抽签的时候，大家惊呼和遗憾的声音此起彼伏。出人意料的是，米阳的欢呼声是最高的，大概是第一名的光环还在，大家的眼睛都亮晶晶地盯着他，在手心里哈气，铆足了劲儿要抽到和他一组。

小胖子也想和米阳一组，他搓了搓手心，抽到签之后小心翼翼地打开，红着脸颊道："米阳！米阳跟我一组哈哈哈！"

周围一片"哇"的感叹声，小朋友的目光都落在小胖子的身上，满含羡慕。

米阳拿了自己的笔墨和宣纸，走到小胖子那一边，小胖子已经收拾出一个空位给他了，兴奋地道："来来，米阳你坐这儿！"

唐骁站在旁边，把一支干净的毛笔顶在嘴巴那儿，冲米阳做鬼脸，逗得他笑了一声。

他们这一组的好运还没有结束，大概是觉得小胖子手气好的缘故，大家让他继续抽组员。小胖子不负众望，接下来抽到了小班长，顿时又引来一片羡慕的感叹声——虽然班长记人名字，但是成绩是真的好啊，每一科都特别厉害呢！

班长小姑娘抱着自己的东西过来了，小脸上特别严肃，俨然已经做好了这次拿小组第一名的准备。

有班长在，果然效率提高了许多，她时刻督促着小组成员勤奋写字，如果有谁写得不好，她还会指出来让那个人重写。他们组有三个男孩和两个女孩，跟班长挨着的另外一个小姑娘，校服脏脏的，头发扎得也有些乱，说话的声音特别小。班长两次指出她写的笔顺不对，让她重新写的时候，她的眼睛里含了泪水，小声地嘀咕。

班长小姑娘没有听清，但是刚正惯了，家里又是"谁说女子不如男"的教育模式，看不惯那个女生哭哭啼啼的样子，立刻皱了秀气的小眉头，道："不许哭！"

那个女孩吓得不敢哭了，含着眼泪道："我、我没有宣纸了。"

小胖好奇道："老师让多准备一些，你为什么不带多一点？"

女孩揉了一下发红的眼睛道："我家里没有了。"

小胖子还要问，被旁边的米阳踩了一脚，他把自己的宣纸分了一半给那个女孩，小声道："你用我的吧，我快写完了，两张就够了。"

女孩一副犹犹豫豫的样子，班长看到后，小手一挥，道："不能让米阳同学全出，这样，他出一张，我也出一张，唐骁和袁宇你们俩也凑一张出来，三张宣纸够大家完成任务了。"

班长分工明确，并且最先拿了一张分给旁边的女孩，小胖子袁宇家里是做生意的，带的宣纸多，笑嘻嘻地拿了两张过去，道："这是我和骁哥的，拿着吧，谁让咱们是一组的呢！"

女孩小脸涨得通红，小声地道谢。

小班长抬头又看向她，道："说大声点！"

女孩立刻道："谢谢！"

小班长这才满意了，继续写大字，特别认真。

他们这个小组的进展颇为顺利，米阳以前接触过一段时间的字画，用左手写字也差不到哪儿去，字的形体都在，应付小学生作业绰绰有余。而小班长显然也是练过的，大概是家里教得好，悬腕落笔，写出来的字比米阳写的要好一些，米阳忍不住多看了两眼。

唐骁和小胖子写的就有些惨了，只能算及格，能勉强被认出是个字。尤其是唐骁的字，只能说从"狗爬"升级为"正式狗爬"。

唐骁那边还有多余的宣纸，趁着老师不注意，偷偷给米阳拿了一张，道："米阳，快帮帮我。"

米阳把纸推回去，给他使了一个眼色，他心领神会，立刻和米阳换了位置，旁边的小胖子也两眼放光地看着米阳提笔，自己拿了新的宣纸铺好，放在红色米字格软垫上，脸上恨不得写上几个大字——"爸爸救我！"

小班长抬头看着他们，眉头皱起来，就是否举报自己团队进行了一番强烈的思想斗争。

倒是一旁的那个女孩已经舒展了眉眼，捂着嘴偷乐。

米阳换了位置，也换了笔墨，用唐骁的宣纸书写，不求多好，只求稳，反正他怎么写都比唐骁那鸡爪印似的字好看。

唐骁坐在米阳那儿装模作样地提笔，也顺便打量了一下米阳写的字，只觉得米阳的字写得工整漂亮，看不出其他什么门道。不过看了一会儿，他倒是也瞧出一点不同了，好奇道："咦，米阳，你的墨好像跟我们的不太一样啊！"

小胖子凑过去看，道："怎么不一样了？不也是挺黑的吗？"

唐骁摸了一下，乌黑，但是毫无光泽，他疑惑道："是挺黑的，但是不亮。"

米阳看了一眼，道："这个是我从家里带来的墨汁，嗯，就是画画用的那种，画山水什么的最合适了。这种就是这样，不亮。"

小胖好奇地问道："这个叫啥？和我们的墨比起来哪个更好？"

"我的这个是用墨碇磨出来的一点儿墨汁，"米阳一边写，一边含糊道，"至于哪种更好，不一定啊，你看咱们老师用一得阁的墨汁教我们写大字、画小燕子，在纸上特别有光泽，我觉得很好看。"

小胖子和唐骁都看了一眼讲台上老师的示范画作，觉得他说的话特别有道理，因为老师写出来的字真的很漂亮。

小班长也忍不住好奇地抬头看了一眼。

其实米阳的松烟徽墨更适合书写，但是小朋友们在练习阶段，普遍用的是一得阁的墨汁，他不想自己太出挑。

旁边的女孩也抬头看了一眼，带着羡慕，她带来的是一大瓶"臭墨"，对大家用的小瓶的一得阁墨汁有些羡慕。

其实一得阁的墨汁也是有区别的。

他们前面一桌的五人小组里，就有一个男同学用的是金瓶的，格外小巧，看着也更贵，他给自己倒了满满一盘，又去给旁边的同学倒上一点儿，得意道："我这个是我阿姨从省城给我带来的，特别香，不信你们试试！写出来的字也特别好看……"

他说得太得意了，又忙着给其他同学显摆自己的墨汁，晃来晃去，很快就撞到了米阳。因为他们背对背，看不见对方，撞的那一下还特别重，要不是米阳提笔快，这张字就毁了。米阳刚松了一口气，还没等再小心地去写最后一个字，又被撞了一下，这次毛笔被撞歪了，把宣纸都戳出来一个窟窿。

唐骁二话不说，上前就推了对方一把，道："你干什么啊？！"

那人一时没反应过来，但是很快梗着脖子道："唐骁，你干什么骂我？！"

唐骁力气大，拽着他过来，指着那张被戳坏了的作业道："你自己看看，你刚撞了一下又一下，没完了是吧？你把作业弄坏了，你赔？！"

那个男同学涨红了脸，又挣脱不开唐骁的手，看着旁边的米阳还握着毛笔的样子，张嘴道："我又不是故意的，再说了，你、你为什么总是向着这个小不点？！"

唐骁："废话，这是我的作业！"

唐骁理直气壮，瞧着对方还不肯道歉的样子，上去就把人教训了一顿。他动手，旁边的小胖子也不含糊，立刻撸着袖子"哇呀呀"冲上去，俨然一副小跟班的架势。

他们三个在班里打起来——其实是单方面的教训，唐骁个子高，欺负人什么的很拿手。

那个男同学被打了两下，也急眼了，挥手的时候推翻了桌子，一下就把桌上一大瓶臭墨弄翻了，旁边的女孩"呀"的一声，都带了哭腔。

小班长眼疾手快，一边收起他们小组剩下的完好的作业，一边提高了音量，道："你们别打了！不然，我就去——告诉老师——"

美术老师出去了一趟，并不在班上，班长小姑娘护着作业，身体贴着墙，像小螃蟹一样试图开门去找老师。她的手刚碰到门把手，门就从外面被打开了，班主任王老师黑着脸走了进来，道："怎么回事？闹成什么样子了？你们出去听听，整层楼里就你们这个班吵得最厉害，像话吗？！"

全班慢慢安静下来，但还是能听到一点议论的声音。

王老师黑着脸向桌子倒了的地方走过去，那边果然是重灾区，桌子被掀翻一张，桌子里的书也掉出来好多本，还滚出来两颗玻璃弹珠，这会儿已经被洒了一地的墨汁染得漆黑，还散发着一股难闻的臭墨味。

旁边一个扎辫子的女孩正蹲在那儿用抹布擦着。她擦两下，又抹一下眼泪，小声地哭着。

王老师看了一圈，瞧着唐骁那三个校服都被撕开了、喘着粗气的男生，又看看另一边抢救了几本书贴墙站着的米阳——估计也无辜不到哪里去，袖子上都沾了一大片墨汁。王老师的眉头皱得更厉害了，严厉道："这到底是怎么回事？！"

小班长抱着作业挤过来，举手回答道："报告老师！是孙乾上课期间在座位上走动，先撞到了米阳，把米阳写的书法作业弄坏了，唐骁就和孙乾吵了两句，然后他们……"

王老师摆摆手，不等听完，立刻就黑着脸转头看向那几个男生，问道："孙乾弄坏了米阳的作业，唐骁为什么先上去打架？"

打架的几个小男生都沉默了，哪怕是被揍了一顿的孙乾也不吭声，他们打架是一回事，抄作业是另外一回事，"江湖恩怨"不涉及抄作业，因此都闭紧了嘴巴，非常默契地没有说话。

王老师更生气了，她看看三个打架的男生，又看看米阳，好半天才笑道："好，你们可真有本事啊，这么小就打架，还互相包庇，是不是想当少年犯？！"

米阳觉得她这话说得太重了，于是站出来解释道："老师，不是那样的，我们只是有一点儿小摩擦。"

班长小姑娘在旁边也咬着嘴巴，睁大了黑白分明的眼睛看向王老师，也想给同学们求情。

王老师冷哼道："小摩擦？从小看大，你们家长送你们过来，就是来接受教育的，你们犯了错，就要受罚！"她环视一周，又开口道，"我不知道你们还有谁出手了，这样，但凡身上沾着大块墨汁的统统出去给我到走廊上罚站！"

周围不少人惨遭连坐，米阳和唐骁他们三个一起站在第一排，贴墙站军姿。

小班长为了保护作业，衣摆也蹭到了一大块墨汁，被王老师毫不留情地赶到了走廊上。她气鼓鼓地咬着嘴巴，眼睛也红了。

米阳看了班长一眼，小声地安慰她："没事，咱们组不是还有一个人在教室里吗？不算全军覆灭。"

他话还没说完，就听见"哇"的一声哭，那个扎辫子的女孩也哭哭啼啼地出来了，眼睛红得跟兔子一样，眼泪噼里啪啦地往下掉。

小胖子吃惊地道："你怎么也被赶出来了？王老太不是看你可怜，让你在教室里坐着吗？"

女孩揉着眼睛哭道："王老师说、说我哭得太烦人了，让我出来哭。"

小班长气鼓鼓道："王老师一点儿都不公平。"

得，这贴墙站着的一排人，连小班长都叛变了。

第十章
冲突

米阳的衣服被墨汁弄脏了，白洛川放学之后来接他回家的时候，低头看到了，皱眉问道："是不是班里有人欺负你？"

米阳道："没有啊！"

白洛川的眉头还是没松开，一直看着米阳的衣摆，又伸手把他的书包拿过来，道："我帮你拿，别蹭脏了。"

米阳就把书包给了白洛川，抬手的时候，又露出衣袖上的一大块墨迹。

白洛川的视线落在了他的衣袖上，对他道："先去我家换一身衣服。"

米阳也怕妈妈担心，点了点头，跟着去了。程青最近刚换了岗，医院的护士本来就缺，又要轮着上夜班，确实挺辛苦。

他爸米泽海那边也轻松不到哪儿去，每天带兵拉练，风里雨里特别累，米阳尽可能不给他们添麻烦，自己能处理的事儿都自己解决掉了。

白洛川带着他回了自己家，推着他去浴室洗澡，又拿了自己的一身衣服放在门口给他换。

米阳从浴室洗干净了出来时，身上穿着的就是略大一点的蓝白杠的运动服。他一边走，一边挽袖子。对面坐着的白洛川也穿着一套一模一样的衣服，正一脸严肃地看着他，抬抬下巴，对他道："说吧，怎么回事？"

米阳张嘴刚要说，白洛川又打断他，道："说实话，我会再去跟你们班的其他人核实一遍。"

米阳乐了，走过去挨着他坐下，道："你都要自己去问了，干吗还问我啊？"

白洛川烦躁道："可我就想听你说啊！"

米阳道："也没什么大事，就是上美术课时有个同学的墨汁不小心被碰翻了，沾到一点……哎，我的衣服呢？"

白洛川道："我让吴阿姨拿去洗了，明天你再穿回去，先穿这个。"

米阳无所谓道："哦，没事，我家里还有一套校服。"

白洛川没让他岔开话题，眼睛盯着他，忽然道："跟唐骁有关吧？"

米阳抬头，视线正好和白洛川的撞在一起。他揉了揉鼻尖，笑道："你怎么什么都猜得到？是有点儿关系，不过他是想帮忙，然后脾气急了点，就跟人打起来了。"米阳把事情的大概经过跟他说了一遍，摊手道，"就这么大一点儿事，我们还被连坐了呢，王老师让我们出去站成一排，可丢人了。"

白洛川不满道："你们班老师有病。"

米阳看了白少爷一眼，他平时不让白少爷说脏话。

白少爷勉为其难地改了一点儿语气词，但是嘲讽的态度没变："您班上的老师有病吧？"

米阳被他用的敬语逗乐了，笑了一会儿才道："你这话应该让唐骁学学，他气了一下午，就是不知道怎么还嘴，真应该拜你为师。"

晚上，他们一起去上了魏贤的课，因为白少爷之前提了一句三年级在上书法课，魏贤也给他们准备了一些笔墨纸砚，让他们练习一下。

以前魏老师都是教的写铅笔字，白洛川还是第一次用毛笔，他站在小桌的前面弯腰，手腕悬空，写得十分认真，大字也写得挺漂亮。

米阳也跟着写了两张。他下午的时候没写好，这会儿才能静下心来认真地写几个字。

他们用的不是一得阁的墨汁，而是白夫人从楼下书房里找来的砚台磨出来的墨汁，瞧着也是老古董，很少见到这么正宗的徽墨了。

米阳起身的时候，白洛川刚好写完一张，走过来看了他一眼，小声道："小心点，别再蹭上墨。"

米阳哭笑不得。

这位少爷面上不显，心里还在记仇呢。

米阳洗了的那套衣服还没干，他就先给家里打了一个电话，说今天晚上住在白家。

换了平时，白少爷肯定高兴，但是今天从听完米阳讲美术课的事后，他的小脸一直绷着，就没笑过。等到晚上睡觉的时候，他还是把米阳按在那儿，要扒了衣服彻底检查一下。

米阳就比他小两个月，但是从小身体就比他小一号，尤其是上小学之后，更是矮了半个头。

被按在小床上，米阳扑腾半天都起不来，只能拽着裤子求饶："哎、哎，你干吗呢……真没伤，一点都没有！我不是跟你说了吗？我都没动手，没参与呀！"

白洛川不听，掀开米阳的衣服，先看看肚子和背，确认一遍之后，又固执地去拽他的裤子："我自己看。"

米阳后悔一开始没坦白从宽，裤子被扒下来一半，被按在那看了小屁股，耳朵都红了，还被摸了一把，他立刻恼怒道："你够了啊，差不多得了！"

白洛川把裤子给他提上，瞧着他一生气就水汪汪的眼睛，下意识想伸手去摸摸他的头，果不其然被他躲过去了。

白洛川对他道："我听说有老师会体罚学生，我怕你被打了不说。"

米阳抬头看他，这才瞧见小孩一脸担心，心里当下就软了一半："没有，我又不傻，我妈都没打过我呢，要是挨打了，我肯定跟我妈说。"想了想，他又加了一句，"也跟你说。"

"要是有人打你，你就往楼下跑，去找我。"白洛川伸出手，摸到了米阳的头，一边安抚他，一边认真道，"你这么乖，一定不是你的错。"

米阳的心肠立刻软下来了，看着他认真的小脸，弯了弯眼睛，点头道："好。"

美术课罚站之后，学校里的生活也过得平平静静，除了开家长会的时候让某些小朋友有点儿紧张，其他的都还挺顺利的。

米阳拿了班上第一名，程青特意请假来参加家长会，坐在第一排儿子的座位上时特别自豪。

王老师最后说要请一位家长来讲话，程青有点儿紧张，她猜应该是第一名的家长，但是来之前并没有接到老师的通知，只能努力转动脑筋去想一些既客套又能鼓励其他小朋友的话。她这边正想着，就听到王老师在讲台上说道："下面有请孙乾同学的家长来讲话。"

程青愣了一下，下意识地转头看向身边那位女家长，如果她没有记错的话，如果不是第一名的家长，那就应该是第二名的家长上台讲话吧，她怎么记得第二名是米阳他们班的班长，是个女孩呀。

程青低头看了一眼旁边作业本上的名字，确认了一下——王依依，并不是班主任点名的那个孙乾。

王依依的妈妈也奇怪地看着程青，她以为是第一名的家长上去讲话呢！

两个妈妈都是好脾气的人，都笑了笑，没说什么。

台上班主任王老师讲了几句开场白，对大家道："孙乾同学德智体美劳全面发展，而且是我们班的劳动委员，前几天还捡到了五元钱交到学校来，做了好事，接下来我们请孙乾的爸爸来讲话。"

孙乾他爸是个中等身材的男人，穿着一身黑色西装，有点小肚子，瞧着像是做生意的，上台之后简单说了几句就下去了，人倒是挺和气。

其他家长都给他鼓掌，坐在小学教室里，家长们也在努力给自己家的孩子树立榜样，特别积极地配合。

周五下午只有两节课，放学之后还有小半天时间，米阳班里的男生约着去踢球。唐骁、孙乾他们几个经历过一起罚站的事件后，感情反而更好了，周末都约着一起玩，好哥们似的无话不谈。

唐骁勾着米阳的脖子，叫道："你偷跑好几回了，这次总得去吧？"

米阳举手道："那我申请带个小伙伴，行吗？"

唐骁大方地点头同意，米阳就跑去楼下把白洛川叫上了。

白少爷把书包收拾好了背在肩上，对他道："行，操场是吧？你们先去，我一会儿就来。"

米阳他们用出手心手背的方式简单分了组，唐骁和米阳一组，他体力好，跑得快，把对手打得落花流水，愣是踢出个十比零来。

输了的小朋友"消极怠工"，这场球踢得没意思极了，几个小朋友兴致都不高，等过了一会儿，白洛川来了，加入他们，这才略微踢得好一些。

白少爷是放学回去换了一身球衣再过来的，他年纪虽然小，但是从小身体就好，站在那儿，瞧着比米阳高出半个头，倒是和三年级班上坐在前排的那几个男生差不多的个儿，跑起来的时候更是跟小旋风似的，一来就先进了一个球。

小胖子原本是输了的那个队里的成员，这会儿眼睛里带着希望，跟其他小孩一起加快速度跟进。

白洛川和唐骁不一样，唐骁横冲直撞，一个人得天下，进的十个球里有八个是他踢的。

白洛川则步步为营，自己杀出一条路的同时没忘了安排部署，他让几个人拦住了唐骁的脚步，给了队里其他人不少机会。虽然那些小朋友准头没他好，并不是每一个球都能踢进，但是次数多了，渐渐超过了唐骁他们队。

第二局，白洛川那一队打了一个漂亮的翻身仗，赢了两个球。

唐骁不服，喊道："再来！"

白洛川把球停在脚下踩住了，道："来，换个人吧。"

唐骁问："换谁？"

白洛川看了米阳一眼，很快又收回视线，落在了唐骁的身上，道："咱们俩换，敢不敢？"

唐骁二话没说，就跟他换了阵营。

白洛川跑到米阳身边的时候，只叮嘱了他一句："小心点儿，别摔倒。"

这一局比赛中，唐骁比之前还要卖力，但是队里有点习惯团体进攻的模式，两边互相牵绊，没有指挥的人，效果并不好。

小胖子追着唐骁跑得满头大汗，停下来的时候，习惯性地去找白洛川，瞧见指挥官正在对面的队伍里指导大家冲锋陷阵，心里一阵羡慕。

白洛川踢完两场球，已经能准确地叫出三年级（一）班这些男生的名字了，他站在这些大孩子中间也丝毫不露怯，对米阳道："球场边上有个书包，我带了一些零食，你帮我去拿来给大家一起分着吃。"

米阳不疑有他，起身去拿了。

书包还挺沉的，除了零食之外，还有一个熟悉的青蛙小水壶，米阳跑了半个下午，口渴得厉害，先喝了几口水才赶紧给白少爷拿过去。

他走近的时候，正好听到白洛川在同那些小孩说话，他们围成一个圈，白少爷就在中间位置。

"……是我奶奶，非要给王老师送礼，这不就让我爸上台讲话了！"孙乾撇嘴道，"要换了平时，肯定就是米阳的家长上台讲话了，要不就是班长的家长，再不济，骁哥还考进了前五名呢，哪轮得到我啊？"

周围的小朋友都安静下来，你看看我，我看看你，一阵唏嘘，不知道该说什么好。

也有人犹豫道："老师……不会这样的吧？"

孙乾道："收礼的老师肯定是少数，别的班我不知道，反正王老师收了。"

白洛川坐在那儿听，眉头皱起来，半天没松开。

孙乾瞧见米阳来了，连忙站起来，有点不好意思地对他道："米阳，你要告诉家里人吗？要不，你也送点吧，其实那天应该是你妈妈上台讲话……"

米阳更吃惊了，睁大眼睛看着孙乾，道："当然不啊！"他看看其他小孩，大部分人的眼神都是迷茫的，只有白洛川认真地看向他，等他说下去，"收礼是不对的，王老师这样做不对，我来学校是为了学习知识，又不是为了讨好老师。"

小胖子撇嘴道："我也觉得王老太做得不对，拿了东西就说人好。孙乾，我不是说你啊，你是我兄弟，我不收你家东西也说你好！"

孙乾这人大大咧咧，家里也比较有钱，摆摆手表示不在意。

白洛川把那个书包接过来，拿出里面的零食分给大家吃，自己只拿了那个青蛙水壶。

他先低声问了米阳一句，见米阳摇头，这才自己打开喝了几口水。

唐骁瞧见有水，道："哎，洛川，也给我喝一口呗？"

白洛川毫不客气地避开他的手，道："我不习惯和别人用一个杯子喝水。"

唐骁不服："你刚刚不是还问米阳喝不喝吗？我都听见了！"

白洛川道："他不一样。"

这人区别对待得理直气壮，唐骁竟然无法反驳。

等踢完球回去，白洛川忽然开口道："我都问清楚了，孙乾家的地址、王老师家的地址，还有赠送的礼品数量，里面有一个磁石按摩枕，如果她没转送出去，应该不难认出来。"

米阳有点惊讶："你就踢个球，问出来这么多东西啊？"

白洛川在他面前才露出几分得意的样子，道："爷爷教的侦察和反侦察，你是不是又忘了？上回去山上看打靶也是，自己害怕，还给我捂耳朵。"

米阳心想：那是因为你不肯塞棉球进耳朵里，一点防护也不做！

米阳走了一会儿，忽然叹了口气，道："我觉得，这事真的不太对。"

他没头没尾地说了一句，白洛川也没听明白，下意识道："不对就改。"

米阳抬头看了白洛川一会儿，忽然笑了，点头道："你说得对。"

白洛川也看向他，疑惑道："怎么一直看我？你想什么呢？"

有点不想跳级了，想多陪你几年——米阳把心里话咽下去，揉着鼻尖笑了一下道："没什么，就是觉得你特别好。"

白洛川小下巴抬起来一点儿，道："那是，我对你最好了。"他说着，背着书包，又去牵米阳的手，对他道，"以后等我去三年级，我护着你。"

米阳一下就乐了，不过非常给面子地点点头："好啊！"

米阳觉得白少爷一个小孩能想到这么多，已经很厉害了，但是真要让人改是很难的。就算有了那两家的地址，他们又不能去抄家，就算真找到了孙乾家，他的家人为了孩子也不会承认的。

白洛川也想起王老师的事情了，问他道："要不我去找爷爷说吧？"

米阳摇摇头，道："再等等。"

白洛川有些不满，小孩子的世界黑白分明，并不知道成年人的灰色地带。米阳之前没有什么怒气，也是因为他没打算在小学待多长时间，但是瞧见白少爷这么护着自己，于是也思索起来。

白洛川踢了脚边的一颗小石子儿，有点儿不乐意，但也没强求，半天之后，皱着眉头换了一个条件道："那你礼拜天留下来陪我写作业。"

米阳道："行。"

白洛川又道："把校服带上，明天咱们一起去学校。"

米阳点点头，也答应了。

白洛川还在看着他。

米阳想了一下，立刻夸奖道："你今天可真厉害，我都没想到问这些，而且我去了班里过了好久才慢慢和同学们认识，你踢一场球就认识他们了，特别棒！"

小白少爷又得意起来。

周末，两人玩游戏机玩得有些晚了，第二天起来的时候，都顶着黑眼圈。

米阳揉着眼睛，白洛川在一边打哈欠，用冷水冲了把脸才慢慢恢复了精神。

大概是因为没睡饱，还带着点儿情绪，白洛川早上吃饭的时候又挑剔，山芹不吃，葱花不吃，姜丝不吃，一点点地往外挑，瞧着就要发小脾气。

米阳往他手里塞了一根油条，自己端过他那碗粥，帮他挑出粥里他不吃的东西，又放在他的手边，道："喝吧。周一早上升国旗，要早到十分钟。"

白少爷这才三两口把粥喝光了，擦了擦嘴巴，拎上书包，对米阳道："好了。"

米阳也背上自己的小挎包，跑步跟上，半新的军用挎包随着跑动啪嗒作响，上面还别着一个红色的五角星，特别可爱。

白洛川上车之后，伸手去拽米阳，俩人挤在车后座上，在去学校的路上还在对作业。虽然一年级和三年级布置的作业不一样，但是他们这两天的补习进度基本是一致的，魏贤教得好，白洛川人又聪明，完全跟得上米阳的功课进度。

米阳看着车窗外面，开始有霜了，哈了一口气，车窗上就白白的一片雾气，天气渐渐变冷了。

白洛川伸手摸米阳的小肚子，米阳疑惑地看向他，他摸了一把又拽着米阳的手去摸自己的小肚子，露出一点外人瞧不见的小得意的表情："新毛衣，咱俩一样的。"

米阳忍不住笑起来。

升完国旗，校长又简单说了几句话，大概意思是要组织大家给贫困山区的小朋友们捐款捐物。

"同学们，一些大山里的孩子连一支铅笔都要节省着用，用烟盒的纸来写作业，马上要入冬了，天气寒冷，我们学校决定动员全校师生来捐款捐物，援助一所希望小学！大家回去之后，准备几天，把要捐赠的物品报给你们的班主任老师，统一上交。赠人玫瑰，手留余香，相信我们这次一定可以帮助更多贫困的小朋友！"

米阳以前读大学的时候，跟着老师一起去山区的学校支教过，听见校长讲话之后，他走神了一下，有点儿怀念。他还记得那里的孩子一口一个"米老师"，临走的时候还偷偷给他塞了满兜的野果。他不知情，回来碰坏了好些，但是吃起来一样甜。

唐骁换了位置凑过来，问他："哎，米阳，你捐什么？"

米阳道："纸、笔……文具一类的吧。"他刚想说书和衣服，才恍然想起现在还没有到可以支配那么多钱的时候，以后有机会可以再去山里一趟，看看那些孩子。

唐骁跟着点头，道："我也打算捐这些。"

回到班里，王老师进来，道："大家今天回去跟家长说一下学校捐款捐物的事情，要捐什么，就报到班长那里去，班长做好记录。"

小班长——王依依小朋友点头表示知道了，特意拿出那个专门记班务的本子放在一边准备好。

当天下午就有不少小朋友带了东西来，有捐文具的，也有直接捐钱的，五元、十元的都有，孙乾捐得最多，捐了一张五十元的钞票，引起了一阵小轰动。

小班长认真地记录下来，并没有因为谁捐得多、谁捐得少就表现出什么，记录得特别认真。

等到傍晚快放学的时候，王老师又把班上一个女孩单独叫了出去，米阳抬头看了一眼，是他们上次美术课的时候一个小组的，带臭墨的那个女孩，好像叫俞甜。

没一会儿，俞甜就红着眼眶回来了，一副要哭不敢哭的样子。

王老师也跟着走了进来，把手里拿着的一个铅笔盒放在讲台上——那是一个被擦拭得非常干净的文具盒，尽管旧了，还是能看出主人的爱惜之情。

王老师道："大家捐东西的时候要注意，像这样用过的文具，太旧了，就不要捐了。"

全班鸦雀无声，有些小朋友的视线落在了刚进来的俞甜身上，小女孩埋头坐在那儿一声不吭，只肩膀在微微地颤抖。她面前放着的是一个小布袋，被打开了一个口子，露出铅笔来。她把最宝贝的铅笔盒捐了出去，自己却心甘情愿地用一个小布袋。

米阳心里的小火苗噌地就起来了！

他和俞甜同组过，下意识把她和小胖子那几个人都归拢到了自己带的"小朋友"里，他自己受点儿不公平待遇也就算了，他内里装的是个成年人，可以一笑而过，但是一而再再而三地发生这种事，他不能忍了啊！

米阳举手，道："报告！"

王老师说完正准备走，听见他的声音，忍不住皱眉，道："怎么了？"

米阳站起身，道："老师，俞甜同学的铅笔盒为什么不能捐？"

王老师道："刚才说过了，太旧……"

米阳越是生气的时候，瞧着越是没什么脾气，他笑道："老师，如果是这样的话，我觉得贫困山区的小朋友用的东西比我们用的东西还好，那应该是我们接受捐助才对。"

王老师呵斥道："米阳！"

米阳站直了，丝毫没有退让："我相信学校的初衷是献爱心，但是每个人的家庭情况不同，爱心不能和钱直接挂钩。"他平静地看着老师，"您不让俞甜捐赠旧笔盒，是学校不允许吗？还是您自己觉得班级里的东西捐得少了、不好没面子？"

全班一下喧哗起来，王老师的脸色也跟着难看了许多。

米阳道："其实我家里的条件也没其他同学好，但是我相信我们家不会一辈子都是这个样子，等以后我捐赠更好、更多的东西，心意都是一样的，那就是想要帮助其他人。"

王老师道："你又顶嘴！"

米阳飞快地背了一段话："真正的善良是来自心灵深处的真诚的同情与怜惜，无私的关爱与祝福，是人们内心最原始的质朴纯洁的感情精华。"他看向王老师，眨眨眼道，"昨天语文第三课第二题的阅读分析答案，语文老师让我们熟背来着。"

王老师气得脸色发青，用力拍了几下桌面，让大家安静，但是没有任何效果，这时放学铃声正好打响，她气得自己先走了出去。

米阳深吸一口气，走上讲台，所有小朋友都看向他。

米阳个子有点矮，但是，站上去的时候，班里安静了下来，大概是刚才那一番话让小朋友们感到震撼，大家都目不转睛地看着他。

米阳看着大家，认真道："关于咱们班的爱心捐赠，我有一个提议。"

第十一章
跳蚤市场

今天轮到白洛川值日，他打扫完了之后没等到米阳，干脆找了上来。

三年级（一）班的教室门紧闭，但是并没有上锁，白洛川有些奇怪，上前敲了敲门，推开一点，道："米阳，你在不在……"

班上四十个小朋友齐刷刷地回头看他，小班长放他进来之后，手脚利索地关上了门。

白洛川还想再问，就被旁边的小朋友拽着袖子，比了一个嘘声的动作，然后双眼发亮地看向讲台："别说话，米阳还没说完呢！"

白洛川有些疑惑，看了一眼在讲台上站着的米阳，又看看他身后的黑板上画着的奇怪的图，有点像是分区列队，用一个个小方块表示，还分了组，做了记号。

米阳刚好说完最后一点，对人家道："大概就是这样，放学后我们在这个位置，按照之前的分组摆摊，大家拿旧物品来卖，每天把通过卖东西得到的钱交给班长统计，预计三天吧。"

白洛川这才看到最上面还有一行字，写着：跳蚤市场。

为了融入大家，米阳还贴心地在上面加了拼音。

白洛川也知道跳蚤市场，魏贤跟他们说起过这个，边城这里虽然没有这种二手物品交易市场，但是逢年过节会有庙会，摆摊的人很多，挺热闹。

他等米阳宣布散会，向自己这边走来之后，小声问他："怎么突然要做这个，摆在哪儿？"

"学校不是要搞爱心捐赠吗？我就想着大家向家里要钱，不如拿些旧东西来卖，也算是一份心意。我算过了，到时候集体买一批铅笔和本子，批发的更便宜。"米阳一边走，一边跟他讲，"就摆在学校操场边上，那边有一座小假山隔着，正好有空地，放学人还多一些。"

白洛川点了点头，道："我也去。"

米阳答应了，在他的计划里原本就有白少爷的一份，这人不跟着才奇怪了。

米阳这次没去白家，先回自己家翻箱倒柜地找东西，家里虽然不富裕，但是程青和米泽海没亏待儿子，他那个装玩具的小木箱里有一些买来的玩具，也有程青给他做的沙包、米泽海做的小木枪，还有山海镇的姥姥和几个姨邮寄过来的布老虎等玩具。

米阳挑了一个看起来挺新的金属小青蛙，绿色的外壳，身体一侧有一个旋转按钮，上弦之后可以自己蹦跶好几下，特别有趣。他又翻找出一个俄罗斯套娃，还拿了一盒军旗出来。他一边找，一边把这些放在袋子里，然后去了卧室。卧室的小桌上放着一个青蛙小水壶，还有一个铜制的马蹄闹钟——和白少爷家的一样，这里也有几样玩具，不过是白家送来的，他不好拿出去卖。

米阳转了一圈，又找出来一点零碎的东西，收进袋子里。

正巧程青下班回来，她把馒头放在厨房，一边系围裙，一边喊米阳："阳阳，去给妈妈买瓶酱油，家里没有酱油了。"

米阳放下东西，去跑了一趟腿，等回来就瞧见家里多了一位小客人。

白洛川正坐在客厅帮忙剥豆子，瞧见他来了，让了一小块位置给他，小声道："程姨说这些要将两头掐掉，然后掰开，把豆子拿出来……"他手边的碗里已经有小半碗了，看得出来花的时间不短。

米阳把酱油送过去，洗了手，也挨着他剥豆子，两个人凑在一起说话。

白洛川是来和米阳商量跳蚤市场的事的，白洛川那边东西多，已经收拾出两箱来了，想和米阳搭伙弄一个小摊位。

米阳想了一下，道："我晚上过去看看吧。"

白洛川挺高兴的，晚上留在米阳家里吃了饭，程青给他们一人做了一小碗肉丝面，又炒了两道小菜，两人吃完就收拾东西准备走。程青瞧着米阳背着书包又拎着袋子的，笑道："又去洛川家玩吗？今天晚上还回来吗？"

白洛川抢着道："不回来了，程姨让小乖住我家吧。"

"行啊，我瞧他一年里有大半年住在你家呢。"程青给米阳拿了两个苹果，她的单位刚发了一箱做福利，让他们带过去一起吃，又道，"记得明天早上回来吃早饭。"

米阳答应了一声："好！"

米阳去了白家，换了小拖鞋跟着去了楼上的卧室，白洛川当真收拾出了两箱玩具——两个纸箱被塞得满满的，分门别类，还挺整齐。

米阳道："用不了这么多吧，我们挑挑。"

白洛川就跟着他一起坐在地毯上挑选起来，白洛川家里亲戚不少，逢年过节送来的礼物很多，白老爷子又恨不得把孙子捧在手心里宠着，玩具、零食买上一大堆。

米阳一脸尴尬地把那台索尼随身听拿出来，道："像这种的就不用了吧，咱们同学里没人有那么多零花钱买得起它。"同样贵重的东西，他又挑出来好几样，倒是把一个会发出激光的奥特曼玩具留下了——挺大的，瞧着很新，但是两年前的东西了，白洛川一直嫌它丑，把它扔在仓库里。

米阳瞧见里面还有一台巴掌大的游戏机，拿出来一看，奇怪道："这不是你玩俄罗斯方块的那个吗？怎么，这也不要了？"

白洛川无所谓道："玩腻了，没劲。"

米阳"哦"了一声，把那台游戏机也留下了。

东西是很多，但是大部分不是好卖出去的，像这台游戏机，肯定很多人看、很多人想要，但是价格太高，这年头一口气能拿出十几二十块钱的小学生可太少了。

他们收拾出来一小箱东西，其间，吴阿姨来给他们送了一次水果，她今天挺高兴的，喜气洋洋。

米阳一边吃切好的苹果，一边笑道："阿姨今天好像特别开心，是有什么好事吗？"

吴阿姨开心地道："可不是，我今天在街上遇到抽奖的，两块钱一次，哎呀，一下就抽到了一辆自行车呢！"

米阳灵光一闪，忽然有了一个主意。

等吴阿姨走了之后，他起身去找了一个纸箱来，把它擦干净，又裁剪了一块红色的纸写了"抽奖"两个字贴在上面。

白洛川好奇道："咱们也弄抽奖吗？"

"对，我先算算看能赚多少。"米阳把箱子里的那些玩具都摆出来，大概计算了一下，白少爷这边的东西都是不错的，完全可以做一、二等奖，尤其是那台游戏机，可以拿出来当特等奖。其余奖品是他们那些零碎的小物品，最小的安慰奖是玻璃弹珠一颗。

米阳估摸着他们这堆二手玩具——除了那台游戏机外——拿出去卖不了二三十块钱，但是做一百个抽奖的纸团，三毛钱抽一次的话，全卖光就可以收回三十元。

花三毛钱就可以有机会抽中数十元的游戏机，而且次次都有小奖品，非常有吸引力。

他跟白洛川说了一下，白洛川立刻心领神会。

白洛川清点了一下玩具的数量，又去楼下抱了一袋柠檬水果糖上来，把米阳的两个小布老虎扣下，推了这个过去，道："你这两个给我吧，我挺喜欢的，这袋糖拿去当抽奖的奖品。"

米阳就把安慰奖的奖品又扩充了一下，除了玻璃弹珠之外，还添了许多柠檬糖。

一百张奖券要对应一百个奖品，可是，米阳写到最后，发现只有九十七个奖品。

米阳想了一下，低头写上"任选一门功课辅导，米阳帮你过九十分"，写着写着，他自己都乐了。

白洛川瞧见了，皱眉道："你还要去给别人辅导功课？"

米阳道："写着玩的，挺有意思的。"

白洛川等他写完，就伸手拿过那张字条，自己叠好了，小心地放在箱子里。

白洛川原本想记住位置，但是，米阳拿起箱子又晃了晃，这下全部乱了，白少爷一脸纠结，皱着眉头没说话。

米阳把他们的摊位准备好了，又打算多写一点宣传单之类的明天拿去私下发一下，做个小广告。

白洛川没让他写，下楼去找白夫人说了一下，白夫人问清楚，写好了，顺便帮他们复印了一些宣传单，厚厚一沓，拿过来的时候，还带着热度。

她笑道："你这个主意不错，不浪费，又能献爱心，想不到我们洛川还挺有商业头脑呀，你外公和舅舅知道了一定很开心。"

白洛川道："不是我想的，是小乖。"

白夫人立刻也夸奖了一下米阳，用的是一样的语气，白洛川立刻浮起骄傲的神色，昂着下巴，神气十足："对，他就是这么好。"

小摊位解决了，宣传单也解决了，两人的心情轻松了不少。

米阳拿了一本小人书躺在床上看，哼着歌翻了一下，是一个很老的童话故事——《青蛙王子》，画得倒是很有童趣。

白洛川走过去，伸手掀开米阳的睡衣，摸了摸他的肚子。

米阳奇怪道："你干吗？"

白洛川把小手放在上面摸了两下，皱眉道："你今天晚上没吃多少东西，我有点担心你没有吃饱。饿吗？"

米阳拿着他的手往上放了点，笑道："这才是胃啊，你摸摸看，我吃饱了。"

白洛川这才放下心来。

隔天早上，米阳和白洛川把东西搬到学校器材室先放着，路上倒是瞧见不少三年级（一）班的同学也偷偷往这边来，准备把东西放在这里。小胖站在门口放哨的时候，瞧见他们忍不住乐了，道："正好，骁哥就在里面藏东西呢！我们查过了，今天没有体育课，就这儿最安全了，我在外面给你们放哨，放心！"

白洛川和米阳把东西放过去，用垫子盖住，唐骁也带了一包东西，正往装足球的那个筐里塞。

随后，白洛川拿了一小沓宣传单，道："我拿去一、二年级发，剩下的你去发，小心点儿，别让老师看到。"

米阳点点头，等白洛川走了，唐骁凑过来，道："发什么东西？"

米阳分给他一大半，笑呵呵道："宣传单，咱们今天傍晚开张，来、来，骁哥能者多劳，这些都给你发。"

唐骁哭笑不得。

唐骁做事还是挺靠谱的，找好兄弟帮忙把那些单子都发了出去，很快，几个年级的同学悄悄散布一个消息：傍晚操场旁边的那块小空地，有个跳蚤市场要开了！

放学之后，班上的同学约着去了那块小空地，米阳和白洛川也去了，大家在地上铺了报纸、塑料布一类的东西，按照之前说的，几十个小朋友的摊位分成两排，看起来颇有规模。

米阳铺好塑料布，和白洛川一起把他们那个箱子放在旁边，正前方摆了写着"抽奖"的纸箱。

他往四周看了一圈，把摊位交给白洛川照看，去看了一下其他同学摆的摊子。

他们班的小朋友都没自己摆过摊，有点儿兴奋和紧张，瞧见米阳，跟有主心骨似的，都盼着他来给自己的小摊位指点一下。

米阳挨个儿去看了一下，把东西比较少的几个同学的摊位的物品统计了一下，然后让他们合并在一处，只留了一个同学守摊位，给其余的同学则安排了其他的事项。

俞甜带来的东西很少，米阳把她调出来专门做统计，这活儿原本是小班长负责的，但是班长带了不少东西，小脸涨红了，守着自己的摊位，处于兴奋中，一脸舍不得离开的样子。

米阳带着俞甜过去，道："你和班长交接一下，把那本记录本拿上，登记好，尤其是那几个合并在一起的摊位，记清楚了，等一会儿好对账。"

俞甜紧张地点点头，过去跟小班长交接。

小班长大方地把笔记本给她，叮嘱道："把我的名字写好看一点呀。"

俞甜低头认真写字："好，王依依……班长，你这个'依'字是'小鸟依人'的那个'依'吗？"

小班长严肃道："不是，是'依靠自己'的那个'依'。"

俞甜："哎，这不是一样的吗？"

小班长："当然不一样啊！"

准备了一会儿，陆陆续续有人往这边来了，不少人好奇地看了一会儿，真正掏钱买的并不多。

班里第一个开张的是小胖子。

小胖子和唐骁一起摆的摊位，他挺有经济头脑，从家里拿了不少笑话书、连环画之类的摆在这儿，五分钱一本租给大家看，还在旁边放了一个玻璃罐子，叮叮当当地接着租金。

不少小朋友被这个小书摊吸引，停下来的人越来越多，玻璃罐里投入硬币的碰撞声也多起来，小胖子乐得见牙不见眼。

旁边有小朋友一直卖不出东西，有点儿急了，就喊小胖子帮忙，小胖子也卖力地推销小伙伴的东西。米阳走过来正好瞧见，刚有点欣慰，就看到小胖子做完宣传就收了人家一毛钱的宣传费，笑嘻嘻地把钱也放进玻璃罐了。

米阳哭笑不得。

这孩子将来不做生意就可惜了。

米阳照顾其他小朋友，忙得无暇分身，白洛川这边抽奖的活动暂时还没有启动，他也不怎么吆喝，自己翻着里面的纸团拆开看看，找了半天，一直皱着眉头没松开。

抽奖的小摊位也慢慢有人来了，三毛钱抽一次奖，也就一小袋话梅的钱。不过，比起吃话梅，小朋友们挺乐意试试运气的。

白洛川目不转睛地盯着人家抽奖，瞧着对方一阵惊呼、一阵哀叹，心也跟着提起来。

没一会儿，果然有一个低年级的小孩"咦"了一声，道："任选一门功课辅导……这是什么？"

白洛川立刻站起身，道："你把这个给我，我让你再抽两次。"

对方有点犹豫。

白洛川盯着他，道："三次。"

那小孩立刻高高兴兴地把纸团给了白洛川，又抽了起来，运气不错，抽到一个一等奖，奖品就是那个看起来挺大个儿的奥特曼玩具，顿时引起周围的人一片羡慕的声音。

白洛川他们这个抽奖摊位，跟做了活广告似的，小学生蜂拥而来抽奖，试试运气。

白洛川一边接钱，一边盯着他们每一个人手里的纸团，生怕有人拿了辅导功课的纸团偷偷溜走——他这是多虑了，除了他，还真没有哪个小学生喜欢让人辅导功课。

这边小朋友们的摊位进展得如火如荼，另一边，白夫人带着警卫员和学校领导说话。他们路过这里，瞧见了，只远远地指了一下，笑着道："瞧，那就是我们家的两个小家伙，不是我自夸，学习成绩在班上都是第一名呢，一个在一年级，一个在三年级。两个人昨天又凑在一起想了这么一个摆摊义卖帮助山区小朋友的活动，我这个做妈妈的肯定要支持他们，我都问过了，一共摆三天，校长，不会给您添麻烦吧？"

校长立刻笑道："不会、不会，我们学校特别欢迎这样聪明又有爱心的小朋友，下周一升旗的时候，一定要好好表扬一下！"

而在操场边上简陋的跳蚤市场上，米阳正拿着一台傻瓜相机趁着傍晚最后的光线，赶紧拍了几张照片。

《边城日报》每天都会有一个小专栏留给学生们投稿，手掌那么大的一点地方，却是最好的舆论引导阵地。米阳拍好了照片，脑袋里已经在想回去怎么写这篇稿子了，要写得煽情一些，最好能展现无私大爱。稳妥起见，这活儿只能他来做。

上了报纸，又是好人好事，这事儿就妥了，就算王老师要找他们的麻烦也没理由了。

米阳就这样一边构思要写的稿子，一边顺手帮着路过的小朋友们。他自己代入的是成年人的心理，所以看到别人有困难，都会尽量帮忙，对女孩子也多了一份体贴、照顾。小学生里如果有男孩帮哪个女孩，总要被起哄几句，但是，他就不一样了，他是班上最小的啊，男孩女孩都喜欢他。

这个时候还没有流行"绅士"这个词，但是，三年级（一）班的小朋友们都喜欢米阳。

米阳心理上想照顾大家，行动上却是小朋友们围着照顾他。

这让米阳颇为感慨。

天色将晚，米阳看着时间差不多了，吹了一声哨子，摆摊的小朋友都开始利落地收拾东西，打包好了往唐骁那边送。这也是提前说好了的，唐骁和小胖子这几个男生负责后勤。

米阳用了五分钟，简单地把售卖情况读了一遍，确认没有什么遗漏的记录后，对大家道："今天的记录是俞甜同学做的，她非常认真，我觉得写字也应该算酬劳，有钱出钱，有力出力，大家齐心协力完成捐款目标，好不好？"

俞甜小脸通红，还没来得及说话，就被同学们大声喊出的"好"字淹没了。她张了张嘴，也跟着说"好"。她使劲揉揉眼睛，露出大大的笑容，现在可不是哭的时候呀！

临走的时候，米阳让所有人凑在一处勾着彼此的肩膀，一起喊了一声"加油"，小朋友们的声音特别洪亮，也不在乎谁的手背碰了谁的，那一瞬间觉得他们是一个团队，特别有荣誉感。

短短几天的时间，在这个小小的跳蚤市场里，三年级（一）班的同学们再次认识了彼此，从最讲规矩的班长到最不讲规矩的唐骁，都认可了米阳的领导地位，全班同学拧成一股绳似的努力完成目标。

第二天，米阳毫无意外地收到了刊登着他写的那篇文章的报纸，甚至有记者来采访他们。

米阳不等王老师说话，就把那张新鲜出炉的报纸贴在了教室后面的黑板上，但是出乎意料的是，王老师并没有对他们这件事说一个字，像是被谁叮嘱过一般。

接下来再摆摊的时候，大家胆子大了许多，也熟练了，尤其是小胖子，说得又快又讨人喜欢，东西也是卖得最多的。出乎大家意料的是，班上的同学互相帮忙的次数越来越多，像是已成为习惯。

米阳瞧着忍不住感慨了一句："团建的力量啊！"

小班长路过，正好听见，但没有听清楚他说什么，追问道："米阳，你说什么？"

米阳笑眯眯地摇头道："没有，我说团结就是力量。"

小班长表示非常认同这句话，她认真地看着米阳，道："我通过这件事发现你的能力确实比我强，米阳同学，如果你要竞选班长，我愿意让出，并且带头投你一票！"

米阳连连摇手，道："不不，我当不了这个，我还有别的事情要做。"

白洛川在旁边接话："我来。"他看了米阳一眼，认真道，"下学期我也跳级去你们班，我来做班长。"

小班长哭笑不得。

我爱如生命的荣誉，却被你们当成苦差，好气。

第三天结束后，米阳带着大家回到教室里做最后的统计。大家屏息以待，等着黑板上最后一个小组的销售金额统计结果出来。

唐骁在黑板上写着数字，全班同学都在下面算着，就连小胖这个数学只考五分的人也努力计算着，这可是他们小组的成绩呀！

"最终结果，第五组三天总收益为一百零二块七毛钱！"

小胖他们小组的人忍不住欢呼起来，他们组是第一名啊，五个小组里收益最多的呢！

米阳所在的第二小组以七毛钱的弱势屈居第二，白洛川坐在一边心虚，没看他，他把米阳那几个写着帮人辅导功课的纸团都收回来了，让人家免费抽了好几次。

米阳上去看了一眼总数，差不多五百块钱，是四十个小朋友集体努力的成果，现在这些小朋友小脸通红、眼睛亮晶晶地看着他，他们从来没有像现在这样神采飞扬、充满自信和期待。

米阳道："大家辛苦了，任务已经超额完成，平均每人捐款十二块三毛钱，恭喜大家！明天我和白洛川去采购文具，清单也会列出来贴在班上，接下来，大家可以好好休息一下啦！"

所有的小朋友都欢呼起来。

米阳拍了拍黑板，示意大家安静，笑着道："我今天带了相机，大家要不要一起拍张照片留念？"

全班欢呼道："要！！"

三年级（一）班四十一个小朋友以及白洛川挤在一张小小的照片里，都露出了笑脸。米阳被推到第一排正中间，白洛川就站在他的身边，两人牵着手，他笑出右边浅浅的小酒窝，特别甜。

米阳带着班上的募捐款回家之后，没逞强，直接去找了米泽海，把钱给了他爸，求家里的大人帮着采买文具。

米泽海吓了一跳，道："这都是你们班上的小朋友凑的？"

米阳点点头，道："对，我们拿了自己不要的玩具和书什么的去义卖了，我把我那个小青蛙玩具，还有姥姥给我的跳棋都卖了。"跳棋的玻璃球是一颗颗卖的，抽奖的安慰奖是一颗玻璃球，相当于一颗玻璃球三毛钱，不过，这些他没告诉米泽海。

米泽海抓了儿子的小脑袋一下，笑呵呵道："可以啊，你小子脑袋瓜转得够快的，这种活动都能想出来。"

米阳道："爸，我给你列个单子，你帮我买这些，主要是本子和铅笔。"

米泽海点点头，答应道："放心吧，买东西的事交给我，回头给你送到学校去。"

大概是觉得儿子组织能力挺好的，米泽海晚上的时候跟程青又说了一遍，特意做了一份红烧肉加餐。这道红烧肉是程青跟家里的长辈学的，算是她的拿手菜，偏瘦的五花肉炖得油汪汪的，又加了些土豆，盛出来的时候，一小盆色泽红亮，软糯香甜，咬一口，嘴里满满的都是肉香。

米阳最喜欢用红烧肉的汤汁拌饭吃，土豆块被炖得软烂，勺子挖着一碗拌过的饭大口吃是最好吃的了。

程青见他们爷俩喜欢吃，自己心里也高兴，挑着肉夹给米阳，道："阳阳别老吃土豆，也吃肉呀，要不然都长不过洛川了，你就比他小两个月呢，瞧着他比你都要高半个头了……"

米泽海道："我儿子这是学习累得，跳级呢，每天要多学好多东西。"这位还挺自豪。

程青笑道："人家洛川也在学呀，我听骆姐说，明年春天他也打算跳到三年级了。"

米泽海想了一会儿，道："我儿子跳得早！"

程青道："你儿子还比人家矮呢，你怎么不说了……阳阳，不许把香菇吐了，咽下去。"

米阳想趁机挑食的举动又被制止，爸妈也不吵架了，都盯着他，不许他挑食，他只能随便嚼两下吞了下去。

米泽海的动作很快，隔天就联系了以前部队里负责采购的一个朋友，让他帮忙批发了一些文具来。

米阳和小班长一起过去接了文具，帮忙来送东西的那位叔叔米阳也认识，走过去先问了一声好。那个叔叔穿着军装，帮着卖文具给他们的那个老板一起卸货，笑着问米阳道："阳阳，放哪儿？送到你们教室，还是直接送到学校仓库那边？"

米阳道："仓库吧，那边有老师统计，我们去了说是三年级（一）班的就行。"

小班长也跟着一起过去，瞧着米阳弯腰搬东西，立刻也要去搬，不过，很快就被拦住了。那个叔叔笑呵呵地道："不用，你们俩太小了，搬不动这些，走在前面替我们带路就成。"

米阳没跟他客气，立刻就带头往前跑，后面的那位叔叔果然健步如飞地跟上来了，他们在军营里训练得多了，这点负重根本不算什么，还没去山上拉练辛苦呢。

一楼最北边的一间单独空出来的教室被用作了仓库，已经有不少的物资存放在那儿了，米阳他们的东西多，陆续搬过来十来箱，摆在那儿非常壮观。

米阳拿着老板给的单子，跟小班长计算了一下，一共十二箱东西，四小箱是铅笔，其余八箱是本子。五百元钱里，其中的两百块钱买了四千支铅笔，平均算下来五分钱一支；生字本、拼音本、田字格本这些日常用的作业本批发下来，一本五分到一毛钱不等，买了三千本；大演算草稿纸和作文本这种比较厚一些的要两毛五一本，那个部队里的来帮忙的叔叔之前听说是给山区学校捐赠的，便自掏腰包给他们凑足了五百本，装在箱子里一起给他们送来了。

这些都比学校周围的商店卖得便宜得多，数量也远远超出他们的预期。小班长听得眼睛都亮了，小声地跟米阳道："米阳，你叔叔真厉害！"

米阳笑了一声，道："买得多算批发价，是要便宜不少。"

跟仓库负责统计的老师交接好，签了字，米阳就和小班长一起回了教室。

捐款的任务已经完成，下午开班会的时候，王老师在讲台上看了看大家，微微皱了一下眉头又松开，道："爱心捐赠的事，我已经从班长那里听说了，大家做得很不错。"

班上不少小朋友的心里松了一口气，他们在内心深处对老师有天然的尊敬，仰着小脸认真地听着。

王老师又点了几个同学随意地表扬了几句，轮到米阳的时候，她语气放重了一点："有个别同学，可能是觉得自己成绩优异，就跟其他同学不一样了，做事的时候胆大妄为。"她点了名字，"米阳，你站起来，说说你哪里错了！"

米阳站起身，道："老师，我也不知道。

王老师道："其他同学都是卖的二手物品，你呢？你看看你做了什么，抽奖，这就等于是赌博，这是一个小学生该做的事吗？小时候不注意，大了就犯法……"

米阳看着她，特别天真地问道："老师，咱们学校门口还有一个福利彩票亭呢，也犯法吗？"

旁边有同学小声地嘀咕道："学校小卖部里也有抽奖呀！"

后排那几个男生更是提高了一点声音："对啊，我们今天还去抽了一张贴画，学校的小卖部和米阳一样，米阳哪儿做错了？！"

"米阳把钱都捐出去了，他也没拿这个赚钱呀。"

王老师听到学生反驳她，脸色更难看了。她还想说些什么，就听到教室门被敲了两下，校长和一个主任笑着走了进来。

校长心情瞧着不错，见大家都在，笑着问："王老师啊，开班会呢？那正好，打扰你们几分钟，我也来说两句。"

王老师缓和了神色，让开位置，道："您请。"

校长走到讲台上，把手里的那份报纸展开，笑道："三年级（一）班的小朋友们，你们很厉害，都上报纸了，瞧瞧，上面把你们夸得太好了。我觉得不能光让外人夸奖，所以还是亲自来一趟，也夸奖你们一下。"他抬头见米阳还站着，对这个乖巧的小孩有几分印象，眼睛亮了一下道，"哟，我刚想点名夸奖你呢，米阳是吧，你这次组织得很好，你们班上捐赠的物品是全校最多的，而且特别有爱心，方式也新颖……"

校长夸了一通，除了米阳之外，又点名叫了几个小朋友站起来——都是报纸上出现过名字的小家伙——重点夸奖了几句。

这次站起来不再是被老师批评，被喊到名字的小朋友也特别光荣，一个个挺起小胸脯。

校长点名叫到小胖的时候，小胖站起身来，还有些不敢相信自己的耳朵。他成绩差，往常站起来只有挨批评的份儿，被校长表扬还是头一次。他的眼圈红了一下，不过立刻咧嘴笑了，眼睛眯成了两条缝，别提有多开心了。

校长道："你们这次做得非常好，等下周一的时候，学校会在升旗仪式后给你们班颁发一个集体荣誉奖，你们到时候可别迟到呀，来晚了就拿不到了。"

全班的小朋友哄笑起来，大声喊："我们一定准时到！"

校长走了，米阳他们几个也都坐下来，全班小朋友的视线齐刷刷地投向王老师，等她讲话。

王老师脸上红一阵白一阵，听着放学的铃声响起，压低愤怒的声音道："放学！"

她自己率先走了出去，刚走出去没两步就听到班里传来一阵欢快的呼声，原本只是得了奖状开心的声音，但是在她听来，像是被学生故意羞辱了一般，她抿了抿唇，脸上闪过一丝恼怒。

米阳这次走得早，去了一年级的门口等着白洛川，有认识的小孩瞧见他，却不敢打招呼，在他们心里，他已经是三年级的"大孩子"了。

白洛川很快就出来了，俩人一起回家。路上，米阳忽然问他："你跟阿姨说过我们跳蚤市场的事吗？"

白洛川道："怎么了？"

米阳道："其实没事，我就是觉得有点儿奇怪，今天校长突然来我们班表扬了一下。"

白洛川扬了一下嘴角，一副等着表扬的样子。

米阳看向他，道："还是你做什么事儿了？"

白少爷抬了抬下巴，道："跟你学的。"

米阳不解道："啊？"

白洛川看他一眼，带着点得意，道："你不是给报社投稿，让报社表扬吗？我就学着也写了一份，然后带上那份报纸，一起投到校长的信箱里去了，他看到，肯定要来夸奖你。"

米阳一下就乐了，竖起大拇指给白少爷点了个赞，这人够牛的，他就示范了一下，白少爷立刻就跟着学会了引导舆论的重要性。他管校外，白少爷管校内，控评得非常到位。

第十二章
补习

大概是班会上出了糗，王老师很长时间没有再管米阳，上数学课提问的时候，也没有让他回答问题，完全边缘化。

这对米阳基本上没什么影响，别说他闭着眼都能答题，就算真要补课，晚上回去还有魏贤的名师辅导。

因为不再点名，反而让米阳过了一段安心的日子，等到期末考试的时候，毫无意外他又是第一名。

把期末成绩单发下去后，王老师讲了一些在寒假期间需要注意的事项，又对大家道："有需要上寒假补习班的同学，就去班长那里报名，并不强求。但是你们要知道，你们玩的时候，别的同学还在努力，就算是放假了，也不能放松，知道吗？"

大家答应了一声后她就宣布下课，接下来发完寒假作业，孩子们就可以回家了。

米阳拿到寒假作业的时候，看到班长拿了本子来登记名字，往常什么事都冲在第一的小班长，这次却犹豫着没有第一个写上自己的名字。

米阳和她是同桌，看见了，奇怪道："你不去上补习班吗？"

小班长撇嘴，道："我不想去王老师家，我现在不喜欢她了。"

米阳愣了一下，道："是在王老师家里补课吗？"

小班长拿笔在本子上画了两下，闷声道："是啊，哦，你刚来还不知道，我们每个学期寒暑假都是去王老师家里上补习班的，十天两百块钱。"

米阳咂舌，一九九五年的两百块钱可不是一笔小数目，程青刚涨了工资，加上夜班的补助，一个月也就四百块钱左右。王老师补习十天就要人家半个月的工资，而且不是一对一的补习，听着应该一次去了不少小朋友。

有几个同学走过来报名，其中就有孙乾，瞧着他的神色，好像也不太情愿。

小班长一边写名字，一边问道："米阳，你就不去了吧？你考得这么好，不用补习，回来后摸底考试也能拿满分……"

米阳没听懂，还要问，就被后面走过来的唐骁勾住了脖子，对他道："王老太那一个礼拜给他们开小灶呢，等着开学回来摸底考试都是那几天讲过的题，去上补习班总能提高些分数，要是没去上补习班，又考不好，就等着挨批吧。"

米阳以前在念书的学校里没有遇到过这种事，还真是第一次听说，他上学的时候，唯一花钱的就是被送去少年宫学特长，这种半强制形式的补课让他觉得特别不舒服。

唐骁低头瞧见他那个旧军用挎包，手指勾了勾，道："你怎么一直用这个？"

米阳道："我喜欢啊，这是我爸参加篮球赛赢的奖品，里面还印着他的名字。"

唐骁好奇，让他打开看了一眼，瞧见里面印刷的粉白色的字样，有些肃然起敬："我以后也想参军，扛枪，穿皮鞋，帅。"

米阳乐了，道："志向远大啊，小同志加油！"

唐骁笑嘻嘻又勾着他的脖子，跟他说话："你和白洛川也考军校吧？"

米阳道："我就不了吧。"在他的记忆里，自己以前有点近视，没有去参军，读了一所普通的大学，毕业就找了份糊口的工作，唯一的爱好就是修书这项小手工了。

至于白洛川，米阳想了一下，白少爷后来好像也没有去参军，而是接手了家业，混得风生水起，财经杂志上经常出现他的照片。

米阳正想着，白洛川就来了，他们班寒假作业发得快、放学早，他就提前来接米阳。他走过来，直接把唐骁挤开，伸手去牵米阳的手，道："收拾好了没有？回家吧？"

米阳道："还差一本语文作业……好了，咱们走吧。"

唐骁跟他们挥手道别，喊道："有空寒假出来踢球呀，我家的电话号码你记得吧？"

米阳点点头，还没回答，就被白少爷拽着走了几步。他奇怪道："你今天怎么这么急？家里怎么了？"

白洛川过了一会儿才道："今天魏爷爷要走了。"

米阳这才想起来，前几天魏贤老师同他们说过，到了寒假，他就回沪市，他的孩子们可能会回来探望他，如果孩子们不回来，他春节可能就去国外同他们团聚。他这一走，要两三个月后才能再见到了。

米阳忽然有点儿舍不得了，他们跟魏贤学了半年多，相处得非常好。

晚上，米阳去了白家，和白洛川一起跟魏贤道别。白洛川平时瞧着跟人不亲，但是老师走了，还是看得出他有几分失落，弄得魏贤有些受宠若惊，心里也跟着不舍起来。

魏贤送了他们一人一个小盒子，道："学校已经布置寒假作业了，我就不多要求啦，你们写完了就好好休息一下，出去玩。哦，对了，小乖你盯着点洛川，别让他去冰上玩，等以后爷爷带你们去滑冰场、滑雪场，那里的冰结实，随便踩。"

米阳点点头，答应了一声。

白洛川看着兴致不高，没怎么接话。

等魏贤走了，白洛川才摆弄了两下那个小盒子，打开瞧了一眼，里面是一颗串在红绳上的小金豆。

米阳故意逗他："一定是你上次哭，让魏爷爷看到了，所以他送你这个。"

白洛川拿过米阳的那个小盒子，打开看了，里面是一模一样的小金豆，他挑高了眉毛，道："哦，那你这个一定也是上回做噩梦哭了，让魏爷爷看到了，他才送你的……"

米阳有点儿尴尬，他从小到大也就哭了那么几次，偏偏白洛川都能撞见，他只记得自己哭，但是想不起梦到了什么，好几回醒了，都得缓上好一会儿才能平复心情。

白少爷以前没拿这个取笑他，这次突然说起，米阳就想合上盖子，但是白洛川抢先抓过那个小金豆给他戴在了手腕上，顺手也把自己的那个也给米阳戴上，道："都给你吧，你哭的次数比我多多了。"

米阳不服，想反抗，但是被比自己大两个月的小暴徒镇压得毫无还手之力。

米阳小脸通红，被按在床上还扑腾，喘着气拿出撒手锏："你放开，我、我要回家！”

白洛川装作没听到，伸手挠米阳痒痒。米阳一秒钟破功，哈哈地笑起来，起初还喊着要回家，没一会儿笑得肚子都疼了，只好求饶道："不回了、不回了！"

白少爷这才放过他，脸上也露出了笑容，瞧着比刚才心情好多了。

米阳寒假在家里过了几天舒坦的小日子，紧跟着就接到了一通求救电话。

电话是小胖打来的，他跟别人要了米阳家的座机号，打了好几次才找到他。

小胖在电话里哀求道："米阳，救命！我有一道题不会，今天再学不会就要挨揍了。"

米阳问他："你不是在王老师那边补课吗？她不教你？"

小胖道："就是她教的，可我听不懂。她说明天要是再做不对，就要给我爸妈打电话了！我爸可真打，救命啊阳阳！"

米阳道："唐骁呢？"

小胖哭着道："骁哥教了我一上午，说我朽木不可雕，气跑了。"

米阳乐得不行，点头道："那你来吧，我家的地址你知道吧？我今天都在家。"

小胖千恩万谢地挂了电话，没过半小时，连人带书包都过来了。他把自行车往米阳家的院子里一放，自己进去先喝了一大杯水才喘过气来。

米阳家里的暖气不是很热。除了毛衣，米阳还在外面裹了一件厚绒外套，头发软软的，瞧着脸粉白粉白的，笑起来右边一个浅浅的酒窝，人在家，比在学校里还显小。他又给小胖倒了一杯水，道："怎么来得这么急？慢点喝。"

小胖摇头道："慢不了，再慢一步，我爸就打死我了。"

他这边心急如焚，米阳就让他拿了书和演算本出来，认真地教他。

这题并不难，但是小胖基础不好，自己急得满头大汗，就是听不懂。

"三角形的面积＝底×高÷2，即 $S=ah \div 2$。"米阳看了他一眼，见他眼神又发飘，忽然明白过来，"公式背过了吗？"

小胖心虚地摇头，米阳就拿了一张纸过来，从头开始教他背公式，不厌其烦地把每一个符号的含义讲给他听，等他能够背下来，再讲下一个。

一个下午的时间，米阳只教小胖子做了一道题，但其实补了不少平时落下的基础知识。

米阳把这个题目做了一个变形，让小胖再做，这次没有什么难度，他很快就写完了，米阳点点头，道："对了。"

小胖挺兴奋的，感激道："谢谢你啊，米阳！我觉得你教得太好了……比王老太教得还好，我都听懂了！"

米阳笑了一声，道："晚上你再练两遍，别紧张，明天一定能做对题。"

小胖连声感谢，瞧着时间差不多了，赶紧收拾好东西要走，道："我一会儿就去王老太家，她今天家里来客人，让我们晚上过去，你放心吧，我一定不给你丢脸，做这道题要用的公式，我倒背如流，绝对能做对喽！"

米阳道："这么晚去啊，路上小心点。"

小胖"哎"了一声，推着自行车出门的时候，差点和一个人撞上，等稳住，瞧了一眼，才看到是白洛川，道："洛川，我有事先走了，回头来找你们玩啊！"

白洛川看他风风火火地骑车走了，回头问米阳："他来找你了？什么事？"

米阳缩着脖子往家里走，哈着白气，道："来找我问一道题目，我教了他一会儿。你怎么来了，骆姨不是说今天家里来客人吗？"

白洛川道："我表哥送了台新电脑来，说是可以拨号上网，弄了半天也没弄好。我觉得没劲儿，就来找你了。"

米阳"哦"了一声，还真有点儿怀念有网络的世界，现在的电脑都是大头机，特别笨重的那种。

医院越是临近过年就越忙，程青今天又去值夜班了，米泽海倒是放假，但是不放心老婆，尤其是看了天气预报说要下大雪，就拿了厚衣服再去给程青送一件大衣。这一送，他也没提回来的事，估计留在医院陪着了。

这夫妻俩一直都是这样，谁也离不开谁似的，米阳都习惯了。

家里大人都不在，米阳一个人看家，白洛川见拐不了人回去，就耍赖留下了。

米阳冬天怕冷，被窝铺得又厚又软，整个人缩在被窝里面的时候，就像一只小仓鼠，鼻尖微微泛红，打一个小喷嚏，就又往里面缩一点儿，恨不得整只都团进去。

白洛川掀开被子，钻进米阳那边，暖暖的，特别舒服。

米阳哆嗦了一下，伸手推他："太冷了，你去那边弄暖和了再过来。"

白洛川使劲儿搓了两下手，捏着他的耳朵给他暖着："热了。"

这简直是自欺欺人啊！

米阳哆哆嗦嗦地焐热他，不过还好，白少爷从小身体特棒，一会儿之后就自己发热了，跟小暖炉一样。

米阳这才放松身体，没那么僵着了，凑近了取暖。

白洛川跟米阳亲昵习惯了，他从小到大身边最常带着的就是米阳，米阳就像是他最喜欢的一件玩具，抑或是他自己的一部分，熟悉得无法分开，凑在一处很安心，他很快就睡着了。

米阳睡了一会儿，又打了两个喷嚏，白洛川闭着眼睛，伸手去拍了拍他，安抚似的，又伸手摸索着去找米阳的双手，捧住贴在了额头上，试了试温度，含糊道："不烫。"

话是这么说，等第二天吃早饭的时候，白洛川又回去一趟，拿了一些药剂过来，金银花冲剂、板蓝根颗粒一类的，让米阳喝一点。

米阳还是裹成毛茸茸的一团，点头答应了。

到了中午的时候，门口又有几个小朋友来敲门了，这次是小胖领队，后面几个是熟悉的面孔，都是三年级（一）班的同学。

小胖有些不好意思道："米阳，我今天上午按你讲的解出来一道题，大家都不会，就我会，但是我又说不清楚……"

米阳点点头，让他们进来，道："我给大家讲吧。"

白洛川站在一边有点儿不乐意，听着米阳坐在那儿讲题，皱着小眉头看了一会儿，听见他咳嗽一声，立刻道："我讲吧，你去喝药。"

米阳道："没事啊，马上就好了。"

白洛川站在那儿不吭声，等米阳说完一段，起身去喝水的工夫，自己就到了米阳那个位置坐下来，撸起袖子，道："下面这道题，我来讲。"

小胖有些困惑地看看他，挠了挠头，道："这是三年级的题目，洛川，你会吗？"

白洛川挑眉道："当然，米阳会什么，我就会什么，我家里的老师出的题目比这个难得多，每次考试我都是满分。"他又补充道，"米阳也是满分。"

周围的小朋友"哇"了一声，期待地看向他。

白少爷展开一页新的习题纸，道："现在我开始讲了，你们认真听好。"

米阳给大家端水过来的时候，看到客厅里一帮小萝卜头在那儿认真学习，白洛川坐在主位上，袖子都卷起来，皱着眉头特别认真的样子，旁边小朋友大概是被他突然严厉的样子吓到了，没有一个走神的，都在认真地听着、写着。

米阳把水杯放在外面的柜子上，站在门口，挺感兴趣地看了一会儿，自己先乐了。

米阳原本以为辅导一两次就结束了，没想到紧跟着第三天来了更多的人。

除了小胖，这次连班长都来了，她自己一个人来不好意思，拽了俞甜一起过来。小班长站在米阳家大门外面踮起脚尖看了两眼，道："米阳，你要不要跟我们一起复习？"

米阳疑惑地看着她，小班长自己都有点儿不好意思了，揉了揉鼻尖，道："就……我们好些人不是没去王老师那边补课嘛，但是又担心开学之后摸底考试考得不好，正凑在一起复习呢。"

米阳让他们进来，几个小朋友进来之后，叽叽喳喳地说了一会儿，就把事情交代清楚了。他们复习还是挺有针对性的，小胖他们几个在王老师那边补习完了，就立刻把做过的题目带来，让其余同学一起看，大家商量着一起把题目再做几遍，多练习。

但是这次好些学生都憋着一口气没去王老师那边，去的都是小胖和孙乾那几个平时成绩吊车尾的学生。他们很努力地抄写题目，但是回来之后，磕磕巴巴地跟大家讲也讲不清楚。

小班长看在眼里，急在心里，瞧见昨天小胖忽然一下开窍似的，像是看到了希望，再看到米阳的时候，就像是找到了指路明灯，小脸上都是期待，但又不敢大声提出要求，只试着小声地问一句："那个，你能跟我们一起复习吗？"

小胖也在一边小声地道："上回咱们班一个女生都被王老太训哭了，她就多问了两遍……"

米阳点头道："好，我给大家补习吧。"

小班长喜出望外，跟米阳约好时间就走了。

程青平时有时间就会去送米阳上学，他年纪小，做妈妈的不放心，现在他又要去学校，程青就舍不得了，问他："阳阳，要不，你让小朋友们来咱们家学习吧？学校还冷，你们过去一趟也不近。"

"人挺多，家里可能坐不下。"米阳想了一下，"我和白洛川一起去吧，他明年就升到三年级了，也可以和大家提前认识一下。"

程青瞧着他给白洛川打了电话，两个小孩像模像样地商量一阵，找好了地方。

白老爷子给他们找了一间会议室，让他们去那边复习，还有一块小黑板可以使用。那边的房间里有炉子，会暖和一些。米阳跟小班长说了一下，小班长拍着胸脯保证会通知到位，米阳没想到，这个"通知到位"基本上包括了全班的同学。

一帮小朋友坐在小板凳上抱着书本，齐刷刷地看着米阳推门进来，米阳被他们渴望知识的眼神吓了一跳："怎么，都来了啊？"

小班长站起身，维持了一下秩序，道："今天米阳的同学帮助大家补习，大家鼓掌！"

一帮小朋友啪啪啪鼓掌，完了，又跟嗷嗷待哺的小鸟一样看他。

因为是放假，米阳没穿校服，身上裹得特别厚实，围巾、手套一应俱全，帽子都是遮住耳朵的那种毛绒针织的，最上面一个蓝色的绒球，走路的时候一晃一晃地。他走到最前面，摘下手套，拿过粉笔，另外一边小胖子也递了一张试卷过来。

米阳踮着脚尖在小黑板上给大家讲题。

不知道是被粉笔末呛到了还是天气太冷，米阳讲了半个小时就打了好几个喷嚏。

上面的题目有一些比较简单，但是更多的是需要补习基础知识，光会做几道题是不行的。米阳讲了两道题，就发现了问题所在，招手让小班长和白洛川过来，让他们先把几道简单的题目给大家讲了，自己去一旁重新备课，打算多给大家巩固一下知识点。

米阳以前支教的时候也做过这些工作，那会儿去山区支教的人少，不管什么课程都要教一些，瞧见小朋友摆好姿势、双手交叠乖乖地坐在那儿，他就忍不住爱心泛滥，想多教一些自己会的东西给他们。

三年级（一）班的小朋友们一样乖巧，米阳趴在一旁一边重新备课，一边看着小班长和白洛川给大家讲题，留神他们哪里有失误。

这么上了几天课，白洛川的作用就慢慢显现出来。

魏贤教白洛川的方式明显要好很多，尤其是基础知识的部分，比米阳教得还好。有人问的时候，他没有藏着掖着，直白道："我家里有老师一直在教我，等开学之后，我就要跳级到你们班。"

他说得肯定，仿佛已经通过了跳级考试。

小胖羡慕道："真厉害，你和米阳谁考的分数高啊？"

白洛川道："上次我考得好，比米阳高两分。"

小胖道："才两分啊……"

白洛川立刻道："高两分也是高啊。"他说得有点急了，皱着眉头去看米阳，想在他那边得到夸奖。

米阳一眼就看出他心里的想法，配合着哄他道："对、对，上次他考得比我好，我也要继续好好学习才行。"

白洛川立刻挑眉看向小胖，一副"我说什么来着"的表情，特别神气。

有了米阳这句话，三年级（一）班的小朋友们对白洛川有了新的认识，这是比第一名的米阳还厉害的人呀。小胖崇拜地看着他，道："你这是全校第一名了吧，太牛了。"

白洛川抬高下巴，谦虚道："还成，我就考赢过他这么一次，还是要多努力的。"

小班长在旁边心有戚戚地道："哎，你平时在家学习很累吧，追赶的滋味我懂，很辛苦。"

白洛川的耳尖红了一下，哼道："我会追上的，快了。"

他们一直凑在一起复习，到快过年的时候，小班长是最后一个离开的，她还给大家做了一张出勤表，叮嘱那些来得少的人多做一些习题，可以说非常认真了。

白洛川留在这里陪着白老爷子过节，年初二就跟着白夫人去了沪市，要待上一段时间才能回来。

米阳难得一个人清静了一下，但是又觉得不习惯，身边太安静了，反而有点别扭。

他瞧见书桌上放着一些小学奥数试卷，顺手拿过来做了。这是之前那个一年级的数学老师让白洛川带给他的，陆陆续续积攒好几份了，那个女老师挺好的，一直没有忘记他。

米阳虽然不是很想再跳级了，但是做一下题可以打发时间。

年底，米泽海和程青没有带米阳回老家，他们两个小声讨论过几次，都是躲着米阳说话。

米阳偶尔听到一点儿，是因为钱的事。

"给老家那边邮寄的钱再多一点儿吧，要不是急事，那边也不会发电报来开口要钱。"米泽海有些为难，但还是说了。

程青道："准备了一千五，要不我再凑一点儿？"

米泽海低声说了一个数字，程青也为难起来，道："不行啊，阳阳开学还要交借读费，六百块钱呢！"

米泽海沉默不语。

程青叹了口气，道："我再去借借，我给我妹妹们发电报……不去找白家借钱，放心吧，不给你的工作增添任何负担，幸亏我家亲戚多。"她说着，自己都乐了。

米泽海又是愧疚又是心疼，对她道："老婆，我、我会一辈子对你好。"

程青掐他一下，道："那是当然了，不然，你还想对谁好？！"

米泽海道："对阳阳好，我照顾你和阳阳一辈子，给你们遮风挡雨。"

米阳听着，他对这件汇款的事没有什么印象，但是对"老家的亲戚"记得一些。

他也是上初中那会儿才知道，他爸是被抱养的。他爸的亲生父母家里比较穷，孩子又多，就把米泽海过继给了一个远房亲戚，住在山海镇。

虽然生长在山海镇，但是米泽海心里记挂着以前的亲人。他走的时候五六岁，已经记事了，后来工作了，慢慢和老家那边联系上，知道老家的亲人依旧过得贫穷，就会时不时地帮一把。

程青和他青梅竹马一起长大，换了其他人无法理解，她却是懂的，所以小家虽然收入不高，但能帮一把，她都肯帮。

用程青的话说，她当初就是看上了米泽海的孝顺，她自己找的，就不会后悔。

陆陆续续支援了那边十几年，那边的孩子们也争气，都有出息了。

有一年，米泽海出车祸伤了腿，米阳要上班，照顾起来不方便，还是这几个老家的堂哥闷不吭声地帮着照顾了三个月，能背着，就决不让这个亲叔下地落一下脚，生怕影响他的伤。

米阳对他们的印象还是挺好的，他家里人都没有什么奢侈的爱好，能平淡度日就很知足，再说，这些都是父母的钱，他们支援谁，米阳都支持。

一九九六年的春节，米泽海和程青两个大人虽然紧巴巴地凑着钱过日子，但是没有在孩子面前表现出来一点，依旧是笑着的。过年的时候，夫妻两人都没添新衣服，只给米阳买了一身新衣服，从头到脚，连小袜子都是雪白崭新的一双。

米阳没多问，爸妈笑呵呵的，他也跟着弯起眼睛，日子再苦，笑着过，总要舒服点。

开学之后，米阳他们班的第一件事就是进行摸底考试。

王老师气呼呼的，对班里这么多人没去补习感到生气。她把试卷发下来，一边在班里转着，一边紧盯学生们做试卷。一圈转下来，她的脸色更难看了，她原本想抓的那几个典型，这次都有点超常发挥，比期末考试的成绩还要好一些，甚至一道她在寒假补课讲的超纲题目，大家都做出来了。

她神色难看，等数学课代表把试卷收上来，又吩咐大家把寒假作业拿出来，挨个检查。

往年寒假作业都是抽查的，有些学生会抱着侥幸心理随便写写，但是，三年级（一）班这帮小朋友找米阳补课的时候，米阳为了让他们多练习，带着他们在寒假作业上找了好多题目，所以，大家的寒假作业都写得工整、规范。

王老师随便看了几个人的寒假作业后走到米阳这边，重点翻看了他的寒假作业，忽然手指停在其中一页上，道："这几道题目只写了答案，没写过程，你知不知道这样有抄袭的嫌疑？而且，没有写过程的话，只给答案的分数，得了一次第一名，你就想偷懒了？"

米阳道："没有，这些我都会做，我现在可以做出来给您看，而且这个是选做题……"

王老师道："所以你就选择不做？你可真厉害！"

她翻了几页，忽然瞧见寒假作业下的一沓试卷，拿出来看了一眼，是小学奥数题，她抚了抚鼻梁上的金丝边眼镜，对米阳不满地道："你有空做这些东西，不好好写自己的作业，好高骛远……你自己说，你做这么多奥数题有什么意义？！"

她像是抓到了小辫子一样，立刻拿了讲台上的木尺过来，对米阳道："伸出手来！"

米阳解释道："老师，这些是一年级的数学老师给我的，怎么现在多做练习题也不对了吗？"

王老师根本不听，伸手去拽米阳的胳膊，米阳抿嘴不说话了，但是固执地盯着她，不肯伸出手去。他今儿还就和这个老太太杠上了，多做题挨打，这也太亏了！

"我今天就要让你知道什么是踏踏实实地学习，一定是你寒假的时候玩的时间多，到最后，使小聪明随便写个答案……"

小胖忽然大喊了一声："报告！"他第一个站起来，红了眼睛盯着王老师道，"老师，你打我吧，米阳就算没时间做那几道题，也是为了给我补课！"

唐骁也站了起来，沉默不语地看着她。

小班长唰地也跟着站起来，绑着的两条小辫子因为动作太猛，都颤了颤，她勇敢地说道："王老师，米阳学习好，还帮助其他同学一起进步，他、他真的特别好！您不能打他！"

紧接着，一向沉默不语的俞甜也站了起来，小姑娘虽然怯懦，但努力站直表达了自己的想法。

小朋友一个接一个地都站了起来。

全班非常安静，只听得见学生们站起身的时候桌椅间不停发出的轻微声响。

全班四十名同学都站了起来。

王老师被他们看得头皮发麻，松开米阳的胳膊，恼怒地道："我不能管你们了是不是？！"

她举起尺子，这次不是冲着米阳的手心，而是对着他的脸颊，他偏头躲过，伸手抓着那把尺子，铆足了劲拽住了，抬头对上她的目光里都有小火苗在跳动。他一字一句道："王老师，如果您觉得我做得不对，可以打电话叫我的家长来，我做错了，我就改，但是，打人是不对的，打脸更是侮辱人的行为，我相信我妈妈不会允许这种事发生。"

王老师还从来没有遇到这样的硬茬，尤其是在全班同学抗议的情况下，她气得浑身发抖，指着米阳道："好，我现在就给家长打电话！你，也给我出来！"

米阳起身要去后排拿自己的羽绒服，王老师愤怒道："不许拿，现在立刻给我离开教室！"

米阳看了她一眼，扭头就走出了教室。

王老师黑着脸往办公室走，她是大人，比米阳一个小孩走得快许多，提前进入办公室并把门关上了，一副要罚米阳站在走廊的架势。

王老师气得胸口疼，一边翻着通讯录找到米阳家的电话，一边拨号，故意把米阳晾在外面冻一会儿。她喝了一杯热茶消火之后才打开办公室的门，想喊米阳进来批评一顿。

办公室的门打开，外面却空荡荡的，没有一个人。

王老师愣了一下，这才发现米阳早就走了，又气了个倒仰。

另一边，米阳早就一溜烟地跑到楼下去找白洛川了。

白少爷他们这节是体育课，班里只有一两个留下出黑板报的同学，其他人都去了操场。米阳轻车熟路地找到白洛川的羽绒服，裹在自己身上，让身体暖起来，又笑眯眯地对班上的小同学道："哎，同学，麻烦你一件事，能帮我去把你们班的白洛川叫回来吗？就说有急事。"

那个同学道："我们的班长吗？行，你等一会儿。"

米阳裹着羽绒服缩在白洛川的座位上，半张小脸藏在衣服里面，还是打了个喷嚏。他揉了揉鼻尖，也不知道是之前就有点不舒服，还是刚才出门在走廊上冻了一下，现在浑身都不太舒服。

尤其是手心，他刚才虽然抓住了王老师的尺子，但到底是小孩，手掌太嫩了，这会儿掌心发红，火辣辣地疼。

米阳在白洛川的衣兜里摸到一个东西，拿出来一看，是一个拳头大小的橘子，外皮冰凉凉的，他就把橘子攥在手心，觉得稍微舒服了一点。

手上舒服了，身体又觉得冷，米阳裹着羽绒服趴在桌上想休息一下，刚闭上眼睛就迷迷糊糊地睡着了，握着的那个橘子却一直都没放下。

睡了没一会儿，他就觉察有人在碰自己的手，睁开眼就瞧见了白洛川。

白洛川把他手里的橘子拿开，看着掌心那个红印子，脸都黑了，问他："怎么回事？谁打的？"

米阳撇撇嘴，道："王老师，她说我的寒假作业有几道题少写了步骤，投机取巧，还打了电话叫我的家长来学校呢。"

白洛川眉毛都挑起来，拽着他的胳膊道："走，我们去找校长！"

米阳头有点晕，对他道："等会儿再去，我妈快到了，我先跟我妈说一声，省得她担心。"

白洛川气愤："她这是体罚！"

米阳耸耸肩，这种程度算不上体罚，在这个年代，教学质量高一些的学校多少会对学生动手，一些家长也信奉"严师出高徒"这套理论。他就抓了一下尺子，过了多久这点伤就没了，去找了校长也解决不了什么问题。

白洛川脸色难看道："不能就这么算了，你在这儿等着，我马上回来。"

米阳喊他一声，想把羽绒服给他，但是白少爷头也不回地就跑远了。

米阳在一年级教室靠窗的位置看着，没过一会儿就看到了程青的身影。他把羽绒服脱下来，立刻也上二楼去了，在走廊上的时候，忍不住打了个哆嗦。程青一上楼就瞧见了，立刻心疼地把他抱在怀里，解开自己的大衣的扣子裹住他，道："阳阳，怎么不穿羽绒服？今天早上还说不舒服，要是冻感冒了可怎么办？"

米阳抱着她蹭了蹭，暖和了一点儿，道："妈，没事，我刚才在楼下穿了白洛川的羽绒服，没冻着。"

程青追问道："怎么去一楼了？出什么事了？"

米阳一边走，一边跟她把事情说了一下，路过自己班门口的时候，看到后门敞开一条缝，唐骁他们几个击鼓传花似的把他的羽绒服递了出来，小班长坐在讲台前维持秩序，小脸严肃，却当作没看到他们的小动作。

米阳接过来，自己穿好了，对程青道："妈，一会儿到了办公室，你一定要相信我说的。"

程青牵着他的小手，点头道："当然。"

到了老师办公室，王老师坐在那里看见他们来也没起身，只抬了抬下巴，对程青道："你知道你家孩子在学校做了什么吧？出言顶撞老师，还不是头一回，这么小的孩子本来就难带，现在又天天给我们惹麻烦，耽误我们的教学进程，这孩子我是教育不了了，你带回去吧。"

程青道："请问老师，我们家孩子是成绩跟不上吗？"

王老师不耐烦道："刚说那么多，你听不懂是吗？！我都说了，这和成绩没关系，是他自己的问题，太调皮了。"

程青护犊子，忍不住道："跟成绩没关系？我们当初报这所学校的时候，校长可是说这是教学成绩最好的学校，要不然，我们才不来呢！合着每年一千多的借读费交下来，换来一句'和成绩没关系'啊？"

王老师想不到小的难惹，大的也伶牙俐齿，根本说不过这对母子，尤其是程青站在那儿护着孩子的模样，一下子又让她想起第一次见到他们时程青"溺爱孩子"的场景，对他们越发不耐烦了："好，就算他成绩优异，他也太能惹事了吧！他来了我们班以后，带得学习风气都变差了，一个个都不听话。"

程青口齿清晰地反问道："那三年级（一）班的平均成绩下降了吗？"

王老师道："他不配合班级活动！"

米阳眨着眼睛，道："但是校长都表扬我了哎，还说我们班特别团结，王老师，难道我们班不团结吗？那怎么会获得'最佳班级活动奖'呀？"

王老师恼怒地拍了桌子，道："但是，这些荣誉不是你可以省略计算步骤，不好好写寒假作业的理由！"

程青见她这样，比她还生气，立刻拽着米阳让他躲在自己的身后，也提高了一点声音，道："是我让他不写的，怎么了？不过就是几道选做题，他选择做了，就已经值得表扬了！"程青不等王老师开口，先声夺人道，"而且，这些题目我们家孩子本来就会做，他成绩有多好，您也看到了，何苦为难一个孩子？！要是这样的话，我就只能让阳阳再跳一级，您这个班，我们也待不起了！"

米阳惊讶地看向程青，程青却捏了捏他的手，面上不显分毫弱势。

米阳的嘴角抽抽搐了一下，他千算万算，没算到他妈竟然还会现场吹牛，这得多信任他。

王老师看看程青，又看看她身后护着的米阳，一股怒气无处发作，咽下去又觉得像一把火一样烧得心肺都疼了，嘴上越发没有遮拦。

小班长趁着课间的时候拿了两本作业送到老师办公室，她也担心米阳，想着来打探一下情况，可是，刚走到办公室门前，打开一条门缝，就听到王老师挖苦的声音。

"对，教不了！你找谁都不好使，带回去反省两个礼拜吧，我看不止是孩子，你这个当大人的也要重新学习一下什么叫尊重、什么叫礼貌！

"哈？我怕什么，我在这个学校辛辛苦苦几十年，带过的学生那么多，就这一个刺头，我还收拾不了吗？我告诉你，我还要给他记过！

"还有，我早就想跟你说了，米阳这个书包，我从上个学期看着就心里别扭，又旧又破，太影响我们班级的形象了！等反省回来之后，不允许背这个！"

小班长站在门外目瞪口呆，过了好一会儿，见程青要带米阳出来，这才一溜烟地跑回了教室。

她的胸口火辣辣的，但不是跑快了吸了冷空气造成的，她觉得那里有一股愤怒的小火苗在蔓延、在燃烧。这种小却坚定的愤怒，迫使她强烈地想要做些什么。她看了一眼班内，关上教室门，走上讲台，重重地把作业本放下。

"大家安静，听我说！"小班长的脸上带着愤怒的红晕，她握着拳头道，"米阳同学在寒假的时候用自己的时间来帮助我们，病了也一直坚持给我们补习，我刚才路过办公室的时候，听见王老师要让他回家反省两个礼拜，还要记过……我觉得今天这件事不是他的错，而是王老师不讲道理！"

唐骁站起身，沉着脸道："我们不能就这样算了。"

全班小朋友你看看我，我看看你。

"那怎么办？"

"班长，想想办法吧！"

"对啊，米阳根本没做错什么，那几道破题，我也只写了答案没写步骤，王老太根本不说我！"

小班长咬唇道："我看到咱们学校有校长信箱，之前白洛川往里面塞过报纸，校长就来表扬咱们了。"

小胖立刻领悟，道："那咱们这次往里面塞意、意见信？"

其余的同学立刻附和道："对，就这么办，抗议！"

"米阳帮了我们这么多，成绩又好，王老太每次都针对他！"

"告诉校长去！"

这天下午放学，三年级（一）班的小朋友们齐刷刷地留下来写了意见信，由小班长归纳总结，选了其中比较好的十封，亲自塞到了校长信箱里，小脸上的表情特别悲壮。

另一边，程青骑车带着米阳回家，路上愤愤地道："阳阳，别听你们老师的！我要是早知道她是这样的人，才不让你去她的班上。你也甭有什么压力，妈妈刚才是吓唬她的，咱们不跳级，实在不行，妈妈辞职带你回山海镇去，咱们去姥姥家念小学，你爱读几年级就读几年级，谁稀罕这破学校！"

米阳在后面抱着程青乐得直笑，点点头道："好！"

程青又道："我现在就带你去买个新书包……"

这回米阳没答应，抱着她道："不用啊，妈，我就喜欢这个。"

程青道："这个太旧了。"

米阳笑道："但是这个是爸爸打篮球赢的奖品，他还是第一次赢呢，我就想背这个。"

程青也笑了，她的眼睛有点湿润，但是很快就被寒风吹干了，温柔道："好，咱们阳阳喜欢，就背着。"她从来没跟孩子提过家里经济的问题，但儿子从小懂事，从来不要什么，乖得让人心疼。

第十三章
起义

米阳休学的第一天，学校就出了大事。

三年级（一）班的小朋友们，"起义"了。

上自习课的时候，王老师阴沉着一张脸进来，拉上班级的窗帘，并且关好了门，重重地把一沓信拍在桌上。她的视线扫过全班，愤怒道："说！这是谁带头搞的事情？你们能耐了啊，还敢往校长信箱里投这种东西！"

全班同学坐得笔直，没有一个人吭声，都沉默地看着她。

王老师气得浑身发抖，她把学生们一个个叫出去在走廊上问话，但他们要么闭嘴不言，要么说一句"不知道"。

王老师问了几个人之后，还故意骗后面被叫出来的小孩，对他道："你老实点，全说了吧，刚才已经有同学说了名字，这是你们谁做的，老师心里有数！"

那个同学使劲地摇头，沉默又愤怒地看着她。

王老师被他看得心里不舒服，让他回去，又叫了几个自己平时比较喜欢的好学生出来，其中就有小班长。她还是按照之前那样，暗示他们听话："刚才已经有人说了，你们不要再瞒……"

小班长第一个涨红着脸道："不可能！"

王老师抿唇看向她，眼神狠厉。

但是小班长握紧小手，一边发抖，一边大声说道："我们班的同学都是最好的、最团结的！"

王老师带他们回到教室，看着这帮孩子，怒极反笑："好好，你们最好，就老师不好，是吧？"

大家不吭声，沉默地看着她，四十个孩子坐在那儿，没有一个退缩，脊背挺得笔直。

王老师气得脑仁疼，去讲台上拿了教鞭，还未开口说话就听到门被人推开的声音，抬头看去，竟是校长来了。

王老师勉强笑了一下，道："校长，您怎么来了？"

校长看着她，眉头皱起来，道："我来找你有事。"

王老师一阵心虚，她和校长办公室的人关系好，提前拿到了举报信，但是不清楚是不是只有这些，一想到可能有遗漏就额头冒汗。

校长刚想跟她说点什么，就听到他身后跟进来的一位年轻漂亮的女士开口道："既然是班上发生的事情，我想，就在班上说吧。"

校长对这位女士非常客气，道："行，那我就让王老师在这儿跟您道个歉……"

王老师五十多岁了，眼瞅着快要熬到退休，一贯在学校里倚老卖老，从来没跟学生的家长低过头，尤其是对这么年轻的学生家长，她心里不服气，道："校长，我做错了什么要道歉？！"

对面的漂亮女人笑了一下，道："自我介绍一下，我姓骆，我家的孩子在您班上，他叫米阳，不知道您有没有印象？"

王老师上下打量着她，带着疑惑，看得出她家境优渥，但是米阳的家长不是那个叫程青的吗？

白夫人看着王老师，面上带着客气，但笑意并不达眼底，她是为了丈夫才留在这座边城的，举手投足间气势跟平常人不一样，只站在那不说话就稳稳地压了王老师一头。

她的嘴角挑起来一点，语气带了嘲讽，道："您可能不知道吧，您昨天体罚了我们家孩子，又让他在走廊上罚站。啧啧，他才七岁呀！那么小，又不让他穿上羽绒服，回去之后他就冻感冒了，高烧不退，还好找了军医来诊治了一下。您猜有多严重？肺炎呢。"

王老师白着脸道："不可能！就、就站了一小会儿，怎么可能得肺炎？！"

白夫人挑眉道："哦，您这是承认让孩子吹冷风罚站了？"

王老师眼神闪躲，不肯接话。

白夫人从随身带的小包里拿出一张医院开的单子，上面写着肺炎诊断结果。她愁眉不展，叹了一口气，不多说话就让旁边的校长吓出一身冷汗。

白家的孩子，他可开罪不起啊！

白夫人转头对校长道："瞧瞧，我说什么来着，原本还想孩子可能说得太严重了，好歹是教书育人的老师，唉，现在看来我们家孩子没有说错。这还是他说的，没说的又有多少呢？别说我们米阳是跳级上来的'小神童'，他都这种待遇了，普通孩子得多遭罪啊！"

一通抢白下来，校长赔笑点头，额上都冒出细汗。

坐在第一排的小班长一直看着校长，她嘴巴微微动了动，颤抖着把手举起来一点，想喊"报告"。

王老师最先瞧见了，呵斥道："王依依！"

门外进来的第二拨人被王老师的高声吓了一跳，他们西装革履，带着公文夹，胸前别着徽章，这次校长都紧张得有些结巴了："王、王副局，您怎么来了？"他去市教育局开过几次会，认识这些领导。

王副局摆摆手，道："有点事，过来看看。"他的视线落在那个举着手的小班长身上，道，"这是怎么了？"

王老师抢着说道："正在开班会，这帮学生有点不好管理……"

小班长举手抗议："不是！我们只是想争取自己的正当权益！"

校长心里叫了一声苦，这算是怎么回事啊？怎么今儿所有人都冲着三年级（一）班来了？！他瞪了一眼那边站着的王老师，王老师脸色煞白、茫然无措，她没有惹到教育局的人啊！

王副局带着工作人员过来，站在讲台那儿低头看了一眼，瞧见讲桌上的"举报信"，王老师这次缓过神来，连忙伸手都拿了过来，心虚得不行。王副局也不阻拦，只是笑呵呵地从公文夹里拿出来一个白色的信封，放在桌上，道："真是巧了，我呢，也收到这么一封举报信，全班小朋友实名举报三年级（一）班——王老师。

"体罚学生。

"做事不公。

"私下收取学生家长的礼品。

"利用寒假，私自开补习班并收取高额费用……"

一项项说下来，不止王老师，一旁的校长也脸色煞白了。王老师张了张嘴，但是一个字也说不出来，只能艰难地吞咽一下口水，不知道该怎么反驳。

　　她面前坐着一整个班的小证人，他们坐得那么直，眼神清澈，仿佛她开口说一句谎言，他们立刻就会站起来拆穿她。

　　白夫人倒是瞧了一出好戏，见教育局的人已经约谈王老师了，于是点点头道："那就不打扰你们了，我先走了，毕竟孩子还病着，需要照顾。哦，对了，校长，我家米阳现在可以回来上课了吧？之前说是让他回去反省，还要给他记过呢！"

　　校长连连点头道："当然、当然，随时欢迎米阳同学回来，学校不会冤枉任何一个同学，不记过，您放心！"

　　白夫人这才满意地走了。

　　而王老师和校长都被教育局的人带去办公室谈话了。

　　三年级（一）班的小朋友议论纷纷，有的小朋友松开握得紧紧的手，手心里都是汗水，他们刚才也是紧张和害怕的。

　　俞甜吓得哆嗦了，她小心地碰了碰班长的肩膀，等班长回过头来，她问道："班长，你刚才不、不害怕呀？我还是第一次见到领导呢。"

　　小班长沉默了一下，凑近了一点儿，低声对俞甜道："不怕，那是我爸。"

　　俞甜："那你咋不早说啊，直接告诉你爸不就可以了吗？"

　　"我不能出卖大家！我们是一个集体，要团结在一起！"小班长有点气愤，小脸还是红着的，她握着拳头，义正词严道，"哼，我就知道王老师肯定变坏了，校长信箱投不进去，我就匿名再投了一份。"

　　俞甜想了想，道："你投到教育局去了？"

　　小班长摇头，道："我塞到我爸的卧室里去了。"

　　俞甜心想：那这匿名不匿名的还有啥意义？

　　小班长没说的是，她不但把信塞到她爸的卧室里了，还特意放在枕头上面，一个雪白的大信封，上面写着两个鲜红的大字：告状！

　　王副局瞧见的时候吓了一跳。

　　三年级（一）班的王老师因违反教学工作条例，影响正常的教学秩序，由学校做出处理并向全校通报。

大课间的时候，大家没有去做操，而是在听广播里的批评通告："……经学校研究讨论，扣除三年级（一）班班主任的当月工资，该老师年度考核为不合格，两年内不得晋升职称、不得评优，严重警告一次。"

三年级（一）班的小朋友们也在听着，但是更多的人把视线小心地投在讲台上。王老师正在和新来的老师做交接，大概是没想到校长会把她的处分和检讨书直接这样广播出来，脸上红一阵、白一阵。

新来的班主任老师叫吴勇，是一个有点跛脚的男老师，圆脸微胖，瞧着特别和气。王老师在和他做交接的时候，脸色一直很难看，趁着那位老师不在的几分钟，在讲台上对学生们道："你们不要以为换了老师就可以为所欲为了，你们上次考试成绩在年级排名前三，不代表这次的成绩还会这么好。"她绷着脸道，"不说别的，对教学，我问心无愧，你们要是保不住班级排名，到时候就等着让人看笑话吧！"

她说完就走了，只带走平时常用的备课本。

三年级（一）班的小朋友们面面相觑。

按照惯例，开学第一次的小考原本是挺轻松的事，但是王老师这一句话让同学们一下子压力大起来。这次的考试很关键，他们那么努力争取自己的权益，必须好好证明自己才行。

全班都铆足了劲儿好好学习，不用新班主任多说，就结对子，一对一地帮助其他人进步。小班长亲自带了小胖，小胖撸起袖子拼命地追赶，但是他之前偏科得太厉害，又对王老太不喜欢，所以数学成绩还是全班垫底，虽然不考5分了，但依旧不及格。

小胖都要哭了，他觉得自己成绩不好给大家拖后腿了，从来没有这么迫切地想得高分。

他再心急，成绩也不是一下就能提上来的。

小班长也急，她自己一个人带不动小胖，就把俞甜也拽来。俞甜成绩不错，人也有耐心，她们两个利用课余时间辅导小胖。

小班长觉得米阳生病还没返校，他们班也不能被别人比下去，尤其是这个时候，她更要证明一下，他们这个班的小朋友绝对不比任何一个班的小朋友差，也绝对不允许其他人说自己班的小朋友不好！

俞甜也在算成绩，她担忧道："班长，怎么办，如果按照上次整个年级的成绩来算，咱们班至少要提高1.7分的平均分才能稳住前三，而且排名靠前的几个班的平均分拉不开，稍微不小心，我们班就要落后。"

小胖的眉头一直皱着没松开，叹气道："都怪我，我平时不该赌气，不该带着情绪不好好学习。"

班长摆摆手，道："你现在使劲学还来得及，不是还有五天才考试嘛，我相信你可以！"

她嘴里说着相信，但是心里是没底的，王老师这次被降了职，去了低年级当普通老师，但还在学校里，如果他们考得不好，第一个就要被王老师笑话。

俞甜也想到了这点，托着下巴叹了口气，道："怎么办？复习的时间太短了，除非咱们班来一个大天才，一个人能把平均分拉高好几分的那种，嗯，至少成绩得跟米阳一样好……"

小班长也在咬唇，小声道："或者米阳回来。他回来，大家肯定考得好。"

正在发着愁，新班主任吴勇老师推开教室的门走了进来。

吴老师看着大家笑呵呵道："同学们先回座位上坐好，我有点事要说。"瞧着小朋友们都安静下来，他才招手让门外的一个人走进来，对大家介绍道，"这是今年新跳级来咱们班上的同学，叫白洛川，成绩非常好，来，大家欢迎新同学！"

三年级（一）班第四十一名同学，到了。

大家的眼睛都亮了，小胖的呼吸都急促起来，他目不转睛地看着白洛川，忽然哽咽一下，奋力地鼓起掌来。这像是开了一个头，其他小朋友也举起双手用力鼓掌，欢迎白洛川的到来。

吴老师给白洛川安排了座位，在第二排俞甜的旁边。白洛川却没有立刻坐下，在小声地跟老师商量了几句之后，见老师点头，走到俞甜座位的那边，对她道："跟你商量一下，你到第一排和班长做同桌吧，往前调一个位置。"

俞甜下意识地收拾东西，把书拿在手里后才怯生生地道："可是，那里有人坐了呀。"

小班长也困惑不解，道："对啊，那是米阳的位置，白洛川，你为什么要让俞甜抢别人的桌子？"

白洛川站在那儿道："谁抢桌子了？我是要你的同桌。刚才我跟老师说过了，你听我的就对了。"

小班长："那米阳同意了吗？"

白洛川道："我一会儿让他跟你再说一遍，成了吧？"

"啊？"

小班长还没有反应过来，就听到门外有说话的声音，然后教室的门被人推开了，米阳背着书包走了进来，他身上裹得毛茸茸的，向大家招手，露出来的一双眼睛笑得弯弯的，道："嗨，大家好啊，我反省回来啦！"

三年级（一）班沉默了片刻后，发出巨大的欢呼声！

五天之后，小考开始。

这一次的考试异常顺利，全班的小朋友都在埋头奋笔疾书，即便有一科感觉不好，也毫不在意，立刻去翻看下一科的知识，做准备。

考试成绩发下来之后，三年级（一）班获得全校第一名。

他们还打破了学校的一项纪录，平均分远超第二名的班 6.8 分！

除此之外，三年级（一）班还有三个并列第一名。除了米阳和白洛川之外，奋起直追的小班长也拿到并列第一，笑成一朵花。

好消息一个接着一个来，刚走马上任的吴勇老师根本没来得及做好准备，他来的时候还被王老师含沙射影地说了几句，原本想着得用一个学期把班级精神带起来，万万没料到，他刚来就白捡了一个全校第一名！

三年级（一）班成绩提高飞速，不止是他们年级，全校都在讨论他们班。

很快，大家就知道那个班上有两个跳级的小天才，"米阳"这个名字更是被传开了。有多少家长知道米阳，就有多少家长知道王老师失职——这样一个聪明的小朋友，尤其还乐意辅导其他小朋友一起进步，怎么能因为少写几个做题步骤就被勒令回家反省甚至冻出了"肺炎"呢？

舆论压力太大，王老师本身的心态也有些问题，精神恍惚之下，低年级的小考成绩降低了不少，更是引得家长不满。

学校原本就是看在她年纪大的分上，"留校察看"再决定是否任用，现在她的教学也出了问题，就把她调离了教学岗位。

王老师自己也觉得面上难看、不光彩，很快就辞职，离开了学校。

而此刻，米阳在看他们班的成绩单，觉得特别满意，脸上一直挂着微笑。

全校第一啊！

米阳与有荣焉。

新班主任比米阳还觉得光荣，心里美得不行了，他自掏腰包，给同学们买了一百本作业本，把每科成绩最高的、进步最大的几个小朋友好好表扬了一番，然后奖励了他们作业本——他这钱花得特别舒坦！

米阳领了十本作业本，放在桌上，感觉旁边有人在看自己，略微侧头，就看到了一旁也领了十本作业本的白洛川。

白少爷看看米阳的作业本，米阳立刻就把自己的两个本子分给了他，夸奖道："考得特别好，这是我给你的那份奖励！"

白洛川拿手指拨弄一下，收了起来，虽然没说什么，但能看出他心情大好。

米阳跟着弯起眼睛笑了。

拿了第一名的米阳，这段时间忽然有了一点小小的烦恼。

他开始换牙了。

白洛川换牙是在六岁左右，米阳比他晚许多。

程青为此还专门带米阳去看了医生，医生说七八岁换牙的也多，属于正常情况，他就一直没着急，现在突然换牙，说话漏风的感觉让他觉得特别古怪。

少了两颗牙齿，吃东西很麻烦，吃得慢不说，还要小心着换一边去嚼，米阳这几天吃饭也不香了，明显吃得更少。

程青在家里给他做蔬菜肉汤，他去了白家，白夫人也想着法子给他做软一些的食物，让他容易吃下去。

这毕竟需要一个过程，米阳吃得少了一些，人也在慢慢长高，瞧着小脸没有以前那么圆了，倒是显出几分眉清目秀的样子。

其他吃的，米阳不怎么爱动，主要是懒得咬，但是每天晚上的牛奶还是喝得很勤快的，尤其是瞧见白少爷咕咚咕咚一杯热牛奶下肚，他也毫不含糊地捧杯一饮而尽，这是长高的希望啊，多补钙，多补充营养，这次一定能长高一点儿。

理想很丰满，现实却常常打脸。

米阳在家的时候，喝的牛奶是小瓶的，一口气喝完没什么问题，但在白家的时候，喝的是鲜牛奶，喝完一杯还可以续杯，他喝了一杯后又喝了半杯，实在喝不下去了。

白洛川问他："喝不下了？"

米阳点点头，白洛川就接过那半杯，一点都不嫌弃，也喝光了。

米阳嫉妒地看着眼前已经比自己高的小孩，他也很想跟白洛川比啊，但是肚子不争气，实在喝不下了。

　　春天流感多发，米阳一个寒假都没去医院，最终因为流感倒下了。

　　程青上班的时候带着他去打针，中午的时候再送他回来，做好了饭，一边喂他吃，一边念叨："阳阳多吃点，吃饱了，咱们睡一觉，药效发挥之后就好了。你在家也别看书了，每天都学那么多，也太累了。"

　　米阳嘴里发苦，不想吃饭，转着眼珠看向桌上，道："妈，我想吃苹果。"

　　程青道："再吃三勺饭，妈妈数着呢，你吃完，我就拿苹果给你吃啊！"

　　米阳没办法，只能继续张嘴吃饭，程青认真地给他数着，三勺之后，果真就不再喂了，洗了苹果切好放在小盘子里，给他拿过来，让他在床上吃。

　　"学校那边，妈妈已经给你请好假了。"程青给他掖了掖被角，又摸摸他的额头，"没上午那么烫了，你自己在家睡一会儿，哪儿也别去，知道吗？"

　　米阳点点头，程青就匆匆吃了两口饭，又急急忙忙地回医院去上班了。

　　米阳在家睡了一会儿，忽然觉得有人在碰自己的头发。他眼皮沉得厉害，过了好一会儿才道："妈？"

　　给他拿湿毛巾擦额头的人动作没停，小声道："程姨在厨房做饭，一会儿就来，你要不要喝水？"

　　米阳听出是白洛川的声音，点点头，就着他的手一口气喝了大半杯水。他还要喂水，米阳就摇摇头道："不喝了。"

　　白洛川拿走水杯，又拿了体温计来给他量温度，体温计在外面放着有点凉，贴上皮肤的一瞬间，他忍不住抖了一下。

　　白洛川有点心疼，摸了摸他的额头道："一会儿就好了。"

　　米阳没什么精神，没有像平时那样跟白洛川说话，只缩在被窝里。

　　量体温要几分钟，白洛川又问他要吃什么，他没胃口，缩在厚厚的被窝里，小脸通红地说道："嗯，苹果吧。"

　　白洛川就出去拿了一个又红又大的苹果回来，苹果放了一整个冬天，水分略微少了一些，但是更清甜。

　　白洛川从自己的书包里拿出一个手摇的削皮机来，摆弄着给米阳看："你瞧，吴阿姨今天中午用它削苹果，特别快，我看着好玩，就给你拿来了。"

最近特别流行这样的小机器，整个苹果插上去，控制着手摇柄转动几圈，苹果皮就均匀地削成长长的一条，露出里面雪白清香的果肉。

白洛川把它拿来当玩具的心思更多一些，他知道米阳平时喜欢吃苹果，拿它过来也是为了哄生病的小朋友玩的。

米阳瞧见它，果然引起了一些回忆，多看了两眼。

白洛川把苹果给他之后，也把这个小玩具推给他，道："这个留下给你玩。"

白洛川不等米阳开口，从书包里掏出今天的笔记和作业，对他道："我都做好笔记了，老师讲的也都听懂了，我教你，放心吧，一点功课都不会让你落下的。"

米阳一边啃苹果，一边道："你把笔记留下，我自己看，你回去吧。"

白洛川愣了一下，道："你让我走？"

米阳怕把病传染给他，点头道："对，我自己看就行了，有不会的，再打电话问你。"

白洛川道："我现在就可以教你……"

米阳道："不了吧，我现在好困，不想听课。"

白洛川不想走，犹犹豫豫地，但是白家的人显然更了解他的习惯，警卫员直接敲门找了过来，说要接他回去吃饭。

白洛川脸色不好，觉得他们都是因为小乖生病了不够"好"了，才不让他跟小乖多接触。他抿着嘴不太高兴，但是警卫员一句话就打消了他的顾虑。

警卫员道："本来没想这么早来叫你回去，魏老师回来了，急着见学生呢。"

白洛川神色缓和许多，虽然还是有点不舍，但是握着米阳的手说上几句话后磨磨蹭蹭地回去了。

等晚上吃饭之后，程青也瞧见了白洛川留下的笔记。她摸了摸米阳的脑袋，小声问他："阳阳，妈妈知道你因为不能去学校上课很心急，但是身体第一，妈妈不要你有多好的成绩，健健康康的就够了。"

米泽海也在一旁安慰他，道："你现在就特别棒了，真的，你爸我从小到大除了考军校这回，都没得过第一名呢！"

米阳道："不是啊，还有一回。"

米泽海自己都想不起来，道："我哪次还得第一名了？"

米阳眨眨眼，认真道："打篮球呗，我背着的那个书包还是奖品呢！"

米泽海上前摸了一把儿子的脑袋，哈哈笑起来，连旁边的程青都忍不住乐了。

家里不给什么压力，米阳本来也不是特别要强的人，当初跳级不过是想早几年去做自己喜欢的事，但是现在看来，慢慢悠悠地过完这一生也挺不错的。他很喜欢三年级（一）班的这帮小朋友，慢慢融入了这个小集体中。

米阳以前有个小遗憾，就是读书的时候没能选择自己喜欢的专业，而是听从了父母老师的建议，选了一个相对好就业的专业。毕业之后，虽然很顺利地找到了工作，但是他始终觉得缺了点什么，这次重来一回，他决定还是顺从自己的心意，做自己想做的事。

反正现在房价还低，等过几年，他就劝说父母或自己想想办法凑点钱，提前买上一套小房子，这就等于把生存任务完成了，吃住不愁，他随便找点活儿，就能养活自己，想想就挺美的。

隔天，白夫人让人送了一些营养品过来，这年头保健品的市场刚开始兴盛，电视、报纸上陆续有了广告，针对儿童和老年人的营养品挺多的，白夫人送来的就是"太阳神"之类的，说让孩子增强抵抗力。

白洛川每天晚上都准点来报到，有时候拿点南方来的水果，有时候拿两瓶冰糖燕窝。米阳看了看配料表，估计还没受到市场严打，配料表上什么都敢写，人参、鹿茸什么的，写得齐全。

白洛川对上米阳家大人的时候，小脸上还挺认真的，但是房间里如果只剩下他和米阳的时候，少爷模样就原形毕露，尤其是米阳催着他回家的时候，他一脸不乐意。

白洛川看着他，不满道："你最近老赶我走。"

米阳心想：废话，我那不是怕把病传给你嘛！

但是这话不能直接说，他要是说了，白少爷肯定一口一句"不怕"，然后更加坚定地陪床看护了。

米阳半躺在床上，好声好气道："我生病了，不舒服呀。"

他这么说，白洛川那点脾气也就跟着烟消云散了。白洛川凑到跟前，伸手碰碰他的额头，还有点烫，忍不住道："都怪王老师，当初就是她让你出去罚站，才冻着了。"

米阳哭笑不得，道："你别什么都怪人家啊，都过去多久了，是我自己感冒的。"

白洛川不听，坐在米阳的床边一点点地靠近他，脚蹭来蹭去，还想脱鞋，米阳一眼就看穿他什么意思，推着他的肩膀道："不行。"

　　白洛川小眉毛又挑起来："我就躺一小会儿。"

　　米阳摇头，又推他一下："不行，你回家去睡。"

　　白少爷哼唧半天，见米阳半点心软都没有，这才愤愤地又把鞋穿上，回去了。

第十四章
变故

　　大概是被白少爷闹了这么一出，米阳晚上睡觉的时候，难得又做了一个长长的梦，还梦到了白洛川。

　　梦里，最初他还是孩童的模样，坐在白家二楼卧室的地毯上，收拾那一箱玩具。

　　白少爷最喜欢的那台游戏机被扔在一旁，已经是被抛弃的模样。

　　他看到的时候，忍不住问："这不是你最喜欢的吗，也不要啦？"

　　小白洛川撇嘴，道："玩腻了，没劲儿。"

　　他在梦里听得心惊肉跳，低头看了一眼，莫名有些发慌。

　　梦里断断续续，像是很久之前的一些事，让他觉得熟悉，却记不清楚了。

　　模糊中，他回到医院，只是，这次是少年人的模样了。

　　他推开病房的门，慢慢走出去，看到了同样十六七岁模样的白洛川。白洛川跷着脚坐在医院走廊的椅子上玩游戏机。他走了两步，对方就抬起头来看他，露出那双微微上扬的好看的眼睛，看着他哼了一声道："笨蛋，感冒了，报什么长跑啊？"

　　米阳听到梦里的自己带着点疲惫道："没办法，班级荣誉嘛。"

　　白洛川把游戏机放在一旁，不屑道："你说一声，我替你去啊！"

　　米阳下意识想要顺着他的话夸奖两句，这个时候的白少爷嘴硬心软，顺毛摸就对了。但是梦里的自己只笑了笑，没有接话。

　　白洛川看向他的那双眼睛挑起来一点，锐利又美丽，少年的魅力展露无遗，但是他扬起嘴角嗤笑一声，说出的话带着刺儿："你总是这样，欠我一点怎么？至于这么小心吗？"

米阳的心猛地跳了一下。他被说中了心事，他是故意这么小心的。

——因为怕。

米阳在梦里恍惚一阵，皱着眉头拼命去想，他怕什么呢……好像又想不起来了……

他在梦里被这个问题一步步紧逼，困扰得想要挣扎着醒过来，却像是被藤蔓缠绕了一样寸步难行，好不容易被人推了两把，立刻大口喘气惊醒过来，额头上一层细密的汗水。

"你怎么了？又做噩梦了？"

叫醒他的小孩担忧地看着他，米阳跟他的视线撞在一起，像是确认了一遍，小心地问道："白洛川？"

小白少爷点点头，奇怪道："是我啊！"

白洛川今天过来的时候，还给米阳带了一身衣服，是学校鼓号队的一身白色制服。

他把肩膀上有金色流苏的那身小指挥官的制服给了米阳，还拿了一根指挥棒给米阳，道："学校今天选人，咱们班选中了八个人，大家就把这身……挑给你了，等你病好了，咱们一起练习。"

米阳听着他中间飞快地弹过去一个音节，怎么听也不像是"挑"中，反而像是他"抢"来的。

白洛川看米阳没说话，又安抚道："没事，不难的，我都学会了，等你去了就教你。"

米阳摸摸这身小制服，他记得以前过六一儿童节的时候，他们都要穿上这么一身去登台表演。男生是一身帅气笔挺的小制服，还要戴上配套的帽子和手套，穿上小皮鞋，手里拿着擦得锃亮的乐器，特别精神；女孩子则是一身蓝白色的小裙子，裙子上镶嵌着金边，背着小鼓一边走一边敲打，也很漂亮。

他以前上小学的时候，没有穿过指挥官的衣服，倒是跟玩得好的几个朋友一起吹过小号，过去很久了，但还记得吹得有多烂。

米阳笑了一声，抬头道："指挥官挺好，你们都自己背过谱子了吧？如果我指挥错了，可别跟着我一起错啊！"

白洛川下巴抬起来一点儿，道："错不了。"

他们这边聊着，白夫人在外面和程青也在聊天，只是大人的话题沉重得多。

白夫人压低声音跟程青说了两句，程青立刻就变了脸色，白夫人扶着她的肩膀道："现在情况已经稳定下来了，我问过老白，他说伤势控制住了，但是，人还没醒，军区医院正在全力抢救。"

程青动了动嘴唇，眼眶泛红。

白夫人看了一眼小卧室那边，又压低声音道："我也是刚得到消息，那边说要给你打电话，我拦着了，还是我亲自来跟你说才放心。你现在收拾一下东西，去军区医院那边陪护吧，他伤到腹部，估计醒了之后行动不方便，还是有家人贴身照顾比较好。"

程青放下茶杯，慌慌张张地想要去收拾东西，但是手上没稳住，茶杯一下翻倒在桌面上，发出好大一声响。

卧室里小孩说话的声音也停下来，米阳小声地喊道："妈，怎么了？"

听到孩子的声音，程青反而镇定下来，她擦了一下眼睛，清了清喉咙，道："没事，妈妈找点东西。"

程青在白夫人的帮助下收拾包，她看了看卧室那边，第一次开口求人："骆姐，军区医院离这里远，我要照顾泽海，不能来回跑，能不能麻烦你先帮我照顾阳阳几天？他的感冒快好了，就是还有点咳嗽……"

白夫人摆摆手道："我们什么交情，你还跟我说这些客套话！你不在家，就算不说，我也要把阳阳接到那边去照顾的。"她看了程青那张焦急的脸，叹了口气，道，"你就别担心家里了，一切有我，等去了医院，打个电话来报平安，我们也都担心着呢。"

程青点点头，感激得不知道说什么好。

她走进小卧室，给米阳也收拾了一小包衣物和日常用的物品，对他道："阳阳，妈妈有点事要出差，你爸在外面拉练，也要等几天才回来。你一个人在家我不放心，你先跟着洛川去他家住一段时间好不好？"

米阳道："就几天吗？那我可以自己一个人在家。"

白洛川在旁边已经喜出望外了，听到米阳这么说，立刻反驳道："你生病了，生病怎么照顾自己？"

米阳还想说话，但程青这次没有跟他商量，而是拿了一身干净的衣服过来给他穿好，道："你乖啊，先跟洛川过去，等妈妈回来就去接你好不好？"

米阳点点头，举着胳膊，配合着把衣服穿好。

白洛川在旁边给他挑鞋，除了他穿的那双，连他平时常穿的小拖鞋也一并装在包里带走。

米阳又抱上了自己的那个小枕头，他有点认床，带着熟悉的枕头会更快睡着。

米阳跟着去了白家，但走了两步，还是忍不住回头看向程青离开的方向。

程青走得太突然了，而且出差的事是突然说起的，米阳总觉得哪里不太对劲。白夫人牵着他的手，弯腰道："阳阳，你要是想家，每天放学都让洛川带你回来看看好不好？"

米阳点点头，道："谢谢阿姨。"

白洛川对大人的事全然不知，只听到米阳要在自己家住一段时间就乐得见牙不见眼，上前道："你什么时候想去，我都陪你。"

两家离着不太远，平时小跑着没几分钟就到了，米阳心想，如果他再大上两岁，或许程青就能放心地留他一人看家了。

米阳无意识地攥紧了手指，倒是引得旁边一大一小都回头看他。白夫人瞧着他那懂事的样子，心都快化了。她抬头又看向自己的儿子，旁边的白洛川也冲她抬了抬下巴，意思简直不要太明显——怎么样，他是不是很乖？

白夫人笑了一声，之前留下的情绪散了大半，也冲儿子略微颔首回应：特别乖。

等到了白家，白洛川要带着米阳去见魏贤，他抬头看看白夫人，等着她说话。

白夫人笑笑道："快去吧，我去给你们准备一下睡觉用的东西，今天只学一节课，早点回来睡觉。"

米阳点点头，跟着白洛川去楼上的书房了。

魏贤正在书房里翻书看着，听见咚咚的脚步声，抬头去看，门被推开之后，露出两个小萝卜头，他抚了抚鼻梁上的眼镜，笑呵呵道："哟，小乖也来了！"

米阳站在那儿跟他问好："魏爷爷好！"

魏贤有段时间没见到他，招手让他过来："你来得正好，我还琢磨着，要是你一直不来，改天就让洛川给你拿去呢。"他从抽屉里取出两本厚厚的书，递过去放在他的手边，道，"魏爷爷送给你的礼物，恭喜你考了第一名。"

米阳低头看了一眼，两本都是大部头，一本是彩页的《古籍修复与装帧》，红丝绒硬壳，看起来就非常扎实；另一本他就比较熟悉了，是《小学生汉语字典》。

魏贤笑道："上回写信给我那个老朋友，他啊都忙糊涂了，非要我亲自上门才想起来还没回信。喏，这是魏爷爷帮你要来的东西，你先自己看，回头要是有不明白的，就翻字典或者来问我。我虽然不懂这些东西，但是帮你读一读，解释一下字词的意思还是可以的，呵呵。"

魏贤说得客气，但是米阳能猜到对方或许没把一个小孩的事放在心上。

这书应该是魏贤厚着脸皮找上门要到的，米阳摸了摸书的封面，爱惜得如同宝贝一般。书很重，抱在怀里很有分量，米阳几乎是扛着放到了自己平时坐的小书桌上，白洛川瞧见，赶紧过去搭了把手。

把书放好，米阳翻开看了一下，上面分门别类地整理了七八种古籍的修复课程，还有附图案例，非常详细。他以前喜欢这个专业，但是并没有正式接触过，都是零星地摸索或者接一些帮人打下手的活儿才知道一些知识，算是野路子。虽然他在书店里买过一些资料书，但是这样详细讲解的专业书还是第一次看到，他目不转睛地翻看了一会儿，又抬头问道："魏爷爷，这个就是你说的大学教材吗？"

魏贤摸摸下巴上的胡子，道："算是吧，我那个老朋友比较忙，原本我想请他来指点你，不过他给了这么一本书，我可以带着你慢慢看。你有什么不懂的就跟我说，等周末的时候我打电话问他，那老家伙，估计是在省图书馆忙大活了，找他可真费劲儿。"

米阳笑着点头，道："好的！谢谢魏爷爷！"

他低头爱惜地摸摸桌上的这本书，忽然跳级的欲望没有那么强烈了。如果能多学一些修书的基础知识，再有老师教着，那真是比什么都让他高兴了，哪怕是远程指导，他也高兴。

白洛川走过来摸了摸那本书，有点好奇，但是并没有和米阳一样对它感兴趣。

魏贤瞧见了，问道："洛川啊，你看小乖已经找到自己奋斗的目标了，你有什么目标吗？"

白洛川皱着眉头，认真道："我要再想一想。"

魏贤听见他这么回答，也挺满意的，这么小的孩子，已经有自己选择的意识，算是非常难得的了。这时候的小孩往往是接受外界信息多、容易人云亦云的，白少爷这么说，想必已经在转动脑筋思考了。

米阳的身体还没有完全康复，魏贤只给他们上了一节课，就挥挥手让他们去休息了。

米阳临走的时候想抱上那本书，白洛川没让，摇头道："卧室就是睡觉的地方，不能再干活了。"

米阳争辩道："没干活，我就是想看一小会儿，看书睡得快呀。"

白洛川还是不答应，拽着他回了卧室，道："你看我吧，看我一样睡得快。"

米阳被他拽回房间的时候，站在门口又停下脚步，左右看了一下，道："我去睡客房吧。"

白洛川没松手，蹙眉看着他道："别闹。"

米阳道："我感冒还没好，晚上还老咳嗽，吵得你也睡不好……"

白洛川嗤笑了一声，把他推到自己的房间来，道："我不怕，我的身体比你的身体好多了，再说了，我妈已经把你的东西放进来了。"

米阳被推着进来，果然瞧见了自己那一小包东西。白洛川还并排放好了他们的小枕头，旁边铺着一床新被子，花色素淡，偏蓝色，在灯光底下反射着微光。

他正在看的时候，白洛川拿了药过来，瞧着他吃下去了，又满意地点点头道："现在去洗漱，我们睡觉。"

米阳看他一眼，小少爷瞧着特别精神，一点睡意也没有，但一个劲儿地催米阳去床上。

米阳："要不，你再玩会儿游戏机？"

白洛川不肯，自己先爬到小床上拍了拍，让他过来，抱怨道："你都好久没陪我睡了。"

米阳走过去，道："也就生病这几天啊！"

白洛川把那床新的小被子给他摊开，盖在米阳的身上，笑眯眯地说道："怎么样，舒服吧？"

新被子很轻很软，盖在身上立刻就温暖起来，米阳摸了一下材质，点点头道："舒服，这是蚕丝的吗？"

白洛川道："对啊，上回程姨和我妈说话，我都听到了，你回老家盖的那是什么破玩意儿，都过敏了，以后别回去了，省得又生病……"

米阳看他一眼，道："我觉得挺好。"

白洛川没听出来，嗤笑道："就那种破烂，哪好了？"

米阳道："我姥姥家的东西，我觉得都挺好的。"

白洛川也反应过来了，但是不肯低头，皱眉道："姥姥是挺好的，但是家里的东西是破烂还不能说？"

米阳忽然有点生气，他把那床被子踢开一些，不肯盖。

白洛川起初以为他热，还给他裹了两次，但是他第三次踢开的时候，白洛川忽地坐起来盯着他。

他躺在那儿也看着白洛川，眼神中没有退让的意思，白少爷眉头紧蹙，上去就把他踢开的被子卷着团起来，打开窗户扔到外面去了！

米阳看得目瞪口呆，这破孩子脾气怎么这么大啊！

白少爷呼哧呼哧地喘着气，看着米阳不说话，米阳也瞧着他，一声不吭。

忽然，楼下传来汽车喇叭的声响，紧接着有大人的声音传来："哎，这是谁扔的？怎么大半夜把被子扔出来了？！"

两个小孩互相看了对方一眼，立刻穿着睡衣往下跑，米阳找到拖鞋，匆匆穿上就要推门出去，白洛川动作快一些，顺手抓过旁边椅背上搭着的一件厚外套，直接罩在米阳的身上，但是米阳抬头看他的时候，他还是绷着下巴扭头错开了视线，不跟米阳对视。

两个人急匆匆地跑下楼，刚下来，就看到白老爷子和白敬荣夫妇一同走进来，老爷子走在前面，夫妇两人在后面，白夫人还抱着那床被子，瞧见他们两个的时候，明显挑了挑眉。

白老爷子道："这是怎么回事？谁扔的？"

米阳抓着白洛川的手，上前一步，道："是我，我不小心弄的。"

白老爷子微微皱眉，看向白洛川，还在等他解释。

米阳抓抓脑袋，不好意思地笑着道："白爷爷，对不起，我们俩不是故意的，就是想晒被子来着。"

白老爷子道："大晚上晒被子？"

米阳转着眼珠，道："对啊，我生病了，好几天没去学校，今天听白洛川给我讲自然课，书上说月光是反射的太阳光嘛，我就想试试……"

他在白洛川的手心上挠了两下，白洛川虽然不太乐意，但还是点了点头，道："对。"

白夫人摇摇头，笑道："亏你们俩想得出来，行了，这床被子没收，以后晚上都不许晒被子。"

她抢先把证据拿走了，白敬荣没有多问，只是在妻子凑近自己小声地问"医院那边怎么样了"的时候点点头，道："人醒了，有医生轮值照顾，她也到了。"

白夫人松了口气，表情也缓和了许多："人没事就好。"

他们两个的话，白老爷子也听到了，再看向对面的小萝卜头，尤其是视线落在米阳身上的时候，多了几分疼惜。

他没拆穿小孩们的谎话，神色疲惫地挥挥手道："行了，都上去吧。洛川照顾好阳阳，不许再淘气，不然就分开睡，听到没有？！"

白洛川撇撇嘴，道："知道了。"

两人上去之后，房间里只剩下一床被子，不知道是楼下大人们谈话忘了再送一床来，还是故意"惩罚"他们，米阳没办法，只能和白洛川挤到一床被子里去。

白洛川跟平时一样挨着他，但是心里还有怒火，抿着唇，没有先开口说话。

米阳还在想刚才听到的那两句模糊的话，好像是谁病了，他先是想到父母，但是记忆里他爸妈都没有生过大病，米泽海也只得过一次阑尾炎而已。他还记得他爸当初说军部医院的小护士不够温柔，冷着脸，硬要他爸起来走路，疼得走不动，还是被迫要走。

他爸说的时候，一脸感慨，结束句永远是："真的，这世上再也找不到像你妈这么温柔的女人了。"

米阳想了一会儿，又觉得时间对不上，有点头疼了，药劲儿也慢慢上来，眼皮子沉得睁不开。他揉揉眼睛就睡了过去。

他贴着自己的小枕头睡得很熟，模糊中依然感觉到旁边的人翻了两次身，直到睡沉了之后什么也感觉不到。

第二天是星期五，米阳本来想去学校，白夫人把他劝住了。

白夫人道："小乖，你现在去了也就上半天课，我问过洛川了，下午还是美术课，不是特别重要，不如再休息两天，等礼拜一身体彻底好了再一起过去呀？"

米阳想了一下，点点头答应了。

白洛川去上课，米阳就留在家里陪白夫人。白夫人最近工作变动，似乎打算不在原来的岗位了，在家里的时间比较多。

米阳对白家的事知道得不多，但是，白夫人以后接手沪市的产业，把房地产生意做得风生水起这件事，他还是知道的。他买房子那会儿，就有朋友半开玩笑地说了一句："你怎么不去找白洛川啊？大家都是老同学，你跟太子爷开口，别说一套房，拿一层楼都能打对折吧？"

米阳没去找，听那些玩笑话里的意思，白洛川是要接手做地产生意的。

但是，现在的白夫人还年轻，并没有后来他印象里的那个女强人的样子，她笑容清浅、美丽，正哄着他陪她一起缠毛线球。

米阳伸开小手支撑在那儿当架子，白夫人就跟他一起缠毛线球。米白色的毛线特别蓬松，缠起来的时候，那个毛线团圆滚滚的。

白夫人坐在那儿夸奖米阳："小乖真厉害，也就你能陪我一会儿了，洛川呀，根本坐不住，两分钟就要跑了。"

米阳有点拘谨，冲她笑了笑。

白夫人看了他一眼，道："昨天晚上是不是洛川欺负你了？你别怕，跟姨说，姨给你做主。"

米阳鼻尖有点儿痒，举着手，伸出一根手指头挠了挠，道："没有，我俩玩呢。"

白夫人狐疑道："真的？"

米阳笑道："真的，他没欺负我，我昨天也冲他发脾气了。"

白夫人惊讶道："真的假的？小乖你还会生气呀……"

她正说着，就听到门那边有一阵响动，保姆吴阿姨带着两个人走了进来，道："太太，有客人来了。"

白夫人站起来，把毛线球放下，看到走进来一大一小，大的是一个和她有几分神似的女人，瞧着与她年纪相仿，女人手里领着的小男孩穿着一身小西装，戴着黑色毛呢帽，抬头看人的时候也是精致可爱的。

白夫人惊喜道："江媛你们怎么来了？快来、快来，这是柏安吧？都长这么大了！"

骆江媛和白夫人是一母同胞的姐妹，骆江媛只比白夫人小一岁，她对这个姐姐感情很深，见了立刻就走过去握着手，亲亲热热地谈了好一阵，又把自己的儿子推过来，笑道："可不是！上回你见的时候，他还是个小皮猴子呢，现在都要读一年级了。"

白夫人夸奖了几句，道："什么时候去学校？"

骆江媛道："今年九月入学，我听家里说你发了电报，说是想家里人，正巧我没什么事，就带柏安一块过来住一段时间。"

白夫人笑道："那可太好了。"

骆家姐妹叙旧，骆江媛身边的那个小男孩就用好奇的目光打量着米阳，他来的路上听说这边有一个比自己大一岁的哥哥，但是看着眼前这个白白软软的小孩并不像他们家的人——看起来太好欺负了。

米阳也在看着对面的小男孩，在听到他的名字的时候，身体僵硬了一下。

对面的小男孩伸出手，米阳下意识就要向后退，但是他立刻让自己稳住，硬生生地站在那儿没有动。

小男孩有点奇怪地看了米阳一眼，把手落在他胳膊缠着的毛线上。

小男孩好奇地摸了两下，像是在试探毛线的柔软度，米阳低头看了一眼，这才想起来自己还在当"架子"。

白夫人看到他们两个小的已经玩起来，笑道："忘了跟你们介绍，这是我们家米阳，和洛川一起玩到大，也是我瞧着长大的。这孩子学习特别好，去年读一年级的时候，刚上了一个月就跳了两级，聪明着呢！"

骆江媛有点惊讶地看着米阳，也笑着夸奖道："那可真厉害，是个小天才呀，洛川现在也读一年级了吧……"

白夫人道："哪儿呀，他俩从小就没分开过几天，这不，一个跳级，另一个也坐不住了，今年春天洛川也跳到三年级去读书，两人还是同桌。"

骆江媛来的时候并不知道姐姐家中还有一个小孩子，幸好，她给白洛川带了不少的礼物，于是从里面挑了一样送给了米阳，笑道："来来，米阳，这是阿姨送给你的礼物，你一定要收着啊，阿姨带着这个弟弟在这里住一段时间，你也带带他，让他知道怎么学习……柏安？"骆江媛喊了两声，回头去看，也不知道自己的宝贝儿子什么时候找到了米阳那边的毛线头，正在那儿悄悄地拽，她气得够呛，又喊了一声，"季柏安，又淘气，想打手板了是不是？！"

季柏安笑眯眯的，随意地把那个线头塞回去，抱着骆江媛又软又甜地喊了一声"妈妈"，眨巴眨巴眼，变回了小天使。

骆江媛道："还不跟你这个小哥哥问好？"

季柏安伸出手来，睁大了眼睛道："哥哥好。"

米阳的嘴角抽搐了一下，放在十几年后，季柏安别说喊他一声哥了，单说一个"好"字，他都拔腿就跑。

但这是一九九六年的季柏安，还是一个小萝卜头，瞧着攻击力并不是很强，米阳飞快地跟他握了握手，点头含糊道："你也好。"

白夫人拍拍米阳的肩膀，道："你和弟弟去玩吧。"

米阳只能点头答应，带着季柏安去了二楼，那边基本上是白少爷的地盘，有个房间专门放玩具。

米阳一路上都在后悔为什么没跟白洛川一起去上学，他早上的时候应该多求两遍，不，他应该在白洛川第一次问他的时候，就哭着说要去学校，这样白少爷一准儿心软，说什么都会带上他。

米阳这边胡思乱想着，旁边的季柏安正在歪头看他，忽然道："你们这里平时都玩毛线吗？怎么玩的？这么多一起翻花绳？"

米阳惊呆了。

米阳这才想起来自己看到季柏安太紧张了，胳膊上的毛线都忘了拿下来！他扭头去看，从一楼客厅到楼梯上蜿蜒成一条线，白夫人和骆江媛去了一楼小会客厅谈话去了，还没人注意到。米阳赶紧返回重新收拾了一下，把毛线都收好，又取下来放在沙发上，这才松了口气。

旁边的季柏安一直笑眯眯地看着，等米阳抬头的时候，他就拿手指戳了米阳的脸颊一下，戳出一个浅浅的小肉窝，米阳僵着没敢动，小心道："怎么了？"

季柏安咯咯地笑起来，刚才家里长辈一个劲儿地夸眼前这个小孩聪明，他有点烦，瞧这小孩又变得笨笨的之后，他就没那么烦了。

季柏安转了转眼珠，道："你叫小乖呀？"

米阳："不是，你别这么喊我。"听着太瘆人了。

季柏安又问他："那我叫你什么？"

米阳道："你叫我的名字就行。"

季柏安满意地点点头，他也不乐意自己突然又多一个哥。虽然对哥哥还没有明确的概念，但是小孩子总是喜欢争着做大的，尤其是遇上跟自己个头差不多的孩子。季柏安瞄了一下他和眼前这个白皙柔软的小孩的身高，觉得差不多。

米阳以前听这人张口闭口地喊"穷酸""傻子"，正式喊他的名字没几次，明里暗里总是整他，耍人玩的手段还特别过分，有回把他锁在档案室里一夜没放出来，第二天来人了，他才能回家。当然，他在心里对季柏安的称呼也好不到哪里去，一般都偷着骂对方小畜生。

他读书那会儿就不乐意跟季柏安遇上。跟眼前这位比起来，白少爷的任性根本就不算啥，好歹发脾气都能看出来，眼前这个人变脸超级快，阴晴不定，前一秒还冲你笑，后一秒就翻脸不认了。

米阳不知道自己哪里招惹这位爷了，这人持之以恒地拿他寻乐子。

再碰到，米阳一点儿都不想跟他再有瓜葛。

米阳小心地应付着，挖空心思想着以前的事，努力揣摩着让季柏安觉得自己没劲儿。

季柏安拿了零食给米阳吃，他潜意识想要拒绝，但是想了一下，接过来小口吃了。

他乖顺一点，季柏安大概就觉得他特别没意思，不想跟他玩了吧？

米阳这么想着，坐立不安地啃着手里那块荷花糕。他心神不定的时候，眨眼睛的次数就多，这会儿长睫毛已经扑扇了好几下，黑白分明的瞳仁瞧着特别无辜。

吃完一块，季柏安又拆了一盒糕点，兴致勃勃地抓了好几块枣泥梅花糕给他。

米阳想说不吃，但是看着对方亮晶晶的眼睛，生怕惹得他提起兴趣来，只能硬着头皮道："我，吃一块吧。"

季柏安托着下巴看米阳吃糕点，小脸上满是笑意，瞧着挺高兴的，他觉得这人跟他想的一样，特别软、特别白、特别好欺负，像是他家里养的那只白白的、软软的小狗，肉嘟嘟的，奶膘还没退，抬头看人的时候，眼里含着一汪水，他都不舍得欺负。

偶尔他实在手痒的时候戳一下，毛茸茸的小狗就浑身抖着，特别可爱，尤其是抬头看着他讨食的样子，更招人喜欢。

他妈总说他给小狗喂得多，小狗吃得太胖了，但是，这次他喂小孩应该没事吧？

季柏安转了转眼珠，又想去拆糕点，但是米阳已经吃了不少，季柏安再喂，他就直接摇头，说什么也不吃了。

季柏安有点失望，还是凑近了一点，问道："怎么样，好吃吧？"

米阳点点头，一肚子的糕点，太腻了，他现在胃里都难受。

对面坐着的小男孩得意道："我就知道这穷地方没什么好吃的东西，带了好些呢，还有布丁、薯片。那些你也没吃过吧？哎，你吃过猕猴桃吗？"他说着，又兴致勃勃地拿了一个猕猴桃过来，"这个要挖开吃，这边的商场破破烂烂的，水果都不好买吧？"

米阳觉得这人和白洛川真不愧是亲表兄弟，说的话怎么一样欠揍呢？

季柏安举着勺子兴致勃勃地要接着喂米阳，有点过家家的意思，勺子碰到米阳的唇，米阳犹豫了一下，还是扭开头，道："我吃饱了，不想吃。"

季柏安估计平时没什么小玩伴，好不容易碰到一个，就举着勺子又凑到他的嘴边道："就吃一口，你肯定没吃过吧？"

门口响起砰的一声，一个书包被砸到地上，米阳吓了一跳，抬头看去，就瞧见白洛川站在那儿，一脸不耐烦地道："过来！"

季柏安发愣的工夫，米阳已经手脚利落地起来跑过去了，白洛川看着他，有点别扭，待看到他嘴边那点绿色的猕猴桃汁就更别扭了，皱紧小眉头道："你去帮我拿游戏机来，我妈说要跟他一起玩。"

米阳巴不得出去，答应了一声就小跑出去了。

白洛川站在那儿看着新来的小客人，神色并不怎么友好。

季柏安也在看他，转着眼珠，心里也没什么好主意。

白洛川看了地毯上被拆开来的几袋子零食，问他："这都是你喂他吃的？"

季柏安点头，笑眯眯地道："对呀，我和小乖玩了一上午，他特别听话。"

白洛川警告道："不许你这么叫他。"小乖是他叫的，不是谁都能这么喊的。

季柏安挑了挑眉头，站起身，慢吞吞道："哦？为什么不能呀？"

米阳在卧室里找到好几台游戏机，不知道白少爷现在喜欢哪一台，就干脆都抱了过来。等抱着游戏机推门进来的时候，他看到房间里一片狼藉，拆了包装袋的糕点已经散开，碎了一地，大件的玩具也倒了几个。

对面的白少爷仗着身高优势，把季柏安按在地上捶，季柏安也是硬骨头，一声没吭，还想着抓住机会翻盘，但两人相差一岁，身量也差了不少，季柏安这会儿只有被按着教训的份。

白洛川大概是觉得不够解恨，拿了刚才他硬要喂米阳吃的那个猕猴桃，一把糊到小孩的脸上，道："你想吃啊，给你吃个够！有病吧你，谁没吃过猕猴桃啊！"

季柏安年纪还小，对上大人还能撒娇蒙混过关，遇到同年龄段的暴力分子，一点办法都没有，扭头躲开的时候，身上雪白的小衬衫糊了一片绿色的果汁，气得够呛！

白洛川放开他，道："下回还敢不敢了？"

季柏安低头转着眼珠擦自己的衣服，没吭声。

白洛川拿脚踢踢他，提高了声音道："问你话呢，还敢不敢了？！"

季柏安立刻道："不敢了，表哥我不敢了！"

白少爷单方面施暴，米阳站在门口慢慢把门合上了，小心地帮他放哨。

听着里面没什么动静了，他才走进去，道："我把游戏机拿来了。"

地上乱得不行，两人身上也沾着果汁，尤其是季柏安的身上，简直没法看了，米阳有点担心他去找大人告状。

米阳的担心是多余的，这表兄弟两个虽然瞧着表面不太像，但是内里是一样的，属于打了一架还特别爱面子的那种。两人谁也没吭声，打完就各自回房间换了一身衣服，脸也洗干净了，换了一个房间，隔着七八米的距离，各自占据一方玩游戏。要不是互相都不搭理对方的模样太过明显，瞧着跟没事人似的。

米阳哭笑不得。

行吧，你们开心就好。

中午米阳有些吃不下饭，肚子里的糕点都没消化完，于是有一口没一口地喝汤。幸亏中午大人多，白夫人又看见妹妹高兴，没有盯着小孩们吃饭，米阳这才躲过去。

一般饭后要午睡一会儿，米阳上楼的时候听到客厅有电话铃声响起，就停了一下脚步，回头看了一眼。

吴阿姨接的电话，似乎是白夫人的朋友打来的，米阳有点失望，他还以为是自己的爸妈打来的。

他这边停住脚步，白洛川就站在一旁拽着他的手，白少爷顺着他的目光看下去，瞧见他又看向了楼下谈话的大人那边，烦躁道："对不起。"

米阳眨了眨眼，这才反应过来，白少爷这是怕他反身回客厅去——他们俩也吵架了，还没和好呢。

白洛川用力拽着，米阳又扭头看了一眼客厅，没再多留，跟着他回卧室去了。

米阳平躺在小床上，手指头抠着自己的枕头，有一搭没一搭地想自己的爸妈。旁边的床陷下去一点，很快，白少爷就爬上来了，挨着他躺下，没老实两分钟，又翻身熟练地掀开了他的小睡衣，伸手过来摸了他的小肚子一下，轻轻地给他揉。

米阳歪头看他，白少爷的视线跟他的撞上，有点不好意思，但还是道："我们和好吧？"

米阳心软了，白洛川就凑过来看着他，闷声道："你以后别惹我生气。"

米阳分分钟又想生气了！

白洛川拿脑袋抵着他蹭了两下，也觉得委屈："我就想把好的给你。"

米阳沉默了一会儿才道："那你也不能这么说我姥姥家啊，你这叫嫌贫爱富，要是等以后你特别有钱了，我家还是住现在这样的小房子，你就不跟我玩了吗？你去我家，也管我家那些东西叫破烂吗？"

白洛川笑道："那你就跟我走吧？"

米阳被他气笑了，拿脑袋撞他一下，道："谁要跟你走！"

白洛川听见他笑，比刚才放松一些了，哼唧道："你不跟着我，以后谁见了你都欺负你怎么办？"他伸手给米阳揉着肚子，教育他，"上体育课不是跑得挺快吗？你跑啊！"

米阳懒洋洋道："哦。"

白洛川又道："还难受吗？"

虽然脾气不好，语气也不对，但是米阳能领会他的意思了，笑道："没，不难受了。"

白洛川奇怪道："那怎么都不说话？你在想什么？"

米阳也不能说实话，他总觉得程青那天走得有点突然，心里忽上忽下的，有点发慌，但这都是他的猜测，也没个准。

他一边抠着枕头边，一边敷衍道："哦，我就想……猕猴桃。"

白洛川的小眉头皱起来。

米阳和他挨得近，还能闻到一点他身上的果香，上午糊了季柏安一脸猕猴桃果汁的时候，估计也没少弄到自己身上，光他瞧见的手上就有汁水，难为这位有重度洁癖症的大少爷还没急着去洗澡，只擦了擦就围着他转了。

米阳想着想着，乐了，道："刚才那个猕猴桃一下就糊到他的脸上了，那么软，一定很甜吧？"

白洛川哼了一声，道："你想吃？想吃，我去给你要一箱来，你等着。"

米阳当他说着玩的，没想到他真去搬了一箱猕猴桃过来。

白洛川选了几个放在桌上，还要再拿，米阳连忙拦着道："够了，一次吃不了那么多，我就想吃两口尝尝。"

白洛川意犹未尽地用小盘子端着几个猕猴桃过来，米阳哪吃得了这么多？再说，胃里也塞不下了，就挑了一个最软最甜的，和白洛川一起分着吃了。

熟透了的猕猴桃酸甜可口，挺好吃的，米阳上午吃糕点被腻着了，这会儿吃得津津有味，还舔了舔手指。

白洛川拿勺子喂他吃完最后一口，瞧着他腮帮子一鼓一鼓地，听话地吃下去，自信心膨胀。

他自己又绕回刚才那个话题，叮嘱米阳道："以后谁再欺负你，你别吭声，先躲起来，等我回来就告诉我，看我不揍他！"

米阳乐了，点头道："好。"

白洛川又道："你叫我一声哥。"

米阳笑着看他，不吭声。

白洛川捏捏米阳的脸，等了一会儿，撇嘴道："行吧，不叫就不叫，那你也不准喊别人'哥'，听见没有？要是让我听见了，我也揍你。"最后，白洛川还威胁了一把。

米阳想了一会儿，还真不记得白洛川对他动过手，这人性格毛躁，但是，他们俩对掐的时候很少，顶多是他不乐意了扭头就走，被白洛川拽着胳膊吼那么一顿，隔天白少爷臭着一张脸，还非要凑到他的跟前来——这破脾气，也真是没谁了。

骆江媛和季柏安在白家一起住了下来，晚上魏老师在书房开课补习的时候，也多了一个小旁听生。

季柏安被收拾了一顿，明显老实了一些，但趁着白洛川去上学的时候，还是会故意来招惹米阳。

米阳记得大少爷的话，要么跑，要么躲，躲不了，就带着季柏安去上魏贤老师的课。他现在发现了，季柏安和白少爷都有一个习惯，那就是当着大人的面爱表演。白洛川绷着小脸把自己当小大人，凡事都严格要求自己；季柏安是喜欢装乖卖巧，特别有表演欲。

米阳脾气好，又耐得住性子，魏贤老师讲什么，他都听得进去，完了还认真写作业，一点逃课的意思都没有。

季柏安被他带着上了几节课，就转着眼珠子装肚子疼，自己躲着玩游戏机去了。

米阳对季柏安的到来还是有点焦虑的，他把自己最宝贝的东西——那本古籍修复的书好好地藏了起来，积攒的瓶瓶罐罐也都收好了，放在了白洛川的床底下。就这样，他还不放心，时不时要去看一下。

打从这位来了之后，米阳就做了两个噩梦，毫无例外都是被季柏安捆住手，面对面地坐着让自己看他撕书。

米阳动不了，越是着急，对面那个小恶魔就笑得越甜，呼吸都近在耳边。

米阳侧头躲开，就听到他贴着耳朵小声道："怎么样，声音还不错吧？你不喊啊，不喊，那我再撕一本给你听听？"

米阳没有召唤能力，恨不得召唤十个白少爷来揍得他鼻青脸肿。

他那些书宝贝得不行，白洛川那会儿脾气最大的时候，都没敢碰过呢！

又过了几天，天气慢慢暖和起来，柳树都抽了枝芽，像是一夜春风拂过一片绿意盎然。

米阳得到了一个好消息和一个坏消息。

好消息是，他的身体终于彻底好了，可以去学校了；坏消息是，他妈打了电话过来，说要再等一段时间才回来。

程青对他道："阳阳，你爸爸生病了，要过一段时间才能回去。你在洛川家好好的，不要乱跑，听伯伯和骆阿姨的话，知道吗？"

米阳答应了，问道："妈，我爸怎么了？病得严重吗？"

程青道："没事，就是一个小手术，养一阵就好了。"

米阳又问："阑尾炎吗？"

程青含糊道："差不多吧，妈妈要去照顾爸爸了，你听话啊！"

米阳听着她在电话里的语气，似乎并没有很着急，也慢慢放下心来。不管怎么说，家人健康，没有大病大灾，他就很知足了。

米阳回去的时间又延后了，白洛川挺高兴的，但是他看得出米阳想家，就主动提出陪他回去看看。

白夫人自然是答应的，不过又招手让季柏安过来，笑着道："柏安也跟着一起去吧，来了这么久，还没出去玩呢，洛川和米阳对这里很熟，你跟着他俩就行。"

白洛川有点反感地皱眉，道："我们要去米阳家啊！"

白夫人道："我知道呀，洛川，你带上柏安，以后也跟弟弟玩好不好？"

白洛川翻了个白眼，道："我弟弟是米阳。"

白夫人哭笑不得，道："这是表弟，不一样的。"

白少爷看也不看，不耐烦地说道："我不要。"

他回头要去拽米阳的手，却被骆江媛握住了小手，弯腰哄他道："洛川不急，你看，这些都是小姨给你带来的玩具，让弟弟陪你玩好不好？你看看喜欢哪个，都是你的……"

白洛川更不耐烦了，把手抽回来，道："我都说了我不要，我要出去，不爱跟他玩。"

旁边的季柏安也不是忍气吞声的小家伙，平时在家当小皇帝惯了，外出的时候，他妈妈一再叮嘱让他当一个乖孩子，表现得好一些，当着姨妈的面多了一些表演的成分，这会儿听见小表哥一口一句不待见的话，也不乐意了，嘟囔道："谁爱跟你玩？"

骆江媛赶紧扯了他的衣袖一下，有些尴尬地笑笑。

白夫人还在劝说，这次换了个说法："要不，你和弟弟……"她还没说完，就瞧见儿子小脸沉下来，立刻改口道，"你和表弟一起拿些零食去小乖家吧？家里还有好些水果呢，你昨天不是说猕猴桃好吃吗？妈妈挑一些，你送去小乖家好不好？"

米阳刚想张口拒绝，就看到白洛川点头道："那好吧。"

米阳不想要，但是，白夫人太热情了，实在推托不了。白夫人趁着白洛川不注意的时候还冲他挤了挤眼睛，做了口型道："带上柏安一起玩，好不好？"

照顾自己许久的大人来求情，米阳只好点点头，答应了。

不过米阳没要猕猴桃，在桌上看了一圈，拽着白洛川的衣角道："我不想吃猕猴桃了，拿个苹果吧。"

白洛川低头问他一句，他还是摇头，小声道："还不知道什么时候回家，其他的放久了容易坏。"

白洛川最喜欢听他说这样的话，听到就觉得他要在自己家住很久一样，心里特别高兴。白洛川抬头对白夫人道："我要两个苹果，要最甜的。"

白夫人有点惊喜，连连点头，道："好好，我去给你拿。"

拿来的红苹果放在了米阳的手里，旁边的季柏安也抱着两三袋零食，花花绿绿的包装，一看就是小孩子最喜欢的那种。

白洛川看了一眼，要伸手去拿，季柏安躲开一点，撇嘴道："我带着给米阳吃的，不给你。"

季柏安已经被收拾得不敢随便喊"小乖"了，不过，当着白洛川的面不行，白洛川不在家的时候，他就追着米阳喊了好多遍，米阳都不理他，他叫名字，米阳才回头给一点反应。次数多了，他也学聪明了，不再用称呼来闹着玩了。

不过，这条小尾巴是甩不掉的，白洛川就一只手拿着零食，一只手去牵米阳的手，扭头先跑了出去："妈，我跟米阳出去玩了，一会儿就回来！"

旁边的季柏安也赌一口气，一边追上去，一边喊道："妈妈，我也跟米阳出去玩啦，一会儿再回来！"

他前面的小霸王立刻就不乐意了，也不跑了，停下来等在那儿要撸起袖子收拾他。

白夫人和骆江嫒站在门口看他们三个小萝卜头吵吵闹闹一路走远，她们家的两个孩子你顶我一句、我还你一句，互不吃亏，倒是米阳被他们挤在中间做了和事佬，小声地劝架。

白夫人忍不住笑着摇了摇头，道："他们两个真是，加起来都没有阳阳懂事。"

骆江媛也看着，也有点无奈，抬头看着白夫人，问道："姐，你真的决定好了吗？离开这里，可要和姐夫分开好久啊，给洛川转学的事，我看也不好办，不说洛川自己的意思，白老爷子那边怕是就不答应……"

白夫人叹了口气，道："八字还没一撇呢，我也就是这么想想。"她这段时间一直让儿子和小表弟接触，也是存了一点自己的心思。她琢磨着要给儿子转学，又不想增加儿子的反抗情绪，只能从给他添加小玩伴开始。儿子小，玩心重，或许遇到更喜欢的小伙伴就愿意去新学校了呢！

白夫人想得很好，但是实施起来实在太困难了。两个小家伙脾气太像，反而无法处到一起，倒是两个人都和米阳玩得挺好。

骆江媛是站在姐姐这一边的，她们的母亲去世得早，长姐如母，要不然也不会因为一封电报，她就带着孩子赶过来。她想了一会儿，不太明白，道："姐，我这几天看姐夫对你很好，为什么你会想走呢？不说白家，就我们家以后分到手的，都不会亏待了你和洛川，何苦自己去打拼呀？"

白夫人道："你啊，还是以前的性子，一点儿都不着急。"

骆江媛奇怪道："着急什么？洛川的学业吗？"

白夫人道："洛川的学业算一半吧，另一半也是为了我自己。"

骆江媛还是不理解，她这辈子没吃过什么苦，嫁人之后，丈夫接手家中的外贸生意，做得风生水起，她则当起了全职太太，日子舒心得不得了。她来的时候，丈夫还一再叮嘱她早些回来，要不是季、骆两家是世交，恐怕骆江媛的丈夫不舍得放人。这两人感情也一直很好，在她看来，家庭富裕、生活美满就足够了。

白夫人站在那儿看着远处，笑着摇摇头，道："我在这里每天看到的都是一样的，时间久了，看到外面的世界变了，就忍不住着急。怎么你在外面看习惯了，反而不急了吗？"这座边城被群山环绕，位置也是半隐蔽的，最适合部队驻扎，但是看得久了，极目远眺也只能看到这一小片地方，她叹了口气，缓声道，"我和你不一样，我为了洛川，已经错过了最好的几年，现在有机会，是怎么都不舍得放弃的。"

骆江嫒理所当然道:"姐当然是和我不一样的,你做什么,我都支持你。"

白夫人冲她笑了一下,她挽着白夫人的胳膊,忍不住又眨着眼睛说了两句姐妹间的俏皮话:"姐,你跟我说实话,这几年不舍得走,真的是因为洛川吗?难道就跟姐夫一点关系都没有?"

白夫人的脸上红了一下,啐她道:"少贫嘴,都跟小季学坏了。"

骆江嫒听到她提自己的丈夫一点都不害羞:"学坏又怎样?反正当初也是你帮我挑的。"

白夫人戳骆江嫒的额头一下,自己也笑了。

骆江嫒自己是没什么主意的,只看自己姐姐的意思行事,不过心里还是存了一份担忧,她自己没在外面拼搏过,总是觉得有些不稳妥。

白夫人虽然话里还有几分犹豫,眉宇间却多了坚毅,有些事迟早都是要做出改变的,她有这样的能力,就不愿意一再错过理应属于自己的东西。

第十五章
石灰粉

骆家姐妹在家中谈心，另一边，米阳回到了自己的家里。

有段时间没回自己的家了，米阳走到门口，先从脖子上掏出一根细绳，拽着它把拴在上面的钥匙拿出来，然后开锁。大门是内锁，只留一个巴掌大小的铁皮门洞，需要把手伸进去开锁，有点麻烦。

季柏安站在一旁，往他们这边挤了挤，有些嫌弃地看着路边的花坛，道："那是什么？白乎乎的。"

米阳看了一眼，道："石灰，隔一段时间要来做除虫的。"

季柏安身子僵硬了一下，道："你家还有虫子啊？！"

米阳还没开口说话，旁边的白洛川先拿手里的零食袋子敲在表弟的脑袋上，黑着脸道："你家才有虫子！"

季柏安撇撇嘴，道："我又没说你家，你凶什么？"

白洛川理直气壮道："你说米阳家也不行。"

米阳刚有点儿欣慰，就听见白少爷嗤笑了一声，道："他家就我能说。"

米阳无奈。

你也不能说！！

前几天下雨，锁芯有点锈住了，米阳在那儿开了好久，季柏安蹭来蹭去，道："好了没有？能不能快一点儿？外面好晒。"

米阳道："马上就好，再等一下。"

白洛川把零食塞到季柏安的怀里，自己过去拿了米阳的钥匙开门，钥匙还挂在米阳的脖子上，这么拽了一下，连人都拽到了白少爷的面前。

米阳使劲儿仰着头，道："你等我一下，我把钥匙摘下来，勒得难受……"

白洛川看他一眼，乐了："你刚才怎么不摘下来？"

米阳小声道："上回摘下来开过，不小心掉到里面了，我又不会翻院墙进去，等了一个多小时我妈才回家。"他想了想，又补充道，"现在我妈要好几天才回来，掉进去，我就没法回家了。"

白洛川又把他拽得近了一点，把手伸进他的领子，摸着一把钥匙取下来，道："给我吧，我给你开。"

他们还没打开门，就听到附近一阵脚步声，几个七八岁的男孩一路尖叫着跑过来，脸上都被晒得发红，额上冒着细汗，身上的衣服已经沾了不少灰尘，看到米阳在那开门的时候，都停了下来，起哄似的喊了两声。

米阳当没听见，还在盯着白洛川开锁："你小心点儿，别太使劲儿拧，小心断在里面。"

白洛川正要回头去看，米阳就问："哎，好像动了，你看是不是打开了！"

旁边的季柏安道："米阳，他们是不是在说你呢？你认识他们吗？"

米阳躲不开，只能回头看了一眼，那些熊孩子起哄得更厉害了，领头的那个小孩还拍了自己的屁股一下，冲米阳做鬼脸："小马屁精，哦哦！"

白洛川向来就不是能忍让的人，也不开锁了，皱着眉头，道："说谁呢？"

米阳拽着他的胳膊，眉头皱了一下又松开，道："这是我爸同事家的孩子，算了吧。"

不光白洛川不乐意，旁边的季柏安也咽不下这口气，他跟着米阳过来，就算是跟米阳站在一条船上的了，对面那帮小兔崽子骂米阳跟骂他有什么区别？！

米阳很是无奈，这几个小孩是刚来大院的孩子，领头起哄的那个小孩的爸爸和米泽海是上下级关系，他周围那三个是他的堂哥。他家今年才办的随军，把老婆孩子接来，只是别人一般都只接一个孩子，他们家把几个侄子一并接来了。这几个孩子刚从农村来，性子野得很，大院里其他孩子都不乐意跟他们玩，他们人多，就自己玩。

在部队，米泽海是副团长，那小孩的爸爸是正团长，按理说，分房之类的都应该是正团长优先，但是，米泽海军校毕业，又立过功，加上白敬荣一力举荐，凡事都在他前面。

到了今年，这位正团长才分到这边的楼房，搬来之后，发现和米泽海家是邻居，平时两人在单位就不怎么对付，现在他更是没好脸色。尤其是最近，米泽海眼瞅着又要升一级，而他当正团长五年了，还是没什么动静，难免有些负面情绪，尤其是团长家那位从农村来的老婆，嗓门大，吵架不嫌丢人，平时程青都躲着她，米阳见了她家孩子也是躲着的。

那几个小孩嘴里乱叫着，很快又把视线落在了他们手里的零食上，尤其是小季柏安怀里抱着的那一堆，后面一个又黑又胖的男孩还咽了咽口水。

季柏安眯了眯眼睛，把怀里的零食抱紧了点，他就是把零食扔到水沟里，也不给对方吃。

领头的那个小孩走过来，抬起下巴对米阳道："你又去拍马屁啦？"

米阳当作没听见，被白洛川捏着下巴转过去，让他面对面地看着那个小孩，教他骂人："你告诉他，让他'滚蛋'！"

米阳修书做的是慢工，人也慢吞吞习惯了，对上以前讨厌的同事朋友都不见得多生气，顶多就是躲着不搭理，还真没跟谁这么对骂过，尤其是对面还是货真价实的小孩。他犹豫了一下，就听见那边又喊了一声"马屁精"，然后哄笑起来。

米阳心里也气啊，但是程青一再叮嘱过他，他只能无奈道："你们别闹了。"

对面领头的那个小孩撇嘴道："谁闹了啊？大家都知道的事，你们家能做，就不让我们说啦？"他的眼睛也在盯着他们怀里那些没见过的零食，一边努力控制不去咽口水，一边继续奚落道，"你爸就是这么起来的呗！整天拍领导的马屁，你也是个小马屁精……"

米阳生气了，声音提高了点："别胡说啊，没有的事！"

对方见他生气，更得意了，扯着嗓子喊："你爸这次升职有啥了不起，还不是因为替领导挡了子弹，差点就死了呢！"

米阳气得哆嗦，这次也不用白洛川教了，几步过去，推了那小孩一把，道："你瞎说什么？你爸才差点死了！"这什么孩子啊，嘴这么毒！

那小孩被推了一个趔趄，然后也要去推米阳，嘴里不干不净地说着话。小孩能懂什么，他会这样说，无非是在家里听大人念叨多了，学舌。

米阳越听越生气，上去给了他一拳头，那孩子没见过米阳打架，还当米阳是软柿子，没想到被揍成个乌眼青，哇的一声就哭了，大喊："打他！"

他这边四个人，米阳那边人也不少，白洛川撸着袖子就上来了。旁边的季柏安心眼多，生怕这帮孩子占自己家便宜，把零食全都隔着院墙扔到米阳家的院子里，也卷着袖子扑上来——他和表哥自家人关起门来打架不记仇，但是，遇到敌人，那可是要一致对外的啊！

原本他们三对四就没有输的意思，而且这边动静太大，很快就引来了其他小孩，那帮小萝卜头都是跟着"白司令"和"米副官"混了好几年的，这交情能一样吗？！瞧见自家司令都下场了，立刻也都冲过来了："上啊！给白司令报仇！"

有机灵的，跟着冲锋到一半又往回跑，一边跑，一边喊："你们等着，我再去叫人！"

那边的四兄弟本来就有点怕了，这下，其中两个人更是吓哭了，眼前这三个，他们都打不过，竟然还要叫人！

这下已经不是单纯的打架了，已经正式升级为打群架，而且是一群殴打四个那种。

最后还是米阳喊了停，这四个小孩才被那帮孩子"押"过来，被按在那儿，要求道歉。

白洛川站在那儿，问道："之前打过米阳没有？"

被按在那儿的小孩估计还没缓过来，跪坐着，一抽一抽地哭，后边押他来的人立刻就给他的后脑勺一巴掌："司令问你话呢，打过我们副官没有？"

那小孩瘪嘴道："没有。"

白洛川又问："骂过没有？"

按着他们的人又跃跃欲试地要再给一巴掌，被按在那儿的怕了，立刻道："没有、没有！"

白洛川道："撒谎。"

这次被打了两小巴掌，"小犯罪分子"老实了，哭着道："就骂过几次……但我也没骂别的啊，我就说他是马屁精，都没骂他王八蛋。"

米阳对那几个小孩道："让他们起来吧，下回不许再骂人，嘴里干净点，知道吗？！我不是马屁精，你也不许咒我爸。"

那小孩擦了一把鼻涕和眼泪，站起来，他后面一个又黑又胖的男孩嘟囔着：

"你爸本来就进医院了啊！"

米阳没听清，凑近了一点，道："你说什么？"

又黑又胖的男孩抬头看着米阳就要说话，但是，领头那个忽然把手伸进裤子的口袋里，抓了一把什么，就朝着米阳这边扔过来，恶狠狠地盯着他嘴里用家乡话骂了一句。

米阳被旁边的白洛川拽了一把，护住了，他自己没事，就听到白洛川咳了一声。他鼻尖闻到石灰粉的呛鼻味道，一时气坏了，松开白洛川，眯着眼睛去看那个扔石灰粉的，瞧见那破孩子还要跑，上前就给按住了，在地上抓了一把东西往对方的嘴里塞，恶狠狠地教训道："吃啊！你刚才不是扔得很厉害吗？敢扔，就给我吃进去！"

那小孩平时没吃过亏，被打了，心里愤愤不平，这会儿听见米阳说的话，吓了一跳，拼命摇头，不肯吃，要吐出来。

米阳堵着他的嘴巴，呵斥道："你也怕？你怕，还敢冲人家脸上扔石灰粉！以后你再敢做这事，我瞧见一次，就抓一把石灰粉塞到你的嘴里，让你吃了！"

旁边跟着的几个小萝卜头愣了一下，他们平时瞧见米阳是好脾气的，明明他们年纪还小一点，但他总是让着他们，这还是他们头一次瞧见他这么生气，不过，他们也就愣了一下，立刻又气呼呼地上来替他按着人了。

米阳捂了一会儿那个小孩的嘴巴才松开手，那个小孩立刻扭头，呸呸地吐出几口黑褐色的东西，哭得脸都花了。

米阳没理那个小孩，过去看了一下白洛川，皱着眉头给他吹了吹，还是不太放心道："眼睛疼吗？伤到哪儿没有？"

白洛川睫毛上有点白，想要揉，米阳按着他的手，又仰头对他道："你闭眼。"

白洛川答应了一声，闭上眼，又被米阳吹了好一会儿，才摇头道："没事了。"

旁边的季柏安刚才躲得很快，一点儿都没伤着，但是这会儿瞧着米阳这么照顾自己的表哥，心里又有点羡慕，凑过去道："米阳，我的眼睛也有点不舒服。"

白洛川眼睛都没睁开，伸手就给了他一巴掌："滚蛋，你刚才跑得比谁都快。"

季柏安迟疑道："我真的碰到一点儿，好像进眼睛了。"

他还想再凑过来，白洛川睁开眼了，伸手就拎住他的衣领，他立刻连声喊道："疼疼疼，表哥疼啊，我不敢了，没碰着！我眼睛好好的！"

白洛川这才哼了一声，松开他。

米阳还是不放心，让白洛川先去医院看看，石灰粉这事儿可大可小，万一真的进小孩的眼睛里就不得了了。

他们这边还没走，那边的小萝卜头们忽然"咦"了一声，喊道："不好，跑了一个！"

"刚才没看着，让他跑了，一定是他扔石灰粉的时候！"

米阳对季柏安道："你带白洛川回去。"然后，他转回身去，对其他小萝卜头严肃道，"把他们三个押上，我们去他家！"这事儿绝对不能这么善了，米阳平时看着脾气好，但是认准了什么事，倔起来也是谁都别想拽回来的。

那帮小萝卜头立刻听从"米副官"的话，押上三个孩子就浩浩荡荡地过去了。

季柏安看了两眼热闹，记得自己的任务，过去扶着表哥的手，带他回家。

白洛川没什么事，略微一想，立刻大步往家走，比季柏安走得还快，最后还是季柏安使劲儿追他才追上的。

另一边，米阳已经带着一帮小萝卜头去了那个小孩家。

米阳他们刚到门口，就和那家小孩的妈妈撞上了，来搬救兵的那个又黑又胖的男孩瞧见米阳他们，吓得直往自己的姊姊身后躲，喊道："是他，就是他们！他们一群打我们四个，还、还喂李茂吃石灰粉！"

站在门口的女人原本就生气，这会儿亲眼看到自己的儿子和侄子们被押送过来，一个个身上都是土，脏兮兮的，尤其是自己的儿子，瞧见亲妈之后，更是哇的一声哭了，嘴里黑乎乎的一片："妈，米阳、米阳他喂我吃石灰粉啊，妈！"

"什么？！不要命了吗？！都快起开——"那女人伸手要去拽自己的儿子，米阳没让，她气得眉毛都竖起来，"米泽海家的孩子是吧？你知不知道石灰粉有多厉害？！别说吃进去，弄到眼睛里就要瞎了，我儿子要是有个三长两短，我跟你们全家都没完！"

米阳对上她，惊讶道："您知道石灰粉这么厉害啊？！"

女人道："废话！"

米阳绷着小脸，问她："您怎么不问问石灰粉是从哪儿来的呢？"

对面哭丧的小孩声音忽然卡壳了，自己呛咳了一声，不敢再喊了。

她看了一眼自己的孩子，知道家里的熊孩子什么样，第一反应就是把儿子拽过来，再找回场子，仗着自己是大人，推搡了那几个小孩一把，吼道："我管得着吗？反正这石灰粉不是好东西，你们都给我让开，我一会儿再跟你们算账……"

她刚碰到自己儿子的肩膀，就听到旁边有脚步声，连带着白老爷子低沉愤怒的声音一起传来："我也想知道这石灰粉打哪儿来的，怎么落到我孙子脸上了！"

白老爷子带着人走了过来，他身边跟着季柏安，小孩正一边走，一边指着那几个一身是土的小孩说："白爷爷，就是他们几个，抓了一大把石灰粉撒过来，表哥和米阳身上、脸上都是，哎呀，特别危险！"

白老爷子是临时有事过来一趟，身边还跟着警卫员，听见他这么说，脸色越发难看。

白老爷子抬头看了一眼，很快把视线落在唯一的大人身上，道："是你家的孩子弄的？"

那女人硬着头皮看向这个看起来颇有威严的老人，又看了一眼嘴里黑乎乎，正吐着东西的儿子，立刻又皱起眉头，撒泼道："就、就算是我家小孩撒了一把石灰粉，那米副团长家的小孩呢？米阳就没做错了吗？"她说着就拽过自己家的儿子，用手给他擦了擦脸，嚷嚷道，"你看看，米阳这个孩子有多恶毒，他要给我们家孩子喂石灰粉，那可是石灰粉呀！吃进去是要活活烧死人的，他一个小孩才几岁呀，怎么这么狠的心啊！"

白老爷子站在那儿，转头看向那群小萝卜头，道："米阳，你喂他吃石灰粉了？"

米阳跟白老爷子熟悉，虽然白老爷子平时看着严肃，但是在只有他和白洛川两个小孩的时候，绝对是一个慈祥的爷爷，因此，也不怕白老爷子，站出来，坦然道："没有，白爷爷，我就喂他吃了一把土。"

站在门口那个又黑又胖的侄子小声地喊道："你撒谎，我都看到了，就是石灰粉！"

女人也觉出不对劲来，掰开儿子的嘴巴看了看，黑乎乎的，也没有什么其他东西，并不是石灰粉，还真是被喂了一把土。

领头欺负米阳的那个孩子叫李茂，他刚才打架没赢，这会儿又被自己的妈妈掰开嘴看了半天，心里憋屈得够呛，张口就喊道："刚才我撒的石灰粉落在土上了，就算是土，你也是想喂我吃带有石灰粉的土，你就没安好心！"

女人想捂住他的嘴巴也来不及，她儿子已经连珠炮似的喊完了。她脸上红一阵白一阵的，只能反手狠狠地拍了儿子的后背一巴掌，这一下打得结实，小孩直接哇的一声哭了。

米阳不管她怎么教育孩子，他是来讨公道的，就要先把事实摆明，于是指了指那个号啕大哭的男孩的裤子口袋，道："石灰粉是他从裤兜里掏出来的，应该是之前藏了一小把，现在检查肯定还有剩下的粉末。不信的话，你可以验证一下。当然，我可以先把自己的口袋翻出来给你看，我们的都可以——"他说着，自己把身上几个口袋翻出来，亮给她看，又对其他小萝卜头道，"大家把口袋翻出来，给李茂的妈妈看看有没有石灰粉。"

那女人来不及阻止，对面一帮大院的小孩都听米阳的，齐刷刷地翻出口袋来给众人看，除了几个人掉出两颗糖果，其余都干干净净的，没有一点白色粉末。

李茂却不敢翻口袋，他捂着自己的口袋一个劲儿地往后缩，意思简直再明显不过。

米阳站在那儿，仰头对白老爷子道："白爷爷，李茂右边的裤子口袋里有石灰粉，他的手心里也有，是不是就可以证明只有他拿石灰粉撒到人身上了？"

女人还想辩驳，就听见白老爷子重重地哼了一声，道："对！"

女人小声地道："您就不要跟小孩子一般见识了吧，而且没见着伤得多厉害……"

"没见着？没见着就对了，我们家的孩子已经被送去医院了，他要是有什么事，你就给我等着吧！"白老爷子厉声道，"少跟我扣那些道德的大帽子！现在人人平等，我站在这儿也只是一个孩子的家长，家长不分大小！我是领导，你在这给我装起委屈了，我要是普通人，就该白白受欺负？天底下没有这样的道理。"

女人被白老爷子训斥得脸上涨红，也不敢撒野了，但她心里始终有一股气，忍不住道："那米阳呢？米阳带着一帮人打我家小孩，要怎么算？！人多了不起吗，还喂我家孩子吃土！"

白老爷子还没开口，旁边一众小萝卜头先不乐意了，他们可是都听得清楚，"白司令"被害得送去医院了，这家人还要陷害他们"米副官"啊！

几个人忍不住，立刻嚷嚷开了："白爷爷，你别听他们家说的，是他们欺负米阳！"

"对，就是他们四个兄弟！他们平时就老找米阳麻烦，瞧见我们人多就跑，人少的时候，老去惹米阳！"

"他们先动手的，而且，李茂骂米阳的爸爸要死了，我听见了！"

"我也听见了，李茂他们说米阳爸爸不好，他们还骂人！"

⋯⋯⋯⋯⋯

那女人管不住这么多小孩七嘴八舌地说话，急得额头都冒汗了，道："别瞎说，我们家李茂从来不会说脏话！"

"谁说的？他就冲米阳说这个了——"那个最先跑出去搬救兵的小萝卜头特别机灵，学着李茂那边的家乡话喊了一句，别说，学的音调都出来了，"上回李茂说这个，我妈就说这是脏话，好孩子不能听，听多了要烂耳朵呀！"

另外几个纷纷跟着附和，道："就是，李茂说了！"

小孩还不懂这是什么意思，大人一听就明白过来，白老爷子身边也有过几个会说方言的警卫员，虽然跟这个语调不太一样，但是，一听就黑了脸，这绝对不是什么好话。

这边动静大，已经有人通知了李团长，让他赶紧回家。等他赶来的时候，看到的就是这样一幅被当街指责的场面，他额头上冒着汗，平时他在家里确实醉酒的时候骂过几次，那也就仗着米泽海一家脾气好，不跟他们计较。他们大人平时在家横眉冷眼地说多了，小的就跟着学会了，没想到这次竟然还跑出来骂人，惹了大祸。

李团长赶忙过去，小声道："老首长，是我们家的不对。"

女人抱紧自己的孩子，还想反驳，被李团长瞪了一眼，道："还不快带孩子进去，你看看你平时怎么管的孩子，像个什么样子！"

女人不服气，见丈夫来了，反而不是很想进去了，倒是把李团长急得不行，一再使眼色也不好使。

白老爷子沉着脸道："我不跟孩子计较，只跟你们做家长的谈谈。孩子懂什么？他这么说，肯定是听到了才跟着学，那就只能是你的责任。"

李团长尴尬道："其实，这就是一句口头禅，在我们那都是随口说的，也、也没什么别的意思。"

白老爷子冷笑道："哦，既然随口说的，没什么别的意思，那好——"他指着站在女人跟前吃了一嘴土的小男孩道，"你转过身去，对着你爸妈连说十遍。"

李团长和他老婆的脸色都不好，李团长勉强地笑道："首长，这、这怎么好……"

白老爷子呵斥道："说！"

白老爷子是上过战场的人，气势上格外带着压迫力，真生气起来，别说小孩，大人都不敢造次。那小孩一下子就哭了，还不敢大声哭，肩膀一抽一抽地往自己妈妈身后躲，眼看女人又要撒泼，被白老爷子一个眼神就吓住了，站在那儿不敢动。

白老爷子道："怎么又不说了？！你当我是好糊弄的？！"

李团长一头汗道："不敢。"

白老爷子看他们夫妻一眼，冷声道："我给你们机会辩解，你们自己不愿意，如果要撒泼的话，在我这里不好使，做错了事都要受罚。父债子偿，儿子犯错，老子也别想推卸责任，再敢乱喊，就让警卫员抓你们这些大人去关几天禁闭，接受一下教育！"说着，他身后的警卫员就上前一步。

女人彻底一声都不敢吭了，缩在丈夫后面小声说了两句，跟蚊子哼哼一样："没，我没想撒泼……"

李团长也是脸上一阵红一阵白的，道："我道歉。"

白老爷子看着他，道："只对孩子吗？"

李团长咬咬牙，道："不，我也对米泽海同志道歉。"

白老爷子嗤笑了一声，道："很好，再写封道歉信送到师部来！我看你是平时训练得少了，整天都想些什么乱七八糟的东西，简直胡闹！干不好就别干了，给我滚回老家去种地！"

李团长两口子低着头不敢吭声。

白老爷子带着一帮小孩走了，让警卫员送了其他小孩回家，把今天的事情也跟这些小孩的家长说一下，解释清楚，没给那些背后嚼舌根的人一点可乘之机。

他自己带着米阳回去，到家的时候，白洛川已经从医院回来了。

白洛川的眼睛被医生看过了，并没有什么事，医生只开了一些冲洗的药水，让这两天再观察一下。

白老爷子看了警卫员递过来的那张医院的单子，抽了一张收费单，对他道："拿着送去李团长家，让他家给钱，记住了，一分不多要，一分也不能少。"

警卫员敬了个礼，道："是！"

白老爷子又招手让白洛川过来，认真地瞧了瞧，问道："洛川啊，还有哪里不舒服吗？一定要跟爷爷说，千万别落下病，眼睛太宝贵了，得用一辈子呢。"

白洛川笑了一下，摇头道："爷爷，我没事了。"

白洛川看向米阳，忍不住有点担心，白老爷子哼笑了一声，道："你还担心他？阳阳今天可不得了，我去的时候，他正在帮你'报仇'呢！"

白少爷眼睛亮了一下，充满期待地看着米阳，问道："真的吗？都干什么了？没伤着吧？"

米阳笑眯眯地摇摇头，老实地站在那儿，看着又是那个温和好脾气的乖宝宝了。

白夫人和骆江媛也被惊动了，白夫人担忧，频频看向自己的儿子。

骆江媛则是坐在沙发上，带着点儿好奇看向米阳。

她来住了一段时间，一直觉得米阳乖巧懂事，都没见过这孩子跟谁高声说过话，他会怎么"报仇"？

旁边的季柏安忍不住，比画着跟大家说了一遍，最后还在那感慨："真好，我也想有人这么帮我打一架，真气派！"

骆江媛哭笑不得，轻轻敲了他的脑袋一下："又乱用词语，有这么形容的吗？"

季柏安眼睛亮晶晶地看着米阳，充满了期待。

白洛川从刚才就认真听着，神情认真，眼睛也是看着米阳的。

反倒是米阳，站在那特别规矩，一点儿都不像是指挥了一场群架的小军师。

白夫人听完，把目光转到米阳的身上了。她受过高等教育，平时遇到这样的事也很生气，要不是米阳带着那帮孩子去堵在人家门口讨公道，大人还真不好上前理论，一时听着也解气。

白老爷子在路上只听了一半，现在听了全场，也非常认真，发现自己家的小孩没吃亏才舒心了不少，尤其是听到米阳吓唬小孩的时候，忍不住摇摇头，笑道："这话听着倒像是洛川说的。"

白夫人也笑了，道："爸，您不知道，阳阳特别老实，从小就跟在洛川的后面，这些肯定是洛川教的，他小时候都是跟着洛川学的说话。"

白洛川还有点得意，点头道："这倒是。"

白夫人气笑了，点了他的脑袋一下，道："你还得意上了！"

白老爷子乐了，问米阳："你是跟着洛川学的说话啊？"

米阳："是。"

白老爷子又笑呵呵道："别怕、别怕，爷爷问问你，那会儿你就喂了人家一把泥，为什么要吓唬小朋友啊？"

米阳道："因为他嘴巴臭，不干净。而且，我吓唬他，他就害怕了，说明他自己是知道那东西很危险。"他一边说，一边想着，他那会儿气得够呛，也没多考虑，现在说的时候都要努力想怎么解释，"我爸说，有时候在野外找不到干净的水源的时候，会用石灰消毒过滤，但是，千万不能直接弄到身上，不然特别危险。我想教训他，可我爸妈还说不能伤害其他小朋友……白爷爷，我做得对吗？"

"做得对。"白老爷子笑着点点头，"米泽海把你教得不错，现在的小孩就应该像你这样，我们野战军区出来的孩子，这种野外生存的基础知识必须知道。"

白老爷子十二岁扛枪入伍，那年头，八岁的孩子就已经能当半个大人用了，什么苦都吃过，也不怎么惯着家里的孩子，要不然，他平时也不会带着孙子上山训练。

只是，打架这事儿，白洛川做，他信，一直斯斯文文的米阳爆发一下，倒是让他有点惊讶。惊讶之后，他对米阳又多了几分喜爱。

他有理有据，不惹事，但在原则上决不吃亏，实在是个好孩子。

白老爷子平时觉得自己的孙子性子毛躁，但这会儿瞧着米阳，觉得他是一块非常好的磨刀石，两个人磨合一下，互补一下倒是刚好。

带着这样的心思，他投向米阳的目光都柔和了不少，从自己的兜里掏出一支钢笔来，递给米阳，道："拿着，给你今天的奖励。"

白夫人在旁边小声道："爸，他们打架还给奖励是不是……"

她的话还没说完，白老爷子就摆摆手，道："这里的一切都听我的，谁有道理，做得好，我就奖励谁。我们白家的人能吃苦，但决不吃亏！"

米阳犹豫一下，接过了那支钢笔，换来白老爷子粗糙的大手在脑袋上使劲儿"呼噜"了一把，头顶都是老爷子中气十足的笑声。

米阳抬头问道："白爷爷，李茂说我爸爸受伤住院了，我爸爸他到底怎么了？"

白老爷子沉吟了一下，也没瞒着他，道："阳阳，你是个大孩子了，爷爷就跟你说了吧。你爸在实战训练的时候受了轻伤，弹片已经取出来了，情况已经稳住，你妈现在就在医院照顾他。等过一个多月，他就可以做复健。"老爷子安抚地拍拍他的肩膀，道，"你别担心，已经不要紧了，如果你想去见见他们，爷爷可以派车送你过去，你要去看吗？"

米阳认真想了一会儿，还是摇头道："算了吧，我去了也帮不上什么忙，还是在家等着他们回来。"

白老爷子很欣慰，摸了摸他的小脑袋道："你是个乖孩子。"

米阳上楼的时候，心里还是有点担心，这是以前没有经历过的事儿，所以，他也不知道他爸伤得到底有多重，不过，从上次程青打电话来说话的语气，还有这次白老爷子安抚的口吻来看，似乎危险期已经过去了。

米阳叹了口气，他觉得自己的爸爸在部队里混得也不容易。

今天的群架事件之后，家里的大人就不让几个孩子出去玩了。白洛川要养病，米阳就坐在一旁陪着他，季柏安想要跟过来，却被白少爷毫不留情地叉了出去。白少爷睐着眼睛道："我不习惯别人进我的卧室。"

季柏安挤在门口，一边往里张望，一边道："那米阳呢？他都进去了，还睡在里面呢！"

白洛川道："他又不是外人。"

季柏安还想往里挤："我也不是啊……表哥，你就放我进去吧，我不说话，就坐着也不行吗？"

白洛川道："那你听话吗？"

季柏安立刻道："听话！"

白洛川冷声道："那你现在松手，往后退一步。"

季柏安当真松开门把手，往后退了一小步，还没等反应过来，面前的木板门砰的一声就紧紧地关上了。

季柏安在外面挠门，白少爷权当听不见，躺在小床上闭目养神。米阳看了一眼门，也学着他的样子翻开一本故事书看，想找点有趣的故事念给他听。

白洛川听见米阳翻书就躺不下去了，侧过身，故意问他："怎么今天学会跟人打架了？"

米阳低头一边看书，一边道："因为他扔了你石灰粉啊，那么危险，我就生气了。"

白洛川忍不住高兴起来。

他自己躺在那儿美了一会儿，又伸手拽着米阳，让他凑近了看着自己的眼睛。

米阳跪坐在床边仰头看了一会儿，白洛川的眼睛黑白分明，没有红，看着没什么事了。

白洛川眼睛一眨不眨地盯着他，认真道："很多人这么说你吗？"

米阳没听懂："啊？"

白洛川道："你跟我玩，他们说你，你怎么不告诉我？"

米阳摇头道："没有啊，就他们家，再说，这也不是多大的事。"

白洛川看了他一会儿，忽然得意地道："因为我受伤才是大事，对不对？"

米阳一脸茫然。

白洛川乐得笑起来，自己笑了一会儿，又开始理所当然地用病号的身份去吩咐米阳做事："我要听第五个故事，你念给我听。"

米阳道："可是昨天念过了呀。"

白洛川皱着鼻子，哼了一声道："我不管，就听这一个。"

米阳只好翻到那一页给他念，他记性很好，有些地方他都背下来了，米阳读错一两个字，他都听得出来，闭着眼睛给米阳指出来。

米阳气笑了，把书推给他："你自己背吧，我不念了。"

白洛川滚到米阳的那个小枕头上也跟着笑了，他的睫毛很长，落下一小片浓密的阴影，闭着眼睛，懒洋洋道："那就不念了，你拿两杯果汁，我们一起喝，我背得都口渴了。"

晚上，白敬荣回来了。

白夫人没有在饭桌上提起白天发生的事，等回了卧室，才慢慢跟他讲了一遍。骆家人也是护崽的性格，在外面不多说什么，但是在卧室里当着自己丈夫的面忍不住念叨了几句，除了李团长家的错，剩下的担忧的事，就变成了儿子的学业问题。

白夫人坐在梳妆台前一边梳着头发，一边道："洛川这样不行，这个环境，对孩子的学习很不利，我担心他以后去了沪市会跟不上。"她皱了一下眉头，"我以前觉得小学的话还好，如果要追赶什么功课，等到初中再开始也不迟，而且，我们请了魏老师教导他，他并不比其他地方的孩子差，但现在……"

白敬荣一向话很少，只抬头看着妻子，目光柔和："你想给洛川转学，是吗？"

白夫人坐在那儿叹了口气，抬头看向丈夫："洛川不能继续留在这里了。"

白敬荣道："这件事，慢慢来吧，爸那边还要再做做工作。"

白夫人咬唇，点点头。

米阳"一架成名"，大院里的孩子们或多或少都有参与，没有一个说米阳坏话的，反而都在说李团长家的孩子不讲理。自己家的孩子这么说了，连带着家长们也都对李团长家有了意见，尤其米阳还是跳级的优秀学生，米泽海夫妻这几年也结了好人缘，家长们原本心里就有一个先入为主的观念，这会儿更是站在米阳这边了。

米阳也因为这件事，平淡的日常生活中有了一点儿小小的变化。

白洛川装病号上瘾了，当着大人的面一点也不显露出来，但是，回到二楼的小房间就闭着眼睛什么都不肯做，连喝口水都要躺在床上让米阳喂。最近两天，他更过分，大概是在楼下的时候跟着白夫人看了一会儿琼瑶剧，到了卧室之后，更是"弱"得连脱衣服都不能自己脱了，站在那儿举高了双手，等着米阳来给他脱。

米阳伺候了两次，瞧着他一脸得意、仰着下巴的模样，也不乐意伺候了。

米阳觉得白洛川这大少爷脾气是被惯的，得从小改过来；白少爷觉得自己还没得到足够的重视，故意板着脸，要米阳多注意他。

第十六章
蚕宝宝

　　两人较劲了一晚上，第二天早上吃饭的时候都没怎么说话，除了白洛川拿油条的时候分成两半给了米阳一半之外，就没有其他交流了。

　　季柏安坐在对面观察了一会儿就瞧出来了，他眼珠转了转，鬼心眼特别多，找了个机会就拽住米阳的胳膊，道："我表哥不跟你玩了，你现在跟我玩吧？"

　　米阳站在那儿沉默地看着他："你要不要再想想……"

　　季柏安自从那天打群架之后，就对米阳感兴趣起来，不是想要欺负他的那种，而是动不动就想凑到他的面前，努力想要讨好人家。

　　季柏安凑到米阳的身边，转着眼珠道："我表哥的脾气不是很好，还不如跟我玩，对吧？"

　　米阳抬头看他，他就一脸期待地看着他，还不肯松手，一个劲儿地问道："哎，米阳，你觉得我和表哥谁好？"

　　米阳慢吞吞地道："你表哥就在后面，要不你问问他吧。"

　　白洛川背着书包走过来，勾着季柏安的脖子把他带去外面，堵在外面走廊和树的角落里开始"长者的教育"。

　　季柏安还没挨打就开始求饶："表哥，我不是那个意思，真不是，我就是挺羡慕米阳替你打架的……"

　　白少爷这几天就爱听人说这个，不打他了，站在那儿带着虚荣心地继续听他说。

　　季柏安羡慕极了，感慨道："我还以为米阳一直都这么乖，平时看着也不怎么说话呀，没想到这么厉害。"

白洛川嗤笑道："他那是懒得搭理你，你没见过他在学校的样子，凶着呢，老师欺负了他们班同学，他带着全班讨说法，校长都被惊动了。"

季柏安惊讶。

但是很快，他脸上的惊讶转变成了期盼。他的眼睛亮晶晶，道："表哥，你说我从现在开始也对米阳好，他也会替我打架吗？"

白洛川哼了一声，毫不客气道："做梦吧你。"

季柏安一直不肯放弃做这个梦，他身边没有关系这么好的小伙伴，越是没有，就越是忍不住羡慕。他琢磨着米阳和表哥好，肯定是因为表哥之前对米阳照顾，他只要加倍对米阳好，超过表哥，和米阳肯定也会有"他替自己打架"的那种友情。

季柏安打定了主意，有事没事就去讨好米阳。

米阳和白洛川一起去学校的时候，他不能跟着，但是他们回来之后，还是能凑在二楼书房一起上补习课的。

季柏安围着米阳转个不停，像一只小蜜蜂。有一次，他翻看米阳的书，把米阳吓了一跳。

米阳连忙走过去检查了一下，见他没弄坏，才放下心来。

季柏安完全没察觉，还在那儿围着米阳兴致勃勃地问道："这是什么书呀？自然类的书吗？是不是有观察课的那种……你们都在观察什么？"

米阳把书本拿给他看，道："春蚕，正好和语文一起，老师说这几天要观察昆虫。"

季柏安点点头，"哦"了一声，眼睛还围着米阳的书转。

米阳心生警惕，抱着书往白洛川那边靠拢，季柏安再贴过来，他就又离得远了些，书本都要和白洛川并排放着了。

白洛川拍了表弟的脑袋一把，道："再闹就出去，不让你上课了。"

季柏安这才悻悻地住手，自己玩了一会儿，认真地看着表哥和米阳商量着写作业，头挨着头说话，看了很久。

米阳以为季柏安消停了，没想到隔天就在书房自己那张小书桌上收到不少小玩意儿，小到巧克力糖，大到塞满桌洞的毛绒玩具，在书桌上堆成一座小山，最上面还别出心裁地放了一枝刚摘下来不久的鲜花。

米阳目瞪口呆。

季柏安站在一旁，一脸惊讶地问他："哇，这么多礼物，谁送的呀？米阳，你看，这人对你可真是太好了！"

旁边刚背着书包进来的白少爷脸都黑了。

家里一共三个小孩，两个出去上学一天没回来，还能是谁放的啊？

米阳哭笑不得，把那堆东西都还了回去，摇头道："真不用，我用不着这些。"

季柏安急了，道："那你要什么？你说啊！"

米阳无奈道："我什么都不要啊，我现在挺好的，什么都有。"

季柏安还在那儿哼唧，被旁边的表哥拍着桌子黑脸道："还不快拿走！"

季柏安也不敢再哼了，抱着东西，不甘心地出去了。

米阳觉得这两天的事有点魔幻，他都搞不清楚为什么季柏安突然转性了，季柏安现在表达出来的意思好像是想跟他做朋友——他忍不住在魏贤老师的小课间问了季柏安一下。

季柏安挨着他们坐着练习写字，听见他问，也惊讶："我们一起打过架，就是兄弟了，我当然对你好啊！"

米阳对这个答案还有点儿不安，但是没有再拿出像之前那样躲避他的态度了，兄弟算不上，普通朋友还差不多，只要季柏安不找他麻烦，他就谢天谢地了。

季柏安拿着手里的铅笔戳了戳米阳的胳膊，眼睛发光地看着他。他正在喝水，被戳了两下，奇怪道："怎么了？"

季柏安露出期待又害羞的表情，小声地问他："米阳，我以后对你好，你也替我打架吧？"

米阳噗的一声将一口水喷了出来。

白洛川躲避不及，桌面上的作业本湿了一块，米阳连忙拿纸巾给他擦拭："对不起、对不起，我的错，我给你弄干净。"

白洛川把作业本给了米阳，没生气的样子，反倒是越过米阳看了表弟一眼，挑眉道："我劝你还是尽早放弃，米阳只帮我一个，要打架，你自己学去。"

季柏安转念想了一下，兴致勃勃地问道："我学什么好？"

白洛川想了一下，隔着米阳给他传授心得："我爷爷说军体拳啊，近身格斗啊，部队里有好些厉害的呢，不过你也不是我们部队的人，在外面报名学个空手道什么的，应付一下就行了。"

米阳想起这对兄弟以后的战斗力，又一阵头疼，白洛川的破坏力就不说了，季柏安下手也够黑的，他们俩什么都不学才好。

兄弟俩说着说着，就开始吵架，两位都不是肯先退一步的主儿，隔着米阳你一言我一语地又拍了一架。

季柏安还想伸手去摸米阳，被白洛川敲了手背一下，也怒了，伸手非摸米阳一把不可！

白洛川哪受得了这个，季柏安摆明了就是挑衅他！于是，他二话不说就拎着表弟过来，按在书房里打了一顿。

季家这位小公子也不肯轻易吃亏，暗中使劲儿，偷着给了表哥两下，不过没能翻盘，被按在那儿揍得更狠了。

书房里打架的动静太大，很快，魏贤老师进来了，阻止了两下，那两位都不肯先停手，还是魏贤拿着戒尺拍了桌面几下才停下。

魏贤道："这怎么回事？怎么又打起来啦？！"

两位模样出众的小少爷站在那儿一个比一个倔，一句话不对付，眼瞅着又要打起来。

魏贤举着戒尺敲了桌子几下，呵斥道："你们这是干什么？像什么样子？书房就是教室，在教室里怎么可以这么乱来？！洛川、柏安，出去罚站！"

白洛川看了米阳一眼，米阳就站起来小心地道："老师，其实他们就是闹着玩儿，白洛川也没有真的打他……"

魏贤气得吹胡子瞪眼："你还偏袒！他们俩有错，你也做得不对，出去一起罚站十分钟。"

二个小孩一起被拎出去站在二楼的走廊上罚站，魏贤也被气得够呛，大概是觉得他们太不团结友爱了，让他们手拉手站着，谁都不许松开。

白洛川和季柏安互相看不顺眼，谁也不乐意牵着谁，两人就一人一边牵着米阳的手，其间还试探着把米阳往自己这边拽。

白洛川皱眉道："你放开！"

季柏安翻了个白眼，哼道："你怎么不放开？！"

白洛川道："让你松手，听见没有？不然还揍你。"

季柏安警惕道："你敢，姨妈就在楼下，你打我一下，我就喊救命，特别大声那种。"

米阳无奈。

他才想喊救命。

楼上的动静很快就吸引了骆江媛，她上楼来瞧了几个牵手罚站的小朋友，笑得不行。她知道自己儿子的调皮劲儿，怕耽误白洛川和米阳的功课，先把儿子领回去了，一边走，一边耐心地教育他。

米阳和白洛川每天都去学校上课，两人同进同出，给季柏安突袭的空间少得可怜。他再努力，也顶多是和米阳变成"普通好朋友"。

这天，米阳他们出门去学校，季柏安趴在窗边特别羡慕地看着，骆江媛趁机教育他，道："柏安，你也想去读书吗？"

季柏安点点头，大声道："想！"

骆江媛道："那等我们回了家，九月份，你也可以背着小书包去念书了，开不开心？"

季柏安却皱起眉头，道："为什么要回去？我不走，我要和米阳一个学校。"他想了一下，勉为其难地又加了一句，"还有表哥，我们三个一起呀。"

骆江媛怎么都没想到会听到这个答案，一时傻眼了，坐在那儿想了好半天如何来哄劝孩子跟自己回沪市。她姐姐还在想办法哄洛川去沪市读书呢，她家这位眼瞅着也要叛变留在这边了，这可怎么好哟！

骆江媛轻声细气地问儿子："宝宝，你怎么想留在这儿读书呢？这里没有家里好，你刚来的时候不是还说这里的商场小吗？"

季柏安年纪还小，心里想什么就说了，言语里的羡慕简直要溢出来："我想让米阳也对我好，帮我打架呀。"

骆江媛当他小孩心性，要争小伙伴，戳了戳他的脑门，摇头笑了。她对儿子道："过几天你爸爸要让人送东西过来，你有没有什么想要的？这是这季的衣服册子，宝宝来挑几件衣服好不好？"

季柏安兴致缺缺，挑了一会儿就抠着书上的一个小黑点玩去了。他抠两下，忽然抬头兴奋道："妈妈，我想要一个东西！"

他跑过去，贴着骆江媛的耳朵小声地说了，亮晶晶的眼睛看着她。

骆江媛一脸为难，但还是点头答应了："好吧，我试试看，不过太难带了，不一定能带到。"

季柏安倒是很有信心，道："爸爸一定能办到的！"

季家的人没两天就到了，是季总手下的一个经理，特意跑了一趟，来给骆江媛母子俩送东西。季总对老婆孩子非常好，生怕他们带的东西不够用，这次又给送来了不少。

季柏安等他们把东西一样样搬进来，就踮着脚等待属于自己的那份惊喜，瞧着经理从随身带着的皮包里拿出一个巴掌大的盒子之后，眼睛都亮了。

经理笑呵呵道："这是季总特意让我带来的，挑的都是最大最好的，而且路上我小心养着，长得非常好，特别能吃呢。"

骆江媛闪开一点，身体有些僵硬道："别给我，放、放桌上去吧。"

那位经理一点儿都没在意，笑着将东西放到了桌上。

季柏安一点儿都不在乎，扑上去，小心地打开盒子。纸盒上有几个出气孔，里面铺着一层桑叶，上面是几条白白胖胖的虫子，正在蠕动着啃食桑叶，发出细小的沙沙声——是蚕宝宝。

季柏安很欢喜，但是很快又纠结起来："这些不够吃吧？我听米阳说，它们要吃很多。"

经理道："准备了，季总知道您要观察蚕，带了不少桑叶呢，肯定能让它们吃到吐丝结茧！"

季柏安这才满意地点点头，抱着那个纸盒，其他什么礼物都不看了，一溜烟跑到二楼的书房。

骆江媛站在楼下喊了他两声，也不见他理睬，只能摇摇头无奈地留下来给东西分类。除了他们自己的，经理也给姐姐带了不少用得到的东西。她把礼品归为一类，把经理专门送来的市场资料又归为一类，弄得整整齐齐的——这些也是她能为姐姐做的事情。

季柏安不管大人那些事，他小小年纪里唯一的烦恼只有怎么从表哥那里"挖墙脚"而已。有了新礼物，他满怀期待地把这个小盒子放到了米阳的那张小书桌里面。

想了想，他又怕米阳回来一眼看不到，干脆把那个纸盒打开，自己先欣赏了一会儿，又想着米阳回来一脸惊喜的样子，忍不住托着下巴偷着乐。

米阳和白洛川在回来的路上也在谈论今天的自然课。

小学三年级有一门功课是写观察日记，在北方很少见到蚕，一般都用别的代替。自然课老师尽职尽责，亲自拿了一罐面包虫来教室分给大家观察。这虫子一般是钓鱼用的，平时用来喂鱼的也不少，很好找。

米阳一般很少有怕的东西，但是，软乎乎的虫子是他害怕的东西之一。瞧见之后，他浑身的鸡皮疙瘩都起来了。白洛川用小玻璃杯拿着他们小组的虫子一靠近，他的头皮就发麻。幸好白少爷发现得及时，一直挡在他的前面，帮他观察完了，口头叙述着，让他写完了观察日记。

回来的路上，米阳还觉得绝望，揉着胳膊上还未完全退下去的鸡皮疙瘩，道："还要写二十一天啊！"

白洛川摸了他的胳膊一下，安抚道："没事，我帮你写。"

米阳没吭声，蔫蔫儿的。他觉得小学也不好混了，要不还是再想想跳级的事吧，初中、高中的生物观察也就是观察细胞和哺乳动物，怎么都比观察虫子好……不过，他也就是想想，别说丢下现在三年级（一）班的小朋友，单是丢下白少爷，他都有点儿舍不得。

晚上吃完饭，季柏安催着他们一起去二楼上课的时候，米阳在书桌前坐下，习惯性地伸手去摸桌洞里放着的笔记本，忽然摸到了一个软软的东西，还贴着他的手指微微动了一下。

米阳的思维反应没有动作快，虽然抽出了手，但是那小东西已经掉在他的腿上了——两条白白胖胖的虫子还在他的腿上一耸一耸地蠕动着。

白天的精神冲击还没过去，晚上就又遇到了虫子，米阳整个人都"炸"了，连人带椅子摔到了地上！

旁边放书包的白洛川也吓了一跳，连忙问他："怎么了？"

米阳越是紧张，身体就越是僵硬，半躺在地上根本动不了，眼睛盯着那还在爬的虫子道："拿走，不行……我看到这个就动不了……"

白洛川顺着他的视线看过去，也瞧见那爬着的两只白色虫子，一把抓起来塞到了铅笔盒里，连铅笔盒带"虫"都扔到了门外的垃圾桶里，弯腰去扶他，道："没事了，虫子已经扔出去了。"

米阳坐在那儿，视线刚好对着小书桌的桌洞。他紧紧地盯着那儿，绷紧了身体，道："还、还有好几只！"

白洛川过去翻了一下，连盒子带虫一并扔了出去。他刚扔出去，就碰到了高高兴兴进来的季柏安。

季柏安瞧见他往垃圾桶里扔的东西，立刻翻脸了，推他一下，道："你干什么？扔我的宝贝干什么？！"

白洛川也气得够呛，道："果然是你放的，你给我等着，一会儿收拾你！"

他转身回去，米阳已经可以扶着桌子站起来了，瞧着脑门上一层薄汗，刚才摔倒的时候腿被磕出一个月牙形的小伤痕，还流血了。

白洛川弯腰看了一下，皱着眉头，一脸担心。

米阳已经缓过来了，反过来安抚他："没事，小伤，舔舔就好了。"

白洛川听见米阳说，二话没说就凑过去舔了一下。

米阳吓了一跳，躲闪不及，伤口被他的舌头舔了一下，忍不住浑身难受，躲开了一点，道："不用、不用，我就是随口说说……我一会儿去擦药。"

季柏安也怒气冲冲地走进书房，他原本还想找表哥麻烦，瞧见米阳一身狼狈，吓了一跳，道："怎么回事？米阳你、你的嘴巴出血了！"

米阳舔舔嘴唇，是有一点血的味道，但是更不舒服的是在晃动的牙齿，他皱眉捂住嘴巴。

白洛川站起身来，掰开他的手看了一下，道："我瞧瞧？"

米阳原本就有一颗小牙有换牙的迹象，这几天已经晃动了，他有时候舔几下，白洛川还会一副过来人的样子不许他舔。他刚才那么一摔，碰巧就把那颗牙磕了一大半下来，只剩一点儿连着了。他伸出手略微用力就将那颗牙齿扯下来了，于是含糊道："没事，本来就快掉了……"

季柏安惊叫了一声："流血了！"

白洛川吓了一跳，大概是刚才舔过米阳腿上的伤，瞧见他嘴巴出血，下意识地凑过去又要舔一下。

米阳也不捂着自己的嘴了，伸手一边推他，一边捂他的嘴巴："别闹！"

白洛川担心地看着米阳，眉头一直皱着没松开："咱们去看医生吧？"

米阳少了一颗牙齿，说话漏风，摇头道："没事啊，我、我漱口，就好了。"

白洛川现在没心情管表弟，带着米阳去漱口。他吓坏了，一直在旁边紧张地看着，等着米阳漱口完了，真的不再流血之后，才略微放松了一点。

米阳对着镜子看了看，有点儿不太适应，不过是侧边的牙齿，总体还好。

白洛川也凑过去看了看，他神情严肃，还伸手摸了摸米阳的小牙，哄他道：

"快换好了。"

季柏安也跑来卧室这边看他们，米阳腿上已经涂了药，嘴上的那点儿血也擦掉了，坐在那儿被白洛川捧着膝盖吹了一下，瞧见季柏安进来的时候，有点儿不太好意思地把腿收了回去，小声道："真没事了。"

季柏安走进来两步，小心道："米阳怎么了？怎么突然摔了？"

白洛川这会儿正心烦，瞧见表弟，没给他好脸色，推搡他一下，冷着脸道："走开，拿着你那些虫子一起走！"

季柏安反驳道："什么虫子？那是蚕宝宝！"

白洛川道："米阳最怕这些东西，你塞到他的桌洞里干吗？"

季柏安本来还想顶嘴，听见白洛川这么说，立刻回头去看米阳，视线从他的膝盖上转到他的脸上，皱眉道："你怕蚕宝宝？"

米阳有点不好意思，视线都不敢跟对方对上。他怕虫子这事儿之前都被自己成功地掩盖住了，没有被白洛川知道，谁能想到，现在一下子大家就都知道了。

季柏安沉默了一下，跟米阳道歉："对不起。"

米阳摆摆手，道："没事，不要紧，是我自己不小心。"

白洛川不耐烦道："你还帮他说话！"

季柏安的脸色没有刚刚那么难看了，走过来认真地看了米阳的伤口，确定真的不是很严重之后，又想伸手去碰，被表哥毫不留情地拍了手背一下，呵斥道："还敢碰他，想挨揍是不是？"

季柏安收回手，手背上红了一块也毫不介意。

米阳看见了，也只收回了视线，没说什么。

这些蚕宝宝在垃圾箱里被吴阿姨发现的时候，也把吴阿姨吓了一跳。白洛川这才想起罪魁祸首没有收拾。米阳怕这些软乎乎的虫子，白洛川自然也跟着厌烦它们，拿纸盒装了就要扔出去。

米阳拦住他道："拿到咱们班去吧，给班长，还可以让咱们班的人写观察日记。"

白洛川虽然不乐意，但还是点头答应了："好吧。"

季柏安一直在看着那些蚕宝宝，听到米阳这么说，也松了一口气。他重新拿了一个盒子过来，把那几只蚕宝宝装好，又把带来的一大袋桑叶一起抱了下来。

白洛川大概是怕他再打什么鬼主意，没让他拿，连蚕带桑叶都要走了，道：

"给我吧，我带去教室。"

季柏安把它们给白洛川之后，视线还定在那个纸盒上好久，有点担心的样子。

米阳安抚他道："没事的，我们的班长人很好，我让她拍照片给你看，会养得很好的。"

米阳记得季柏安以前也养过类似的昆虫，他见过一次，好像是稀有品种的蜘蛛。他挺怕那些，也没仔细看，但是季柏安照顾这些小动物倒是不分贵贱，一律神态温柔。

季柏安抬头看他，忽然道："那是给你找来的，你之前说要上观察课，我就给你找来了。"

米阳摇头道："不用啊，我不要。"

季柏安坚持道："可是我都给你找来了啊，让人从南方那么远特意带过来的。"

米阳的眼神里出现了一丝愧疚。

季柏安歪头看着他笑了，眼神里带着狡黠，道："你记得啊，我可是费了好大的劲儿才弄来送你的，你不要，也得领这份情，知道吗？"

米阳哭笑不得。

季柏安大概是觉得礼物送出去了，心里很舒坦，还问米阳："你不要这个，要不要蝈蝈？你们还观察什么？"

米阳硬着头皮道："不了，不需要那些了，我看蚕宝宝就好了。"

白洛川刚好回来，他最近迷上一本百科全书，看了不少昆虫，进来的时候，听到季柏安缠着米阳说话，立刻哼了一声，道："老师让我们观察蚕，是观察完全变态昆虫，蝈蝈是不完全变态的，看那个干吗？"

季柏安很感兴趣："什么叫变态啊？"

白洛川有心想显摆一下，但是见他不停地往米阳那边靠，忍不住推搡了他一下，表兄弟两人本来就心里都有火气——白洛川觉得刚才米阳受伤的事还没找他算账，他却觉得表哥伸手就把自己千辛万苦弄来的"礼物"扔了——两人你推我一下，我也推你一下，剑拔弩张的样子，眼瞅着就要打起来，米阳一个伤残病患，只能站在中间踮着脚劝架。

米阳刚掉了一颗牙，说话漏风，咬字不准地劝了半天，不知道表兄弟中的谁先笑了一声，另一个也不打了，冲着米阳哈哈乐起来。

季柏安还在一脸希冀地要求米阳再多说两句话，白洛川这回没拦着，偷看了米阳一眼也乐了。

米阳无奈。

变态啊，你们！没掉过牙吗？！

晚上，白洛川照顾米阳，连着几次起来给米阳的伤口擦药膏，米阳劝了两次，拦不住，也就懒得管了，任由他摆弄。白少爷给米阳擦了好几遍药，弄得有点晚了，第二天去上课的时候，两个人都困得打哈欠。

不过，带到班级里去的蚕宝宝大受欢迎，小班长特别喜欢，给它们换了一个干净的新纸盒，然后放在教室最后的一张小桌上供养起来，蚕宝宝成了班宠。

三年级（一）班的小朋友，每天下课，最大的乐趣就是去瞧瞧蚕宝宝。有些胆大的男生还轻轻摸一下，女生先是躲着，但是看它们沙沙地啃食桑叶，也忍不住瞪大了眼睛瞧着，毕竟是自己班里养的，慢慢不觉得丑了，都还挺自豪的。

蚕宝宝的桑叶是从季柏安那里拿的，怕坏了，他给了不少干桑叶，但是干桑叶让蚕宝宝的食欲下降了不少，眼瞧着每一只都瘦了一圈。

孙乾想办法让家里弄来了新鲜的桑叶，总算接上了供应。他在班里人气急剧上升，还骄傲了一把。

孙乾以前捐款的时候都是捐得最多的，但就算捐五十块钱，他也没现在这么大的荣誉感——简直像是全班的小英雄，得意极了。

班里除了米阳，都慢慢向蚕宝宝靠拢围观。

米阳只敢远观，靠近它们十步左右就要拔腿跑了。

有时候，其他男同学跟他闹着玩，故意推着他也去看"班宠"。他抗拒得脸都白了，紧紧地抓着白洛川的衣袖，摇头道："不了吧，我在这儿看得清楚，我视力挺好的。"

男同学们还在起哄，白少爷瞧着米阳两只手都抱着自己之后，站出来，道："别让他看了，你们还想不想让米阳给你们划重点了？"

小胖子笑嘻嘻地放手了，还帮忙拦着："别闹米阳了，都散了吧！"

唐骁拿了四驱车出来，大家就一窝蜂地"斗"车去了。最近关于四驱车的动画片正火，不少人买了一辆小小的四驱车凑在一起比赛，唐骁手头的四驱车最多，有五六辆。

白洛川在四驱车刚出来的时候就开始玩了，家里还专门弄了一条四驱车的跑道，五六米长，因此，他对这些不怎么感兴趣，于是留下来看米阳写观察日记。

米阳写了两笔就开始揉眼睛，白洛川凑过来一点，道："眼睛怎么了，疼？"

米阳摇摇头，道："没，就是左眼皮老跳，不过'左眼跳财'，是好事。"

白洛川好奇道："那右眼皮呢？右眼跳是什么？不好的？"

米阳一本正经道："右眼皮跳就不准，不能信。"

白洛川趴在课桌上笑了好一会儿。

米阳这一套伪科学的小理论还是有点儿道理的，当天晚上，他就见到了最想见的人。

米泽海出院了，程青陪着他一起回来的，两口子哪儿也没去，东西都没来得及放下就去白家接儿子。

米阳刚背着小书包回来，听到客厅里大人的笑声，眼睛瞬间一亮，冲那边小跑了过去，果然，米泽海和程青正笑意盈盈地坐在客厅的沙发上，看到他的时候，也是一脸惊喜。

程青冲他招手道："阳阳，来！"

米阳跑过去抱着她蹭了两下，她捧着他的小脸看了看，又低头亲了一口，笑道："高了一点儿，这才几天没见，就长大了。"

米泽海也试着抱起了儿子，笑呵呵道："也胖了，骆姐照顾得比我们还好，真是太麻烦你们了。"

米阳不敢动，推着他的肩膀要下来，生怕碰到他爸腰腹上的伤口。

程青也嗔怪米泽海乱用力气，叮嘱道："还是要小心一些的，伤口刚恢复好。"

米泽海年轻力壮，最是不缺力气的时候，平时几十公斤背着玩儿一样，负重拉练更是不在话下，抱起米阳这么一个小萝卜头根本不算什么，但是老婆说话了，他就立刻听话地收敛了。

白夫人也是笑着的，她已经把米阳的东西收拾好了，见小孩回来了，就点头道："本来还想留你们一起吃饭，不过瞧着阳阳也想家了，就先回去吧，等过两天，咱们两家一起吃顿饭，给你们接风。"

米泽海这次没有再客气，爽快地答应下来，跟白家人的感情又增进了许多。

米阳看在眼中，牵着程青的手并没有多问，只是带了几分好奇。他爸平时都躲着白洛川家，生怕给自己和领导添麻烦，怎么突然想通了？

等回去之后，程青才发现家里已经被打扫过了，厨房里也放了新鲜的蔬菜和肉，她一边系围裙，一边感慨道："一准是骆姐让人准备的，她心细，对我们也是真的好。"

米泽海想去搭把手，挽起袖子道："对，白大哥一家很好。"

程青看他一眼，忽然笑道："怎么，不喊政委了？"

米泽海叹了口气，道："要不是他来得及时，送我去医院治疗，恐怕我现在就不在这儿了。我这人知道感恩，不管他什么职务，这声大哥，我喊定了。"

米阳坐在客厅抱着几个苹果蹭过来要洗，顺便也竖着耳朵偷听，听见他们这么说，感到惊讶的同时有些明了。难怪那天白夫人来拜访之后，程青就匆匆"出差"去了。白夫人知道得早，也是因为白洛川的父亲第一个救助了米泽海。

米阳心里把这几个人的名字念了几遍，带着感激。

程青很快做好了三菜一汤，端出来给米阳他们吃。米阳很久没吃到程青做的饭菜，加上父母都健康地在自己身边，心里踏实，捧着小碗吃得津津有味。米泽海也挺长时间没有吃到家里的饭菜了，在医院里的时候，吃的清汤寡水，实在馋了，一盆米饭他自己吃了大半，连最后一点菜汤都拌着饭吃得精光。

饭后，米泽海坚持要证明自己不是个废人，端着这些去厨房刷碗了，程青没拦着，就让他去了。她自己留在客厅，抱着米阳好好地亲热了一会儿。

程青瞧见米阳膝盖上的伤，碰了碰，道："这是怎么弄的？"

米阳有点不好意思，道："我瞧见虫子，自己摔的。"

程青好好地笑话了儿子一番，米阳怕虫子的事，她是知道的。他刚会走路的时候，扶着小餐桌一直在那儿转圈，她还疑惑了半天，走近一看，原来是桌上有一只指甲盖大小的虫子，虫子往哪儿爬，他就向另一个方向躲，但是，小孩走路还不太利索，需要扶着，他就只能围着桌子一圈圈地绕，特别逗。

程青摸摸他膝盖上的伤口，瞧着快结痂了，不是特别担心，又抱着他问一会儿学校里的事，听他说考试成绩还是第一名，除了放心，多了点儿自豪，亲他一下，道："我儿子真棒！"

米阳笑了一下，还没说话，就被程青捧住了小脸，然后听见她惊讶地喊道："哎呀！米泽海，你快来看呀，你儿子掉牙了，哈哈哈，太好笑了！"

米泽海两只手都是泡沫，从厨房跑出来，惊喜道："来了、来了，掉了哪颗？丑不丑？"

程青肯定道："上牙，特别丑！"

米阳哭笑不得。

亲爹亲妈掰着他的嘴欣赏了好一会儿，又听说他写的作文在学校里得了一等奖，立刻表示要弥补缺憾，让亲儿子把那篇得奖的作文再朗读一遍。

米阳想了想，道："好吧。"

他拿出那篇作文来，开始朗读，作文的题目叫《我的理想》——特别宽泛的一个标题，同学们写什么的都有。新来的老师对他们这帮小朋友也好，无论大家想从事什么职业都表扬，极大地提高了大家的积极性。

米阳写的就是想长大了当一名古籍修复师。

他一直没忘了自己这个小小的梦想，以前因为家人对这个行业不了解，他自己也犹豫着没有坚持，就屈服了，所以错失了机会。现在重来一回，他想从头开始，认认真真地做好这一件事，做好自己的小手工。

米阳写得挺好的，但是他现在缺了一颗牙齿，说话跟漏风似的，没读上几句，坐在沙发上的爹妈就乐起来。

米阳停下来抬头看看他们，他们就立刻坐直了身体，换了严肃的表情，示意米阳朗读下去，但是没几分钟又笑场了。

程青笑得眼泪都出来了，道："哎哟，我儿子成小豁牙了，这可怎么办哈哈哈！"

米泽海也乐得不行，应声道："说话跟小老头儿一样，哈哈哈！"

米阳怀揣着自己伟大的梦想，凝神屏气，坚持读完了自己的小作文。

程青和米泽海坐在那儿一起给他鼓掌，夸奖道："写得真好！"

米阳拿着作文本道："这个拿了　等奖，还被贴到学校门口的布告栏里去了，全校获奖的一共五篇，下回你们去了可以看看。"

程青道："好，妈妈一定去看。"

米阳趁机又道："妈妈，魏爷爷也说这个专业不错，他有朋友就是教这个的大学教授。魏爷爷还说做古籍修复很好，将来可以考公务员，也可以去省图书馆工作。"他学着魏贤的语气道，"国家还是缺这方面的人才，建议发展自己的特长，从小培养，一步步踏踏实实地走到工作岗位。"

程青挺感兴趣道："哦？还能考公务员啊，那挺好，以后就在图书馆工作了，确实不错，咱们阳阳手工也不错，肯定做得来。"

米泽海在一边跟着点头，也是一副高兴的样子。

米阳把这一颗小种子埋在他们的心里，就不怎么担心以后了。

他趁热打铁道："我们老师也说呀，小学的时候就要立志，我就想以后当一个修书匠！"他说得慷慨激昂，一点反悔的机会都没给他们。

对面沙发上坐着的两口子还在给米阳鼓掌，当爹妈的哪有打击小孩的呀，他们不但不反对，还鼓励道："阳阳说得好，我儿子就是棒！"

米阳问他们道："爸，你觉得我以后念大学了，学古籍修复怎么样？"

米泽海根本就没听过这个专业，程青碰了他的胳膊一下，他立刻鼓掌道："好！咱就学这个！"

米阳笑弯了眼睛，道："那我以后就听爸爸妈妈的话，努力向这个目标看齐！"

程青和米泽海虽然觉得哪里不太对劲，但依旧努力给家里的宝宝鼓励，米阳一脸期待地看着他们，他们心里甜丝丝的，特别为人父母的自豪感。

程青和米泽海心想：我们的儿子真是太优秀了！

米阳心想：爸妈年轻的时候真好哄，开心。

这篇作文拿到一等奖是意外之喜，米阳当初写下它，其实就是为了拿来哄程青和米泽海的。米阳这个愿望很小，每次进步一点点，往前走一小步都觉得高兴。

米泽海知道米阳他们班以前出过事，又问了他新换的班主任怎么样，毕竟这么长时间没见儿子，很挂念。

米阳自然都说好，他盯着米泽海的腰侧，小心地碰了一下，米泽海乐了，道："儿子，想不想看男人的勋章？"

米阳点点头，米泽海就掀开衣服给他看了一下弹片伤过的痕迹，已经缝合的伤口看起来还是很狰狞。

米泽海对儿子吹嘘道："当时你爹我一点都不怕，推开那个新兵就翻身躲开了，那炮弹也炸哑了，哎呀，都是天意啊，一颗炮弹炸在身边还全须全尾的也就你爹我一个了……到了医院，我也一声没吭，取弹片时咬牙撑着，爷们嘛，就得这样！"

程青拿着衣服去洗，路过的时候听见他在吹牛，忍不住从后面给了他一小巴掌，气呼呼道："你还敢说！别的我懒得说你，在医院撑着没吭声？谁在手术室里哭得一把鼻涕、一把泪地让我带好孩子继续过日子，啊？又是谁求我多想他一年再改嫁，啊？！"

米泽海悻悻地把衣服下摆放下来，一句话都不敢反驳，瞧着程青走了，才冲米阳挤眉弄眼，爷俩都窝在沙发上偷着乐起来。

米泽海在单位请了假专心养伤，他在家待的时间长，米阳也渐渐察觉出来，他伤着的不只是腰腹那里，他的听力也受损了，耳后有一块不太明显的疤痕，但确实是有影响的。

米泽海已经不再适合待在野战部队，他的身体条件不允许，大概是带着这份焦虑，刚出院的高兴劲儿慢慢消了下去。他当着程青和米阳的面还是有说有笑的，但是，自己沉默的时间也越来越长。他不是文职出身，也从来没想过要做文职工作，在最好的时候却无法更进一步，实在让他烦闷。

第十七章
病重

米泽海在家中休养了一段时间，就接到了老家来的一封电报。

电报是从山海镇发来的，但并不是程青家发来的，而是米家。

米泽海年幼的时候，家里条件不好，无法养活那么多孩子，因此被送去了米家抚养。他也将养父母当成自己的亲生父母一样对待，平时给亲生父母那边补贴的时候，也绝对不会亏待养父母这边。

养育之恩大于生育之恩，米泽海是个孝子，两边他都放不下。

所以，这么多年，他们这个小家没存下什么钱，米泽海对物质要求不高，程青人也善良，米阳觉得这样的家庭挺好，能够吃饱穿暖，有套小房子就很知足。

米家发来的电报很短，一行字刺得米泽海眼睛酸痛：母病危，速归。

米泽海夫妇二话没说，当夜就收拾了东西，程青给自己和米阳学校那边都请了假，一家人急急忙忙地准备回老家一趟。

米阳收拾了两件自己的东西，又放下来，道："妈，我出去一下。"

程青忙得抬不起头，问道："去哪儿？"

米阳已经穿好外套往外走了。他一边换鞋，一边道："去白洛川家，我跟他说一声。"

程青叮嘱他："早点回来啊，我们这次要在老家待一段时间，要带不少东西。"

"知道。"米阳点头答应，跑了出去。

白洛川正在家里百无聊赖地看着书，听见门铃响了，立刻去开了门，瞧见米阳的时候眼睛都亮了，伸手就要拉他进来。

米阳站在门口摇摇头，道："我不进去了，一会儿还有急事要回家，我就是来跟你说一声，我们家里有点事，要先回老家住一段时间了。"

白洛川愣了一下，道："去哪儿？山海镇吗？"

米阳点点头，道："对，我奶奶身体不好，我爸妈要带我一起回去看她。"

白洛川问他："什么时候走？"

米阳道："买了明天一早的火车票。"

事情太突然，白洛川一点儿准备都没有，神情有几分慌乱，但是他很快就冷静下来，点头道："行，我知道了，你去吧。"

米阳走了两步，又转头看他，果然瞧见小少爷站在门口没挪动脚步，他折返，抱了抱白少爷，拍拍他的肩膀，道："我很快就回来。"

白洛川"嗯"了一声，看着情绪还是很低落。

米阳回去收拾了自己的东西，程青没给米阳多带衣服，程家也住在山海镇上，她家中别说程老太太了，单是那三个姨就每年都给米阳准备许多衣物，因此并没有多带。但是米阳误会了，他以为是停留的时间短才没拿多余的衣服，心里也没有特别担心。

第二天临出门的时候，米阳就看到自己家门口挂了一个小书包，他打开看了一眼，里面装得满满的，都是他平时爱吃的零食，还放了一个绿色青蛙的小水杯。不用问，他也知道一准是白洛川送来的。

小书包瞧着已经被露水弄湿了一块，挂了挺长时间，应该是昨天晚上就送来了。

米阳拿着那个小书包，看了白家的方向一眼，程青在一旁催他："阳阳，要上车了。"

"来了。"米阳收回视线，答应了一声，跟了上去。

这不是米阳第一次坐火车，但是全家一起出动的次数很少，往常都是过年的时候程青带着他挤火车回家，这次难得米泽海也在，程青一下轻松了不少。

火车上人多，他们买票买得急，只买到一张卧铺票和一张硬座票。程青担心丈夫的身体，想让他留在卧铺这边休息，但是他不肯。他把程青母子俩安顿好了，道："我去前面找列车长再补一张卧铺的票，你们在这儿等我，别乱走。"

程青拦不住，只能看着他又慢慢挤到前面去了。

米泽海运气不错，过了两站之后，补上了卧铺车票。他跟别人换了一下位置，过来找了程青。

卧铺车厢的条件比米阳之前回老家坐硬座时的条件好了很多，这里人也少，躺着还可以休息，回山海镇三天两夜，能熬过去。米阳在车上大多数时候自己看看卡通书，再看看外面的景色，旁边的程青和米泽海一脸担心地小声交谈，两人都皱着眉头，看起来并不轻松。

米阳听了两次，父母都是在谈老太太的病情，但是父母有意小声地说话，他也懂事地没有去多问。

米阳看书累了，就躺在卧铺上睡觉，昏昏沉沉地睡了好久，再被火车晃动着醒来的时候，就看到外面的天都黑了，耳边都是轰隆隆穿过隧道的声音。

他揉了一下耳朵，程青看到了，对他道："阳阳张嘴，打个哈欠就舒服了。"

米阳打了个哈欠，耳朵能听清了不少，人也慢慢精神起来。

程青泡了方便面喂他吃，是炸酱面味儿的，带着点咸甜的口感。

米阳很久没吃这种垃圾食品了，闻着肚子就咕咕叫，用叉子卷着面条吃得很香。

程青也吃了自己那份，还给米泽海端去一碗。米泽海没什么胃口，大概是心里焦急，坐不住一般又站起身去别处走了走。

米阳问道："妈妈，奶奶病得很重吗？"

程青叹了口气，摸了摸他的脑袋道："挺严重的，阳阳去了那边之后，我们住在奶奶家，你要听话，知道吗？"

米阳点点头。

他其实对奶奶家并没有很深的印象。

他只记得奶奶在他年纪很小的时候就去世了，大概是他念小学一年级的时候，跟现在的时间差不多对得上。

老太太身体一直都不怎么好，全靠米阳爷爷细心照顾，每年吃的中药很多，老房子里挂着药包，常年累月地都能闻到浓重的药香。

老太太身体弱，三天两头地生病，照顾自己都力不从心，只能把米阳托付给程家照顾。但是她和老伴儿每次有什么好吃的、好玩的，一定会给程老太太那边送去一份，嘴上不说，也知道是特意给小孙子送去的。

天气晴朗的时候，米阳的奶奶也会来瞧瞧孙子，不过这样的时候真的太少了。

奶奶去世之后，米阳记得爷爷不怎么跟人接触，脸上常年见不到一丝笑，脾气古怪得厉害，逢年过节也不跟家里人吃顿团圆饭，把自己关在那所老房子里，守在里面，谁也不理。

性情古怪，这就是米阳对爷爷最后的印象。老人比老太太多活了二十年，最后在老屋里离开人世，倒是最后的时候脸上带着一丝微笑，神情平和放松。

米阳作为长孙，又是唯一的孙辈，跟在米泽海身边为他扶棺，送了他最后一程。

现在米阳回想起来，都是很遥远的事情了。

米阳看着火车玻璃窗外面一闪一闪晃过的电灯光，微微出神。

另一边，白家。

白洛川自己在家里觉得挺没劲儿的，尤其是放学之后，回到家总是一副打不起精神来的样子。

他在卧室看看那支和自己的并排放在一处的小牙刷，又看看书房里空着的那张小课桌，虽然课桌空了，但是米阳的书和笔记本都还在。他看到这些零碎的东西都在，才觉得心里踏实一点。

有这么多物品在，他觉得米阳一定会回来。

有时候上课白洛川走神，魏老师喊他好几次，他都有点儿恍惚，魏贤都看不下去了，知道他和米阳两个人从小就没分开过几天，叹了口气，道："今天的作业我们来写信吧，老师教你。"

白洛川没什么兴趣。

旁边的季柏安问道："也可以给米阳写信吗？贴了邮票，多远都能收到对不对？"

魏贤点点头，道："当然可以。"

白洛川这才提起点儿精神来，拿出纸笔学写信。

白夫人在书房外面看着，脸上也有些担忧，连着两三天了，一直都是这样，她都怕儿子生病了。

等白洛川晚上课业结束，白夫人就把他带到楼下的小书房，认真地对他道："洛川，妈妈想跟你谈一谈转学的事。"

白洛川有些困惑地看着她，但是听到"转学"两个字，立刻皱起眉头。

白夫人尊重儿子，不糊弄他，把转学的事说了一下，开诚布公地分析给他听，她一直教育儿子要等长辈说完再提意见，因此白少爷虽然恼怒，但等到她说完之后才道："我不去。"

白夫人想了一下，道："那我们就去看看，好不好？最近你们学校不是开春季运动会嘛，妈妈先给你请两天假，我们一起去看看。如果不好的话，我们再回来。哦，你要等米阳是吧？妈妈问过了，他这次回山海镇要待很久……"

白洛川本来就因为这件事心情不好，现在听到，又发了一阵脾气："谁说的？他亲口跟我说了，很快就回来！"

白夫人叹了一口气，看着眼前气得够呛的小孩，知道说不通，只能哄他道："妈妈也是听说的，反正小乖要回来也要坐好几天的火车。要不，这几天你先跟妈妈去沪市看看吧？如果好的话，我们也带小乖过去好不好？"

白洛川哼了一声，扭头不看她。

白夫人弯腰认真道："那里教学条件好，篮球场、足球场什么的也特别大，你不是最喜欢和小乖踢球？去了也可以一起玩。你可以先看看，回来你跟小乖说，妈妈去跟程姨做做工作，我们一起努力好不好？"白夫人拿出十分的耐性说着，还是想让儿子先点头。

"不好，反正我不走。"白洛川不肯，固执得不行。

白夫人道："那如果妈妈去沪市工作呢？你不要妈妈啦？"

白洛川怒道："那你就走吧，反正我不走！"

说着，他跳下椅子，自己跑了。

白夫人叹了口气，坐在那儿揉着太阳穴缓了缓。

旁边的骆江媛偷偷听着，见小魔王走了，才拍了拍胸口从隔壁的小房间走出来，叹了口气道："我还以为我家那个就够难哄的了，刚才瞧见洛川发脾气，真是吓我一跳。姐夫看着斯斯文文的，怎么洛川的脾气这么大？"她念叨两句，自己又低声笑道，"可能是像姐姐你，从小就有自己的主意。"

白夫人苦笑，问她："柏安怎么了？"

骆江媛愁眉不展，道："还能有什么事？米阳今天没来，他一直问我米阳去哪儿了，我也不知道呀，就随口说明天就来了吧。谁知道他跑去问了一圈，打听到人家是回老家了，还要待很久，这不，回来就跟我生气了，一晚上一句话也不跟我说呢！"

白夫人揉了揉眉心，她觉得她找到白洛川的症结所在了，没别的，就两个字——"米阳"。

而此刻的米阳，一路火车颠簸，终于到了山海镇。

米阳先跟着爸妈去了爷爷家。

老房子还是和记忆里的一样，刚踏进院门，就闻到一阵浓浓的中药味。米泽海看到院子里一个老头儿正在弯腰倒药汤，立刻放下手里的行李，上前喊了一声"爸"，小心地帮忙。

老头儿五六十岁的样子，脸上皱纹很深，瞧着不苟言笑，正是米阳的爷爷——米鸿。米鸿皱着眉头没让儿子帮忙，使唤他道："去洗把脸，一会儿来见见你妈。"

他转身瞧见米阳和程青的时候，脸上的表情缓和了许多，还从兜里掏出一块糖给米阳，但是，没来得及说上两句，就听见房间里一阵咳嗽声，立刻转身端着药进去了。

米泽海带着老婆孩子进去洗了把脸，程青又给米阳换了一身干净衣服，一家三口这才去看了老太太。

米阳迈过木门槛走进房门的时候，脑海里浮现出的是数年后的老房子。他一边看着，一边把它们和记忆里的东西对比。除了颜色有新旧之分，其他的真的分毫未变，大堂里摆着的八仙桌，贴着的仙鹤祝寿挂图，还有爷爷最常坐的太师椅……

走进去之后，米泽海掀开门帘，就听到一阵咳嗽声，夹杂着老太太柔和的念叨声："你叫孩子回来干什么？阳阳也来啦？快让他们走吧，小心过了'病气'……"说着，她又是一阵咳嗽。

米鸿坐在木床边上，旁边放着他刚端来的药碗，还有一块剥开了的糖纸——和刚才他给米阳的糖是一样的。

米鸿小声劝了老太太两句，老太太这才点头答应，道："行，就见见吧，正好我也把东西给他。"

米阳个子矮，进来之后，先抬头看到了木床上的奶奶，紧接着就看到她床边小桌上摆放着的那把三弦琴。这琴他见过很多次，每次米泽海带着他来老宅子看米鸿的时候，都能看到它。这么多年了，它依旧摆放在原来的位置，他从来没见爷爷用过。三弦琴挂在那儿都烂了，米鸿临死都不让人取下来。

耳边一阵咳嗽声，米阳被轻轻推了一把，就听到程青小声道："阳阳，奶奶叫你呢。"

米阳连忙走过去，趴在木床边上看老太太，小心地喊道："奶奶。"

老太太瞧着气色还好，只是嘴唇灰白，她年轻时漂亮，这会儿五官容貌还能看出年轻时的底子，看起来也是一位慈眉善目、很美的老太太，弯着眼睛笑的时候最是和善。米鸿把她照顾得很好，即便是在病床上这么多年，她也保留最后的体面，穿戴整洁，头发也梳得整整齐齐，除了药味，房间里没有其他任何气息。

她看了看米阳，眼睛里带着柔和的光，大概是想伸手碰碰孙子，中途又想起自己生病了，犹豫着没有靠近。

米阳伸手一把握住她的手，她年纪大了，手上的皮肤松弛干燥，但是温暖有力。老太太握了他的手一下，笑得更开心了，对他道："阳阳，奶奶快有一年没见到你啦。"

米阳点点头，道："我这次在这里住很久，一直陪着奶奶。"

老太太又笑："那挺好，不过你姥姥也想你呢，前几天她来看我，还给我看了照片，我呀，就告诉她，一样的照片我这里也有，你妈妈也给我邮寄了呢！"她拍拍米阳的手，哄他道："奶奶瞧见你，病就好了一大半，你不用在这里陪着我，去看看你姥姥吧。"

米阳握着她的手没松开，也没吭声。

老太太就握着他的小手，又抬头去看米泽海和程青他们，道："本来没打算发电报，我老是生病，前一阵病了好久，你爸自己吓着了，这才把你们喊回来。不过回来一趟也好，有些东西正好给你们。"她从枕头旁边拿过一个小木盒，递到程青的手边，道："你们结婚的时候，我给了你一只金镯子，这是另外一只，你留着吧，以后给阳阳讨媳妇用。"

程青连忙推拒，道："妈，您不用给我们准备这些，阳阳还小呢！等以后……"

老太太笑道："就是太小了，才给你啊！"

她没说出来的后半句，是因为知道自己可能没什么以后了。

程青看了老太太现在的身体，忍不住眼圈红了，颤着手接过那个小木盒。

老太太说不了太久的话，她的肺不好，又喘着咳起来，米鸿的脸色变了一下，把米泽海他们都赶了出去，自己留在那儿照顾老伴儿，神情慌张得手都发抖了。

米泽海和程青也没有干等着，两个人都是在山海镇长大的，对这里的环境熟悉，米泽海出去买些蜂窝煤，程青卷起袖子把家里的厨房收拾了一下，手脚利落地切菜做饭，准备做一些软烂可口的食物给老太太吃。

米泽海搬煤的时候，没注意没控制好力气，弯腰哼了一声，程青听到，连忙过去要掀开他的衣服看看。

米泽海不肯，但他的衣服还是被掀开了，程青一看到他的伤口又泛红要开裂的样子，忍不住要哭："你路上也不说，怎么这么严重了啊！"

米鸿正好进来放药碗，抬眼就看到米泽海肚子上那道狰狞的疤痕，但只看了一眼，跟没瞧见一样，放下药碗就转身出去了。

要是他问了，程青这个做晚辈的肯定要说"不碍事"，但是，他亲眼瞧见了，还这样冷漠，让程青有些心酸。米泽海不是他们亲生的儿子，但是养了这么多年，米泽海将米鸿当亲爹一样尊重，孝顺得不得了，现在他看到儿子负伤，竟然不闻不问，太超乎她的预料了。

米泽海却毫不在乎，眉头紧锁，把衣摆放下，道："没什么，回头擦点药就好了，你也别说，妈还病着，不能让她操心。"

程青点点头，转头回去做饭了，憋着一口气不吭声。

直到吃了晚饭，米鸿也没跟米泽海多说一句话。他围着老太太忙忙碌碌，谁都看不上，有两次还使唤受伤的儿子去搬一个木柜——就因为老太太一句话，说柜子好像挡着风了，她有点喘不过气。

米泽海是个愚孝的人，一点都不爱惜自己的身体，去帮着弄了，根本不理程青的眼神。程青能有什么办法！她心疼自己的丈夫，只能卷起袖子，也去帮忙，只恨自己没多一点儿力气搬动这柜子。

等到晚上回到他们住的房间里，隔着小半个院子，程青才敢抱怨两句。

"他心里只有自己和老太太，"程青气得红了眼圈，丈夫的伤口还没好全呢，一路过来她千万个小心，现在看到伤口又有点儿发红，简直提心吊胆，"当初流了那么多血啊，你怕家里人担心，不让我说一字，现在好了，他自己都瞧见了，连问也不问一句……"

米泽海哄她两句，她还要说，他就有些生气了，压着声音道："青儿，别说了！"

程青把给他擦拭伤口的毛巾放进盆里，红着眼圈出去了。

米阳躺在床上装睡，一声不敢吭，爸妈吵架，又是家庭问题，他只要装作"什么都不知道"就对了。

米泽海坐在椅子上叹了口气，忽然听到咚咚两声敲门声，他起初以为是程青，刚才自己语气重了点，连忙过去开了门，门前站着的却是米鸿。

米鸿依旧是白天那样，一副全天下的人欠了他钱的模样，眼神沉沉地看了看他，道："你跟我出来一下。"

说完，米鸿就自己迈步走了出去。

米泽海连忙跟上他，连外套都没来得及拿。

米阳不装睡了，略微犹豫一下，也起身轻手轻脚地跟了过去。他人小，晚上月色下树影黑漆漆的一片，他这样一个小孩躲在花丛里根本瞧不出来。

米泽海跟着米鸿去了外面，站在父亲面前有些尴尬，拿不准父亲刚才听到了多少程青的话，刚想解释一下，就被米鸿拦住了。

米鸿沉声道："我时间不多，就来跟你说两句，一会儿还要回堂屋照顾她。"

米泽海连声应"是"，又问他："爸，要不今天晚上我去照顾妈，您辛苦这么多天了，也歇歇……"

米鸿摇摇头，道："用不着，我伺候一辈子了，习惯了，这不是你该做的事儿。"

米鸿的话里带着排外感，米泽海却丝毫没有觉出什么，他是个孝子，父亲说什么，他就做什么。

米鸿给了他很多东西，都是老物件，两件值钱的古董，一个半新不旧的存折，依旧是用半热不冷的语气对他道："这里没多少钱，攒了一辈子到现在也就一千多块钱吧，我没什么能耐，你也别嫌弃。"

米泽海结结巴巴说不出一句完整的话，推拒着不肯要，然而，米鸿拿出的下一个东西把他额头上的汗都急出来了。

米鸿道："这是老宅子的房本，我和你妈这辈子也没其他孩子，你收着吧。"

米泽海的声音都提高了，连连摆手，急道："爸！这怎么可以？就算妈……那您还在啊，您把这个给我了，您怎么办？"

米鸿依旧是那副凶相，语气也是干巴巴的："她不在了，我还活个什么劲儿。"

他说完，就把那些东西塞到米泽海的怀里，扭头走了。

米泽海喊他，他也不停，米泽海再追就被他低声骂了两句，他不许米泽海进堂屋了。

米阳在那边停了一会儿，才慢慢顺着小路摸回去。

米泽海和程青不在房间里，估计两个人躲出去商量米鸿给的那些物件的事了。

米阳躺回去，也想了一会儿，他对这个爷爷说话冷硬的态度并不奇怪，过去那么多年，爷爷的性格比现在还古怪的时候多了去了，但是爷爷把全部的东西都给了米泽海，这让他很不踏实。

爷爷像是一个收拾好行李、交代好一切事项准备出远门的旅人，没有打算归来。

米阳想了一会儿，加上一路火车颠簸，旅途疲惫，不知不觉就睡着了。

米阳跟着父母在山му镇暂时住下，程青只来得及带他匆匆去见了程老太太一趟，但没说上两句话就要回去："妈，我先过去，我公公一个人照顾婆婆，家里没人做饭。"

程老太太给她拿袋子装上新鲜的蔬菜，又拎了两只鸽了一并给她，小声地问道："又病了？"

程青愁眉不展，道："一直就没好过呢，这次瞧着更严重了，我回来这两天，她没能下床走一步。"

程老太太叹了口气，道："前些日子我去瞧她，你公公还扶着她在院子里走了一小会儿，这上了年纪的人啊，一旦躺下，再想起来就难了。"

程青拿了东西，就要回，米阳站在那儿忽然停住脚步，仰头问道："姥姥，家里的电话，可以打长途吗？我想打个电话。"

程老太太点点头，道："能啊，在电话号码的前面加一个零就行，小乖来，姥姥带你去，你要打给谁？"

米阳跟着过去，道："打给我一个朋友，就是上次来咱们家吃了半锅炸糕的白洛川。"

程老太太笑了一声，道："哦哦，是他，我记得他！"

程青急着要走，看了一眼时间，对米阳道："阳阳，那妈妈先走了，你一会儿打完电话，自己回奶奶家，要是不记得路，就让姥姥送你过去，知道吗？"

米阳点点头，道："我记得路，顺着门前的石子儿路一直走到头，然后右转。"

程青道："对，别玩得太晚啊！"

米阳应了一声，送走程青，然后去了程家客厅打电话。

程老太太把家里收拾得整整齐齐，对东西都特别爱惜，也喜欢给它们盖上点什么，不说沙发上盖着一层纱纹布，电视机上啊、灯罩上啊都盖了布，就连电话机也被擦得干干净净的，盖了一块素净漂亮的手绢。

她把手绢掀开，把电话推给米阳，道："会拨号吗？姥姥帮你。"

米阳道："会的。"

他早就把白洛川家的电话号码背得很熟，只是拨到部队那边还需要转一道线，那边询问的时候，他就报了番号，说了白洛川家的内线号码。

这次很快就拨通了，响了没两声就被接起来，刚喂了一声，听到是米阳的声音，立刻道："哎哟！阳阳啊，你可打电话来了，你等着，千万别挂断，等着啊……"

米阳听出是白家的保姆吴阿姨的声音，然后听见她在喊什么人下来，没一会儿，就听到一阵脚步声和带着喘气的小孩的声音："喂，米阳？"

米阳揉了一下鼻尖，笑道："是我。"

那边声音很快就提高了，带着得意的语调："我就知道你一定会给我打电话！你到了？奶奶身体好吗？你什么时候回来？"

对方连珠炮似的提问，米阳都耐心地回答了，等要回答最后一个问题时，却有点迟疑，道："可能要再过一段时间。"

白洛川问道："那是要几天？"

米阳犹豫一会儿，对他道："我可能要好长一段时间都待在这边了，我奶奶病得很重，我妈今天还说要给我请很长时间的假。"

白洛川道："学校，你也不来了吗？"

米阳没吭声。

白洛川那边也沉默了一会儿，但还是尽量用比较平缓的语气道："没事，我等着你，多久都行。"

两个人又聊了一会儿，虽然程老太太宠着米阳，但是他记得这个时候的长途电话费是非常贵的，简单说完之后，就要挂断。

白洛川道："等一下！这个电话号码是你家的吧？我打这个电话号码就能找到你？"

米阳道："这是我姥姥家的电话号码，你可以记一下，不过，我平时都在我奶奶家，那边没有电话。这样，我每周三都来一趟姥姥家，等你放学的时候，就给你打电话好不好？"

白洛川一直挺沮丧，直到听见他这么说，才略微高兴了一点儿，道："行，那咱们就说好了，周三你一定来。"

米阳原本以为在山海镇住上一小段时间就可以，但是奶奶的病情时好时坏，最坏的时候，程青都偷着给她准备后事的衣服了。

一连几次，奶奶把米泽海和程青这对小夫妻吓得抹了两次眼泪，米泽海在床前伺候，走不开，程青要照顾丈夫和公婆，更是不肯离开。孩子放在哪儿都不如带在身边放心，她只好给米阳请了长假，把他带在身边照顾着。

米阳请假的消息，很快就被白洛川知道了。

那个时候，他们已经连着几次周三打过电话，白洛川虽然嘴上不说，但是能感觉出白洛川在掰着手指头算着日子等他回来，万万没想到，等来的又是一个长假，他一直请假请到了暑假，要大半年不回学校。

又一个周三，他们打电话的时候，白洛川的情绪很差。

他压低了声音对米阳道："我病了。"

米阳很愧疚，但只能低声道："对不起。"

白洛川本来想对米阳好一点儿，再好一点儿，这样他就会很快回来，不走了，但是，他发现自己的一厢情愿并没有用。

他心里知道，米阳这次肯定要请长假一直待在山海镇了。

米阳哄他道："你可以和白爷爷一起来啊，白爷爷每年不是都会回老家看看吗？今年来的时候，你可以跟着，我就在这儿待着，哪儿也不去，等你来了，我去车站接你好不好？"

白洛川在那边沉默了一会儿，忽然道："你根本就不想回来。"

他说完就挂断了电话。

米阳再拨过去，他也不接，显然是生气了。

米阳打了几遍，看着没什么希望，只能放下电话，叹了口气，回奶奶家去了。

米阳一个小孩，没有办法决定去留，唯一能做的就是尽量给家里带来点欢笑。他发现，只要讨奶奶的欢心，爷爷的神情就会立刻放松下来，偶尔还会笑，所以，他留在堂屋的时间变多了。

老太太一直很担心米阳的身体，生怕自己过了"病气"给他，但是瞧着小孙子身体健康、活蹦乱跳的样子，放心的同时，心里多了几分喜欢，对他的疼爱不比程老太太少，当真是把他当成了眼中珠、掌心宝。

相比起来，米泽海心事要重一些。

他的身体原本就带着伤，虽然程青发现得及时，也已经护理好，但是他发现自己和从前不一样了，不止是腰腹有伤，听力也时好时坏，这给他带来一定的困扰。

他有的时候会想，等从老家再回到单位，恐怕不能再去一线了。

米泽海虽然笑着，但是转过头的时候，总是皱紧了眉头。他的手放在腰腹那里，不自觉就用力按着，像是在做一个重要的抉择，带着挣扎。

程青看到，也装作看不见的样子，尽量不去提这件事。丈夫好面子不肯说，她就等着，等他肯说的时候再去倾听。

偶尔瞧见米阳的视线跟着米泽海转，她也只是关切地摸摸米阳的小脑袋，安抚他两句"已经好了""妈妈是护士，当然知道""没事了，都过去了"……儿子每次都会懂事地点头，她看向儿子，满眼疼惜。

米泽海想了一段时间，终于在一天晚上开口和程青商量要办调动的事，他想转业回地方，不留在部队了。

"我现在的身体确实比不上以前了，留下也不一定能做到之前那么好。而且爸妈这样，我放心不下，如果调回来，就可以多陪陪爸妈。就算妈不在了，也能照顾爸，家里这样我实在放心不下……"米泽海说到离开部队的时候眉头还是紧锁着的，看得出来他很不舍。

程青也不多想，听他说完，立刻就点头答应了："行啊，我跟你一起，反正哪儿都有医院，工作比你还好安顿呢。"

米泽海本来还担心妻子反对，但是程青非常支持他，反过来还劝他道："正好阳阳的户口跟着我，都在原户籍，回来也好，阳阳初中也要回来读，早晚的事儿。"

米泽海特别感动，他放弃了不少，妻子何尝不是？

米泽海握着她的手，叹了口气，道："回来之后，可能要重新开始，辛苦你了。"

程青笑了一声，嗔道："我要是怕吃苦，就不找当兵的了。"

米泽海又道："能娶到你是我这辈子最大的福气。"

他说得认真，程青反而不好意思起来，推了他一下，自己笑了。

米阳留在奶奶家里，和老人们接触得多，慢慢也有些改观。

他记忆里的爷爷性情古怪，但是现在看起来，这个怪脾气的老头儿，在奶奶面前的时候，都变得像一个老小孩儿，会低声为自己辩解，会为了哄老伴儿多吃一口饭、喝一口药变着法子地逗她开心。

爷爷这样的一面，是米阳从未见过的。

米阳空闲了，也会去姥姥家看看，周三的电话断了之后，连着一个多月白洛川都没有再打过来。米阳每次去都要等一会儿，听到电话铃声响，都是第一个去接。

等不到白洛川的电话，米阳没有气馁，他现在全部的心神都被家人占据，偶尔放松，自己留出这么一小块空地来，就是为了这一通电话。

有的时候米阳看到以前小伙伴的身影，一群孩子嬉笑打闹着跑远了，就站在那个老巷子口那儿看着，忽然又觉得有点陌生。

像是以前的自己，又像是记忆里的东西，已经和现在完全不一样。

他选了另一条路，没有疯玩疯跑、无忧无虑地度过的童年了。

米阳有一回在姥姥家等了很久的电话，一直到天黑也没有等到。他怕程青担心，就急急忙忙地往奶奶家跑。

回家的路有很多，米阳这些天七绕八拐，熟悉了不少，就挑了一条小路想要抄近路回去。天黑人少，他走在那儿，心里还有点发毛，总是听着身后有脚步声似的。

快到奶奶家的时候，不知道是路边的野猫还是别的什么小动物叫了一声，米阳吓了一跳，躲开两步，差点碰翻旁边放着的一个旧花盆，发出哐当一声响。

奶奶家那边的灯亮了，紧接着米鸿披着衣服走了出来，看到米阳站在小路上准备跑回家的时候，立刻黑了脸，训斥道："站在那儿别动！谁准你走这边的路过来的？！"

米阳站在那儿不敢动了，他看看那个花盆，以为米鸿在意的是这个，连忙解释道："爷爷，我就是想快点回家，不是故意碰到的。"

米鸿脸色难看，大步走了过来，双手抱起米阳，匆忙地把他带回来，一边走，一边严厉道："以后不许走这里，听到没有？！"

米阳道："可是……"

米鸿提高了声音，道："没什么可是！"

米阳噤声了，被米鸿半抱半用胳膊夹着一路到了家里的小院，米鸿也没放下他，让他坐在外面水池旁边的石凳上，亲手取下他脚上的小鞋子，拿瓢舀了水给他冲了几下脚，皱眉道："在这儿坐着别动，一会儿让你爸抱你回屋。"说完，米鸿就拿着他刚才穿过的那双鞋子走了。

米阳坐着等了一会儿，听到脚步声，以为是米泽海回来了，连忙抬头看去，结果是去而复返的米鸿。

老头儿走过来，拿了一个草编的蝈蝈笼子给米阳，道："拿这个去玩，以后不许走小路。"

米阳接过来的时候愣了一下，里面有东西在晃动，他吓了一跳，还以为里面真的有虫，提起来一看，原来是一只草编的蝈蝈，青翠碧绿，有着长长的触角，跟活的一模一样。

米阳抬头再去看的时候，米鸿已经披着衣服、默不作声地回堂屋了。

米阳低头看看那个蝈蝈笼子，他怕虫子，原本以为只有爸妈知道，没想到爷爷也知道，还一直记着。

米阳玩着蝈蝈笼子，特别乖地等米泽海过来接他，没过多久，米泽海就过来了。

米泽海已经从米鸿那边知道发生了什么事，过来之后揉揉儿子的头发，安抚他，对他道："阳阳，以后咱们家后面放了花盆的小路都不能去，知道吗？"

米阳不太理解，道："但是爷爷也去了啊，我都瞧见了，他平时都特意走这条小路。"

米泽海道："嗯，家里就他能走。"

米阳抬头看着米泽海，微微皱起眉头。

米泽海道："那个地方你爷爷不让你去，是为了你好，因为那条路上埋了药渣。老一辈有个说法，踩了病人喝剩下的药渣，就要过'病气'，病就从原先那个人的身上转到踩药渣的人身上去了。"

"那爷爷还……"米阳停住，神色复杂地抬头看向堂屋，忽然明白过来那个脾气古怪的老头儿是故意的，而且故意一个人去踩，简直恨不得把老太太的'病气'都过到自己的身上，拿自己的寿命去补她的寿命。

米泽海摸摸米阳的头，也叹了口气："这个不准，你爷爷都踩多少年了，打从我记事起，他就这么做。"

米阳用手抠了一下蝈蝈笼子，心里有点不是滋味："爷爷拿走了我的鞋。"

米泽海坐下来，抱着他道："对，这也是为你好，相处久了你就知道了，其实你爷爷人很好，奶奶人也好，他们都是好人。"他哄着儿子，大概是这些话太过感伤，米泽海为了转移注意力，低头看了他手里的蝈蝈笼，问道，"这是你爷爷给你的吧？我小时候常玩这个。"

米阳道："也是爷爷给你做的吗？"

米泽海道："对啊，每年夏天都有一个，带出去玩的时候，其他孩子不知道有多羡慕我。你爷爷的手特别巧，这一点啊，全家就你跟他像。对了，你不是想学修书？以后可以问问你爷爷，他会的东西很杂，什么都懂一些，肯定能帮到你。"

米阳觉得很新奇。

米泽海笑着道："不止这些，你爷爷还带我烧东西吃，那会儿的烤玉米可没现在这么干净，但是我喜欢吃刚摘下来的嫩玉米，烤得黑不溜秋的，啃几下就一嘴灰。你奶奶不让，说这样容易生病，我们爷俩就躲出去偷着吃。"米泽海看着那个小蝈蝈笼子，非常怀念，话也比平常多了许多。

米阳从未听过这些事，还想再问，忽然听见有三弦琴的声音传来。他回头看了一眼，有些好奇地问道："谁在弹琴？"

米泽海道："你爷爷吧。"

米阳更惊讶了："爷爷还会弹琴吗？我以为咱们家那把琴就是放在那儿当摆设的。"

米泽海笑道："当然会啊，你奶奶以前唱戏，多少人花钱想听都要排队等着，你爷爷啊，就在一边给她弹琴，只要你奶奶开口唱，他拿到什么乐器都会弹奏，什么都能上手，弹得最好的就是三弦琴。我小的时候还能听到你奶奶唱戏，她唱得特别好听。"米泽海说着，然后自己又摇头感叹道，"可惜她后来病了，很多年都不唱了。"

小院里三弦琴的声音咿咿呀呀地传来，米泽海抱着儿子，低声说着话，回头看看那个小时候最熟悉的院子，满眼怀念。

房间里，米鸿正在拉三弦，神情认真，但也会习惯性地抬头去看老伴儿。

老太太就笑着道："又错了，这里调太高，我每回唱上去都好费劲儿，你下次音调弹低一点。"

米鸿也笑了一声，点头道："好。"

米鸿拿了三弦琴，哄老太太高兴，老太太兴致高了，也哼唱两句，不过很快就咳起来了。米鸿又不许她唱了，弹三弦琴给她听，然后自己哼哼。

出乎意料的是，他唱得还不错。

"一霎时把七情俱已昧尽，参透了酸辛处泪湿衣襟。"米鸿低头拨弄琴弦，一张凶脸在灯光昏黄里也没有太过于棱角分明，低眉垂眼的样子看着有几分沧桑，他接着唱，"我只道铁富贵一生注定，又谁知人生数顷刻分明。想当年我也曾撒娇使性，到今朝哪怕我不信前尘！这也是老天爷一番教训，他教我，收余恨、免娇嗔、且自新、改性情，休恋逝水，苦海回身，早悟兰因。"

琴弦弹到了手，发出铮的一声，米鸿心里发苦，勉强笑道："咱们不唱《锁麟囊》了吧，这个不好。"

老太太点点头，随意道："好。"

米鸿的琴声缓和下来，很快换了别的词唱起来："那冰轮离海岛，乾坤分外明。皓月当空，恰便似嫦娥离月宫，广寒清冷我欲折桂呀……"

老太太看他一眼，笑道："瞎唱什么呢，哪有这句呀。"

米鸿停了琴，看向她，道："当初你唱得最好的就是《锁麟囊》和《贵妃醉酒》，我当时在一旁听得出神，一直看着你，都看呆了，还是旁边的人拍醒我的。那人给我出了一道题，他问我知不知道'月宫折桂枝'是什么意思，我回去之后想了很久，才知道他是损我呢，这月宫和金桂都是高不可攀的，他这是变着法告诉我剧院里的小桂枝是'高不可攀'的角儿，可谁能知道最后是我蟾宫折桂呀……"

他又哼唱了两句，眼角笑出皱纹，停下拨弄琴弦的手，慢慢地覆在老伴儿的手上，低声唤了老太太的名字："桂枝啊，你多陪陪我，我就多享两天福，好不好？"

老太太斜倚在木床上笑起来，轻声道："哎，听见啦。"

老太太精神不错，神情柔和，米鸿弹唱，她就凝神听着，偶尔低声哼一句附和一下，更多时候是嘴角带着浅笑地看着老伴儿。

她每次都跟米鸿说自己好些了，但是她的身体拖了这么多年，就像是风中的烛火，风吹来，闪动几下，那豆粒大的火苗硬撑着一次次又坚持住了。她尽自己最大可能，艰难地活着。

无论怎样，她还是不可避免地衰弱了下去。

米鸿心里焦急，煎药的事更是一力承担，只是他也上了年纪，有一次熬药的时候，不小心趴着睡着了，醒来发现药锅里的药汁几乎干了，散发着一股刺鼻的怪味。

米鸿手忙脚乱地把药锅端下来，勉强倒出小半碗来，黑乎乎的，已经不能入口了。

他眼圈红了，在厨房抹了眼泪，把药倒了，重新熬了一遍。

中药熬干，是不吉利的，米鸿像是预感到了什么，照顾得更加小心了，也不肯再离开小院和老太太身边一步。

这期间老太太一直笑着，反倒是米鸿经常被吓到，有时候他蹲在厨房熬药，还哽咽几次。

米阳瞧见一回，他是进来拿东西的时候看到的。

被瞧见了，米鸿也没有闪躲，米阳就大了点胆子，凑上前去安慰了一下："爷爷，你是在担心中药熬干的事吗？那个没事的，坏的不灵，好的灵。"

米鸿摇摇头，哑声道："不是，我是心疼她这一辈子过得苦。"

说完，他就守着自己那个咕噜响动的药锅，亲自沥好了药端着给老太太送去了。

但是这碗药，老太太没有喝。

她喝了大半辈子的药，从未有过哪天气色如今天这般好，脸红润，人也看起来年轻多了，一下有了精神。她坐在那儿，已经换好了一身新衣，瞧见米鸿端药进来，就笑着对他道："把药放下吧，我不喝啦，你坐着，我想跟你说说话。"

米鸿的眼泪已经滚下来，摇头不肯："桂枝啊，咱们先喝药，当我求你，我求你……"

老太太对他道："我要走啦，你帮我看着孩子们吧。"

她声音柔美，说话的时候带着叹息一般，看着老伴儿的眼神里有着不舍："你当初要抱养一个孩子来咱们家，是为了我，我何尝又不是呢。

"你呀，这一辈子跟一头牛一样偏，谁的话也不听，当初如果不是我……好、好，都是过去的事儿了，不提了，我身子骨一直不好，也不能给你留下一个孩子，我就想啊，等有一天我走了，怎么留住你呢？得有个'家'在，一辈辈的儿孙都在这个家里长大成人才离开，去别的地方抽枝发芽、开花结果，我看不到，你就帮我看着。

"累赘？这么好的儿子，这么乖的孙子，怎么成累赘啦？

"我不管，米鸿，你答应我。

"答应我，活着啊！

"不然我到了那边，就不等你啦……"

老太太跟他说了很多话，近乎哀求，他一辈子只对她一个人心软，从来没有拒绝过她一件事儿。她坐在那儿抓着他的手，求他活下去——他再不愿，也硬是从嗓子眼里憋出了一个字："好。"

老太太得了他的许诺，神情一下放松了，笑着道："我有点累了，想睡一会儿。"

米鸿扶着她躺下，半跪在床边握紧了她的手，小声地喊她的名字，一声一声，由小到大，由急到缓，但手里握着的温度还是一点点流逝。

米鸿跪在那儿老泪纵横，一口血咯出来，两眼通红、嘶哑着道："桂枝——啊——"

昔年蟾宫折金桂。

金桂逝。

不可追。

米泽海听到声音，匆忙地赶去堂屋之后，只听到米鸿的哭声就明白过来，心里像是被巨石狠狠地砸了一下，鼻酸眼胀，喊了一声"妈"，也跪下哭了起来。

老太太去得很安稳，像是在睡梦中离开一般，神情放松。

米鸿整个人都呆住了，只顾着在那儿眼睛一眨不眨地看着老伴儿，哪里都不肯去，嘴里念叨着她的名字，像是要把她叫醒。米泽海和程青年轻，不懂丧事该如何操办，还是程老太太出面，来帮着办了一场丧事。

等到要把人抬出去的时候，程老太太还担心米鸿上前抢人，一再叮嘱那些来帮忙的人要小心一些，千万不要伤了老爷子："他年纪大了，人又偏，一会儿要是起了争执，你们多担待些，小心一点，别让他摔了。"

来帮忙的都是一些年轻小伙子，长辈吩咐，连忙点头答应下来。

但是米鸿并没有上前抢人，他看着老太太被抬出去，愣在那儿，然后眼睛红了，喃喃地念叨着一句："真走了、走了。"紧接着，他闭了眼睛，滚下一行热泪，嘶吼了一声。他的声音太哑，让人听不真切，人站在那儿昏了过去。

老太太刚走，米鸿就病了。

米泽海一边办丧事，一边照顾父亲。

米鸿的身体原本很硬朗，这么多年照顾老太太跑前跑后从来没耽误过，现在突然一下松了劲儿。自从那天在堂屋昏过去之后，人再醒来，就像一下就苍老了，勉强撑着身体送了老伴儿最后一程。

老太太那个黑漆漆的骨灰盒，是米鸿亲自放下去的，他神情淡漠，除了身体虚弱，面上已经不怎么悲伤了。

只是老太太入土那天，米鸿原本花白的头发一夜之间全白了。

第二天，米鸿醒过来之后，先把米泽海叫到身边，平静地跟他说了几句话："你母亲的事已经都办完了，你走吧。"

米泽海道："爸，您让我去哪儿？"

米鸿看着他，道："去找你的亲生父母，这么多年，我和他们书信来往从来没有瞒着你，你也知道他们在哪儿，去认认路，一家人总归是要在一处的。"

米泽海跪在那儿，眼睛通红道："爸，我不走，您就是我的父亲，妈走了，我会永远照顾您。我都和青儿商量好了，我从部队转业，我哪儿也不去，就回咱们镇上，我守着您一辈子，伺候您……"

米鸿还是那副冷淡的表情，只是抬手的时候虚弱了许多，人也看着憔悴，他哑声道："你走吧。"

米泽海哪里肯听，坚持留在家中照顾他。

米鸿上了年纪，忽然受到打击，更是病来如山倒，躺在床上粒米不进。

米泽海急得不得了，拼命想法子让他吃东西，实在没办法，只能让医生来给他输营养液，但上了年纪的人，不能这样折腾太久。

医生把话说给他们听，要让老爷子自己配合才可以。米泽海什么方法都用了，用求的，用哭的，还跪着伺候他吃饭，哪怕他只喝一口清粥，米泽海都高兴得不行。

老爷子还没起来，米泽海先瘦了十多斤。

程青照顾着一家老小，虽然她也心疼丈夫，但是比起躺在床上短短数日就瘦得只剩一把骨头的老头儿，米泽海这实在是算不上什么。

她现在对公公米鸿没有半点怨言了，米鸿对老伴儿什么样，她都看在眼中，这会儿除了哀痛之外，也没有什么别的心思，只能努力做好自己的事，多帮上一点忙。

米鸿一心求死。

米泽海在床前伺候了数日，终于明白过来，父亲之前把房本和所有值钱的物件交给自己的时候，并不是说说而已——米鸿对儿子的照顾远远没有老伴儿那么多，但他依旧是一个合格的父亲，他养大了米泽海，送儿子参军，凡是别的父亲能给的，他都给了这个养子一份。

这么多年，米鸿从不打扰儿子，偏偏这次不管一切叫他回来；米鸿这么多年对儿子疼爱，偏偏对儿子这次受伤不管不问……只因为他已经和儿子划开了一道界限。

他或许早就料到老太太会先走一步，从她的身体变弱那天开始，米鸿就把自己也划为了将死之人，一个存了死志的人，对任何事都是冷淡的。

他把儿子叫回来，亲自给了他那些家当，冷静地交托完毕，对这个世上就再也没有了牵挂。

她走了，他也不肯独活。

米泽海想通关键的问题，愣在那里，他看着木床上脸色灰白的老父亲，跪在那里继续守着他，固执地试着给父亲喂粥、喂饭，不肯放弃。

程青重新给他们做饭，她也很无奈，丈夫和公公一个比一个脾气倔，米鸿是个大好人，米泽海对长辈孝顺、对她爱护，也是个好男人。这两个大好人，都是一副好心肠，偏偏都倔得厉害，认准了一个道理，就十头牛都拉不回来。

程青也没有办法劝他们，起身去了厨房做饭，堂屋里的粥又要凉了，总得换上热的才好。她在厨房切了点青菜末，打算做青菜鸡茸粥，这个比较克化，生病吃着也好。她正切着菜，忽然脑海中划过一道光，切菜的手停下来。她哎呀叫了一声，终于想明白米鸿昏过去那天喊的那句话是什么——

他说：桂枝，你带我走吧。

程青眼圈发红，拿手捂着嘴，在厨房里哭了半天。

米鸿躺在床上，有气无力，每天喝几口汤水吊着命，他睡的时间多，但每次醒来的时候，说的话永远是那么几句。

米泽海一言不发，跪在他的床边不走，没有了刚来时的意气风发，只带着一股固执的劲儿，又可气又可笑。

米鸿对他很冷淡，总是赶他走。

米泽海每次都摇头，坚持道："我不走，我守着您。"

米鸿道："你守着我干什么？我要去找你妈，你拦不住我。"

米泽海趴在他的床边，颤声道："爸，我求您了，您别这样，您就当为了我，为了我们这个家，多少吃点东西……"

"你活好你自己就可以了，不要管我，我是死还是活，跟你已经没有关系了。"米鸿顿了一下，哑声道，"我们这辈子，父子缘分已尽，你做得很好，是我撑不下去了。"

米泽海跪在那儿泣不成声，那么高大强壮的一个汉子，在老父亲面前哭得像个小孩儿。他哭着哀求道："妈让您活着。爸，求求你睁开眼看着我，您看看我吧……妈肯定让您留下来陪我。如果您走了，就再也没有一个人像您这样能把妈所有的事都记得这么清楚的了，没有一个人会像您这样去想她、去念着她了啊，您忍心吗……"

米鸿不为所动，躺在那里，忽然外间传来一声琴声，他手指颤抖了一下，紧接着又是清晰的几声琴声。他猛地撑着身体要坐起来，他太虚弱，手臂都抖了，苍白着脸道："谁？是谁在动那把琴？！"

米泽海擦了一把脸，连忙站起身来去看，还未走出去，就看到外面米阳小小的身影掀开帘子走了进来，怀里抱着的正是那把老人平日里最宝贝的三弦琴。

米阳又轻轻拨动了那把三弦琴，米鸿脸都急白了，厉声道："谁让你碰我的琴了？"

米阳抬头看着他，瞳孔清澈，对他道："奶奶让您教我学琴。"

米鸿愣怔，看看小孩，他还那么小，手指也小小的，拨弦的调子都不对，但是能稳稳地抱住那把三弦琴。

琴旧了，但人是新的。

米鸿好像突然明白了老伴儿让他活着的原因了，他脑海里浮现出的是他们年轻时候的样子，他的桂枝唱戏，他在旁边弹琴。那时他们还年轻，鲜活的生命是最动人的色彩。

她说：你答应我，活下去。

她说：生命绵延不断，我看不到了，你待在这儿，替我看着它们延续下去。

她说：我总要给你一个理由，活下去。

第十八章
抉择

逝者不能留，生者不可追。

米鸿抱着那把旧琴，痛哭失声，即便是在送葬时也不哀伤的老人，此刻把心底最痛的一切都宣泄出来。

他痛哭了一场，晕了过去，再醒来的时候，第一次开口要吃饭。

米泽海立刻就去端了热粥来，在床边喂父亲吃，见父亲多喝了两口粥，他高兴得眼睛都红了，又开始哭，喊了一声"爸"，哽咽得讲不出话来。

米鸿咽下嘴里的粥，眼神还有点沉沉的，转过身，直勾勾地看了儿子好一会儿才声音虚弱地道："你的伤，有空也去医院看看吧。"

米泽海忽然颤抖着手端不住粥碗了，他鼻子一酸，哑声又喊了声"爸"，放下碗，趴在米鸿身边哭了一场。

他知道他的父亲不想死了，不会离开他了。

米鸿的身体慢慢在恢复，家里的小辈们照顾得用心，他自己虽然沉默，但还是每天吃饭并在院子中转上几圈，比之前好了许多。

程青松了一口气，看了日历，才发现已经回山海镇三个月了。她有些恍惚，这段时间事情太多，她觉得像过了几年。

米阳现在不止周三，隔上两天就去姥姥家给白洛川打一通电话，只是每次打过去，对方都不在，偶尔吴阿姨接起来，回答的都是同一句话："洛川呀？他出去了，他和他妈妈一起走的，可能去沪市了吧。"

米阳有些落寞，挂了电话，抬头看着日历算了一下，已经是暑假了，之前夏天的时候，白洛川和家人出去旅游过，但都是去几天，像这次一直联系不上的情况实在少见。

米阳叹了口气。

旁边的程老太太瞧见，安抚他道："没准是去旅游了！"

米阳笑了一下，道："我也这么想，姥姥，我先回去了。"

程老太太道："那你顺路提上点红枣回去。哎哟，我上次过去，瞧见你妈嘴唇都白了，她那么大个人了，怎么也不知道好好照顾自己！说她两句，还冲我发脾气呢！"老太太念叨着，给米阳带了一兜干红枣，送到门外还叮嘱他，"煮粥或者泡茶的时候放两颗，实在不行，干吃也可以。你和你妈都吃一点儿啊，我们阳阳这小脸都瘦了。"

米阳点点头，道："知道，姥姥我走了。"

米阳按着石子儿路一直往前走，他爷爷家和姥姥家离得并不远，直走绕一段路就到了。刚走到拐弯的地方，他就瞧见几辆车停靠在路边，大概是里面的小巷子不好进出，高档轿车只能尴尬地都停在外面，有五六辆，瞧着像是一支小型车队了。

米阳看了一眼，并没有多想，忽然有人喊了他一声："米阳！"

声音太熟悉，米阳都觉得自己像是出现了幻听，他眨眨眼抬头去找，就看到最前面一辆轿车的门打开了，走下来一个小男孩，正抿着唇看他，那生气都带着天生的傲慢的小模样，不是白少爷还能是谁！

米阳惊喜，走过去，道："你怎么来了？"

白洛川站在那儿等他走了两步，道："我陪爷爷过来看看。"

米阳问道："白爷爷也来啦？"

白洛川点点头，视线落在米阳手上提着的那一大袋东西上，皱眉道："什么东西？沉不沉？"说着，白洛川习惯性地伸手去提到自己的手里，他们从小一起长大，白夫人没少说他是哥哥，做哥哥的，自然是要照顾弟弟的。

米阳道："不沉，是晒干的红枣，就是显得多。"

米阳想去和白老爷子打个招呼，但是并没有瞧见他老人家，只有白夫人在，白夫人看到他之后，露出如释重负的笑容来。她也从车里出来，先摸了摸他的小脸，心疼道："阳阳瘦了好多啊，你家里……"她的视线投向米阳的衣袖，上面有黑纱，收了声，叹了口气，安抚道："好孩子，辛苦你了，你爸爸妈妈在吗？我想去看看他们。"

米阳点头，领着白夫人他们过去了。

白夫人原本是来探望重病的长辈，带了不少营养品礼盒，米家老太太没了，米鸿身体也不太好，东西都用得上，她就都留了下来，还去祭拜了一下，给米泽海和程青留了点钱。

米泽海推拒着不要，白夫人道："拿着吧，这是咱们老家这里的规矩，我是嫁过来的媳妇，懂这些。"

程青有些疲惫，人看着不胖，但是脸上水肿了一圈儿似的，看着气色不太好。米泽海要照顾父亲，程青就带了白夫人去他们住的那个房间，给她倒了茶水，陪着说了一会儿话。

白夫人低声询问着老人的事情，程青虽然压低了声音，但说了没两句就眼圈泛红，米阳瞧见了，就从凳子上蹦下来，拉着白洛川的手道："咱们出去吧？我带你出去玩。"

白洛川点头答应了，他从来了就没有多跟米阳说话，一副"我还在生气，没跟你和好"的样子，但是米阳主动跟他说话，他还是要多看两眼的，这会儿被握住了手也没松开，任由米阳牵着手走到小院里。

米阳看到小院石桌上放着的那袋红枣，拍了自己的脑门一下，道："坏了，忘了这个了，你等我一下，我去洗枣。"

白洛川立刻道："我也去，你等我一下，我去拿衣服。"

他起身就要走，米阳却拿起那个装红枣的袋子，两人都看着对方手里，觉得不对劲。

米阳奇怪道："洗枣拿衣服干什么？"

白洛川皱眉道："你拿的什么东西？浴室用的？"

米阳一听就乐了，道："不是那个洗澡，我说的是这个红枣，"他提高了袋子给他看，"能吃的这种。"

白洛川点点头，又道："去哪儿洗？"

米阳提了袋子过去，道："就在院子里啊，这边不是有个小水池嘛，是井水呢，可凉了，特别舒服。"

白洛川原本站在一边，但是听到米阳叫了他两次，就一副"我勉为其难来试试看"的样子坐在一旁的小竹凳上，也伸手捧着井水玩了几下。水冰凉，他惊讶道："像放了冰块，都可以当小冰箱了。"

米阳道："对啊，过几天我们可以拿个西瓜来冰着吃，这边压水……对，你再按两下，把水接到那个木盆里。"

米阳一边指挥他取水，一边抖着袋子把红枣都倒进去泡着，"这个木盆大吧？我们可以泡两个西瓜，小的那种，对半切开了用勺子挖着吃。我昨天还吃了一次西瓜，可甜了，我现在能听声音挑瓜了，包熟！"

米阳一边干活，一边跟小少爷絮絮叨叨，什么都讲给他听，也带着哄他的意思。毕竟是自己太久没回去，米阳对那个在原地等着的人，心里难免有些愧疚。

小白洛川很好哄，知道米阳还是把他放在第一位的，就不怎么生气了，两个人没过一会儿就又熟悉起来，感情好得像是没分开过。

米阳挑出一颗最大的红枣，擦了擦上面的水，递到白洛川的嘴边："尝尝？"

白洛川正在压第二盆井水，拿着这个当玩具了，正玩得开心，米阳递到他的嘴边，他就张口吃了，嚼了两口道："好甜。"

米阳也拿了一颗红枣吃了，问他："你的病好了吗？怎么病了？严不严重？"

白洛川道："就是感冒，不小心吹风着凉了，已经没事了。"

米阳不明白："怎么会着凉？司机不是一直接你上学放学吗？"

白洛川道："晚上着凉了。"

米阳在他家住过的次数太多了，对他家比对自己家还熟悉，听见他这么说，皱眉："那也不对啊，吴阿姨每天晚上都检查门窗，被子也够厚，你是不是偷跑出去了……"

白洛川闭上嘴，不肯说了。

米阳想了一下，凑近一点，问他："你是不是晚上偷跑去我家了？"

白洛川不继续压水了，扔下手里的东西，板着脸道："这个不好玩，我不玩了。"说完，他扭头就走了。

米阳坐在那儿想了一下，白洛川半夜顶着风跑去他家踮脚看他回来没有，那得等上多久才会生病？

光是想象一下那个小孩可怜兮兮又一脸倔强地等自己回来的样子，米阳就心软得不行了。

他叹了口气，把红枣收拾好放在盘中，过去找了白洛川。

白少爷没走远，在米阳家门口站着看一棵树，恨不得看出花儿来。

米阳走过去，也抬头看着那棵树道："这是石榴树，我爷爷给我种的，我每次回来都能吃到一个大石榴，外面的皮干了，但是里面特别甜。不过，有次我吃的时候呛着了，把我爷爷奶奶吓得够呛，我就说我不爱吃了。"米阳笑了一下，叹了一口气，道，"他们也不信呀，每回都把石榴籽挖出来，然后拿小勺压出汁，一勺一勺地喂给我喝。"

白洛川干巴巴地道："哦。"

米阳弯着眼睛问他："今年的石榴还没成熟，要等八月十五那会儿了，我给你留一个好不好？"

白洛川刚想点头，立刻又愤怒地挑起眉："你还想在这里待到过中秋吗？！"

米阳默默地计算了一下时间，还没开口说话，就听见身边的少爷怒火更旺了："你还想这事！"

米阳揉了鼻尖一下，低声轻笑起来。

白洛川被他惹恼了，甩开他的手想走，他又抓紧了几分，连声哄道："我就是说说啊，我想邀请你来我家玩，请你吃石榴，不好吗？我也不知道什么时候回去，我得问问我爸妈，他们说了才算。"

白洛川转头看他，眼睛里像是有跳动的小火苗，气得脸颊都红了。

两个小的和好了又吵架，吵架了又和好，不管怎么说，米阳还是暂时安抚住了小少爷，等程青送白夫人出来的时候，白洛川就拉着米阳的手一起过去，道："妈妈，小乖跟咱们一起走。"

白夫人弯腰对他道："妈妈不能做主，你要先问问小乖，再问问你程姨才可以。"

白洛川就牵着米阳的手走过去，小心地问道："程姨，我和小乖说好了，今天晚上他去我家里玩，明天我们再一起过来，可以吗？"

程青这段时间一直在忙，米阳尽可能地去帮她，从来不到处乱跑，更别提和其他小朋友玩了，乖得让她心疼。她听见白洛川这么说，点头答应了："当然可以，你在这里待多久？"

白洛川当着长辈的面总是有些拘谨，小大人似的站在那儿回答道："我妈妈说，可以住一个暑假。"

程青道："那让阳阳多和你玩两天。"

白洛川惊喜道："真的吗？！谢谢程姨！"他飞快地道谢，生怕程青后悔似的，还不忘讨好一句，"程姨最好了！"

白夫人在一旁笑道："听听，我忙前忙后这么多天，一声好都没听到呢，现在最好的就是你程姨，对不对？"

白洛川达成所愿，毫不吝啬地夸道："妈妈也最好了！"

最好的白夫人带着两个小孩一起去了白家老宅。

白家老宅占地面积很大，跨过高高的门槛进去，就像是踏入了另外一个世界，和外面的喧嚣都隔开了，让人只感觉到庭院静谧，院中的老树枝繁叶茂，入耳是清脆的鸟鸣声。

米阳一边走一边看，他来过几次，但是院子太大了，并没有像这次一样逛完，而且去的都是右边新盖的一座楼上。那里是白洛川平时休息娱乐的地方，虽然外形跟老宅相符，但只做了木质外层，里面依旧是钢筋水泥，室内装修得非常时尚，酒会一般都会在这里开，去的大多是年轻人。

不过现在还早，白洛川那栋自己住的小楼还没建起来，老宅也没有以前修葺整顿后的样子，还保持着最初的古朴模样。

米阳抬眼看着，带着几分好奇和比较，这么看下来倒是和记忆里的样子慢慢重叠起来，有些地方也觉得有些熟悉了。他和白洛川一起迈步走进内院，转角处的一道石屏风上的壁画颜色斑驳，他对这些老物件比较敏感，抬头多看了一眼。

白洛川却皱眉，看着院子里偌大的天井，这里的荒草、碎石都清理干净了，但空着并不好看。他小声哼道："这边应该弄个池塘，旁边种些花才好看。"

米阳错愕地看他一眼，眨了眨眼睛。

以前白洛川真这么做了，他接手老宅之后，当真在这里挖了一个池塘，里头养鱼养荷花，边上也种了许多品种名贵的花，一年四季常开不败，有几次还带米阳来看，得意极了。

白洛川先带他去见了白老爷子，他站在门口问了声好，白老爷子正坐在书房里摆弄沙盘，书房古色古香，宽大的檀木桌上放着沙盘还真是有点儿突兀，但是老人家完全不在乎，招手让两个小的过来，仔细看了才笑道："阳阳，怎么一段时间没见就跟爷爷生疏了？"

米阳摇摇头，他身上还戴孝，小孩子倒是没有那么严格不能去别人家，但是白老爷子毕竟是老人，有些老人还是忌讳这些的。

白老爷子也瞧见他胳膊上的黑纱了，对他道："不碍事，爷爷当年是从死人堆里爬出来的，不忌讳这些。"

白老爷子让米阳过来，问了他家里的情况，他一一答了。白老爷子叹了一口气，拉开厚重的檀木桌的抽屉，给他和白洛川一人一个长方形红绒盒，对他们道："拿着吧，你们自己去玩，洛川照顾好弟弟。"

白洛川点头应了，带着米阳出去。

他们在走廊上拆开盒子看了一眼里面装着的东西，是两支派克钢笔，应该是老爷子一早就准备好的礼物。

白洛川挺满意和米阳用一样的东西，他瞧见一些家里有兄弟的总是穿一样的衣服、用一样的东西，觉得很有意思。他和米阳都是独生子女，但是白少爷觉得自己就是米阳的哥哥，两个人穿一样的衣服才显得更亲呢，兄弟感情更好。

白夫人这边也给他们收拾好了卧室，老宅太大，显得空荡荡的，她怕两个小孩突然换了环境害怕，还是让两人住在一处。

她在来这里之前就准备了双份小孩用品，什么都是一样的，只是颜色不同，摆放在卧室让他们一起用。

白洛川看到之后，奇怪道："怎么有两支蓝色牙刷？"

白夫人道："你的是深蓝色的，小乖是浅蓝色的呀，你们都长大了，小乖是男孩子，用蓝色的更好看。"

白洛川摸了摸，满意道："对，蓝色的更好看。"这么一说，他感觉也和米阳的更像了。

米阳倒是无所谓，不过白夫人很细心地照顾他，还是让他心里暖暖的。

晚上睡觉的时候，米阳忽然想起 件特别重要的事。

他躺在那儿翻来覆去滚了几下，最后受不了似的坐起身来，苦恼道："坏了，我忘了带我的小枕头。"

白洛川白天路上累了，听见他说话，先伸手摸了一下，皱眉道："这个是荞麦壳的，不够软，你试试我这个……"

米阳也困了，但是没有自己的枕头睡不着："你这个是软的也不行，不是我用的那个。"

白洛川拽着他挨着自己躺下，两个人枕在同一个枕头上，白洛川闭着眼睛一边搂着他，一边在他的后背安抚似的拍了两下，含糊道："你试试，我觉得这个和我家里用的那个挺像的，你以前睡觉的时候，好几回都睡到我这边来了，不是也睡着了吗？"

米阳不情不愿地躺着，每次想翻身，就被白少爷勾着肩膀带回来一点，哄他一句："先闭上眼睛，这个真的跟咱们在家里用的那个枕头一样软呀。"

不知道是安抚起了作用，还是白天忙了一天太累了，困意上来，米阳随着肩膀上的小手一下接一下地轻轻拍抚，也慢慢睡着了。

第二天米阳醒过来的时候，还有点分不清在哪里，眯着眼睛转身的时候，和旁边的小孩脑袋撞了脑袋一下，两人都哼了一声，睁大眼睛看着对方，一起笑了。

白洛川没什么事的样子，精神抖擞地起来穿了衣服，米阳头还有点儿疼，摸了一下嘀咕道："真硬。"

白洛川听见了，转身问他："什么？"

米阳摇摇头，道："没什么，我想一会儿先回家去。"

白洛川立刻道："不行。"

米阳道："我就拿个东西，我拿了枕头就回来。"

白洛川有点犹豫，皱眉道："用我那个枕头不行吗？你昨天不是也用了？我看你睡得挺好啊。要不我多拿几个来，你再试试？"

米阳看着他，没吭声。

白洛川不太情愿道："行吧，我一会儿陪你回去。"

两个人回去的路上，白洛川一再强调特别远，要好久才能到米阳家，出来一趟不容易，让米阳拿了东西赶紧跟自己回去。

米阳哭笑不得。

他心想：你昨天可不是这么说的，你说特别近，走几步就到，我还能随时回家呢！

白洛川当作瞧不见米阳的眼神，在车上还跟他念叨："你都不知道，我能来这里一趟多不容易，跟我妈谈了好久的条件，还去沪市读了两个礼拜的书呢！"

米阳好奇道："去沪市？怎么你要转学吗？"

白洛川说起这个就心烦，皱着眉头道："不知道，我妈特别想我去那边读书，不过，最后还得听我爷爷的吧。反正我为了来找你，忙活了半个暑假，假期都上课，我看你都快把我忘了。"

米阳道："怎么会？"

白少爷一脸不乐意。

米阳被他攥着手也动不了，只能伸出一根手指头在他的掌心动了动。

白洛川扭头看米阳，就瞧见小孩讨好似的，用那双微微下垂的小狗似的眼睛看他，又可怜又可爱，心里那一点儿小火苗立刻就灭了。他最喜欢米阳听话的样子，尤其是这样的眼睛只瞧着他一个人，他伸出手捏了捏米阳的脸颊，哼道："你都不记得过几天是什么日子了。"

米阳心里动了一下，看着他道："记得呀，你的生日啊，每年我们都是一起过的。"

白洛川心里这才舒坦了，嘴角挑起来一些："你准备送我什么？"

米阳其实还没准备礼物，硬着头皮道："嗯，先保密吧，给你一个惊喜。"

白少爷被惊喜这个词哄得开心起来，一路上眼睛都亮亮的。

回到米阳的爷爷家里之后，米阳推门进去，先拿了自己的小枕头，又抱着枕头去程青那边打了个招呼，顺便还想要一点儿零花钱，买点什么，或给小少爷做个小手工哄他开心。

白洛川全程跟着，米阳就偷偷摸摸躲着向程青要钱。

程青正在厨房忙活，听不见他说的话，一边掀开锅盖一边道："什么？阳阳你说大声点！"

米阳："没啥事。"

程青做了清蒸鱼，刚放上去不久，打开锅盖之后想起再放一点儿豆豉，米泽海平时喜欢吃这一口。她这边刚打开锅盖，还未熟透的鱼腥味夹杂着水雾腾起来一团，她脸色变了一下，匆匆丢下锅盖，跑出去干呕了两声。

米阳吓了一跳，连忙追过去，道："妈，你没事吧？"

程青摆摆手，但还是恶心得说不出话来。

米阳去倒了一杯水给她，看着她漱口之后，脸色略微缓和一点才放心。他接过杯子，担心道："妈，你是不是病了？要不去医院看看吧？"

程青道："没事，就是这几天太累了，昨天晚上也没睡好，过两天就好了。"

米阳还是担心得不行，要去跟米泽海说，却被程青拉住了胳膊，她无奈道："真不用，妈妈休息一下就好了，等过几天吧，妈妈就去医院看看好不好？"

米阳勉强答应了。

程青笑了一下，摸了摸他的头。

回来之后米阳一直都有点担心，他觉得程青这段时间忙里忙外太操劳了，很怕她的健康出问题。

白洛川想了一会儿，忽然问他："你妈妈是不是要有小宝宝了？"

米阳愣了一下道："不会啊！"

白洛川道："上次来我家的那个阿姨也是这样，吐了几次，然后就有小宝宝了。"

米阳下意识想继续否定，因为他记忆里没有这件事。他忽然皱着眉头想起来，记忆中他们母子俩没有那么早随军，程青并没有留在那边工作，只是两边跑着，每年去探望几个月，他是在山海镇姥姥家长大的……现在已经改变了太多。

米阳犹豫起来："应该不会吧？"

白洛川道："请医生来看看就知道了。"

白老爷子心脏不好，有随行医护人员陪同，而且镇上的医院距离不远，去一趟并不是麻烦事，但是最要紧的是，现在可是独生子女一代啊！

米阳没吭声，含糊道："我妈自己应该知道，我等两天，去问问我爸。"

白洛川点头道："好。"

米阳虽然这么说，但也跟着忍不住犯愁。

计划生育什么规定来着？好像要孩子就保不住本职工作吧。当年就他爸一个人有工作，等他小学二年级，他爸才转业回来，他妈妈跟着一起安顿了工作。接着，他在这里上了初中，去市里读了高中……

如果爸妈真的多生一个小宝宝，那么好多事情会出现变动。

米阳这两天在白洛川家待得也不安心，总觉得白少爷说得有道理。晚上睡着，他还梦到自己给刚出生的小宝宝泡了一晚上奶粉，小宝宝总是饿，他动作慢了就哇哇大哭，他这个小萝卜头的腿太短，恨不得踩上风火轮。

隔天醒来后，米阳累得够呛，没两天就有了黑眼圈。

白洛川伸出手指摸了摸他的眼睛下面，皱眉道："要不，我陪你住在你家吧，你是不是在这里睡不好？"

米阳想了想，点头道："我是有点儿不放心我妈，你要是不介意我那边的床小的话，咱们就一起睡。"

白洛川当然不介意，他都追到这里来了，就是想和米阳一起玩，当下就收拾了不少东西准备带过去，瞧这架势是打算在米阳家过暑假了。

白洛川收拾东西的时候才看到一份作业，于是拿给了米阳："我差点忘了，我把你的暑假作业带来了，给。"

米阳哭笑不得。

行吧，拿了就做，反正也没几道题，米阳翻了一下，瞧见也就是语文抄写的作业比较多，赶赶工，几天还是做得完的。

白夫人正在楼下打电话，似乎在谈生意上的事，瞧见他们下来，就跟电话那边轻声吩咐了一句，挂了电话看向他们："你们这是要去哪儿？"

白洛川背着包，道："米阳想回家，我跟着一起去，妈妈，我去他家住几天。"

米阳也背着一个一样的背包，怀里抱着小枕头，有点不好意思道："骆姨，不好意思，我担心我妈妈。"

白夫人道："你妈妈怎么了？"

米阳含糊道："她这几天身体不太舒服。"

白夫人只当他是小孩子说不清楚，轻轻皱了皱眉头，也拎上自己的小包叫了司机来，对他们道："走吧，我跟你们一起过去看看，我前两天也瞧着你妈妈脸色有点儿不好，别是累病了自己都不知道。"

她和程青这么多年关系一直不错，又是瞧着两个小孩在自己跟前长大的，因此对这件事也挺上心，带了一个随行的军医一起过去。

米阳坐在车上有些不安，道："骆姨，不用带医生了吧，我妈妈她自己就在医院上班。"

白夫人摆摆手，道："没关系，这是给你白爷爷看病的医生，让他去给你妈妈看一下，这样大家都好放心。"

米阳没办法，只能跟他们一起回到自己家里。

程青在房间里休息，听见院门口有动静，准备起身去看看，还没等走出去，就觉得一阵头晕，坐在床边缓了好一会儿。白夫人刚好带着医生进来，瞧见她脸色苍白的样子，吓了一跳，连忙过去扶住了，道："怎么了这是？快躺下。"

程青小声道："不碍事，我就是累了点儿，休息一下就不要紧了。"

白夫人不听她的，叫了医生来给她看，医生提着医药箱过去问诊了一下，很快就"咦"了一声，神色复杂道："这不是生病了啊。"

白夫人也愣了，道："不是生病？脸色这么差呀。"

　　医生摇摇头，收起听诊器，道："不是病了，她应该是有了孩子，我看至少三个月，快四个月了吧，胎心听得很清楚。如果不放心，可以去照B超看看，不过，看你家的情况……"最后一句，他没说出来，这个年代，要和不要，是两种选择，如果去了医院被人知道，恐怕又是一番麻烦。

　　白夫人惊讶地看着程青，道："真有了？"

　　程青咬了咬唇，沉默着没有说话。

　　白夫人明白过来，又小声问她："你早就知道了？"

　　程青摇摇头，眼圈已经红了："我也是前段时间才发现，反正是不能留的，现在家里事太多，等过段时间，我再去医院吧。"

　　白夫人也是当母亲的，自然理解她的想法，肯定是舍不得。

　　白夫人先让医生开了一点补气血的药，又让司机跑了一趟去医院买了，吩咐好这些事之后，招呼两个小孩过来。

　　米阳从刚开始就站在门口那儿，生怕阻碍了医生给程青看病，在门口他都听见了，一脸惊讶，站过来的时候，看看程青，又看看她和平时几乎一样的小腹，小心地碰了一下，指尖碰到一点儿就立刻停住了，小声道："妈妈，这里真的有小宝宝了吗？"

　　程青叹了口气，摸摸他的头，道："是啊！"

　　米阳抬头看她："能不能留下他？"

　　程青道："咱们阳阳想当哥哥吗？"

　　米阳点点头。

　　程青叹了口气，冲他笑了一下，没再说话。

　　白夫人瞧着程青精神不好，就让两个小的先出去，自己留下多陪了她一会儿，同她说话。

　　米阳哪里肯走，躲在窗台下面竖起耳朵来听着，但是里面说话的声音太小，只听到短短几个音节。

　　白洛川蹲在一旁，戳了他一下，压低声音道："我就说吧，你妈妈是有小宝宝了。"

　　米阳心不在焉地点点头，抬头看着窗户那边的时候有些无奈。

　　白洛川小声问他："你想要弟弟或者妹妹吗？"

他像其他小孩子一样带着点新鲜也带着点争宠的担忧，但是，他不能用小孩的心思去看这些，想了半天，才叹了口气，道："看他们吧，我现在太小，也做不到什么。"

他是心疼他妈，刚才程青快要哭出来的样子，他看了，心都跟着揪起来。

白洛川误会了，凑近他一点儿，抱了他一下，道："没事，你可以来我家，我只对你一个人好。"想了想，白洛川又加了一句，"永远就对你一个人好，我跟你保证。"

米阳原本还在感伤，听见后，被他逗乐了，歪头看他一本正经的样子，忍不住也笑着点点头："行，你可记住了，以后不能欺负我。"

白洛川摇摇头，认真道："我不欺负你，我护着你。"

过了一会儿，白夫人就从房间里出来了，她牵了白洛川的手，带他先回去，对米阳道："你在家照顾你妈妈两天，多陪陪她，我已经给你爸爸打了电话，他一会儿就回来。"

米阳点点头。

白少爷也听出事情的严重性了，听话地跟着白夫人一起走，到了门口的时候折回来抱了米阳一下，小声道："过几天，我等着你。"

米阳拍拍他的肩膀，道："嗯。"

米阳送走客人，回到房间去陪着程青，程青大概是心事已经说出来，脸色比之前好了许多。她坐在那里，把米阳抱在怀里小声地和他说话。

米泽海回来得很快，他进来的时候正好和来送药的人碰到，那个老军医也跟着一起来，他不对女同志说什么，但是看到米泽海就忍不住把米泽海叫到一边，严肃地批评了几句："快四个月了，你们怎么一点自觉都没有？身体这么差，也不注意休息，以为年轻就没事了是不是？！她不在意，你也是个马大哈，怎么都没察觉？！现在做手术身体创伤小一些，再拖几个月，对她的身体伤害更大。"

米泽海吓了一跳，手足无措地站在那儿，完全不知道这件事。

送走了医生，他才转头回来找程青，看着她，呼吸都变轻了，小心道："青儿，这、这是真的吗？"

程青点点头，已经比见白夫人那会儿神色平静许多。

米泽海站在那儿看了她好一会儿才道："那就是之前，在军区医院复健的时候……"

程青的脸红了一下，啐他一口，道："当着孩子的面，什么都敢胡说！"

米泽海立刻噤声，凑近了一点儿，坐在床边去看妻子，又低头看看她的小腹，眼中的喜色一闪而过，很快就满是担忧。

他面前坐着的程青也没好到哪儿去，两个大人叹了口气，一起坐在那儿发愁。

米泽海道："是我没照顾好你。"

程青摇摇头，道："家里事情这么多，你已经做得很好了，再说，也是我自己没注意，这次也跟怀阳阳的时候不一样，听话多了，一点都没闹腾我。"她将手放在小腹那儿轻轻地摸着，神情复杂。

米泽海又道："这个孩子……"

程青躲避了一下，道："你先忙其他事吧，这个等过段时间再说。"

米泽海没有听她的，握着她的手，声音轻但坚定道："留下来吧，咱们养他。"

程青抬头，错愕地看着丈夫。

如果是换了另外的时候，米泽海会再犹豫一下，但正因为家中刚刚发生了大事，反而让他清醒过来——钱可以再赚，工作可以再找，一个小生命就在眼前，他没有办法置之不理。

正是因为失去亲人，才知道生命有多可贵。

程青被他握着手，心里说不感动是假的，但要点头答应，也十分困难。

她不想当着孩子的面谈论这个，低头对米阳柔声道："阳阳乖，你先去看看爷爷，妈妈一会儿给你拿点心吃。"

米阳知道他们要避开自己讨论这个话题，点点头，道："好。"

他走出去两步，立刻拐了弯儿绕回来躲在窗台下面偷听，比刚才距离近了一些，耳朵竖得更尖。

房间里，程青犹豫道："算了吧，你努力了这么多年，不要工作啦？咱们有阳阳一个就够了，阳阳多懂事听话啊，我这辈子有这么一个儿子就知足了。"

米泽海道："工作可以再找，你和孩子最重要。医生说你身体太弱，我听着提心吊胆的，怪我这几天粗心没看出来。"他顿了一会儿，又认真地问道，"青儿，我不是逼着你要孩子，我知道你在医院也特别努力，总之这事全听你的，就是你千万不要去想我工作的事，我有力气，干什么都能养活你和孩子，你就想着自己，我、我和阳阳什么都听你的。"

程青被他气笑了，道："你给自己表态就行了，替阳阳说什么。"

米泽海道："我们父子连心啊，我瞧出来了，阳阳跟我想的一样。"

米阳在窗户外面蹲着听，也在心里叹了口气，这点他倒是赞同的，他和他爸一样，恨不得把程青当成家里的女王，他们一个国王、一个王子，持枪拿盾，甘愿为她保驾护航。

程青再不舍，也要考虑他们将来的生活，有一份好点的工作，就能去城里安顿下来，拥有城市户口，孩子也能得到更好的教育。她摸着小腹，叹息道："不了吧，我想把阳阳照顾好，这辈子能把一个孩子拉扯成才就知足了，至于这个孩子……可能跟咱们没有缘分。"

米泽海沉默了一会儿，叹息了一声。

程青这么说了，心里多少还有些不是滋味，她怀了孩子，本就多愁善感，这会儿强撑着维持笑脸，但转过头去擦了几次眼泪。

米泽海也眉头紧皱，他心里是不舍的，但是尊重妻子的想法，一时间纠结起来。不过再心痛，比起未见面的孩子，妻子的身体在他心里还是第一位的。

他询问过白家那边的军医，又去医院打听过一遍，这才回家来跟程青说了，想跟她定个时间去医院。

程青嘴上答应了，中午那顿饭就没吃下两口，下午的时候，米泽海骑着自行车带着她去了医院，只留下米阳一个人在家里。

米阳左眼皮跳了两下，心里没底。

没过半小时，程青和米泽海就回来了，两人还是那副愁眉苦脸的样子，去的时候什么样，现在还是什么样。

米阳连忙站起来，过去抱了抱程青，道："妈。"

程青把他抱起来，他吓坏了，动都不敢动："妈，你放我下来，我太沉了。"

程青亲他一下，坐下之后依旧把米阳抱在怀里，在那儿发呆。

米泽海坐在一旁也皱着眉头没有说话，好半天才叹了口气，道："不管怎么样，你的身体第一，其他的先不管，我陪你去省医院再看一下，实在不行，我们去京城……"

米阳听着不对，问道："爸，我妈到底怎么了？"

米泽海道："你妈身体不好，要去做个小手术。"

米阳不懂，但听着并不只是为了小孩，更多的是因为程青的身体。

米泽海犹豫着，抬头询问程青："要不，我们把这个孩子留下吧，你身体太弱，我真担心万一出什么问题，医生不是也说可以写份证明，跟单位申请一下吗？"

程青自己就在医院工作，见过类似的情况，但极少有单位会同意，她和米泽海工作的单位更是不可能同意的。边城那边抓得不比这里松多少，这年头，独生子女计划很严格，丢工作、被罚款，很可能是他们这个小家支撑不起的。她当然也喜欢孩子，但是经济基础在这儿，总归是要先顾虑好第一个孩子，再考虑其他的。

如果一个孩子都养不好，又生下来第二个，那就是不负责。

她的神态已经淡定下来，对米泽海道："爸的身体已经开始康复了，明天我和你去省立医院看看，那边的医生和设备都好很多，总归是有办法的。"

米泽海点点头，愧疚的眼神中更多的是心疼："是我不好。"

程青摇摇头，道："医生不是说了嘛，是意外，我们也没想到啊！"

米阳在旁边听着，努力回想，他记得刚上小学的时候，程青好像也去了一趟泉城，那时候，米泽海还在部队，她在那边的医院住了一段时间，他姥姥特意去陪着她，直到出院。当时姥姥跟他说的好像也是"动了一个小手术"这样的理由。

米阳这么多年从来没把这件事和未出生的小宝宝联系在一起，现在想想，或许就是那次手术，让程青的身体变差了。

他记得程青四十五岁就提前内部退休了，一直在家，偶尔出去旅游，外出的时间长了都要生病。他爸后来特意换了一辆越野车，把车里收拾得跟一个小家一样，周末的时候，老两口就出去转一圈，但从不走远。

米阳担心起程青的身体，问道："妈，这个手术很严重吗？是不是很伤身体？必须要做手术才行吗？哪个对你更好啊？"

程青握着他的手，皱眉道："这是大人的事，你别管了。"

米阳摇摇头，道："我可就您这一个亲妈，别的我不管，我就管您。"

程青笑了一下，眉宇间的愁绪散开一点，对他道："我再和你爸商量商量吧，一家医院说得不准，再去省立医院看看吧。"

米阳点点头，又叮嘱她："凡事都要把健康摆在第一位。"米泽海偷偷在背后碰了米阳一下，米阳立刻加了一句威胁，"不然，我就去跟姥姥告状，从咱家跑过去三分钟不到就能瞧见姥姥家。"

程青戳了他的脑门一下，道："就你鬼心眼多，妈知道了。"

两个人准备去省立医院，这边收拾好了，正准备走的时候，米泽海接到白政委的电话。

白敬荣原本要跟父亲一同休假回老宅住上几天，但是之前工作忙，这才晚了几天，昨天晚上刚到，今天休息了一下，就打电话来找米泽海，让他过去一趟，说有事商量。

米泽海不知道什么事，急急忙忙地赶过去了。

白敬荣正在一楼客厅翻看报纸，看到他来，起身带他去了书房。

白敬荣也不是特别能寒暄的人，两人坐下，他就开门见山地说道："明年部队人员精简方案已经下来了，政策不变，还要裁军，师部也在精简人员编制之中，你们团要减掉一半人。"

米泽海愣了一下，心里有些苦涩。

白敬荣道："以你的身体情况，就算康复，以后也不适合留在一线。"他略微沉吟一下，又道，"我查了你的档案，你入伍的时候是在基建工程部队吧，我看上面对你的评价相当不错。你有没有想去的地方？没有的话，我可以推荐给你一个，当初基建工程转到鹏城的不少，那边的单位多，虽然是工程建设公司，但也在编制内管理，我可以推荐你去那边，户口和孩子入学的事，你不用担心，你是在演习中因保护战友受伤，部队会一并帮你解决安置好……"

米泽海感到一阵愧疚，他没想到白敬荣会一直记得他的伤，还把未来的路帮他想好了。他犹豫一下，叹气道："谢谢政委，您也帮我谢谢老首长，我可能去不了了。"

白敬荣愣了一下，道："怎么了？"

米泽海顿了一下，道："我老婆怀孕了。"

白敬荣道："你怎么打算的，留下吗？"

米泽海道："她身体不好，医生说打掉有一定危险。她跟我吃了这么多年的苦，我不能为了自己就不管不顾地送她去医院……我都听她的，但是，关系到她的身体，最后我肯定要听医生的。"

白敬荣点点头，道："从感情上，我能理解你，还有一段时间，你们回去可以再商量一下。"

米泽海转身刚走两步,还未出书房,就听到白敬荣又问道:"如果坚持做这个决定,就没有办法分配单位,不知道你有没有兴趣考虑一下去私人公司?"

米泽海回头看他,有些错愕。

白敬荣笑了一下,道:"江璟想回沪市了,她当了我这么多年贤内助,我自然也要支持她的决定,但是,她一个人我总是不太放心。如果可以的话,我想你去帮帮她,你和程青的为人,我信得过,主要是和鹏城那些工程公司打交道,不少人是你老部队的战友,我相信你可以胜任,至于薪金,我太太会给你开出一个满意的年薪。"

骆江璟,做了多年白夫人之后,终于在一九九六年翻滚的商潮中决定回沪市做一番事业。她思考了许久,瞄准了慢慢热起来的地产行业。

白家给出两条道路,第一条路,米泽海为了妻子,还十分犹豫,而第二条路,正是他现在最最需要的。他之前受伤被白敬荣及时救助,心里原本就存了一份感激,现在别说白家是在帮他,即便是让他辞了公职去帮忙,他也是肯的。听见白敬荣这么说,他没有犹豫,点头答应了。

白家的意思是要他们一同去沪市,除了户籍问题,其余的和他待在鹏城几乎没有差别,可以说非常好了。

米泽海留下和白夫人又商谈了一阵之后,还有些恍惚,他怎么也没有想到,原本困扰他们夫妻一个大麻烦会这么顺利地解决,而且他能陪在程青的身边一直照顾她。

白夫人把装合同的文件袋推给他,笑道:"也不是全为了你们,我也有私心,回沪市之后,工作忙起来肯定不能多陪着洛川,正好你们现在情况特殊,能不能让阳阳在我家住上一年?"

米泽海要拿文件的手立刻收回来了,特别警惕。

白夫人笑得不行,对他道:"我开玩笑的,去了那边之后,我们两家还是离得不远,孩子们跑两步就回去了。他们俩一起长大,还没分开过,我自己也舍不得呀。"

米泽海从白家回来,先去了堂屋找米鸿聊了一会儿。

等出来的时候,他有些狼狈,被米鸿扔了手边的两个药盒,还夹杂着老爷子带着怒气的声音："滚出去，这辈子我都不离开这个小院儿，这就是我的家，我哪里都不去！还有，你敢请什么保姆，敢踏进这个院子一步，我就拿棍子把他打出去！"

米泽海站在院子中央被骂了好一顿，他一声不敢吭，低头等老头儿消火。他等了一会儿，老头儿才不骂了。

好歹是养了自己这么多年的老父亲，米泽海倒是不记仇，心里还琢磨着老爷子的声音比之前洪亮许多，身体真的快好了。

他挨了一顿骂，摸摸鼻尖，回了自己住的那个房间。

程青正抱着米阳给他讲故事，瞧见米泽海进来，放下手里的童话书，道："怎么了？刚才听见爸特别生气，你又做什么事招惹他老人家了？"

米泽海站在那儿，道："也没啥，我就跟他说我可能要退伍复员回家了。"

程青急得不行，道："这怎么可以？你奋斗了十来年，当初考试容易吗？而且将来的生活……"

米泽海把手里的文件袋放在她的手边，握着她的手，小声地问道："青儿，你其实是想要这个孩子的吧？"

米阳在一边皱着眉头，跟着表态道："妈，如果你想生的话，就生下来吧，我替你们养。"

程青本来还有点儿发愁，被他这么一说，扑哧一声就笑了。

米泽海羞得满脸通红，道："臭小子，胡说什么呢？你爹还在呢，哪轮得到你说话？！"

米阳还要说话，米泽海就把他抱起来放到一边去了，自己坐在程青旁边的小板凳上，那么大一个男人这会儿露出几分小心，活像是被主人训过的狼犬，小心地问道："青儿，如果我能保证照顾好你和孩子，也有稳定的收入，你愿意要这个孩子吗？"

程青也想过很多次这种"如果"，叹气道："真这样的话，还是想的。"

米泽海的眼睛一瞬间就亮了，坐在那儿，认真地握着程青的手，跟她许诺："今天白大哥来了，我去和他谈了一下将来工作的事，他跟我说了很多，还给我介绍了一份特别好的工作。"

程青有些错愕，她还是认为铁饭碗最好，但是白政委亲口说的，那自然也差不了。

米泽海道："你看，这是新工作的合同，聘期三年。不管怎么说，头三年，我能照顾好你们，给我三年的时间，我一定会处理好一切事，不让你和孩子们吃一点儿苦、受半分委屈。"

程青红了眼睛，把丈夫和孩子一起抱住，过了好一会儿才松开。她摸了摸米阳的小脸，问道："阳阳，咱们家以后要过得再节俭一点，可能不会给你买太多玩具，以后有好吃的，也会分给你和小宝宝，你是做哥哥的，有时候还需要你帮着妈妈一起照顾小宝宝……你愿意吗？"

米阳当然愿意啊，而且他比米泽海乐观许多，他爸妈没有那么多物质要求，一家人都不爱攀比，买两套小房子，种种花、钓钓鱼，就知足了。

程青打开那份文件袋，一边看，一边问道："你能找一份工作就够了，我也在自学考试，又有几年临床经验，医院的工作不好找，小诊所总是可以的，日子过得苦一点儿，但熬几年也能过来。就是咱们走了，谁照顾爸？还有阳阳上学怎么办？"

米泽海道："我刚才就去跟爸说了。"

程青道："你不会是说，让爸跟咱们一起走吧？"

米泽海点点头。

程青笑了一声，道："活该被骂，这话你也敢说出口。"

米泽海叹了口气，道："爸不肯走，我说要不找个人来照顾他，也被骂了。他也不肯让别人进来，要一辈子守在这儿。"

程青也叹了一声。

米泽海打起一点儿精神，又对她道："阳阳上学的事儿已经解决了，骆姐说全包在她的身上，到时候去沪市任职，阳阳还是和洛川一起读书，好像是读什么寄宿学校，骆姐说挺好的。"

米阳愣了一下，道："爸，我也去吗？"

米泽海道："当然啊！"

这件事米阳没有想到，坐在那听了一会儿，才听出来白家并不只是介绍了一份工作，根本就是让米泽海进白家公司。

白夫人在沪市自然是如鱼得水，她要的不一定是多得力的下属，人可靠才是她目前的首选。

米阳低头看了一眼合同，上面的"工程建筑"字样特别醒目，果然和他记忆中的一样，是做房地产。

　　米泽海留下和程青说了小宝宝怎么安顿，在外地又有人帮衬，总归是要比在这里方便一些。

第十九章
新生活

　　一家人商量着做了决定，都放松不少。

　　程青第一次让米阳摸了摸她的肚子，之前没想要这个孩子，也就没让他多接触，生怕给小孩留下什么不好的记忆。

　　米阳伸出手，轻轻地碰了一下，只摸到程青肚子上鼓起的一个小包，有点硬，但是一点也不明显，要不是程青现在经常不太舒服，真跟平时没什么变化。

　　米阳觉得挺神奇的，又摸了一下，米泽海道："行了，别摸坏了。"说着，自己也小心地摸了一下，这些天老婆脾气不稳定，也没让他摸过小肚子呢！

　　程青哭笑不得，把他们爷俩都赶了出去："快走吧，真是太烦人了！"

　　米泽海也就刚才颓废了一阵，这会儿精神抖擞，像是确定了新目标一样，立刻挽起袖子去厨房洗菜做饭。

　　米阳也跑出来，直奔堂屋去了，米泽海半路拎着他的后衣领，拦住他，道："那天我可都听见了，臭小子又跑去弹三弦琴了对不对？还让爷爷教你做风筝，线都顺走了好些吧？"

　　米阳半点儿都不脸红，理直气壮道："那是我亲爷爷啊，我拿点他的线怎么了？爷爷说让我随便拿。"

　　米泽海想想自己刚才挨骂，又瞧着儿子当着长辈一副理直气壮的小皇帝的样子，就心酸。

　　他刚想伸手揉米阳的脑袋两下，米阳就警惕地躲开了，还伸出四根手指比画给他看。

米泽海道："这是什么意思？"

米阳的下巴都抬高了，得意道："我在这儿可是还有一个姥姥和三个姨呢！爸，您别动我，我援军可多了！"

米泽海哭笑不得，敲了他的脑袋一下，道："快走吧你，真是，回来就上天了。"

米阳一溜烟地跑去了堂屋，找米鸿继续教他做风筝。白少爷的生日快到了，他手头的零花钱就那么一块几毛的，别的也拿不出手，只能做一个漂亮的风筝给他。

正好七月底山坡上微风习习，米阳带着他家少爷去放放风筝，陶冶一下情操也不错。

米鸿对儿子和孙子的态度还是略微不同的，虽然依旧臭着一张脸，但没赶小孙子出去。

米阳在老人面前都是乖巧的，尤其是现在心里放下一块石头，忍不住高兴起来，米鸿指导他的时候，他还不自觉地哼起了小曲。

米鸿倚靠在木床上，腿上盖着薄被，忽然开口道："不对。"

米阳停下手上的动作，疑惑地看了半天，抬头道："爷爷，这里没扎错呀。"

米鸿动了动嘴唇，道："曲儿哼错了，调子高了半分。"

米阳看了一会儿，才瞧出刚才他爷爷是轻轻笑了一下，他立刻弯起眼睛，露出一个大大的笑容，凑上去讨好道："那爷爷教我唱吧？我就听奶奶唱了那么几回，偷师没偷成，嘿嘿。"

米鸿看他一眼，咳了一声，道："先做你的风筝，贪多嚼不烂。"

米阳已经不怎么怕爷爷了，一连几天都来学做风筝，跟爷爷的感情亲近了几分。这会儿，米鸿对他笑一下，他就觉得自己特别受宠，话也多了起来："爷爷，我爸说你还会修书呢，我也想学。我看过修书类的书，在部队的时候，魏老师给我一本特别厚的古籍修复书。我看了好久，自己也对照着练习了，但有些还是不会，爷爷，你教教我吧？"

米鸿招手让他过来，他立刻两眼放光地过去了。老爷子伸出两根手指头圈起来照着他的脑门弹了一下，瞧着小孩傻乎乎地站在那儿，额间被弹得出现一个微红的印子，刚想教育他几句，就瞧见自己那个跟奶狗一样的小孙子摊开肚皮躺在他的床角滚了两下，捂着头说"爷爷骗人""完了，我受伤了""不教修书起不来啊"。

米鸿扯了扯嘴角，这次笑得比刚才要明显许多。

米阳的风筝扎完，时间到了七月末，离白洛川的生日只有两天了。

他扎的那个是燕子风筝，他在上面精心地上了色，还装了两个在风中会旋转发出响声的小哨子，试飞的时候效果特别好，但是风筝太大，无法装起来，他又怕碰坏了，只能抱着去找白洛川。

白少爷在家里拆东西，他生日快到的时候总会收到一大堆礼物，这会儿拆了半天，已经懒洋洋的没什么兴致了，哪怕手边放着一台最新的笔记本电脑，也懒得去打开玩。

米阳进来的时候，他站起来，瞧见米阳抱着的那个大风筝，眼睛一下就亮了，迫不及待道："这是给我的吗？"

米阳点点头，白少爷立刻丢下那堆东西，来看米阳送他的生日礼物。他围着看了一圈，米阳还指给他看，燕子的尾巴那儿写了他的名字，跟专门定制的一样。

白洛川特别满意，道："真漂亮，不过，我的名字应该写大一点儿。"

白洛川拿到风筝就想去试试，米阳劝道："今天没有风，等你生日那天，我再陪你去试试。"

白洛川点头道："好。"

他抱着风筝放在桌子上面，占了好大一片地方，站在那儿欣赏，不肯走，忽然道："怎么没写你的名字？"

米阳奇怪道："写我的名字干什么？"

白洛川道："一般制作者都要写的吧？我帮你加上。"他说着就去拿了笔，把米阳的名字挨着自己的写在一起，两个名字并排在那儿，他看着更满意了。

风筝现在不能玩，白洛川就带着米阳去了沙发那边，一起拆自己收到的礼物。从骆家那边邮寄来的东西最多，送的都是一些小孩儿喜欢的高档玩具，米阳帮着他拆了两个，视线落在他身旁的笔记本电脑上。

最初米阳没认出来，因为它和后来那种轻薄型的不同，这会儿的笔记本电脑厚重一些，而且四四方方的，要不是看到上面"IBM ThinkPad"的标志，还真难认出来。

白洛川见他看那边，就把笔记本电脑打开，让他一起来玩："这是我小姨送来的，你要不要玩？"

打开之后，白洛川将键盘滑开，比笔记本大了一圈儿，设计非常独特，瞧着像是振翅欲飞的蝴蝶。

这么一看，米阳就认出来了，他以前有一个表弟特别喜欢收集这些电子产品，特意跟他说过一些，但是对他这个爱好古书的人来说，这些黑漆漆的电子产品都长得差不多，唯有这一款他记得清楚，因为设置特别，一直都是热门收藏对象，昵称是"蝴蝶机"。

米阳伸手摸了摸那个键盘，果然新的比后世收藏的古董电脑触感好得多。

白洛川打开电脑和他一起玩游戏，忽然道："季柏安回家了，要去念书。"

米阳抬头看白洛川，白少爷撇嘴，小声地抱怨道："我妈也让我去，非要我读那个什么寄宿学校，夸得它天上地下第一好，可我一点儿都不想去。"

米阳试着安抚他："或许学校条件挺好呢？"

白洛川道："好什么啊，我在那边上了两个礼拜的课，一点都不好！"

米阳又道："可是，我听说操场很大，还可以学游泳和网球……"

白洛川掐他的脸一下，扯起脸上软软的肉，他的小脸都变形了，眨了眨眼，说不出话来。白少爷威胁他，道："你哪儿边的，嗯？"

米阳含糊道："你这边的。"

白少爷这才松手，捏得挺有分寸，小脸一点儿都没被捏红。

白洛川仰躺在礼物堆里，还在那儿哼哼唧唧，不乐意去上学。

他大概以为自己要和米阳分开了，就算是刚收了燕子风筝做生日礼物也不怎么开心，皱着眉头，跟生离死别似的，神情严肃。

米阳几次想告诉白少爷，都被拦住了，白少爷根本就不许他说话，摆摆手，道："你听我的，我也有东西给你，你这次正好带回去。"

白洛川拽着米阳的手一起去了楼上，推开房门给他看地上放着的一个小箱子："这里放着的都是胶卷，我记得你有一台柯达相机，正好用这个。你每天照一张照片，然后三天打一通电话、一个礼拜给我写一次信，信封里记得放上照片……"他叮嘱着，小脸上是难过的表情，"反正不许把我忘了，听到没有？！"

米阳蹲在白洛川的身边，歪头看他。

白洛川不耐烦地道："问你了，听到没？"

米阳冲他笑出小白牙，肩膀碰了碰他的肩膀，问："哎，你想不想我跟你一起去上学？"

白洛川道："当然啊，但你不能去沪市……"他说到这儿忽然停下，扭头去看米阳，睁大眼睛，道，"不是吧，米阳，你爸妈答应你跟我去上学？他们让你去吗？"

米阳道："嗯，他们也去，骆姨不是要开公司嘛，我爸要去骆姨的公司上班了。"

白洛川欣喜若狂，道："那咱们以后就能在一起啦！"

米阳点点头，也笑了。

白少爷傻笑了一阵，忽然变了神色，盯着米阳，道："不对，你之前就知道了，一直不告诉我！"

米阳举手求饶："没没，我也是刚知道的，这不赶紧来告诉你，还给你送了风筝吗？！"功劳他必须说出来，生怕小少爷教训他。

白洛川把他按在地上，恶狠狠地挠他痒痒，他别的地方不怕，就腿和后背最怕痒，被碰一下，整个人就蜷缩成虾米，笑得眼泪都快出来了，连声地求饶："不敢了、不敢了，我跟你逗着玩儿呢！"

白洛川又问他："这三个月，你想我没有？"

米阳连声道："想了、想了！"

"跟我分开念书，舍得吗？"

"不、不舍得！哎哟，松手，太痒了哈哈哈！"

米阳被按着教训了一顿，哈哈笑得眼泪都出来了。

白洛川道："你哪舍不得我？我看你玩得挺高兴的，亏我还给你带作业、带魏爷爷给你的书！"

米阳眼睛亮了一下，道："魏爷爷给我带书啦？在哪儿呢？是不是上次说的那本讲修补的？"

白洛川沉着脸道："在那边矮桌的抽屉里。"

米阳立刻爬过去要拿，小少爷恶狠狠道："你哪舍不得我？我看你就是舍不得这些破书！"

米阳哄他道："怎么会？

白洛川就作势要去打开抽屉，他刚伸手碰到书，米阳的眼睛就亮了，也伸手过去，嘴里道："真没有，我就是舍不得你。"米阳这么说着，手碰到书就不舍得松开了，"哎，你松开手，我看看书名，这是什么书呀？"

白洛川眯着眼睛看他，然后把人按在那儿，自己压上去。

米阳被压得闷哼了一声，道："太沉了，你和一袋面粉一样重啊，快下去……"

白洛川不理他，张嘴咬了他细白的脖子，咬得他"哎哟"了一声，又像是被扣在那里的小动物，逃不开，没一会儿就哼唧着求饶了："不行、不行，快松开，咬破了！"

白洛川又用小牙磨了磨，听着那人又求饶了两声，才松开。

米阳看不到后面，伸手摸了一下，脖子后面那有一圈儿牙印，还挺整齐，白少爷一口小牙超凶。

他看米阳在那儿摸被他咬过的地方，过去给米阳揉了两下，挺深的一个印子，估计有段时间消不下去了。

米阳抬头去看白少爷，那位一点儿都没有悔改的意思，还觉得自己才是受害者，问道："怎么了？"

米阳闷声道："被小狗咬了。"

白小狗气得差点又咬人！

打闹归打闹，没一会儿，他们就好得和穿一条裤子一样了。

白洛川这股高兴的劲头在晚上到达顶点。

天黑了，米阳也没有要走的意思，只是找了一本书，坐在白洛川的身边看得津津有味。白洛川凑近他，小声地问他一句，他就笑眯眯地道："对，不走了，留下住两天，给你过生日。"

白少爷高兴坏了，当天晚上就要吃个生日蛋糕。

白夫人道："洛川，今天不是生日呀，要明天才能吃呢！"

白洛川道："试吃也不可以吗？"

白夫人哭笑不得，摇头道："不行，你肯定要许愿，还要点蜡烛，要等生日当天许愿才灵呢。"

白少爷这才勉强答应下来。

米阳是背着自己的小背包来的，里面瞧着塞得很满，其实就一个小枕头。

白洛川看到那个枕头就彻底安心了，抢着把它和自己的枕头并排放在一起。

晚上两人一起说了好一会儿关于新学校的事，白少爷现在不排斥那个学校了，因为他在那里待了两个礼拜，比较熟悉，正得意扬扬地跟米阳显摆："特别好，球场大极了，草坪也软，我们可以去踢足球。我还学了两天游泳呢，一点都不难，下水就会了！等你去了，我教你，吃饭什么的也还可以吧，有你喜欢吃的红烧排骨，特别甜！"

米阳哭笑不得。

他心说：明明是你喜欢吃的红烧排骨，你才喜欢吃甜的！

白洛川抓着他的手晃了两下，躺在床上美滋滋地道："我都有点儿喜欢那个学校了。"

米阳嘴角抽搐了一下：刚才你可不是这么说的，还说是垃圾学校呢！

白洛川生日那天，米阳陪他去放了风筝，燕子风筝飞得很高，在天上像一个小黑点一样，白洛川牵着线，一直看它，恨不得在脸上写上"这是我收到的最棒的生日礼物"几个字来炫耀。

燕子风筝上面写了两个人的名字，米阳眯着眼睛抬头去看，觉得自己的心情也好得飞上了蓝天，特别轻松。

晚上回来，两人一起吃了蛋糕。

白洛川在切蛋糕前认真地对着蜡烛许愿，每一个愿望都是经过深思熟虑定下来的，许愿许得很慢。

白夫人觉得特别有意思，去拿了录像机想拍一段，她这边刚走，白洛川又慢慢地双手合十，米阳笑他："还没许够？几个啦？"

白洛川道："第三个。"他双手并拢看了米阳一眼，忽然问道，"你明年打算送我什么礼物？"

米阳都被他问傻了，今年还没过完呢，就开始打明年的主意了，于是开玩笑道："要不我把我家小宝宝送给你？"

白洛川鼻尖皱了一下，道："那还不如把你送给我呢。"

他的眼睛亮了一下，紧接着双手合十，闭着眼睛许愿。

米阳吓了一跳，道："哎，你别乱来啊，你都许什么愿望了？"

白洛川已经许完了，这次非常迅速，回道："不告诉你。"

米阳还在问，白洛川就认真道："最后一个愿望不能说出来，不然就不灵了。"白少爷挑高了一边眉毛，拖长音调得意道，"我才不告诉你呢！"

米阳过生日之前，全家都去了沪市，他的入学手续是白夫人一手办理的，去了白洛川同一个寄宿学校，因为两个人情况特殊，都是跳级生，学校对他们重新考核之后，把他们分到了同一个班。沪市的教学质量比边城好上许多，为了让他们跟上双语教学，让他们重新读了三年级，两人依旧分在同一个班。

两人聪颖，但年龄偏小，校方对他们也多有照顾，他们除了在同一个班，还在同一间寝室。

这家学校在当地非常有名，小学部和初中部连在一起，教学条件也好，宿舍都是两人间的。

去学校的时候，米阳准备的东西不多，就带了一个背包，里面装着东西，鼓鼓囊囊的。

白洛川道："不用带那么多啊，学校里都有。"他要看背包里都有什么，米阳躲躲闪闪拦着，白洛川摸了一下就摸出来了，打开背包，果然，那个小枕头立刻蓬松地弹了出来。

白洛川取笑他道："哦，你的小宝贝！"

米阳红着脸道："我就带这一个啊，我用惯了。"

这里小学就开始寄宿制读书，在学校住的第一天，两个人睡在一间寝室里，各自躺在自己的小床上，熄了灯之后，特别安静。白洛川除了觉得新鲜之外，还有那么一点儿想家，翻身去看对面床铺上的米阳，只见他已经抱着自己的小枕头睡得很香甜了。

白洛川无奈。

这人只要有小枕头，去哪儿好像都能适应啊！

这所学校小学部和初中部是一起的，米阳和白洛川在这里读了七年书，原本以为会花很大力气去适应新环境，但是有白少爷在身边，好像突然都跟开了挂一样顺利起来。

七年时间里发生了不少事，米泽海的事业稳步发展，几项工程下来，比他预料中的还要顺利许多。

那几年房地产热门，公司里有人出走，也有别家来挖人，米泽海都不为所动，一心留在公司做事，和他刚开始许诺的一样。

程青在沪市开了一家小药房，聘请了一位退休老医生在这里坐班，小日子过得也不错，她精打细算，家里收入也稳定，除了刚开始的两年过得紧巴巴的，之后都很不错。

家里的第二个小孩叫米雪，是一个小姑娘，长得粉雕玉琢，米泽海和米阳都很喜欢她，尤其是米阳，第一次当哥哥，特别宠爱小孩。程青只好在家中扮黑脸，担当起教育的责任，不过小姑娘懂事听话，很少犯错，偶尔撒娇，也是想吃点糖果。这种小事，程青也就睁一只眼闭一只眼，瞧着那边的父子两人轮番偷偷地给小姑娘糖吃，只要别太过分，她都懒得管了。

初中学业比较紧张，米阳所在的学校里不少人已经在家人的安排下为下一步做准备了。当时流行出国热，不少人家里安排了出国。

白洛川家里倒是没有这个打算，只是白夫人在有意无意地让儿子多接触与自己事业相关的事，瞧着没有把他继续往部队里送的打算。

白少爷轻松悠闲，他心情好了，米阳也能跟着放松几天。

两人住在一间寝室里，相处的时间比陪伴家人的还多。周末两天回家的时候，他们还不一定能瞧见家里的大人。

礼拜天晚上，白少爷肯定会让米阳提前去自己家，名头都找好了，说是怕第二天迟到，司机一起送他们去刚好。

一连几年，习惯成自然，连米阳的小妹妹都知道礼拜天哥哥要提前去"学校"，每次都眼泪汪汪地送他。

米阳收拾书包的时候，小姑娘就站在门口，一半身体在外面，只倔强地露出一双眼睛来看哥哥，小胖手还在抠着门框，小声地喊他："哥哥，你又要走啦？"

米阳瞧见她，就招手让她过来。小姑娘跑来之后，他一把把她抱起来放在自己地腿上，逗她道："对，哥哥要去上学了，你也要在幼儿园好好读书，知道吗？"

小姑娘特别认真地点点头。

米阳道："现在能写好自己的名字了吗？"

小姑娘从他的膝盖上扭着身体蹦下来，去找了纸和笔写给哥哥看，一笔一画地写了"米雪"两个字。

她出生的时候刚好冬天下第一场雪，米泽海和程青就给她取了这个名字，倒是和九月份阳光灿烂时候出生的哥哥形成了对比，家里一儿一女，凑成一个"好"字。

米阳看着她写的字，知道这段时间小姑娘又练习了不少，很有几分样子了，于是拿了几块奶糖奖励给她，揉了揉她地脑袋道："宝宝真棒。"

小姑娘含着奶糖，不好意思地笑起来，紧接着也剥了一块糖递给米阳："哥哥也吃！"

米阳咬了那块糖，笑得眼睛弯起来："好。"

尽管展示了才艺，还是没能留住哥哥，小姑娘今天依旧眼泪汪汪地送走了自己最喜欢的哥哥。她瞧着那辆黑色轿车把米阳接走的时候，忍不住哇的一声哭了，把程青吓了一跳，连忙哄着道："这是怎么了？好好的，怎么哭了？"

小姑娘抱着妈妈，哭得扎着的两个羊角辫直抖动："哥哥又去他家了！"

程青哭笑不得，道："哥哥是要去上学啊！"

小姑娘道："上学怎么上到他家去了啊？！"

程青哄她："没礼貌，白哥哥不也是哥哥吗？怎么叫人呢？再说了，他们第二天一起去学校呀。"

小姑娘抽抽搭搭地还哭，难过得不行，程青哄了她一会儿，带着她去药房，给了她一台计算器，让她帮着自己"统计数字"，这才把人哄住。这么大点的小朋友哪帮得上忙，无非就是安排个任务让她分分心。程青一边忙自己的，一边看着小孩坐在那儿认真地按着计算器算"1+1"，忙得忘了哭，忍不住笑了。

另一边，米阳也到了白家。

白家在沪市住的房子位置没变，只是周边房子的价格已经翻了数倍，白夫人把自己家里打理得相当细致，非常懂得享受，尽管忙起来可能没什么时间回来，但是司机、厨师和保姆阿姨都在家中，时时刻刻都能照顾好念书的儿子。

米阳进来之后没在客厅看到白洛川，就去了楼上，在走廊上就听到一阵打游戏机的声音。房间的门大开着，白洛川正盘腿坐在那儿握着手柄打游戏，手指按得飞快，脸上倒没有什么表情，看着还有点懒洋洋的，要不是电视屏幕上双方在激烈地厮杀，真看不出他在操纵。

十四岁的少年，幼年时候的模样已经消退，白洛川的五官长开了，眉眼俊俏，棱角分明。他听见脚步声，头也不抬地道："橙汁放在桌上，我一会儿喝。"

米阳道："那你等下，我去拿。"

白洛川停下动作，抬头挑眉道："来了？比上回早了点儿。"

米阳点点头："绕了一点儿路，没碰到堵车。"上次他来晚了半个小时，白少爷发了好大脾气，吓得司机都不敢说话，这次他可是特意提前又绕路赶来，只敢早，不敢晚了。

米阳还要下去端橙汁，白洛川打了个哈欠，道："别去，等一会儿让吴阿姨拿来就行了，你陪陪我。"他挪了挪身子，让出沙发上一小块位置。

米阳坐过去，刚坐稳，白洛川就耍赖似的哼唧道："头疼。"

米阳伸手给他按了按太阳穴，心里想着：活该，谁让你打一天的游戏。

白洛川闭着眼睛笑了一下，道："你肯定在心里骂我。"

米阳哭笑不得。

吴阿姨端了橙汁进来，给他们放下，顺便准备了一些零食。她知道米阳一般这个时间过来，都准备了双份，进来看到米阳在给白少爷揉太阳穴，忍不住念叨了两句："昨天就在玩啦，晚上都没睡好，阳阳下次你早点儿过来，也管管他！"

等着吴阿姨走了，白洛川睁开眼睛看他，跟询问似的。

米阳摇头道："真不能再早了，我也要回自己家啊！"

白洛川不满："带你妹妹一起来，行了吧？"

米阳摇头："算了，你们俩见面又要吵。"

白洛川嗤笑："我会跟一个六岁的小丫头吵架？"

米阳面无表情道："上次是谁在我家隔着门板跟她吵架？"

白少爷也怒了："那怪我？我都关上房间门了，就表示'不接受打扰'，你妹妹一个劲儿地敲门，一会儿送糖，一会儿送牛奶，还让不让人有隐私了……"

米阳道："可那是我的卧室，我平时都没锁过啊！"

白洛川含糊道："我就反锁一会儿怎么了？烦死了。"

米阳被他的气息弄得痒，推了他的脑袋一下，笑道："起来，吃东西了。"

白洛川道："不吃！"

米阳听着他声音沙哑，道："那就喝点儿果汁？喉咙还疼吗？"

白洛川这才翻身起来，碎发落在额前，眉眼深邃、鼻梁高挺，人长得俊美，说的话却十分刻薄："你管米雪啊，管我干什么？"

米阳哭笑不得："她才六岁，你跟她争什么呀？"

米阳把杯子送到白洛川的手里，他这才不情愿地喝了。他这段时间正处于变声期，声音不太稳定，喉结也因为发育有点充血，喝水的时候，仰头咽下去，看得到喉结滚动，隐约透着少年人的模样。

补充了一点糖，白少爷心情好多了，他伸手摸了摸米阳的脖子，大拇指在喉咙那摩挲几下，得意道："你的声音没变，还是个小孩儿呢。"说着，他又拉着米阳的手去摸自己的，得意道，"你看，不一样吧？"

米阳心想：书上说要防止孩子在变声期时自卑，你这种莫名的自信是怎么回事啊？

米阳和他一起喝了果汁，听着他说没吃饭，又陪着下去一起吃了点东西。

白洛川坐在那儿跟米阳聊起学校的事，两人下个礼拜都有比赛，只是白洛川去参加 IJSO（国际青少年科学奥林匹克竞赛），米阳去参加一个航模比赛，比赛地点都在京城，学校统一安排的，住宿的地方也离得不远。

白洛川问了米阳时间，跟自己的核对了一下，道："你比我早结束几天，等我一起回？"

米阳点点头，道："好，那我跟老师说，把票和你们队的一起订。"

白洛川满意了，看到米阳在吃百叶结烧肉，也要吃一口："甜吗？"

米阳给他夹了一块，道："甜。"

白洛川一边吃，一边道："好吃，难怪你平时喜欢吃这个。"

米阳这么多年背黑锅都习惯了，一点脾气也没有。白少爷嗜甜，但也傲气地不肯承认，每次都推到米阳的身上，搞得他过生日的时候蛋糕都是加大的，礼物也没少收糖果、巧克力一类的东西——白少爷还会趁机买一些自己想吃的，塞到他那边，然后借机吃上一些，特别狡猾。

吃完饭，大概是因为米阳在这里，白洛川跟他聊天都觉得有意思，也就没有再去碰游戏机了。

米阳在这边还有一个小工作室，是书房里面的一个小隔间，现在收拾出来，放了一张桌子给他当工作台。这几年他和爷爷米鸿书信来往，一边学一边实践，慢慢开始练习修书技术了。

米阳拿了纸张去污的时候，白洛川就在一旁拿了张白纸折飞机玩儿，一边跟他有一搭没一搭地说话："你们那个老师也太抠门了，酒店订得那么偏，怎么不跟我们住一起？"

米阳道："这次航模比赛本来规模就不大，我都没想到会去京城比赛。"

白洛川"啧"了一声，趴在椅背上拨弄手里的纸飞机，忽然问他："我给你加点钱，换到我们这家酒店好不好？"

米阳摇头："不好，我们那么多人呢。"

白洛川眼珠转了一下，米阳又道："你也别想把我们都换过去，别闹。"

白洛川这才道："那好吧。"

教学条件再好的学校也要写作业，甚至兴趣课更多，学生们要多交几份作业。

白洛川昨天晚上睡得还可以，但是过完周末总是要比平时困一点儿，趴在桌上没精打采地等米阳给他买水回来。

坐在后面的一个男孩名叫周通，和白洛川关系不错，凑过来带着点儿讨好的意味，道："过几天放假，想好去哪儿玩没有？"

白洛川道："去京城，参加比赛。"

周通愣了一下，讪讪地笑道："对对，我给忘了，你和米阳一起去吧？那暑假呢，写完作业想好去哪儿玩没有？"

白洛川打了个哈欠，道："谁还写作业啊？开学就换学校了，你到时候把作业交给谁？这边的老师给你看吗？高中老师也不收啊！"

周通挠了一下头，道："忘了，平时抄米阳的作业习惯了，暑假你们有什么安排啊？要不要一起出国去玩？周明他们在挑地方呢，可以玩小半个月。"

白洛川懒洋洋道："不去，要回山里。"

他们每年寒暑假都要回山海镇，米阳是去照顾爷爷米鸿，白洛川则是去探望白老爷子，白老爷子退休了，留在老宅安享晚年，莳花弄草，养养鱼，非常悠闲。

周通听了很感兴趣，两眼放光地问道："有寺庙吗？我最近在研究禅学啊……"

白洛川挑眉道："那你最好先修一下闭口禅，这个最适合你。"

周通语塞。

平时被白少爷挤对习惯了，周通没把这话放到心里。对他还算好的了，换了其他人，估计白少爷直接嘲讽，一起读书这几年，他就没瞧见白少爷对谁客气过——除了对米阳，他当初能和白洛川熟悉起来，也是因为无意中帮了米阳一个小忙。

这么想想，周通心理平衡了，反正在少爷这里除了米阳之外，众生一律平等。

白洛川在那儿等得不耐烦，站起来想看看米阳怎么还没来。周通有个外号叫"百事通"，知道得也多，一看就知道白洛川这是要找米阳，连忙道："我刚刚好像看到他帮班上的女生搬作业去了，应该顺路，快回来了。"

他正说着，就瞧见走廊那边走来几个人，正中间的就是米阳。

米阳被那几个小姑娘围着，他脾气温和，跟谁说话都是笑着的。认真听了其中一个女孩说的话之后，他摇头拒绝了，对面的小姑娘略微失望，但很快又高兴起来，缠着他小声说话。

白洛川早上就没睡好，这会儿更是看得一肚子气。

周通也瞧了一眼，感慨道："米阳对女生真有耐心啊！"

白洛川不满，道："他对我也有耐心啊！"

周通连忙举手投降，笑道："对对，你白少爷最大。"

米阳进教室之后，那几个女生终于说完了，组团站在那儿依依不舍地送他过来，虽然也偷偷看了白洛川这边一眼，但是白少爷脾气太差了，她们这个年纪喜欢的还是温柔体贴的白马王子，对白洛川这种暴脾气的霸道"人设"爱不起来。跟米阳比起来，白少爷简直就是一匹肆意奔驰在草原上的野马，虽然也很帅，但横冲直撞不讲道理。

白洛川的臭脸不分男女，他这儿是真正的平权，基本上谁来他都不爱搭理。

米阳递给他一瓶牛奶，又从衣服口袋里拿出一小袋面包，递给他，道："给，早上就没吃多少，饿了吧？"

白洛川心情略微好了一点儿，接过来道："跑那么远去给我买面包了？"

米阳点点头，笑道："是啊，正好碰到班里的同学，她们去给老师送作业，太重了，我就顺手帮了一把。"米阳从兜里拿出两颗包在金箔纸里的巧克力，摊在手心，问他，"这个吃不吃？她们给的谢礼。"

白洛川皱眉道："不要，扔了。"

米阳没听他的，拆开一颗，放在嘴里含着，道："太浪费了，你不吃我自己吃了。"

白洛川一脸不乐意，米阳又拆开一颗，放在他的嘴边，逗他道："骗你的，这是我妹昨天偷着放在我书包里的，尝尝？"

白少爷这才勉强张口吃了，但依旧排斥："难吃死了。"

米阳道："我觉得挺好吃的啊！"

白洛川鼻尖动了一下，忽然道："什么味道？一股奶味。"

米阳愣了一下，闻了一下，并没有闻出哪里不对："是巧克力吧？这个好像是牛奶巧克力……"

白洛川没理他这个解释，鼻尖耸动几下，抓起他的手闻了闻，道："就是这里，你碰她们谁了？怎么这么重的奶味啊！"

米阳有点尴尬，抽回手，道："没有啊，"他抬起手自己闻了一下，"奶味很重吗？"

白洛川凑近一点儿，一副要他给个解释的样子。

米阳收拾了一下课本，有点不好意思地小声道："上个礼拜我不是选了击剑课嘛，那个木刀上面有刺，回来之后，我修书，总是把纸弄坏，就在家里找了支护手霜……我妹平时都用这个，我闻着也没什么味道啊，要不，一会儿我去洗了吧。"

米阳的手很软，手指也长，这会儿皮肤比平时还细腻，白洛川看了一眼道："没事，抹着吧，也不是很明显。"

米阳"哦"了一声，就收拾东西准备上课了。

白洛川和他是同桌，两个人坐在靠窗偏后的位置。

米阳认真地听着课，白少爷则有一搭没一搭地听着。

去京城比赛的时间很快确定下来，米阳和白洛川他们一同出发，参赛的同学周四提前回家去收拾行李。

米阳回家之后，程青一边帮着他收拾了行李，一边道："阳阳，那边冷，我看天气预报说要降温，再带上一件毛衣，把羽绒服也带上吧？"

米阳点头道："好。"

他收拾了两件衣服，转头看向旁边，有点不好意思带那个小枕头。

那是他从小就用惯了的一件东西，枕芯换了几次，枕套还是干净柔软的，他用得小心仔细，看起来还很整洁，只是布料已经被揉得很软了。

程青瞧见了，低头对身边寸步不离的小姑娘道："小雪去客厅帮妈妈拿针线盒来，妈妈给哥哥再缝一下扣子。"

小姑娘就迈着小短腿跑去客厅了。

程青支开小姑娘，把那个小枕头拆开，只拿了枕套叠好，给米阳放在行李箱最里面，笑道："这两年我还以为你不用它了呢。"

米阳戒这个小枕头有一两年了，断断续续地带着去学校，现在虽然离了它也能入睡，但是它不在身边的时候，总睡得不踏实，一晚上会醒两次。

学校里有白洛川，两个人说说话能分心还好，这回出去比赛，晚上睡不好，他怕耽误事。

程青也就跟他说笑两句，她这个儿子处处让她省心，别说带一个枕头，带三五个枕头她都同意。

收拾好行李，程青又给了他一些钱，道："洛川不是也去嘛，你们比完赛有时间的话可以去逛逛，别光顾着闷头学习，当心累着自己。"

米阳收了钱，道："知道了。"

小姑娘拿了针线盒来，程青在一旁顺手给米阳的衣服上缝了两针，小姑娘就凑过去跟哥哥说话："哥，你是不是要去京城啦？"

米阳抱着她放在自己的膝盖上，道："对。"

小姑娘就咬着手指，问他："是上次爸爸带了特别好吃的点心的那个京城吗？"中间顿一下的地方加重了音，她还吞了一下口水。

米阳笑道："嗯，我也给你带，还是要京八件点心、海棠果脯，对不对？"

小姑娘高兴极了，点头的时候，羊角辫直晃，抱着米阳的手臂撒娇道："我最喜欢哥哥啦！"

程青问她："怎么，今天不是最喜欢我啦？"

小姑娘连忙软乎乎地道："也最喜欢妈妈，普通地喜欢爸爸。"

米泽海正好下班回来，听见这么一句，心都要碎了，鞋都不换了就走进来抓了小姑娘起来用胡楂扎她："怎么爸爸就是普通喜欢啊？不行，你再想想，想好了说！"

小姑娘躲了两下，躲不开，咯咯地笑个不停。

这次比赛学校挺重视的，尤其是白洛川他们那一组，都是省级种子选手，学校老师专门带队一起送去参赛。相比的话，米阳他们这个兴趣小组更像是去打酱油的，不过他们本身不争什么，凑在一起讨论模型也挺有趣。

上了飞机，白洛川和别人换了位置，坐到米阳的旁边。他现在已经有一米七的个子，还在长个儿，依旧保持比米阳高半个头的架势。

米阳人缘好，和他一起来的航模兴趣小组的同学都给他递了水和小零食过来，还有一小瓶口香糖。

米阳吃了一颗，低头问白洛川："口香糖，吃吗？"

白洛川摇摇头，把帽檐压低一点，歪头依靠在米阳的肩膀上睡觉。

白洛川眼下还带着点睡眠不足的青黑，白夫人今天早上把他送来的时候，还心疼他，跟米阳念叨"学习太辛苦了"。

其实米阳一猜就知道，白少爷这是昨天晚上玩游戏困了。因为知道今天出来要坐一天车，有时间补觉，所以他毫无顾忌地玩到了半夜。

白洛川精力充足，睡上几个小时就生龙活虎，米阳有时候都熬不过他。

米阳的生物钟和中老年人一样，特别规律，每天晚上一早就躺下了，看一会儿书就能睡着。

白洛川跟他截然相反，从小就是太阳能充电一样，天一亮就自动醒来，晚上非得把所有能量耗光才肯老实地睡下，有时候睡眠不足，白天补上一两个小时就又精力充沛了。

米阳羡慕得不行。

飞机快降落的时候，白洛川醒了，他睡得迷迷糊糊，米阳把矿泉水拧开递给他，他就着米阳的手喝了一口。

米阳小声问他："还喝吗？要不要吃东西？"

白洛川摇摇头："不要了。"

他在那儿坐了一会儿，人瞧着还有点儿迷糊，对米阳道："我做了一个梦。"

米阳问他："都梦到什么了？"

白洛川道："回边城了，和唐骁、班长、小胖他们一起去春游，也是闹哄哄的……"

米阳也挺想三年级（一）班那些小朋友的，他们在边城读了一年小学，发生的事儿倒是不少，毕竟算是有一起"起义"的情谊了。刚开始的时候，两边还互相通信，但是慢慢地联络得很少了。

米阳还收到过一张小学毕业照，他们特意拍的，空了两个位置给他和白洛川，背面手写加了他们俩的名字。

米阳挺珍惜地收着。

这会儿听见白洛川提起，他也有点儿怀念，道："等以后有时间了，可以回去看看。"

白洛川道："嗯。"

两个多小时的行程，白少爷睡了一路，睡饱了，恢复了精神，看着又是一个精神奕奕的小帅哥了。

　　飞机降落，大家分头去了酒店。

　　因为比赛会场不在同一个地方，白洛川和米阳他们两队住的地方也不同，米阳跟着自己这队的同学去了略微偏远一点儿的酒店，住宿条件还可以，反正就比赛一天，很快就能结束。

　　跟米阳住同一个房间的同学也是个乐呵呵的人，没有骄纵之气，对米阳挺客气的。他们平时一般都在兴趣小组见面，除了模型，谈论的东西不多，难得有机会私下接触，他对米阳还挺好奇的，问道："你和白洛川很熟吧，之前是不是也跟他一起参加过奥赛？我记得你也得过奖。"

　　米阳笑道："都是小学的事了，我初中以后就没参加。"

　　对方道："有点儿可惜了。"

　　米阳倒是没觉得可惜，他来沪市的学校后参加了不少比赛，小学的时候跟着白洛川一起参加过一次奥数，后来上了初中，就有自知之明了，不去参与那些，转头忙活小手工去了。

　　他对数学没有那么热爱，后来瞧见学校里还有航模团队，他对这种精细的活计倒是情有独钟，就去跟着参加了几次比赛，目的只有一个——佛系拿奖。名次没什么要紧，他们学校有一个规定，学生拿到省级奖励的就会发奖金，还根据当年的综合分数减免一部分学费。

　　米阳今年初三下学期了，还去参加比赛，没别的原因，就是为了这个奖金和减免。

　　这家学校的学费太贵了。

　　米泽海和程青虽然收入还可以，但家里还有一个妹妹，程青最近又有点儿想要盘下一家药房，需要用钱的地方很多，节省一点儿总没有坏处。

　　米阳在学校里参与的这些比赛多了，几年下来倒是积攒了一点儿人气，不过比起白洛川这种学校里的名人来说，还是差得远。大家记得他，很大一部分原因是"白洛川的弟弟"。

　　白少爷长大了几岁，在外面依旧没有收敛，地盘划分得清楚，对地盘里的人更是恨不得圈在自己手臂一伸就能抱过来的范围之内，谁都不能碰一下，护短护得要命。

托他的福，米阳直到初中快毕业了，也没被什么人欺负过，但也没在学校里交到几个朋友。

航模比赛结束之后，米阳他们团队拿了一个二等奖，因为比赛等级比较高，大家拿到这个名次挺高兴的，老师带着他们一起去吃了顿饭庆祝一下，点了鸳鸯锅。

不少同学吃不了太辣，米阳倒是挺喜欢的，尤其是里面的鸭血，特别嫩，在红汤里烫一会儿，滚动浮起来的时候就可以吃了，麻辣鲜香，入口即化。

米阳自己吃了小半盘，特别满足。

旁边的同学看得目瞪口呆，道："我还以为你就爱吃甜的呢，没想到这么能吃辣呀？"

米阳想起自己替白少爷背负的"甜党"人设，笑道："我不挑食，都挺好吃的。"

饭后，米阳向老师请了假，去了白洛川那边。

白洛川那边的比赛要再过两天才结束，周五、周六的比赛，米阳跟着礼拜天一起回去刚刚好，不耽误星期一上课。

米阳起身离开的时候，火锅店里悬挂着的电视上一条新闻一闪而过，白色衣服全副武装的人推着一个急诊病人的报道只持续了一分多钟，并没有引起大家的注意。

米阳弯腰拿起围巾和帽子，也没有看到那则新闻，他裹好羽绒服站在饭店门口打了车，透过出租车的玻璃看外面，初春的京城还是很冷的，呼出的热气很快就在车窗上凝成了一小片水雾。

米阳到了之后在大堂给白洛川打了电话。白少爷很快就下来认领了，带着他另外开了一个房间，一边拎着箱子带他上去，一边问道："外面冷不冷？"

米阳的手还揣在衣兜里，围巾挡着半边脸，道："还行。"

白洛川看他一眼就笑了："怎么还这么怕冷？一会儿进去把空调打开就暖和了。"

白洛川特意选和自己一层的房间，带米阳进了房就没有走的打算，还是跟他一起的同学一再来敲门喊他，他才不情愿地出去。

同学站在门口对他低声讲了两次，他才皱眉答应道："知道了，一会儿就过去。"

他回来拿了自己的外套和房卡，对米阳道："我晚一点儿回来，老师叫我们过去讲题，明后天有实验题，再做一下准备。"

米阳道："好。"

白洛川走了，又转身回来对他道："我叫人送了一床棉被来，你一会儿开门让他给你铺好。"

米阳穿着厚毛衣坐在房间里，捧着一杯热水，已经暖和不少了，笑着点了点头："知道了。"

白洛川晚上回来的时候，看到米阳已经睡下了，房间里有两张床，米阳睡了靠窗的那一张，整个人裹在被子里缩起身体，床垫微微凹陷下去，看起来床也跟着软了似的。他睡得沉，白洛川觉得自己也带了困意，特别好入眠一般。

白洛川绕过去，给他披了一下被角，房间里留了一盏小灯，灯光昏暗，但是能瞧见米阳手里捏着个什么东西露出一角。

白洛川伸手揉了一下，触感再熟悉不过，米阳从小就没离开过他身边，这个小枕头自然也是天天见，虽然现在只是一个枕套，但捏在手里，这人就能睡得特别踏实。

白洛川轻手轻脚地去洗漱，又把房间里的空调温度开高了一些，这才睡下。

米阳生物钟挺准的，第二天一早就醒了，瞧着时间差不多了，把白少爷叫起来，挤了牙膏让他刷牙。

白洛川早上有点儿起床气，一脸不乐意，但牙刷都被塞到嘴里了，米阳又一个劲儿地催，他只能洗漱好了，跟着一起去吃了早餐。

他们下去的时候，一起来的另外两个同学也到了，瞧见白洛川都有点惊讶，其中一个女生笑道："真是难得，跟你一起出来比赛这么多次，我还是头一回见你起来吃早餐。"

白洛川随意地"嗯"了一声，坐在那儿等。

女同学还想问他为什么不去取餐点，就瞧见米阳一个人端了两个盘子过来，放了一份在白少爷面前，小声地问他："不要咖啡了吧，牛奶怎么样？我看到那边有热的。"

白洛川点点头，对他语气好一些："好。"

米阳端了两杯牛奶过来，两人都没觉得哪里不对，坐下开始吃饭。

女同学的视线在白洛川的身上停留了一会儿，很快又落在米阳的身上，大概是觉得米阳比较平易近人，说话又温和，小声跟他聊了两句："你是白洛川的弟弟吗？"

米阳摇摇头，道："不是，我们从小一起长大的。"

女同学道："难怪，你们挺熟的吧，我看你一直照顾他呢，你对他可真好。"

米阳笑了，道："他对我也很好啊！"

女同学想象不出来，她是在大半年前和白洛川经常一起参加比赛的，个人赛还好，团队赛的时候白少爷可是没一点儿把她当女孩子，该怎么分配还是怎么分配，别人做不好，他就黑着脸，不过，硬要说的话，他对男生要求更高。

那个女同学跟米阳交谈这么几句的工夫，白洛川就来打断了两次，第一次是要米阳把手边的方糖盒递给他，第二次是嫌弃盒子里面放的是黄糖，眉头皱得死紧。

米阳又给他加了一块糖，搅拌开，低声道："一样的，喝吧。"

白洛川这才喝了。

女同学在旁边偷看两眼，和白洛川的视线撞上，立刻收回来专心吃自己的，不敢和米阳聊下去了。她心里嘀咕，这两人也不知道是谁在管谁，白洛川脾气大，但是米阳看着一点儿都不怕他啊！

比赛很顺利，晚上回来的时候，白洛川在其他人面前没说什么，还是一副沉稳的样子，只剩下他跟米阳两个人的时候，忍不住炫耀了一下自己押中了题型，听着米阳夸他一句，尾巴都要翘上天。

晚上他们一起吃饭，米阳也跟着去了，那几个和白洛川一起比赛的同学凑在一起闲聊，有人开玩笑道："听说明天的实验还有电视台来拍呢，不知道会不会播出，搞不好我们也能上电视了。"

白洛川心不在焉地听着，眼睛却在看着那个和米阳说话的女同学，女孩大概是早上的时候和米阳交谈过，晚上也坐下打了招呼，和米阳小声地聊了起来。

白洛川隐约只听到米阳说了句"家里有个妹妹"，就看到对面那个女同学一副恍然大悟的样子，带了笑意道："原来是这样，难怪我跟你说话的时候特别放松，你平时是不是对你妹妹特别好呀？你对其他女生也这么温柔吗？"

米阳还没回答，就听见旁边"咝"了一声。

白洛川捂着自己的嘴，皱眉道："疼，好像咬破了，你帮我看看。"

米阳看了一眼，拿纸巾擦了一下就染了血迹，这一口咬得不轻。

他倒了一杯清水给白洛川道："怎么咬到了？"

白洛川含糊道："不小心，还是疼，你再看看，是不是好大一个口子？"

他一直让米阳看，听着米阳说不碍事也不肯撒手，非说疼，直到米阳只跟他一个人说话才消停下来。他们两个人说话的时候，倒是也没有刚才那么大着舌头喊疼了，话也讲得利索很多。

过了一会儿，那个女同学走过来打断了他们一下，白洛川还特别不耐烦道："干吗啊？"

女同学很尴尬，抱着一本书，抠了抠书角，小声道："也没什么，我就是有道题想再跟你确认一下计算步骤……"

白洛川道："现在才想起这个？早干吗去了？"

女孩脸都红了，站在那儿留也不是，走也不是。

米阳道："现在也不晚啊，明天不是还要比赛？你去吧。"

白洛川道："那你呢？"

米阳道："我回房间等你，反正也没什么事，看会儿书什么的。"

白洛川想了一下，眼角余光又看到那个女同学在看米阳，立刻下意识地侧身挡了一下，点头道："行吧，你回去就不要再出来了，外面冷，小心着凉。"

米阳答应一声，起身回房间去了。

他回去之后先在行李箱里找了一下，每次出门的时候程青都会给他准备一个小药盒，放一些常备的药在身边，这次算是出远门，准备得更齐全，他拿了一瓶西瓜霜喷雾出来，这个是治口腔溃疡的，白洛川的咬伤也能用到。

把药放在桌上，米阳拿起昨天看的那本书继续翻看下去，这本也是魏贤老师给他们找来的。魏老师一直从边城跟着他们回了沪市，悉心辅导他们。

白洛川学习天分高，但米阳更多的是依赖这位良师，如果没有魏贤的话，他可能没有今天的成绩。

重来一次，并不代表很多事理所当然地会了。

米阳在沪市的学校里见过许多同学，他们很多人在起跑线上已经远超普通小孩，或是天赋出众，或是家世优越，但他们付出的努力比普通人更多。

米阳自认天赋普通，唯独多了一份成年人的理智和沉稳，让他可以静下心来去踏踏实实地做事，因此有魏贤辅导的时候，他总是拿出十分的精力去努力学、认真听。

他手头看的书也是魏贤找来的，魏贤来了沪市之后，从那位教授好友的手中搜刮了不少好东西，连修书的工具也给他找来一套。

这会儿米阳看的就是那位教授整理准备出版的一份书稿，是他带队去新疆抢救册页式拓本和绢画的记录，拍了不少照片。这份是整理出来送去出版社的，被魏贤又多印了一份拿来给米阳先瞧瞧。

关于修补具体案例的书，米阳一直都很感兴趣，他以前都是自己摸索，接触得少，现在简直像打开了新世界的大门，光是看着，就恨不得自己也去吐鲁番博物馆瞧瞧那些东西。

等到晚上九点多，白洛川回来了，米阳就放下书，道："我找到药了。"

白洛川愣了一下，才想起是自己受伤了，道："哦，不用了，好得差不多了。"

米阳道："那么深一个口子，怎么可能一下就好？你过来，我给你喷药，要不然明天早上又说疼，不肯吃东西了。"

白洛川想躲，但是房间就这么小，实在没办法，只能被抓过去喷了一嘴药粉，苦得脸都皱起来。

他刚开口要说话，米阳就道："不能说话，就这样含着吧，一晚上就好了。"

白少爷修了一晚上闭口禅，翻来覆去睡不着，憋得难受。

第二天一早临走时，白少爷又被米阳叫住，米阳看着他自己喷了药之后，点头道："好，可以走了。"

白洛川戴上围巾，含糊道："你等我回来，我中午就没什么事了，我们出去吃，下午陪你去买东西。"

米阳把手套拿给他，道："嗯，加油啊！"

白洛川咧嘴笑了一下，两根手指在眉毛那儿比了一下，少年人带着傲气，一副意气风发的样子。

第二十章
隔离

米阳上午看了一会儿书，躺在床上睡了一会儿，醒过来的时候，觉得房间里特别冷，看了一下，空调果然停了，只有一点儿暖气的余温，他裹着被子都觉得冷。

他起来穿了厚衣服，打电话去问前台，前台那边的人抱歉道："真是对不起，全市供电紧张，没有办法，电梯都停了呢。我们会尽快恢复的，要不再给您送床被子过去？"

米阳住在十七楼，加上已经多要了一床被子，就没让他们再送来。

他把衣服穿好，想去喝点水，发现房间里没有热的了，只能勉强喝了一点儿冷的，隐约觉得喉咙有些不舒服。

外面传来救护车的声音，最近的一次，救护车甚至停在了酒店楼下。米阳起身，站在窗边往外看，全副武装的医务人员正用担架抬着一个人从酒店出来，旁边还有人举着输液瓶，急匆匆地送上了救护车，但只走了一辆救护车，另外一辆救护车停留在原地，不停有人进进出出，还有一些人拎着箱子慌乱地跑了出去。

这画面太过熟悉，米阳的记忆甚至和他曾经在电视中看到的一些画面重叠，脑海中猛然浮现两个字——非典。

SARS，传染性很强，可能导致猝然死亡的严重急性肺炎，更可怕的是，它的病原尚未确定，所以被称为"非典型肺炎"。

在米阳的印象里，它是发生在春天，最早的通报也是在四月份前后，当时他人在山海镇，学校放假两个多月，他一直留在家中，并没有非常深的印象，只记得那年春天所有人都留在家里，还有消退不去的消毒水和熏醋的味道。

他看着外面已经有医务人员开始消毒并拉扯起警戒线，眉头皱得更深，或许是因为他太依赖记忆，反而没有及早做出预防，太大意了。

房间里的电话很快响起，是酒店前台请他留在房间："是一位香港来的客人突然发烧了，已经送去医院救助，还请您不要慌乱，留在房间里等候医务人员去测量体温，确认之后就给您办理退房，损失由我们酒店承担……"

米阳听她说完，冷静道："好的，我知道了。"

他先给白洛川打了一个电话，对方手机关机，应该是还没有比赛完。手边也没有他们老师的电话号码，他只能先给白洛川发了信息过去，简单地说了一下情况，又一再叮嘱道：你们不要回酒店，直接回沪市。

发完短信，他又给程青打了一个电话，道："妈，你听我说，京城有'流感'，我们住的酒店有人发烧被送去医院了。我没事，你不用担心，只是还需要再隔离确认一下……对，我就在酒店里，现在很安全，你在沪市等我回去。"

因为没有任何新闻报道强调病毒的严重性，大家只当作是新型流感，每年春天都有，只是没有隔离这么严重，程青迟疑一下，问他："阳阳，要不要我过去陪着你？"

米阳拒绝了，道："你在家陪着小雪吧，我没事，可以照顾好自己。"他顿了一下，又道，"如果可以的话，再进一批药吧，板蓝根和小柴胡冲剂，还有消毒水、口罩一类的，你们一定要照顾好自己，也别让小雪去幼儿园了。"

程青道："小雪的身体比你的身体还好呢，你每年春天都要感冒一次，这次又去北边，一下子冷了那么多……真不用妈妈过去陪你吗？"

米阳道："不用，你们在沪市，哪里也不要去。"

等程青答应，米阳才挂了电话。

他把手背放在额头试了一下，觉得微微发烫。

随身带的医药盒里有体温计，他拿出来量了一下，等几分钟后，取出来看了一下，37.5℃，低烧。

米阳自己在酒店的房间，裹着被子，尽量取暖。他给酒店打了电话，让人送了热水来，吃了药，又喝了一大杯热水，感觉好了一些。

等医护人员来测量体温的时候，他的体温已经降低了一点，是37.3℃了。

医生听到他说体温下降过，略微放松了一点，但仍旧戴着厚厚的防护口罩，站在门口询问他这几天的行程："几号到的京城？有没有出去？都去过哪里？"

医生问得很细，米阳一一回答了，医生又问他和之前那个生病的人有过接触没有。

米阳摇头道："没有，我一直都在房间，就去餐厅吃过饭，没有离开过。"

医生道："不到38℃，只是低热，还不用去医院，但也需要再观察一下。还请你留在房间，不要到处走动。"

米阳点头答应了。

随行的医护人员给他留了一些药，并且跟酒店人员说好让人给米阳送了饭放在门口，虽然没有明说，但是人暂时是不能离开这个房间了。

米阳表现得还挺镇定的，倒是来的医生安抚了他几句："很快就会过去的，大家体谅一下，也坚持一下。"

米阳道："应该的，您也辛苦了。"

医生隔着防护口罩冲他笑了一下，点点头，走了。

米阳记得，非典的时候医护人员是最辛苦的，新闻里还报道过牺牲了的医生和护士，其中一个护士在被病毒感染后还一再表示愿意在自己身上试验新的治疗方法，想为更多的生命争取活下来的希望。这些奋斗在一线的医护人员，实在值得敬佩。

米阳简单吃了一点儿饭，身体暖和了一些，隔了一会儿，又给自己测量了一下体温，依旧维持在37℃左右，应该只是着凉，没太大的问题。

米阳拿起药看了一下，都是医院里普通的治疗感冒的，还有一小袋消炎药。他按照说明把药吃了，刚把药咽下去，放在一边的手机就响了，是白洛川打来的。

白洛川比赛的时候全程关机，因为电视台的人来拍摄，后续还被老师带着去接受了一个采访，手机开机得有些晚，看到米阳发来的那些信息，他的声音都带着慌乱："你在哪儿？"

米阳道："在酒店，我没事，但是酒店现在限制人出入，你们直接回沪市吧……"

白洛川打断他道："我知道了。"

说完，白洛川匆匆挂了电话。

这没头没脑的一句话，让米阳有点不安。他再打过去的时候，对方不接。

米阳心事也有些重，加上药劲儿上来了，眼皮子沉得厉害，裹着被子睡着了。

幸亏昨天白洛川向前台多要了一床被子，他现在都用上了，保暖效果还不错。

不知道是因为被子裹得太多，还是因为药效厉害，米阳身上发热，蜷缩在被窝里昏昏沉沉地睡着。

他一会儿模糊地听到有救护车的声响，一会儿又听到白洛川的声音，还总梦到那个被医生抬走的担架上的人。

大概是听到了白洛川的声音，他总疑心躺在上面被抬走的是白洛川……心里越是着急，身体越是动弹不得，喘气都艰难。

"高烧38℃以上才算，现在是37.5℃，对……没有其他症状。之前喉咙疼，也发热过，他从小就这样，换季的原因，不是第一次了……"

米阳的头昏昏沉沉，听到有人在身边说话，声音很熟悉，但是耳中嗡鸣，跟隔着一层一样，怎么也听不清楚。

他张了张嘴，喊道："白洛川……"

声音比他预想中的要小很多，也沙哑，那个人就走过来握着他的手，小声问："醒了？还难受吗？"

米阳想要喝水，还未等开口，温热的水就抵在唇边。他闭着眼睛喝了几口，稍微舒服一点儿了，点头道："好点儿了。"

他被扶着坐起来，就看到白洛川去门口送走了医护人员，关了房门，转身回来坐在床边，伸手试探他额头的温度。他躲了一下，但还是被白洛川的掌心覆盖住额头。

白洛川皱眉道："还是有点儿热。"

米阳看了看他，道："你怎么进来了？不是让你先跟老师他们回去吗？"

白洛川道："老师让我来照顾你。"

米阳看着他没说话。

白洛川顿了一下，道："行行，我自己偷溜进来的成了吧，我瞧着那边警戒线不严，就冲进来了。"

米阳被他弄得头更疼了，道："你这样不行，一会儿就去跟楼下的人说一下，测一下体温，看看能不能开一个健康证明，先出去再说。"

白洛川道："我不走。"

米阳道："你别闹了，下午被送去医院的那个人还没确诊，你不知道这里有多危险……"

白洛川给他披了一件衣服，道："我开了空调，觉得暖和点没有？要不要再开高一点儿？"

米阳道："白洛川！"

白洛川抿唇看着他，眼睛里也带着愤怒，但依旧压低了声音道："我说了，我不走。"

米阳打开电视要给白洛川看，现在报道的新闻还没有那么多，换了几个台，都没有找到关于非典的新闻，白洛川先把他手里的遥控器拿走了，站在床边看着他，道："我知道有多严重，来的路上我数了，过去十二辆救护车。"

米阳看着他，张了张嘴，但是没能说出话来。

白洛川俯身给他把被子盖严实了一点儿，道："我不会走的，楼下已经拉起警戒线了，刚才酒店的人来就是告诉我，至少要在这里隔离十五天。"

米阳揉了揉眉心，好半天才点点头："好吧，你把我的手机拿来，我跟家里说一下。"

白洛川道："给程姨打电话是吧？刚才你睡着的时候我打过了，都已经跟家里说好了，你别担心这些。"

米阳身上没力气，坐一会儿又躺回去了，问道："吓到他们了吗？"

白洛川摇摇头，道："沪市还没这么严重，她们只是说知道了。"

米阳"哦"了一声，也没多说什么。

白洛川握着他的手更紧了些，小声安抚道："你别怕。"

米阳其实并没有很害怕，毕竟记忆里大概不到半年就控制住了疫情，大家慢慢恢复了正常的工作，但是现在的气氛太过紧张凝重，他没办法放松。

晚上的时候，酒店的人送了饭来，放在门口处，白洛川去取了端进来，和米阳一起吃。他看着米阳食欲不太好，又打电话重新叫了一份粥，哄着米阳喝了小半碗，才让米阳吃药睡下。

米阳原本没有病得这么严重，但是白天的时候，酒店供电一会儿有，一会儿没有，忽冷忽热，他又是从南方过来的，还没有适应气候，这才病得比以往严重一些。

白洛川按照医生说的，每隔一段时间就给米阳测量一下体温，记录在一旁的表格上。

到了半夜，米阳发起低烧，做了一个很长的梦。

梦里的他长途跋涉，走了太久，累得脚都无法抬起来，一直想要寻找什么东西，但是又说不出那个东西的名字。

直到在黑暗中走了很久，看到一点儿微弱的光，他抬起头来，凝视着那片光。

很熟悉，又很古怪的感觉，像是和好朋友见面，又像是从来没有看到过的一颗跳动着的血红色火焰的"心脏"。

他只抬脚迈了一小步，立刻就被席卷而来的火光包裹其中，入眼皆是炫目的红。火焰席卷全身，却没有伤他分毫。

火焰缠得紧了，有些累，米阳动了动手指，醒了过来。

他躺在那儿好一会儿才想起自己在酒店，想着梦里的事，恍惚了一下，小声道："原来是你啊！"

原本照顾病号睡着的人几乎立刻就醒了，带着厚重的鼻音，哑声道："你以为是谁？！"

米阳笑了一声，道："大少爷呗。"

旁边的人哼了一声，听起来还在不痛快。

米阳道："别离我太近，小心传染给你。"

白洛川没听他的："你晚上一直喊冷，我把羽绒服也给你盖上，但你还是发抖……现在还冷吗？"

米阳摇摇头，道："不冷了。"

白洛川的身体也跟着放松了一点儿，他拿了体温计来给米阳，亲眼看了体温计上的温度之后，才彻底松了一口气，去拿了表格来记录："好多了，36.9℃，不发烧了。"

他开了一盏床前的小灯，在那里认真写下那个数字，表格上已经写了很多数字，基本上每隔两个小时，他就给米阳测量一次体温。

米阳看的时候，注意到晚上十点之后就是空白的，奇怪道："这里怎么没记？"

白洛川道："我太困了，就没记。"

米阳道："撒谎，你晚上都睡得很晚，从来没十点睡过。"他看了前面两组慢慢升高的数字，明白过来，问他，"我发烧了是不是？超过38℃了吗？"

白洛川摇摇头，把表格扔在一边，低头道："就差一点儿，我给你量了好多次，一直不降温。我想了很久，如果你超过38℃怎么办，如果我给医院打电话，半夜把你送上救护车就这样走了，我怎么办……"米阳没怕，但是抱着他的人手臂在发抖，还逞强道："就算去医院你也别害怕，要是你真得了非典，电视上说经常和病人接触的人也会得，到时候我也被隔离，咱们还在一起。"

白洛川小声但坚定道："我陪着你，别怕。"

米阳也抱了抱他："我没事了。"

他觉得再不抱抱眼前的这个人，这人就要哭出来了。

接下来，米阳的病情时好时坏，但都没有超过38℃。

晚上的时候，白洛川不顾他的反对，硬是寸步不离地照顾着。

医护人员每天都会过来，他们给米阳测量体温的时候白洛川都紧张，他坐在一旁，眼睛一眨不眨地看着，生怕漏了任何一个细节。

等医生点头表示没有异常，过来给白洛川测量的时候，他才放松了许多，他的身体比米阳好许多，一点儿都没有受到影响。

米阳有时候也会故意跟他开点儿玩笑，想让他放松一下，但是他这会儿已经分不清什么是玩笑什么是真的了，米阳说什么，他都点头答应。

米阳说："平时都是你使唤我买零食，这次等我们回去之后，你帮我买一个月的面包吧？要学校附近那家现烤出炉的牛角包，大个儿的那种。"

白洛川点头，道："好。"

米阳又逗他："送到手上还要烫的才行。"

白洛川道："好。"

米阳看他一眼，笑道："今天怎么这么好说话？"

白洛川认真做了一次检讨："以后我帮你打饭，帮你叠衣服，帮你买零食……你让我干什么都行。"

米阳趁机要求道："脾气也要好一点儿。"

白洛川闷声道："我努力改。"

他这么听话，米阳反而有点儿不好意思了，道："我逗你玩的，其实你平时已经帮了我很多，帮你打饭、叠衣服什么的都是小事，顺手就能做好，反正我们一起吃饭，衣服也都放在一起啊！"

白洛川沉默不语。

米阳想了一下，道："你把我包里的书拿过来，我们一起看看。"

白洛川这才稍微离开一点儿，但是很快坐回原来的位置，和米阳一起看书。

米阳包里装了两本书，一本是魏贤给他找来的那本跟古籍修复相关的，另外一本是随便在家里拿的一本闲书，"鸡汤"一类的小故事。

白洛川也跟着他一起看，他随手翻开那本闲书，挑了一个小故事看起来。

两个人都不说话，低头看书。

白洛川看书的速度比米阳快，眼睛一扫就看到了右边一页上面的一句话："有些路只能一个人走。"

他坐在那儿，脸色苍白道："不看这个了吧。"

米阳还没反应过来："嗯？就这一本了。"

白洛川把书从他的手里抽出来，生硬道："这书不好。"

他想隐藏什么的时候，总会故意遮着，这次也不例外，用大拇指故意捏了右边书页上的那句话，但只挡了几个字，还露出来一些，米阳眼角余光看到了，也不跟他争抢，任由他把书抽走扔到一边。

白洛川闷声道："你一个人哪儿也别想走。"

米阳道："嗯，不走。"

米阳记得上一次瞧见白少爷这么惊慌失措的模样，还是在他们小时候。

那个时候，魏贤刚来边城给他们上课，老人对他们的学业非常认真，挑选的书单也是精心准备，有些书甚至米阳以前都没有听过。

也是那一次，他和他们谈到了生与死。

这个问题显然让小白洛川有些无措，这是小孩第一次听到关于"死"的含义，眼神里带着迷茫，那天白天，他一直没有说话。

等到了晚上的时候，忽然听见他结结巴巴地小声问："爸爸妈妈都会死吗？"

米阳小声道："会的。"

白洛川又问他："你也会的，是吗？"

那个时候，他是怎么回答的？

他好像是一边安抚白洛川，一边告诉白洛川，大家都会死的，还告诉白洛川一生其实很短暂，所以要做一些开心的事才不浪费……过去太久了，他反而记不真切，倒是对当时那双抱着自己努力要勇敢又忍不住微微发抖的手印象深刻。

一如现在。

米阳叹了口气，过了好一会儿，才慢慢道："你还记得魏老师刚来的时候，给我们读过一本书，上面谈到关于生命的问题吗？"

白洛川干巴巴道："不记得了。"

米阳还想说话，就被他飞快地打断了。

白洛川显然不喜欢这个话题，语调生硬地转移话题，跟他聊别的："你每年都参加那么多比赛，也太拼了，像这次的比赛，我觉得你喜欢做的小手工也不是这种，为什么一直参加啊？"

米阳道："跟你说过啊，想得奖呗，年底奖学金不少呢。"

白洛川道："米叔叔和程姨有钱啊，他们可以养你的。"

米阳笑道："可我也想帮他们减轻负担啊，我家里在存钱，打算把我妈现在打理的那个店铺盘下来。"

白洛川道："那个位置可以，就是有点儿小吧。"

米阳道："嗯，再大也买不起了。"

米阳不清楚以后拆迁规划的情况，但是大概的商圈还是知道一些的，而且在沪市买个小商铺绝对不会出错，以后寸土寸金的地儿。而且那个店有两层，一楼做药房和门诊，二楼住人非常方便。

白洛川认真地跟他说了一会儿药房选地段的事儿。

白大少爷拿着一处百十平方米的小房子纡尊降贵地说了好半天，一点点地分析着，丝毫没有厌烦。他去的次数多了，简直和自己家一样熟悉。

米阳安静地听他说着，他跟米阳了好一会儿家里的事，连最不喜欢的米雪都跟米阳说了。

白洛川道："我那边还有一套别人送来的飞机模型，回头就把那个给米雪送去，她不是一直吵着要看你比赛做的那个吗？你那个做得太费劲了，别给她，把这模型送给她刚好。"

米阳笑了一声，点头道："好。"

白洛川又道："我可以再给你妹补一份东西，玩具熊什么的，女孩都喜欢什么来着？"

米阳道："芭比娃娃或者小零食吧，小雪一直很想吃海棠果脯，上回我爸来京城出差带了一份回去，她特别喜欢，每天吃一颗，吃得可爱惜了。"他叹了口气，看了一眼窗外，"我本来答应她，这次回去要带一盒给她，现在也不行了。"

白洛川道："等你好了，我陪你去买。"

米阳笑道："算了吧……"过段时间防控严格起来，估计街上开门的店铺都很少了。

他这么想着，还没说出口，白洛川听见他说这三个字就说道："可以的，我陪你一起去，我给你妹妹买一箱。"

米阳刚开始没反应过来，听见他语气紧张，这才想过来他是怕自己失去求生的信念。他从家里又谈到米阳最喜欢的妹妹，生怕米阳放弃了这个世界一样。

米阳是个过来人，虽然有些慌张，但并没有特别惧怕。

他拍了拍白洛川的手，安抚道："行吧，不过一箱太多了，小雪正在换牙呢，一天最多只能吃一颗……"

他慢慢地接话，白洛川就没有那么紧张了，人也跟着放松了一点，跟他有一搭没一搭地继续说。两个人的声音都小小的，在空荡的房间里，只剩身旁的人是唯一的依靠。

白洛川每天给家里打电话简单地说一下情况，骆江璟声音疲惫，但每次都是第一时间接起电话，询问情况。

骆江璟前两年力排众议，在沪市买下一大片烂尾楼，公司为此争议很大，有人说是烫手山芋，也有人说是金娃娃，总之现在都是握在手里的不动资产，现金流通缩减了许多，也是最难的时候。

白洛川也知道她工作忙，只简单道："再过一个多礼拜就回去了，嗯，你也照顾好自己，没什么事。你别让人来了，我们都挺好的，要不我让小乖跟你说？"

白洛川说着，把手机递给了米阳，米阳接起来就听到骆江璟的声音，和以前一样温柔："小乖？好点儿没有，要不要阿姨请个医生去看看？"

她跟着白洛川一起喊了几年，叫习惯了，带着一份亲昵。

米阳听到，连忙道："不用了，骆姨，我已经好了，今天量体温36.5℃，只是晚上的时候会发低烧，就跟以前一样，可能是换季的原因吧。"

骆江璟道："我还是不放心，过两天让人去看看你们吧。"她在那边又同身边的人说了几句，似乎在签什么文件，"那就这么定了，你们照顾好自己，我过几天派司机去接你们。"

米阳答应了一声，那边才挂断电话。

通知完一边的家长，他们又给等着的程青打了一个电话，因为电视新闻上并没有特殊说明，程青虽然觉得有些疑惑，但并没有意识到事情的严重性，再加上米阳说白家已经让人前来探望了，她就没再说自己要来，只叮嘱他们注意保暖，衣服带得不够，可以再买几件。

程青对他们两个很放心，米阳和白洛川在一起，又每天能和家里联系，她并没有太担心。

没过两天，新闻里又报道了几起生病被送往医院的消息，甚至中央台在《午间新闻》也插播了短暂的几十秒的新闻，气氛变得凝重。

酒店里的工作人员也都戴上了厚厚的口罩，把饭菜放在门口之后迅速离开，十分畏惧他们所在的"隔离房"。

走廊上每天都会有人拿着消毒喷雾来回喷洒，有时候还会顺着门缝洒进来一些，气味呛鼻。原本白洛川是可以离开房间在走廊上走动一会儿的，但是现在酒店整层设置了安检道，拉了警戒线。

从早到晚都能听到救护车呼啸而过的声音，整个京城已经开始隐隐有了戒严的预兆。

三天后，京城戒严。

骆江璟派来探望的人没能进来，只好戴着口罩站在楼下和白洛川打了一通电话，把带来的东西托人送了进去。

在这么严峻的形势下，唯一让白洛川有一点儿安慰的是，米阳终于退烧了。

之前米阳晚上总会发低烧，但是现在不会了。他贴身照顾着，晚上一连几次给米阳测量体温，都在 36.5℃左右，看着体温稳定下来，已经没有危险，他跟着松了口气。

等医护人员来了之后，白洛川跟他们说明了一下情况，对方也表示目前是安全的。

但是整个酒店前后的警戒线还在，包括部分酒店人员在内，仍旧不允许出入。

白洛川皱着眉头看着楼下，穿着防护服的医护人员不知为何来得更多了。

"卫生部办公室现在通报……"

米阳打开电视，看到的就是这些新闻，他听得认真，倒是旁边的白洛川有些烦躁地在窗边走来走去。

下午的时候，骆江璟派来探望的人又准时地到了酒店楼下。

　　很快，两袋东西被送上来，吃穿用的，什么都不缺，而且都是准备的双份。

　　骆江璟这两天的电话少了，但是派来探望他们的人来得更勤快了，基本上每天两趟。他们今天把东西送上来之后，在酒店大楼下打电话询问白洛川："还有什么需要的吗？什么都可以，骆总让我尽量满足你们的一切需要。"

　　白洛川一时想不出要什么，扭头问米阳："你有什么想要的没有？"

　　米阳想了一下，也摇了摇头。

　　白洛川就对那人道："那不要了，都还够用，再说，最后几天隔离了，不用再送东西来了。"

　　那人答应一声，走了。

　　骆江璟的电话是在第二天下午打来的，她的声音里带着疲惫和一丝紧张，对白洛川道："洛川，你站在窗前往外面看，能看到妈妈吗？"

　　白洛川愣了一下，紧接着过去站在落地窗前往外看，外面空荡荡的庭院里，只停了一辆熟悉的黑色轿车，身材高挑的女人穿着厚厚的风衣站在那里，也在仰头看着，还试着挥了挥手。

　　他们离得太远了，并不能看清楚彼此，白洛川只看到她戴着厚厚的口罩，把脸遮挡得严实。

　　他点点头，道："能看到。"

　　骆江璟道："你听妈妈说，有一个好消息和一个坏消息。坏消息是，之前从酒店里送去医院的那位病人确诊了，已经送去了加护病房，你们还要被继续隔离一段时间。好消息是，你们两个都没有发热的迹象，而且快要满十五天的隔离期限了，妈妈帮你们申请了一下，你们可以在家里进行隔离……只是和人群分开，做一些预防，我们先去医院检查登记，没事的，妈妈陪着你们。"

　　白洛川点点头道："我知道了，我这就去准备。"

　　骆江璟又道："你把电话给小乖，妈妈跟他也说两句话。"

　　白洛川答应一声，把手机给了米阳，自己转身去收拾东西。

　　米阳接起来，就听到骆江璟轻声劝慰道："小乖，你妈妈很挂念你，本来她也坚持要来京城的，被我拦住了，让她不要来。你家里还有一个妹妹，如果不小心，肯定也会生病，你妈妈很辛苦，你可以体谅她吗？"

　　米阳一开始只盼着白洛川也离开这里，并没有想让家里人来这儿，更没料到骆江璟会亲自来一趟，忙道："当然，骆姨，我之前给家里打电话说过了，你也帮我劝劝我妈，我能照顾好自己。您也不该来的，工作已经很累了，又专门跑一趟，我们过几天就能回家了……"

米阳知道半年内就能控制住疫情，所以没有太多的惧怕。骆江璟只当他年纪还小，整天在学校里被保护得很好，像白纸一样单纯听话，这个时候听话也好过畏惧，她对他道："一会儿你跟着洛川下来，阿姨带你们去医院。"

米阳道："好。"

骆江璟满意道："你一直是个好孩子，有什么想要的，就跟骆姨说，知道吗？"

米阳点点头，道："谢谢骆姨，我知道了。"

米阳挂了电话，转过身，白洛川已经简单收拾好了东西，只带了必要的，其余的都丢在酒店。

救护车来得晚，骆江璟给他们打电话，不断地安抚着孩子们。

白洛川道："你快回去吧，真没什么事，我们今天都测过体温，没有发热，肯定没事的。"

骆江璟忙碌多日，又站在寒风里，整个人都要晕倒了，苍白着脸道："妈妈不累，你再看我一会儿。"

白洛川道："外面冷，站久了要感冒。"

她这才肯坐回车里去。

第二十一章
回家

　　不多时，救护车来了，白洛川和米阳两个人走下楼，他们并没有跟骆江璟说上一句话，双方都戴着口罩，隔着警戒线彼此点了点头，算是打过招呼。米阳和白洛川被医护人员送去救护车上，骆江璟的视线一直追着两个孩子的身影，等救护车开走，她也立刻回到车上，一路跟着救护车去了医院。

　　医院检测的地方在另一栋楼上，虽然没有传染科那么严格，但也不好随便进入，骆江璟穿了一套防护服只能跟到门口。她隔着一道玻璃门，看着他们进去做检测，只能点点头用鼓励的眼神看着两个孩子。

　　白洛川的检查很快就做好了，米阳因为之前低烧，检查完之后，又被医生叫了进去。

　　米阳转身回去的时候，白洛川吓得站起来。

　　骆江璟隔着一道门也被他吓了一跳，看他脸色苍白，安抚道："没事的，小乖很快就出来。"

　　也不知道隔着玻璃门白洛川听到了没有，他还是站在那儿，一动不动地等着。

　　骆江璟也皱眉看着医护室。

　　很快，米阳就出来了，他戴着口罩跟他们点了点头，白洛川松了一口气。

　　骆江璟也把一颗提起来的心放回原位，几分钟的时间，她吓得额头上都出了冷汗。

　　两个人在那边等着，骆江璟去给他们开了健康证明。

　　白洛川跟米阳并肩坐着，不安地伸出手抓着米阳的手腕，生怕他要去什么地方似的。

米阳抽了一下，白洛川的力气更大了，低声道："别动。"

米阳伸手去掰了一下他的手指，道："你这样我不舒服。"

白洛川垂着眼睛半天没说话，手抓得死紧，等骆江璟来了也没松开。

骆江璟的神色已经放松了许多，连带着气色都变好了，眼里带着笑意，道："可以了，没什么问题，比我想象中的还顺利，咱们上车吧，我带你们回家。"

白洛川抓起米阳的手跟上她，她见惯了他们两个人亲密的样子，从小就是这般，她没有在意，还在跟白洛川小声地说着话："你不知道，我刚才还以为特别严重，需要留在京城隔离一个月，我上午还去买了套房子，正在发愁怎么找阿姨来照顾你们一个月……"

白洛川道："我跟你说了，肯定没事的，我已经问过了，温度会降低就没事，而且小乖退烧之后没有再发热。"

骆江璟道："对，这下好了，检查做了，健康证明也开好了，我们可以回沪市了。虽然一个月内还需要跟当地医生汇报一下情况，但是比在这里好多了，在自己家怎么都要方便一些。"她想了一下，又道，"对了，你们在京城隔离的事儿没有跟你爷爷说，他年纪大了，怕吓着他，你爸倒是来问了好几次。他那边也忙，走不开……你爸给你打电话了没有？"

白洛川道："打了，今天早上还问过。"

骆江璟道："这还差不多。"她叹了口气，转头又去安慰儿子，"你别怪你爸，他工作太忙了。"

白洛川"嗯"了一声。

他们母子神色如常，反倒是米阳一直被抓着手腕，莫名有些心虚。

上了车之后，骆江璟起初还跟他们讲话，很快就睡着了，她工作忙，如果不是亲生儿子出了事情，估计不会拼了命也要跑这么一趟。

白洛川一直握着米阳的手腕没松开，开车回去需要几个小时，两个人就这么头挨着头地睡了一路。

等到了沪市，米阳老远就看到自家的那辆小夏利，那是程青接货用的车，老远就在路口等着。

米阳提着东西下车，骆江璟没有让司机多停留，略微降下车窗跟程青说了两句话就走了。

程青使劲地抱了抱儿子，捧着他的脸看了好一会儿，红着眼圈道："走，跟妈妈回家。"

米阳笑道："哎。"

程青带着米阳回到家中，先把他带来的行李箱放在门口，推着他进了浴室，里面已经放好了一浴缸的热水，可以舒舒服服地泡上一会儿。

在米阳泡澡的工夫，程青已经把他行李箱里的东西都消毒、清洗了，还给他拿了一套睡衣放在门口，隔着浴室门问他："阳阳，你有想吃的东西没有？妈妈今天给你做大餐。"

米阳道："都行，妈，你做什么我都爱吃。"

程青应了一声，就去厨房了。

米阳洗好了出来，刚穿好衣服，就听到小拖鞋踢踢踏踏的声响，抬头就看见小姑娘睡得脸上红扑扑的，一边揉眼睛一边冲他扑过来，声音里带着点软绵绵的哭腔，道："哥哥！"

米阳一把抱住小姑娘，亲了她一下，道："哥哥回来了。"

小姑娘十几天没见到哥哥了，抱着米阳的脖子不肯松手，跟他撒娇。

米阳就抱着她去了厨房，站在门口道："妈，有要我帮忙的吗？"

程青见他回来心里就踏实了许多，尽管眼下还有未散去的青黑色，但人精神了不少，笑着道："没有，你们去客厅玩吧，这里油烟大。对了，小雪，你不是说等哥哥回来要把你的画给他看看吗？"

小姑娘这才想起来，扭着身体从米阳的身上蹦下来，跑去拿画了。

那是她在幼儿园的图画作业——蓝天白云和一栋房子，前面草地上站着一排小人，依旧是火柴人一家，长头发的是妈妈，短发的是爸爸，中间两个略小，是两个小孩。跟平时不同的是，最小的那个小孩头上戴了一个四四方方的帽子，上面还画了一个红色的符号。

米阳抱着她，问道："这是什么？"

小姑娘道："是医生的帽子。"她扭身抱住米阳，啪嗒啪嗒地掉眼泪，"我不要哥哥一个人生病，我要陪着，还、还要给哥哥治病。"

米阳的心都软了，抱着她亲了好几口。

程青做好饭，端出来让米阳先吃，米阳看了一眼时间，道："等等吧，我爸一会儿就回来了。"

程青道："不用等他，他这段时间忙得很，戴着口罩也不能耽误出门，不过去的不是人流密集的地方，不碍事的，你们先吃。"

米阳这才动筷子，他很久没有吃到家里的味道了，之前又生病了几天，一直喝粥，这会儿吃到家里的饭菜只觉得特别香，埋头吃了两碗饭才停下。

小姑娘也跟着胃口大开，吃了满满一碗的米饭，有的时候只顾着抬头看哥哥就干扒米饭，菜都忘了夹，还是程青给她夹进碗里的。

米阳给她什么她都吃，连哄都不用，平时要商量好只肯吃三筷子的青菜，今天也多吃了好些，特别听话。

饭后米阳带着小姑娘去洗碗，他洗好一个碗，就递给小姑娘，让她摆好。

米阳一边洗，一边跟程青说话："妈，之前说让家里的药房多进一些板蓝根、小柴胡冲剂，还有消毒水，进了吗？"

程青道："进了，这几天卖了一些，怎么，京城那边情况很严重吗？"

米阳点点头，道："挺严重的，消毒水和板蓝根冲剂什么的都多进一些吧，还有口罩和白醋，对了，也给姥姥那边打个电话，让她提前准备一点儿。"

程青点头答应了，道："行，你姥姥那边有呢，年初的时候我不是有回家一趟嘛，给她带去好些，肯定都没用完。"

米阳道："那给我姨她们打个电话说一声。"

程青点头答应了，疑惑道："这么大的事，怎么没见电视上报道呀？"

米阳道："过段时间就有了吧。"当时一药难求的场面他记得清楚，近乎恐慌般蔓延全国，不知道是从哪里开始说起喝板蓝根冲剂可以预防，家家户户都喝这个，也不知道有没有用处，哪怕能图个安心也是好的。现在才三月，至少要等到七月以后，人们才会慢慢恢复正常的工作、生活。

米阳跟程青聊了一会儿，小姑娘在旁边眼巴巴地看着他们，干活积极得不得了。

米泽海是晚上九点多才进家门的，回来瞧见老婆孩子们都在客厅，脸上的表情缓和许多，道："阳阳回来了？你回家我心里就踏实多了，前段时间我一直跑工地，没时间去京城看看你，心里总是放不下……"他换了鞋，抬头看着米阳怀里的小姑娘道，"小雪还没睡呢？"

程青压低了声音道："睡着了，非要在客厅一起等你回家，这不阳阳抱着都不敢动呢。"

米泽海过去接过小姑娘，小孩睡得脸上红扑扑的，还盖着一块小毯子。

他亲了女儿一口，连人带毯子都送到她的小卧室里去了。安顿好女儿后，他又出来坐在那儿跟米阳低声聊了几句，问的无非是京城的情况以及米阳的身体情况。

程青给他端饭来的时候，正好听到米泽海在跟米阳说话。

"从前年就在统计这个了，我带人跑了一百三十多处烂尾楼，挨个对比挑选出来的，原本还觉得这一单稳妥些，不会有太大风险，但是谁知道又遇到今年这件事。市里发了预防流感的通知，工程可能要慢一些了，看情况吧。"米泽海接过程青手里的碗碟，他饿坏了，两口下去就吃了小半碗。

程青道："还是那幢楼吧？我记得是在徐家汇那一带？"

米泽海一边吃一边道："对，光徐家汇那里总面积就有八万平方米了。"

程青道："十多年前的老房子了，之前不是有人接了半路又跑了嘛，骆姐这次胆子太大了。"

米泽海道："骆总的眼光还是独到的，我相信她。"

程青道："哎，我也不懂你们这些，反正能卖掉就高兴。"

米阳哭笑不得。

何止是卖掉，简直是翻数倍的生意，那是沪市商业繁华地段，他都有点儿不敢想了。

程青已经跟米泽海说起其他话题了，她在家里守着店铺和孩子，世界很小，说的也是周围热热闹闹的琐碎小事儿，脸上笑意盈盈的。

米泽海如今西装革履的，但每天晚上都会回家吃饭，即便有应酬，也从不超过晚上十二点。

他的眼界和程青的不同了，但心里永远把这个小家放在第一位，看向程青的时候，也永远都是当年那个在山海镇上带着爱慕的小伙子。

看到程青笑，他自己也跟着笑，程青说什么，他都听得津津有味，跟她搭话的时候，他永远都能接上一两句，街坊邻里的事都记得清楚。

一家人围坐在小客厅里又说了一会儿话，米泽海就催着米阳去休息，对他道："我已经跟学校请好假了，你什么都别担心，在家里看书复习是一样的。过段时间回学校就算考不好也没事，咱们阳阳聪明，读哪所学校，爸都高兴，咱不争名次那些的，没意思。"

米阳知道他这是在安慰自己，怕自己被隔离一个月，回去后跟不上学习进度而难过。

米阳点点头应了一声。

等回了房间，米阳躺在床上想了一会儿，忍不住摇头叹了一声。

这一年估计大部分学生考得不太好，学校放假一两个月都是短的，最长的甚至一连放三个月假，一直放到了和暑假接上。不过他们是毕业班，应该会特殊一点儿。

他正想着，手机闪了两下，有短信进来，他打开看了一下，是白洛川发来的。

从吃饭的时候他就没看手机，打开一瞧，已经有五六条未读短信，第一条是手机欠费通知，紧跟着第二条就是已缴费的记录，再然后的那几条短信才是白少爷发来的。光看文字他就能想象出白少爷的语气。

——怎么停机了？

——我给你充好话费了，接电话。

——怎么不接我电话？

——人呢？！

…………

米阳给他打过去，那边马上接起来，语气倒是比想象中的好一些："我正准备给你发短信，你就打来了，刚才干什么去了？"

米阳道："回家收拾了一下，又吃饭来着。"

白洛川不满道："吃到九点半？又是你妹挑食了吧，多大了，吃饭还要你喂，真当自己是小孩吗？！"

米阳："她才六岁，就是小孩啊！"

白洛川嗤笑一声，不置可否。

米阳试图给自己妹妹正名，白洛川却懒得提了，对他道："我打电话来是想问问你，这一个月要不要住到我家来。我家这边不是有家庭医生嘛，检查也方便一些，要不然，隔两天还要去医院检查一次。之前我妈开那个健康证明让咱们回来就已经是破例了，原本按照规定是要留在京城的……"

米阳立刻明白过来，点头道："那好，我收拾一下东西，跟我妈说一声，明天一早过去吧。"

白洛川答应一声，没挂断电话，过了一会儿又问他："有没有累到？没有再发低烧吧？"

米阳笑了一声，道："没有，骆姨照顾得很好。"他想了一下，又补充道，"路上你照顾得也好。"

那边轻轻哼了一声，道："没什么事，我挂了。"

米阳第二天一早跟程青说了这件事，程青表示理解，帮着米阳又收拾了一个背包，对他道："行，去吧，要是没你骆姨，我都见不到你。洛川家也不远，知道你在身边，妈妈就放心了。"

小姑娘从米阳开始收拾背包就含着眼泪，要哭不哭，等趴在窗边看到楼下白家那辆熟悉的车之后，哇的一声哭了。

米阳心疼她，但给了几块奶糖都哄不住，小孩哭得鼻尖都红了，最后还是程青抱起她，道："不许哭了，哭得嗓子疼就要喝药，还要打针。"

小姑娘打了一个嗝儿，硬生生止住了哭声，但眼泪还是滚下来一串。

程青抱着她送米阳离开，米阳上车的时候，还听到她们在说话，小姑娘脸上戴了口罩，说了什么，他没听清，但是程青那句话，他听得清楚。

程青警告道："没礼貌，不许说'坏蛋'，那也是哥哥，知道吗？"

小姑娘大概是在赌气，抱着程青的脖子扭过头去不肯看那辆车。

米阳笑了一声，拿拳头抵着唇轻咳了一下才掩饰过去。

等到了白家，他带着背包直接去了二楼。

白家的房子大，单独隔了一层给他们用，吴阿姨每天把饭菜送到门口，除了不能出门，和之前没有什么区别。

以前礼拜天的时候，米阳每次来找白洛川，大部分时间也是和白少爷在房间里打打游戏，再自己去书房做做小手工。

骆江璟担心他们第一天不适应，特意在家里多陪了他们一会儿，确定没什么问题之后，也跟着放松了心情，道："你们再忍耐一下，有什么需要，就跟司机说，让他去给你们买，等一个月之后……哦，你们还要去学校，那就等暑假，送你们去国外玩一下当补偿。"

米阳连连摆手推拒，白洛川倒是无所谓，站在二楼道："再说吧，外面也没什么好玩的。"

虽然在一栋房子里，但是瞧着儿子不能自由出入，骆江璟心里还是有点儿难受。她抬头看着二楼，很想说一句"我留下来陪着你"，但是现在她是留不下来的，之前勉强跑了一趟京城，已经是极限了，公司里一大堆问题等着她去解决，她只能酸涩道："妈妈会多回家来看看你。"

白洛川站在二楼，手肘撑着楼梯，对她点头道："好。"

二楼的书房和平时一样，两个卧室也是挨着的。

白洛川前两年对那种上下铺很感兴趣，就在客房安了一张，有时候和米阳睡上下铺，这次要住一个月，吴阿姨也提前把上下铺的床给米阳收拾好了，枕头被子都是新的，晒得软软的。

米阳把睡衣从背包里拿出来，又拿了两本书放在一旁的桌子上，白洛川一直看着他那个背包，他也注意到了，问："怎么了？"

白洛川抬头看他一眼，道："你没发觉少了点什么？"

米阳看了一下，疑惑道："少什么了？"

白洛川看着他的眼神更怪异了，但闭紧了嘴巴，不肯告诉他。

米阳觉得莫名其妙，但没放在心里，他和白洛川虽然请假没去上课，但是功课没有落下，魏贤老师卡着时间打电话过来，给他们两个单独辅导。老爷子还学着人家上网，想尽一切办法给他们讲题。

米阳写好作业，就用 QQ 发给魏贤看看，魏贤那边就会发一个笑脸表情来夸奖他。

那时候的表情包米阳已经很久没见过了，冷不丁看到还真有点儿怀念。

他现在用的 QQ 是和白洛川一起注册的，腾讯刚推出靓号业务，白少爷挑了他们两个的生日做账号，特别好记。

班里也有其他同学用 UC 聊天，米阳用惯了 QQ，就没再注册 UC，他平时上网也少，大部分时间喜欢安静地做做小手工，偶尔闲了，写字、画画、看看书，再帮着程青忙忙药房的事，剩下的时间还要带带米雪。

这年头，幼儿园小孩的作业也是不少的，程青忙不过来，大部分的手工作业都是米阳带着妹妹做完的，这也是兄妹俩感情好的原因之一。小姑娘特别崇拜自己的哥哥，觉得米阳简直无所不能，什么都会做。

白天跟着魏贤上完课，晚上，米阳就要去客房睡。

刚躺下，他就觉出不对劲来了。

他的枕头忘带了。

昨天刚从京城回来，程青拿去给他洗了，估计这会儿还没干，还在家里晾着呢。

　　米阳翻了翻身，闭着眼睛背了一会儿课文，刚背到第二遍的时候，就听到两声敲门声，紧接着，白洛川就推门走了进来，挨着他坐下摸了他的枕头一下，道："睡得着？我就说你忘了带什么东西，今天你背的那个包，也就刚好够装一个枕头。"

　　米阳被白洛川的胳膊冰得哆嗦了一下，道："没事啊，现在不用那个也睡得着。"

　　白洛川笑了一声，道："撒谎，第二天又会有黑眼圈了。"他在黑暗中摸索着碰了碰米阳的脸，拇指贴着他的眼睛轻轻蹭了蹭，小声地呢喃，"从小就娇气。"

　　米阳道："没有吧？"他觉得自己挺能吃苦的啊！

　　白洛川道："春天换季要感冒，夏天太热了不肯吃饭，秋天的时候老是喉咙疼，一旦开始咳嗽，一个冬天总是反复……我哪句说错了？"

　　米阳道："也没那么夸张吧，谁都会生病呀。"

　　白洛川捏他的脸一下，哼道："还挑食，牛奶都喝不了一瓶。"

　　这点米阳特别想抗议，这跟胃容量有关啊，他已经拼尽全力去喝了，白家每天早上的这一瓶鲜奶顶商店里卖的两三瓶了，完全不一样！

　　白洛川拍了拍他的肩膀，把被子拉上来一点，打着哈欠道："忘了带小枕头也没事，我陪你啊，你乖一点儿，闭上眼睛一会儿就睡着了。"

　　米阳大半夜都被他气得又精神了！

　　白洛川看米阳动来动去，又道："我给你背课文吧。"他小声地背着，没背两遍自己倒是先睡着了。

　　米阳刚才就在心里背了几遍，这会儿听到，也觉得眼皮子沉，不知道是课文的功劳，还是身边的人相处太久已经熟悉得和他的小枕头一样，在又软又暖的新被子里，他慢慢地睡着了。

　　白家的厨师有事请假，这几天都是吴阿姨做饭，白洛川之前还说米阳不好好吃饭，自己就开始挑食了，白天没吃好，天一黑就饿得肚子咕咕叫。

　　吴阿姨只有白天在，晚上骆江璟还在公司忙，估计要住在那边。

　　米阳给白洛川拆了包干脆面，大少爷挑食到闻一下都不肯，躺在那儿，肚子又叫了一声。他闭眼不耐烦道："好饿，明天想吃炒饭，软一点那种，还要加火腿……"

米阳站起身，道："走吧。"

白洛川歪头看他："去哪儿？"

米阳道："去一楼，我给你做炒饭。"

白洛川一下子就坐起来了，立刻跟着米阳去了一楼的厨房，下楼梯的时候太心急，都没去开灯，借着一点从侧窗照过来的月光，勉强看着台阶，咚咚地往下快走了两步。

一楼厨房的冰箱里放了不少东西，米阳找了一会儿，拿了蔬菜和火腿出来，还有白天大少爷不肯吃的饭，一起回锅炒了一下，香味立刻就蹿了出来，直往鼻子里钻。

白洛川看得新奇，他还没见过米阳下厨："你什么时候学会的？"

米阳一边炒饭，一边道："带我妹妹的时候学会的。"

白洛川听见之后，在米阳的身边挑高了眉毛，问他："这也是你妹妹爱吃的吧？"

米阳见过不讲理的，还真没见过白洛川这么不讲理的，都气乐了："不是，小雪喜欢吃清蒸的东西，这是你刚才自己点的啊！"他把炒饭盛出来，自己也有点儿饿了，就分了小半碗，剩下的一大盘都给了白洛川，拿了勺子塞到白洛川的手里，道，"尝尝吧，看合不合口味！"

白洛川吃了满满一大口，好吃得停不下来。

米阳自己也吃了那小半碗，火候还不错，炒得入味儿了，米饭嚼劲儿也刚好，偶尔咬到一粒火腿，咸滋滋的肉味儿特别香。

白洛川吃了一会儿，忽然道："你平时没少给米雪做饭吧？"

米阳道："还好吧，寒暑假做得多一些，我妈要管药房那边，太忙了。"

白洛川皱眉道："再过几年就好了。"

米阳道："什么？"

白洛川吃了一口炒饭，含糊道："等两年，她十岁就能干活了。"

米阳哭笑不得："你当旧社会卖女儿当小丫鬟呢？那可是我亲妹妹，我们家才不让她做这些。"

白洛川道："你能做，凭什么她不能做？哪有你伺候她的道理？"

米阳道："那也没有妹妹伺候哥哥的道理啊，都是互相帮助，反正我也没什么事，顺手做个饭而已，没关系的。"

　　白洛川一边吃饭一边反驳，大概是肚子没那么饿了，心情放松了许多，连"米雪应不应该学做饭"都能跟米阳争执半天，最后两人各退一步，都说等米雪十六岁之后，征求她的意见再做决定。

　　白洛川摸了摸下巴，道："她十六岁，那就是十年后了，那会儿我们都二十四岁了。"

　　米阳把吃空的碗盘放进厨房，道："对，大学毕业两三年，应该都忙工作了。"

　　白洛川笑他："你一定是在最大的图书馆里忙着做'小手工'了。"

　　米阳也笑了一下，道："或许吧。"

（未完待续）

番外
蟾宫折桂

詹金桂穿了一身石青色棉袍，跪在那儿领罚。

她父亲气得够呛，握着一把戒尺来回打转，转了两圈之后还是恨得牙痒痒，虎着脸道："手伸出来，今儿不教训教训你，你怕是不知道天高地厚，拎着个包袱就要走了！是我詹家养不得你了还是怎么着？"

詹金桂缩着肩膀跪在那儿，伸了手出去挨了两下，疼得龇牙咧嘴："我、我就是想去沪市瞧瞧，听说那边有新兴的戏……"

"有我，还有你这么多师哥呢，轮得到你操心？！你知不知道沪市到京城有多远的路？你往火车站跑这一趟，吓得你娘和你奶奶差点儿都病了，你娘这会儿还心口疼呢！"

"那我作为咱家的一分子，还不得出力吗？"

"你给我住口！平日里把你当小子养，养得脾气都野了，你跪好了！"

姜枝儿被人领着刚到戏班的时候，正好就瞧着这位一身小子打扮的詹家大小姐跪在大厅——她爹气得都没来得及让她去后院跪祠堂，逮着先教训了一顿。

领着姜枝儿的那个媳妇过去先跟詹大师问了好，又笑道："詹大师，我把那孩子带来了，你瞧瞧？上回您不是还夸她嗓子好，想收她做徒弟吗，她家里就一个爷爷，回去想了一下，跟着您哪怕多少学点皮毛那也是祖上积了大德，怎么也能混碗饭吃不是！呵呵，她家里已经点头答应了，只是劳您受累……"

大人们在那儿嘀嘀咕咕地说话，姜枝儿就站在那儿小心地四处看着，视线和跪着的詹金桂对上了，她不好意思地笑一下，小脸很瘦，隐约露出一个小酒窝来，腼腆极了。

　　詹金桂被打得疼极了，换了平时早就跳起来呲牙咧嘴地揉胳膊和腿，但是有外人在，她只能忍住了跪在那儿，特意挺直了脊背，但别过脸去不让新来的小姑娘看她。

　　大小姐觉着丢人呢！

　　詹大师跟那媳妇说完话，转头回来就看到自己女儿这样，气不打一处来，上去又给了她一戒尺："你这是什么样子？还不觉得自己错了是不是？！去，祠堂罚跪三个时辰，不到点儿别出来。"他回头又瞪了周围几个互使眼色的徒弟，中气十足道，"你们也别想着给她送吃的，谁去，谁就甭出来了，在那跟着一起跪着吧！"

　　这话落地，周围几个穿厚棉袍的小子不敢吭声了，低眉顺眼地站着，瞧着特别听话。

　　詹金桂是在祠堂听到新来的小师妹的事儿的，偷着来送饭的七师哥从窗户里给她塞了俩冷了的馍馍，一边在一旁替她放风，一边小声道："说是姓姜，叫姜枝儿，师父让先这么喊着，打发她去后头跟着练功了。"

　　詹金桂有一口没一口地啃着馍："让她跟那帮小孩儿一起？"

　　"是，十二岁了，瞧不出来吧？她父亲好赌钱，大年三十晚上被人追债失足掉进了河里，一下就淹死了，母亲本就有病，拖了小半年也去了，家里就剩下她一个，还是一个远房的什么亲戚瞧她可怜，给她那么一口饭吃，这不自家日子也艰难了，就送她来，多少能吃顿饱饭。"

　　詹金桂问："她跟你说的？"

　　七师哥摇头道："哪儿啊，送她来的那个媳妇说的。那小孩见了人只会笑，问什么就摇头，干活倒是抢着干，晚上吃饭的时候吃得也不多，瞧着脾气挺好。"

　　詹金桂嗤之以鼻，才来了半天，能看出什么脾气？

　　时间长了，她发现姜枝儿脾气确实不错。

　　戏班里的人都喜欢她，詹家家大业大，也不缺这口吃的，干得好还能领点零用钱。姜枝儿第一次拿到钱的时候睁大了眼睛，特别宝贝地放在手心里。

　　詹金桂逗她，故意伸了手过去道："给我。"

　　小姑娘眼里带着不舍，犹犹豫豫，还是伸手把钱给了她，两毛钱，攥了半天都带了温度。

詹金桂瞧她那可怜巴巴的样子，还给她道："逗你玩儿的，你自己拿去买糖吃吧。"

小姑娘惊讶地看看她，接过钱来就笑弯了眼睛，诚心诚意地夸她："大小姐真好！"

詹金桂被她夸得有些脸红，照着她脑门弹了一下，哼了一声走了。

两个人慢慢熟了，后头也有新收的小徒弟，有些瞧着姜枝儿一直没上台跟着他们一起练，见她不怎么受师父重视，就偷懒让她做多活。有次让来后院的詹金桂发现了，黑着脸把那几个人拎出来教训了一顿。

她把姜枝儿也拎出来，一点儿没客气，抬高了下巴道："你是怎么当的师姐？他们喊你就去，像个什么规矩！以后你跟着我，练完功跟我去前院，听见没有？"

小姑娘连连点头，一如既往的好脾气。

姜枝儿以为去了前院要干活，却被大小姐拉着一同练功，前院有一处专门给大小姐用的房子，还有附带的小院，干净敞亮，栽种了两株石榴并一棵垂柳，她们就一起在那里练功。大小姐的本事在戏班里数一数二，她有自傲的本钱，但是这份儿自傲是她比常人私下多付出了许多汗水，吃了常人不能吃的苦。

在姜枝儿眼里，大小姐人好心善，给她开小灶，她不会的还专门提点教她，是这里对她最好的人了。

詹金桂刚开始真不是有意的，她只是争强拔尖惯了，瞧不得自己落后于人，连她父亲都要比一比，心比天高，命也好，给了她可以去争的机会。她练习得认真，旁边的小姑娘也像海绵吸水一样什么都跟着学。姜枝儿天生一副好身段，柔嫩得像是春天最鲜嫩的柳枝，嗓子也好，很快就像是夏日冒尖的嫩荷，慢慢绽放了自己的光彩。

一年后，姜枝儿也换了名，詹大师给起了大名叫姜桂芝，艺名叫小桂枝儿。

这是詹金桂去找她父亲说的："给起个正经名字，姜枝儿听着就苦兮兮的，她如今都大了，也该上台了吧？"

詹大师摇头道："还早。"

詹金桂不满，又道："那怎么说也得给起个艺名，要不就叫小桂枝？我不是叫大桂枝嘛，正好和我一处，刚好。"

詹大师也觉得不错，就把这名字给了姜枝儿。

又过了三年，她们才有了一起上台的机会。

大年三十封箱，年初一开箱。

封箱隆重，开箱也必须博得满堂彩，都是戏班头等紧要的大事。

詹金桂焦虑，她对自己要求很严格，又是角儿，肩上担子实在是重。

小桂枝已经装扮好了，她性格温和，坐在那儿一点儿都不怕。

詹金桂焦虑得简直要咬指甲，问小桂枝："你就一点儿都不担心，不害怕？"

小桂枝笑着道："不怕呀，有姐姐在呢。"

詹金桂就捏着她鼻尖笑了："就属你机灵。"

一个十九岁，一个十六岁，最好的年纪，在京城最大的戏园登台亮相。詹大师给了两个女孩儿所能给的最好的一切，而她们也没有辜负詹大师，一曲唱完，绽放光华。

那天正好是中秋，詹家戏班里得了大小桂枝，大桂枝身材高挑，风流倜傥，专攻小生；小桂枝清秀婀娜，唱青衣。两人一炮而红，火遍全城。

外面小报上说她们不和，其实不是，大小姐争强好胜，但每次站出来都护住小桂枝，小桂枝感激戏班，勤恳踏实，心里更是拿大小姐当像亲姐姐一般。

每次谢幕下台之后，她们回到院子里，还是那对吃住在一起、唱戏在一处的好姐妹。

詹金桂还学了英文，书是托七师哥找来的，她不会的就让师哥教她，七师哥最近总跟一些大学生走在一处，还有几次溜进学校去听课，他演什么像什么，从来没被抓住过。詹金桂也喜欢学校，但她去不了，就找了书来看，她本来想拉上小桂枝一起，但是小丫头不想学。

詹金桂戳她额头："你怎么一点儿上进心都没有？万一以后我们出国演出，总要学几句谢幕说的话吧？"

小桂枝被她戳着来回晃，笑嘻嘻道："我不学呀，姐姐和七师哥学就行了，到时候你替我说一样呀。"

"那也让我替你去国外演出算了！"

"嗯嗯，姐姐和七师哥一起去……"

詹金桂少女心事被戳中，气急败坏地站起来要去挠她痒痒。小桂枝跑了几步就被追上，歪倒在一旁的小竹榻上哈哈笑起来，求饶道："哎哟，我不说啦，我祝、祝姐姐和七师哥长命百岁，多子多福，哈哈哈！"

"你还说！"

大小姐发威，教训了小丫头一顿，但自己的脸比小桂枝的还红，跟煮熟了的虾子似的。

尽管这样，英文还是要学的，詹金桂和七师哥学英文，小桂枝就站在院子里替他们放风，顺带穿了戏服在前面小院子练习。

七师哥瞧了外面一眼，好奇道："那是我送你的衣服吧？怎么小师妹穿了？"

詹金桂护她护习惯了，挑眉道："她没有，给她一件怎么了？"

七师哥好脾气地笑着哄道："没事、没事，反正也旧了，今年春天再给你做新的，我都看好料子了，咱们做最漂亮的。"他把人哄好了，还是有点儿好奇，"小师妹现在拿钱也不少吧，怎么也没置办几件新衣服？"

詹金桂翻着书道："她抠门呗！一分钱恨不得掰成两半花，就没见过比她还对自己更小气的人。"

七师哥叹了口气，道："都是吃苦过来的，攒点钱没什么不好。"

小桂枝甩了水袖，咿咿呀呀地唱，詹金桂瞧着心痒，也过去唱了一段。小桂枝就拿了三弦琴在一旁给她弹着伴奏，她唱得一直不错，就是弹琴不好，那双手瞧着柔若无骨，不知道怎么一连弄断了三根琴弦。

小桂枝都不好意思了，站起身来红着脸道："我不弹了吧，我找七师哥来给你弹。"

"你坐下。"詹金桂不信邪，拿了一把新琴放她手里，"弹。"

三弦琴放在手里，一会儿又断了。

詹金桂拿起琴来看看，又看了她的手，就这么三根琴弦，她实在不懂怎么能弹断。

后来七师哥领着米鸿过来，她才知道命里合该给小丫头修琴弦的人来了。

阳春三月，那人站在一株柳树下，柳树发着嫩芽，那人的眼睛里也像是雪洗过一样清亮。高个子的小伙子，方正的脸，英俊的眉眼，见了小桂枝话都不会说了，只一个劲儿傻呆呆地看着人不动。等到被七师哥碰了碰胳膊，米鸿才回过神来，红着脸介绍道："我叫米鸿，是琉璃厂街角修书店的，我来给你修琴。"

小桂枝好奇道："你是修书的，也会修琴吗？"

米鸿急忙道："会，我会！"

他还真会，修得特别好，还不收一分钱，来了两次之后就试着说给他们弹琴。

慢慢地小桂枝和他说的话多起来，詹金桂瞧着两个人站在那儿，一个人提问一个人回答，两个立正站好隔着三步远，都不敢正眼瞧对方，就这样男的脸都红了。

小桂枝也背着手抬眼看向别处，咬着唇有些害羞，小声道："你还会弹《贵妃醉酒》呀，这个我一直都想学，就是弹不好。"

米鸿看着她，终于大胆了一回："我给你弹。"他眼里盛满了笑意，小声对她道，"我给你弹一辈子。"